HET JUVENA

Van Dan Brown zijn verschenen:

Het Juvenalis Dilemma
De Delta Deceptie
Het Bernini Mysterie
Het Bernini Mysterie (gebonden en geïllustreerd)
De Da Vinci Code
De Da Vinci Code (gebonden en geïllustreerd)

Verder zijn verschenen:
Akiva Goldsman The Da Vinci Code, het geïllustreerde filmscenario
Het Da Vinci Code Reisdagboek

Dan Brown

HET JUVENALIS DILEMMA

Uitgeverij Luitingh

Eerste druk november 2004
Tweede druk november 2004
Derde druk december 2004
Vierde druk december 2004
Vijfde druk februari 2005
Zesde druk februari 2005
Zevende druk maart 2005
Achtste druk april 2005
Negende druk juni 2005
Tiende druk juli 2005
Elfde druk augustus 2005
Twaalfde druk augustus 2005
Dertiende druk september 2005
Veertiende druk oktober 2005
Vijftiende druk december 2005
Zestiende druk januari 2006
Zeventiende druk februari 2006
Achttiende druk maart 2006
Negentiende druk juni 2006
Twintigste druk juni 2006
Eenentwintigste druk augustus 2006
Tweeënentwintigste druk augustus 2006
Drieëntwintigste druk november 2006
Vierentwintigste druk januari 2007
Vijfentwintigste druk maart 2007
Zesentwintigste druk juni 2007
Zevenentwintigste druk augustus 2007
Achtentwintigste druk oktober 2007

Oorspronkelijke titel: *Digital Fortress*
Vertaling: Josephine Ruitenberg
Omslagontwerp: Wouter van der Struys
Omslagfotografie: The Beauty Archive

ISBN 978 90 245 2791 5
NUR 305

Voor mijn ouders...
mijn raadgevers en helden

PROLOOG

PLAZA DE ESPAÑA
SEVILLA, SPANJE
11.00 UUR

Men zegt dat de dood alles duidelijk maakt en Ensei Tankado besefte dat het waar was. Terwijl hij naar zijn borst greep en krimpend van pijn ineenzakte, besefte hij dat hij een afschuwelijke vergissing had begaan.

Er kwamen mensen aanlopen. Ze bogen zich over hem heen en probeerden hem te helpen. Maar Tankado wilde geen hulp; daar was het te laat voor.

Bevend stak hij zijn linkerhand op en strekte zijn vingers. *Kijk naar mijn hand!* De gezichten om hem heen keken wel, maar hij kon zien dat ze hem niet begrepen.

Aan een van zijn vingers droeg hij een gouden ring met inscriptie. Even glinsterden de tekens in de Andalusische zon. Ensei Tankado begreep dat dat het laatste licht was dat hij ooit zou zien.

1

Ze waren in de Smoky Mountains, in hun favoriete hotelletje. David keek glimlachend op haar neer. 'Wat zeg je ervan, schoonheid? Trouw je met me?'
Ze keek liggend in hun hemelbed naar hem op en wist dat hij de ware was. Voor altijd. Terwijl ze in zijn diepgroene ogen keek, begon er ergens oorverdovend een bel te rinkelen. Hij week achteruit, weg van haar. Ze stak haar armen naar hem uit, maar die vonden alleen lege lucht.
Het geluid van de telefoon wekte Susan Fletcher uit haar droom. Ze hapte naar adem, ging zitten in bed en tastte naar de hoorn. 'Hallo?'
'Susan, met David. Heb ik je wakker gemaakt?'
Ze glimlachte en liet zich op haar zij rollen. 'Ik droomde net van je. Kom je bij mij spelen?'
Hij lachte. 'Het is nog donker buiten.'
'Mmmm.' Ze kreunde vol behagen. 'Dan moet je zéker bij mij komen spelen. We kunnen uitslapen voordat we op weg gaan naar het noorden.'
David slaakte een gefrustreerde zucht. 'Daar bel ik over. Over ons weekendje. Ik moet het uitstellen.'
Susan was plotseling klaarwakker. 'Wat?'
'Het spijt me. Ik moet de stad uit. Ik ben morgen weer terug. We kunnen 's ochtends meteen vertrekken. Dan hebben we toch nog twee dagen.'
'Maar ik heb gereserveerd,' zei Susan teleurgesteld. 'Ik heb onze oude kamer in Stone Manor besproken.'
'Dat weet ik, maar...'
'Vanavond had bijzonder moeten zijn... Om te vieren dat het een halfjaar is. Je weet toch zeker nog wel dat we verloofd zijn?'
'Susan.' Hij zuchtte. 'Ik kan het nu echt niet verder uitleggen, er

staat een auto op me te wachten. Ik bel je vanuit het vliegtuig en vertel je alles.'
'Het vlíégtuig?' herhaalde ze. 'Wat is er aan de hand? Waarom zou de universiteit...?'
'Het is niet de universiteit. Ik bel je nog. Ik moet nu echt weg; ze roepen me. Je hoort van me, dat beloof ik.'
'David!' riep ze uit. 'Wat is...'
Maar het was te laat. David had opgehangen.
Susan lag urenlang te wachten op zijn telefoontje. Dat kwam niet.

Die middag zat Susan terneergeslagen in bad. Ze liet zichzelf kopje-onder glijden in het schuimende water en probeerde niet aan Stone Manor en de Smoky Mountains te denken. *Waar kan hij zijn?* vroeg ze zich af. *Waarom heeft hij niet gebeld?*
Langzamerhand koelde het water af, van warm naar lauw en uiteindelijk naar koud. Ze was net van plan eruit te gaan toen haar draadloze telefoon overging. Ze schoot overeind en liet water op de vloer klotsen toen ze de hoorn greep, die ze op de wastafel had gelegd.
'David?'
'Met Strathmore,' luidde het antwoord.
Susan liet haar schouders hangen. 'O.' Ze kon haar teleurstelling niet verbergen. 'Goedemiddag, meneer.'
'Hoopte je op een jongere man?' zei de stem grinnikend.
'Nee, meneer,' zei Susan, in verlegenheid gebracht. 'Het zit niet zoals het...'
'Natuurlijk wel.' Hij lachte. 'David Becker is een goeie vent. Zorg dat je hem niet kwijtraakt.'
'Dank u, meneer.'
De stem van de commandant klonk plotseling streng. 'Susan, ik bel omdat ik je hier nodig heb. Nu meteen.'
Ze probeerde zich te concentreren. 'Het is zaterdag, meneer. Meestal werken we niet...'
'Dat weet ik,' zei hij kalm. 'Het is een noodgeval.'
Susan ging rechtop zitten. *Een noodgeval?* Dat woord had ze nooit eerder over commandant Strathmores lippen horen komen. *Een noodgeval? In Crypto?* Ze kon het zich niet voorstellen.
'J-ja, meneer.' Ze zweeg even. 'Ik kom zo snel mogelijk.'
'Kom nog maar wat sneller.' Strathmore hing op.

Susan stond met een handdoek om zich heen nadruppelend boven de netjes opgevouwen kleren die ze de avond tevoren had klaargelegd: een korte broek om te wandelen, een trui voor de koele avonden in de bergen, en de nieuwe lingerie die ze voor de nachten had gekocht. Somber liep ze naar haar kast om een schone blouse en een rok te pakken. *Een noodgeval? In Crypto?*

Terwijl ze naar beneden liep, vroeg Susan zich af of deze dag nog slechter zou kunnen worden.

Daar zou ze snel achter komen.

2

Op dertigduizend voet boven een volkomen vlakke oceaan staarde David Becker ongelukkig door het kleine, ovale raampje van de Learjet 60 naar buiten. Hij had zojuist gehoord dat de telefoon aan boord defect was, en hij had nog geen kans gehad Susan te bellen.

'Wat doe ik hier?' mompelde hij voor zich uit. Maar het antwoord was eenvoudig: er waren mensen tegen wie je gewoon geen nee zei.

'Meneer Becker,' kraakte de intercom. 'We komen over een halfuur aan.'

Becker knikte mistroostig naar de onzichtbare stem. *Geweldig.* Hij trok het rolgordijntje dicht en probeerde te slapen. Maar hij kon alleen aan haar denken.

3

Susans Volvo kwam tot stilstand in de schaduw van het drie meter hoge hek met prikkeldraad erbovenop. Een jonge bewaker legde zijn hand op het dak.

'Uw legitimatiebewijs, alstublieft.'

Susan gaf het hem en bereidde zich voor op de gebruikelijke wachttijd van een halve minuut. De beambte haalde haar kaartje door een scanner. Na enige tijd keek hij op. 'Dank u, mevrouw Fletcher.' Hij gaf een nauwelijks waarneembaar teken en het hek zwaaide open.
Ongeveer achthonderd meter verder herhaalde Susan de hele procedure bij een al even indrukwekkend hek dat ook nog onder stroom stond. *Kom op, jongens... Ik ben hier al duizenden keren langsgekomen.*
Toen ze de laatste controlepost naderde, wierp een gedrongen bewaker met twee waakhonden en een machinegeweer een blik op haar nummerplaat en gebaarde haar door te rijden. Ze reed nog tweehonderdvijftig meter verder over Canine Road en draaide parkeerterrein C voor werknemers op. *Ongelooflijk*, dacht ze. *Zesentwintigduizend mensen in dienst en een budget van twaalf miljard dollar; je zou toch denken dat ze wel een weekendje zonder me konden.* Susan parkeerde haar auto op haar eigen plek en zette de motor uit.
Nadat ze het fraai aangelegde terras was overgestoken en het hoofdgebouw was binnengegaan, moest ze nog langs twee interne controleposten voordat ze uiteindelijk aankwam bij de gang zonder ramen die naar de nieuwe vleugel leidde. Een hek met een stemscanner versperde haar de doorgang.

NATIONAL SECURITY AGENCY (NSA)
AFDELING CRYPTOLOGIE
VERBODEN VOOR ONBEVOEGDEN

De gewapende bewaker keek op. 'Goedemiddag, mevrouw Fletcher.'
Susan glimlachte vermoeid. 'Hallo, John.'
'Ik verwachtte u vandaag niet.'
'Nee, ik eigenlijk ook niet.' Ze boog zich naar de richtmicrofoon. 'Susan Fletcher,' zei ze duidelijk. De computer herkende het frequentiepatroon van haar stem ogenblikkelijk en het hek sprong open. Ze stapte naar binnen.

De bewaker keek Susan bewonderend na toen ze over de betonnen vloer van de gang bij hem vandaan liep. Het was hem opgevallen dat ze vandaag een afwezige blik in haar sprekende, lichtbruine ogen had, maar haar wangen hadden een frisse blos en haar kastanjebruine, schouderlange haar zag eruit alsof het net was geföhnd. Ze had een flauwe geur van Johnson's babypoeder achtergelaten. Zijn blik ging langs haar slanke lichaam; van haar witte blouse waaronder haar beha net zichtbaar was, naar haar knielange kaki rok en ten slotte naar haar benen... Susan Fletchers benen.

Je kunt je nauwelijks voorstellen dat die een IQ van honderdzeventig ronddragen, peinsde hij.

Hij keek haar langdurig na. Toen ze uiteindelijk in de verte verdween, schudde hij zijn hoofd.

Aan het einde van de gang bleef Susan staan voor een ronde deur als van een kluis. In enorme letters stond erop: CRYPTO.

Met een zucht stak ze haar hand in de nis met het toetsenpaneeltje en typte haar vijfcijferige pincode in. Een paar seconden later begon de twaalf ton zware plaat staal open te draaien. Ze probeerde zich op het hier en nu te concentreren, maar haar gedachten gingen steeds naar hem.

David Becker. De enige man van wie ze ooit had gehouden. Hij stond in de academische wereld bekend als de jongste hoogleraar aan Georgetown University en een briljant deskundige op het gebied van vreemde talen. Met zijn aangeboren fotografische geheugen en liefde voor talen had hij zich zes Aziatische talen, Spaans, Frans en Italiaans eigen gemaakt. Zijn colleges over etymologie en linguïstiek waren zo drukbezocht dat ook de staanplaatsen meestal allemaal bezet waren, en hij bleef altijd lang na om een spervuur van vragen te beantwoorden. Hij sprak met gezag en enthousiasme en leek zich daarbij niet bewust te zijn van de adorerende blikken van zijn verliefde studentes.

David was donker; hij was vijfendertig en had een robuust, jeugdig uiterlijk, een scherpe blik in zijn groene ogen en een even scherp verstand. Zijn krachtige gelaatstrekken deden Susan denken aan die van een marmeren standbeeld. Hij was ruim één meter vijfentachtig lang en bewoog zich sneller over de squashbaan dan zijn collega's voor mogelijk hielden. Als hij zijn tegenstander had ingemaakt, blies hij stoom af door zijn hoofd onder de kraan te houden en zijn dikke, zwarte haar te doorweken. Daar-

na, nog druipend, trakteerde hij zijn tegenstander op een vruchtenshake en een broodje.
Zoals alle jonge hoogleraren had David een bescheiden salaris. Af en toe, als hij zijn lidmaatschap van de squashclub moest betalen of als zijn oude Dunlop-racket opnieuw bespannen moest worden, verdiende hij wat bij door vertaalwerk te doen voor overheidsinstellingen in en rond Washington. Bij een van die klusjes had hij Susan leren kennen.
Op een frisse ochtend in de herfstvakantie kwam Becker na een eindje joggen thuis in zijn driekamerappartement van de faculteit en zag dat het lichtje van zijn antwoordapparaat knipperde. Hij dronk een pak sinaasappelsap leeg terwijl hij naar het bericht luisterde. Dat verschilde niet veel van de gebruikelijke berichten: een overheidsinstelling wilde gebruikmaken van zijn diensten als vertaler, een paar uur later op die ochtend. Het enige vreemde was dat Becker nog nooit van de organisatie had gehoord.
'Het heet de National Security Agency,' zei Becker tegen de collega's die hij belde om meer te weten te komen.
Het antwoord luidde steeds hetzelfde. 'Bedoel je de National Security Cóúncil?'
Becker luisterde het bericht nog een keer af. 'Nee. Ze zeggen *Agency*. De NSA.'
'Nooit van gehoord.'
Becker keek in de gids van de General Accounting Office, maar daar stond het ook niet in. Verbaasd belde Becker een van zijn oude squashmaten, een gewezen politiek analist die onderzoeksmedewerker was geworden bij de Library of Congress. David was geschokt door de uitleg van zijn vriend.
Blijkbaar bestond de NSA niet alleen, maar werd ze beschouwd als een van de invloedrijkste overheidsinstellingen die er waren. Ze hield zich als inlichtingendienst al meer dan een halve eeuw bezig met het wereldwijd verzamelen van elektronische gegevens en het beschermen van vertrouwelijke informatie van de Verenigde Staten. Slechts drie procent van de Amerikanen wist van het bestaan van de organisatie.
'NSA staat voor *No Such Agency*, "Niet Bestaand Bureau",' grapte zijn vriend.
Met een mengeling van ongerustheid en nieuwsgierigheid aan-

vaardde Becker de opdracht van de mysterieuze instelling. Hij reed de zestig kilometer naar hun vijfendertig hectare grote hoofdkwartier dat onopvallend verborgen lag in de beboste heuvels van Fort Meade, in Maryland. Nadat hij langs talloze controleposten was gekomen en een holografische bezoekerspas voor zes uur had gekregen, werd hij meegenomen naar een luxueuze onderzoeksafdeling waar hem werd verteld dat hij die middag 'blinde ondersteuning' zou verlenen aan de afdeling Cryptologie, een elitegroep van wiskundige genieën die ook wel kortweg codekrakers werden genoemd.
Het eerste uur leken de cryptologen zich er niet eens van bewust te zijn dat Becker er was. Ze bewogen zich rond een enorme tafel en spraken een taal die Becker nog nooit had gehoord. Ze hadden het over stroomversleutelingen, zelfkrimpende generatoren, knapzakvarianten, *zero knowledge* protocollen en uniciteitspunten. Becker keek toe zonder er ook maar iets van te begrijpen. Ze krabbelden symbolen op millimeterpapier, bogen zich over computeruitdraaien en wezen steeds naar de wirwar van tekst op de overheadprojector.

```
JHDJA3JKHDHMADO/ERTWTJLW+JGJ328
5JHALSFNHKHHHFAFOHHDFGAF/FJ37WE
OHI93450S9DJFD2H/HHRTYFHLF89303
95JSPJF2J0890IHJ98YHFI080EWRT03
JOJR845HOROQ+JT0EU4TQEFQE//OUJW
08UY0IH0934JTPWFIAJER09QU4JR9GU
IVJP$DUW4H95PE8RTUGVJW3P4E/IKKC
MFFUERHFGV0Q394IKJRMG+UNHVS9OER
IRK/0956Y7U0POIKIOJP9F8760QWERQI
```

Uiteindelijk legde een van hen uit wat Becker al had begrepen. De onbegrijpelijke tekst was een code, een cijfertekst of versleutelde tekst. Het was de taak van de cryptologen om de code weer om te zetten in het oorspronkelijke bericht ofwel de klare tekst. De NSA had Becker laten komen omdat ze vermoedde dat het oorspronkelijke bericht in het Mandarijnen-Chinees was geschreven; hij moest de karakters vertalen die door de cryptologen ontcijferd waren.

Twee uur lang vertaalde Becker een eindeloze stroom Chinese karakters. Maar elke keer dat hij een vertaling gaf, schudden de cryptologen vertwijfeld hun hoofd. Blijkbaar vormde de code geen samenhangend geheel. Omdat hij graag wilde helpen, wees Becker hen erop dat alle karakters die ze hem hadden laten zien iets gemeen hadden: ze maakten ook deel uit van de Kanji-taal. Onmiddellijk viel er een stilte in het rumoerige vertrek. De man die de leiding had, een slungelige kettingroker die Morante heette, keerde zich met een ongelovig gezicht naar Becker.

'Bedoelt u dat deze karakters meerdere betekenissen hebben?'

Becker knikte. Hij vertelde dat Kanji een Japans schrift was dat was gebaseerd op Chinese karakters. Hij had steeds de Chinese vertaling gegeven, omdat hem dat was gevraagd.

'Jezus christus.' Morante hoestte. 'Laten we het Kanji dan proberen.'

Als bij toverslag viel alles op zijn plaats.

De cryptologen waren diep onder de indruk, maar toch bleven ze Becker de karakters in een willekeurige volgorde geven. 'Dat is voor uw eigen veiligheid,' zei Morante. 'Op die manier weet u niet wat u vertaalt.'

Becker lachte. Hij merkte dat hij de enige was.

Toen de code eindelijk gekraakt was, had Becker geen idee wat voor duistere geheimen hij had helpen onthullen, maar één ding wist hij wel: de NSA nam het kraken van codes serieus. De cheque in Beckers zak vermeldde een hoger bedrag dan wat hij in een hele maand aan de universiteit verdiende.

Toen hij weer op weg naar buiten was, langs de reeks controleposten naar de hoofdingang, werd hij tegengehouden door een bewaker die net een telefoon neerlegde. 'Meneer Becker, wilt u alstublieft even wachten?'

'Wat is het probleem?' Becker had niet verwacht dat de klus zo lang zou duren en was bijna te laat voor zijn vaste squashwedstrijd op zaterdagmiddag.

De bewaker haalde zijn schouders op. 'Het hoofd van Crypto wil u graag spreken. Ze komt eraan.'

'Zíj?' Becker lachte. Hij was binnen de NSA nog geen enkele vrouw tegengekomen.

'Hebt u daar een probleem mee?' vroeg een vrouwenstem achter hem.

Becker draaide zich om en voelde onmiddellijk dat hij rood aanliep. Hij wierp een blik op het kaartje dat de vrouw op haar blouse droeg. Het hoofd van de afdeling Cryptologie van de NSA was niet alleen een vrouw, maar een zeer aantrekkelijke vrouw.
'Nee,' stamelde Becker. 'Ik bedoelde alleen...'
'Susan Fletcher.' De vrouw glimlachte en stak hem haar smalle hand toe.
Becker schudde die. 'David Becker.'
'Gefeliciteerd, meneer Becker. Ik heb gehoord dat u mooi werk hebt geleverd vandaag. Vindt u het goed als we daar even over praten?'
Becker aarzelde. 'Eerlijk gezegd heb ik een beetje haast op het moment.' Hij hoopte dat het geen onverstandige daad was om de invloedrijkste inlichtingendienst ter wereld iets te weigeren, maar zijn squashwedstrijd begon over drie kwartier en hij had een reputatie op te houden: David Becker kwam nooit te laat bij squash... Bij zijn colleges misschien, maar nooit bij squash.
'Ik zal het kort houden.' Susan Fletcher glimlachte. 'Deze kant op, alstublieft.'
Tien minuten later zat Becker in de kantine van de NSA met een broodje en een glas cranberrysap tegenover het lieftallige hoofd Cryptologie, Susan Fletcher. Het werd David al snel duidelijk dat de hoge positie van de achtendertigjarige vrouw geen toeval was; ze was een van de intelligentste vrouwen die hij ooit had ontmoet. Toen ze over codes en het ontcijferen ervan praatten, merkte Becker dat hij moeite moest doen om haar te kunnen volgen, en dat was een nieuwe en opwindende ervaring voor hem.
Een uur later, nadat Becker ruimschoots zijn squashwedstrijd had gemist en Susan drie oproepen over de intercom domweg had genegeerd, moesten ze allebei lachen. Daar zaten ze dan, twee zeer analytische geesten, die verondersteld werden immuun te zijn voor irrationele verliefdheden... Maar om de een of andere reden voelden ze zich, terwijl ze zaten te praten over linguïstische morfologie en *pseudo-random* getallengeneratoren, als een stel tieners: de vonken sloegen eraf.
Susan kwam niet toe aan de werkelijke reden dat ze David Becker had willen spreken: om hem op proef een baan aan te bieden bij hun afdeling Aziatische Cryptologie. Uit de passie waarmee de jonge hoogleraar over lesgeven sprak, bleek duidelijk dat

hij nooit weg zou gaan bij de universiteit. Susan besloot de stemming niet te bederven door over zaken te praten. Ze voelde zich als een schoolmeisje. Niets mocht dit bederven. En dat gebeurde ook niet.

Ze maakten elkaar langzaam en romantisch het hof: gestolen uurtjes als hun beider werk dat toestond, lange wandelingen over de campus van Georgetown University, 's avonds laat cappuccino drinken bij Merlutti, af en toe naar een lezing of een concert. Susan merkte dat ze meer lachte dan ze ooit voor mogelijk had gehouden. Het leek alsof David haar overal de vrolijke kant van kon laten zien. Het was een welkome afwisseling van haar veeleisende baan bij de NSA.

Op een frisse middag in de herfst zaten ze op de open tribune te kijken hoe het voetbalteam van Georgetown werd ingemaakt door dat van Rutgers.

'Welke sport beoefende jij ook weer?' vroeg Susan plagend. 'Kalebas?'

Becker gromde. 'Het heet squash.'

Ze keek hem zogenaamd niet-begrijpend aan.

'Het lijkt wel op kalebas,' legde hij uit, 'maar de baan is kleiner.'

Susan gaf hem een duw.

De linksbuiten van Georgetown nam een hoekschop, zó dat de bal uit raakte, en er steeg boegeroep op van de tribune. De verdedigers renden snel terug in de richting van hun doel.

'En jij?' vroeg Becker. 'Doe jij aan sport?'

'Ik heb de zwarte band bij fitness.'

Becker vertrok zijn gezicht. 'Ik hou meer van sporten die je kunt winnen.'

Susan glimlachte. 'Hoezo, prestatiegericht?'

De beste verdediger van Georgetown onderschepte een pass en het publiek juichte. Susan boog zich naar David toe en fluisterde in zijn oor: 'Het stenen tijdperk.'

Hij keek haar vragend aan.

'Het stenen tijdperk,' herhaalde ze. 'Zeg het eerste wat je te binnen schiet.'

Becker keek bedenkelijk. 'Woordassociaties?'

'Standaardprocedure bij de NSA. Ik moet weten in wat voor gezelschap ik me bevind.' Ze keek hem streng aan. 'Het stenen tijdperk.'

Becker haalde zijn schouders op. 'De Flintstones.'

Susan bekeek hem met een frons. 'Goed, probeer deze eens... keuken.'

Hij aarzelde niet. 'Slaapkamer.'

Susan trok quasi-preuts haar wenkbrauwen op. 'Oké, en deze... kat.'

'Darmen,' zei Becker ogenblikkelijk.

'Darmen?'

'Ja. Kattendarmen. *Catgut.* De beste bespanning voor een squashracket.'

'Een smakelijke associatie.' Ze zuchtte.

'Wat is je diagnose?' vroeg Becker.

Susan dacht even na. 'Je bent een kinderlijke, seksueel gefrustreerde squashfanaat.'

Becker haalde zijn schouders op. 'Dat klopt wel zo ongeveer.'

Zo ging het wekenlang. Als ze in een nachtrestaurant aan het dessert zaten, stelde Becker haar de ene vraag na de andere.

Waar had ze wiskunde geleerd?

Hoe was ze bij de NSA terechtgekomen?

Hoe was ze zo fascinerend geworden?

Susan bloosde en bekende dat ze een laatbloeier was. Tot ze tegen de twintig liep, was ze een onbeholpen slungel met een beugel geweest. Haar tante Clara had haar eens gezegd dat God zich had verontschuldigd voor Susans onaantrekkelijkheid door haar hersenen te geven. Een voorbarige verontschuldiging, vond Becker.

Susan vertelde dat ze op de middelbare school geïnteresseerd was geraakt in cryptologie. De voorzitter van de computerclub, een lange jongen uit de tweede klas die Frank Gutmann heette, had een liefdesgedicht voor haar geschreven en dat met behulp van een substitutiemethode versleuteld tot een getallenreeks. Susan had hem gesmeekt te vertellen wat er stond. Frank had dat met een geheimzinnige glimlach geweigerd. Susan had het geheimschrift mee naar huis genomen en had er de hele nacht met een zaklantaarn onder de dekens op liggen studeren totdat ze het geheim had ontdekt: elk getal stond voor een letter. Ze had de code zorgvuldig ontcijferd en verwonderd gezien hoe de schijnbaar willekeurige getallen als bij toverslag in prachtige poëzie veranderden. Op dat ogenblik wist ze dat ze haar liefde had gevonden: codes en cryptologie zouden haar leven worden.

Zestien jaar later, nadat ze haar doctoraal wiskunde aan de Johns Hopkins University had gedaan en met een volledige beurs van het Massachusetts Institute of Technology getaltheorie had bestudeerd, leverde ze haar proefschrift in: *Cryptografische methoden, protocollen en algoritmen voor handmatige toepassingen*. Blijkbaar was haar hoogleraar niet de enige die het las, want kort daarna kreeg Susan een telefoontje en een vliegticket van de NSA.

Iedereen die zich met cryptologie bezighield, kende de NSA; daar werkten de beste cryptologen ter wereld. Elk voorjaar, als de grote bedrijven de intelligentste afgestudeerden eruit pikten en hun onbehoorlijke salarissen en optiepakketten boden, hield de NSA dat nauwlettend in de gaten, koos haar doelwitten, kwam dan eenvoudigweg tussenbeide en verdubbelde het hoogste bod dat er was gedaan. Wat de NSA wilde hebben, kocht ze. Bevend van de zenuwen vloog Susan naar vliegveld Dulles bij Washington, waar ze werd opgewacht door een chauffeur van de NSA, die haar met grote snelheid naar Fort Meade bracht.

Er waren dat jaar eenenveertig anderen die een soortgelijk telefoontje hadden gekregen. Met haar achtentwintig jaar was Susan de jongste. Ze was ook de enige vrouw. Het bezoek bleek meer een public-relationsgebeuren en een aaneenschakeling van intelligentietests te zijn dan een informatieve bijeenkomst. De week erna werden Susan en zes anderen opnieuw uitgenodigd. Hoewel ze aarzelde, ging Susan terug. De zeven werden ogenblikkelijk van elkaar gescheiden. Ze ondergingen individuele leugendetectortests, antecedentenonderzoek, handschriftanalyses en urenlange sollicitatiegesprekken, die werden opgenomen en waarbij onder andere werd gevraagd naar hun seksuele praktijken en voorkeuren. Toen de ondervrager Susan vroeg of ze wel eens seks had gehad met dieren, had ze de neiging weg te lopen, maar op de een of andere manier vond ze het allemaal te fascinerend; het vooruitzicht om met de absolute top op het gebied van codetheorie te werken, het 'Puzzelpaleis' binnen te gaan en lid te worden van de geheimzinnigste club ter wereld: de National Security Agency.

Becker luisterde geboeid naar haar relaas. 'Vroegen ze je echt of je seks met dieren had gehad?'
Susan haalde haar schouders op. 'Onderdeel van het standaard antecedentenonderzoek.'
'En...' Becker onderdrukte een grijns. 'Wat heb je gezegd?'
Ze gaf hem een schop onder de tafel. 'Ik heb gezegd van niet!' Toen vervolgde ze: 'En tot gisteravond was dat waar.'

In Susans ogen was David vrijwel volmaakt. Hij had maar één slechte eigenschap: als ze uitgingen, stond hij er altijd op de rekening te betalen. Susan vond het niet prettig om hem zijn salaris van een hele werkdag te zien uitgeven als ze samen hadden gegeten, maar Becker was onvermurwbaar. Susan ontdekte dat het geen zin had te protesteren, maar het bleef haar dwarszitten. *Ik verdien meer dan ik op kan maken*, dacht ze. *Ik zou moeten betalen.*
Maar afgezien van Davids ouderwetse ridderlijkheid vond Susan hem volmaakt. Hij was meelevend, slim, grappig, en wat het mooiste was: hij had oprechte belangstelling voor haar werk. Of ze nu naar het Smithsonian Institution gingen, een fietstochtje maakten of spaghetti lieten aanbranden in Susans keuken, David was altijd nieuwsgierig. Susan beantwoordde zijn vragen voorzover ze kon en beschreef in algemene termen wat de National Security Agency deed, als die informatie tenminste niet geheim was. Wat David te horen kreeg, boeide hem zeer.
De NSA was op 4 november 1952 om één minuut over twaalf 's nachts opgericht door president Truman en was al bijna vijftig jaar de geheimzinnigste inlichtingendienst ter wereld. De doelstellingen van de NSA waren op zeven bladzijden vastgelegd en waren zeer beknopt: het beschermen van alle communicatie binnen de Amerikaanse overheid en het onderscheppen van berichten van vreemde mogendheden.
Het dak van het hoofdgebouw van de NSA stond vol met meer dan vijfhonderd antennes, waaronder twee grote radarkoepels die eruitzagen als enorme golfballen. Het gebouw zelf was gigantisch: meer dan honderdtachtigduizend vierkante meter, tweemaal zo groot als het hoofdbureau van de CIA. Er liep vijfentwintighonderd kilometer telefoonkabel doorheen en in de gevels was meer dan zevenduizend vierkante meter glas verwerkt

voor de permanent gesloten ramen.
Susan vertelde David over COMINT, de wereldwijde afluisterdienst van de organisatie, een onvoorstelbare verzameling afluisterposten, satellieten, spionnen en telefoontaps over de hele wereld. Er werden dagelijks duizenden berichten en gesprekken onderschept, en die werden allemaal naar de analisten van de NSA gestuurd om te worden ontcijferd. De FBI, de CIA en de adviseurs die het buitenlandse beleid van de Verenigde Staten bepaalden, waren allemaal afhankelijk van het speurwerk van de NSA om een besluit te kunnen nemen.
Becker was gefascineerd. 'En het kraken van codes? Welke rol speel jíj in het geheel?'
Susan vertelde dat de onderschepte berichten vaak afkomstig waren van gevaarlijke naties, vijandelijke groepen en terroristische organisaties, waarvan vele zich binnen de grenzen van de Verenigde Staten bevonden. Hun onderlinge communicatie was meestal gecodeerd, voor het geval dat die in de verkeerde handen terechtkwam, wat dankzij COMINT meestal het geval was. Susan vertelde David dat het haar werk was de codes te bestuderen, ze eigenhandig te kraken en de NSA de gedecodeerde berichten te leveren. Dat was niet helemaal waar.
Susan voelde zich schuldig dat ze tegen haar nieuwe liefde loog, maar ze kon niet anders. Tot een paar jaar geleden zou haar verhaal waar zijn geweest, maar er waren dingen veranderd bij de NSA. De hele wereld van de cryptologie was veranderd. Susans nieuwe taken waren geheim, zelfs voor mensen op de hoogste posten.
'Codes,' zei Becker geboeid. 'Hoe weet je waar je moet beginnen? Ik bedoel... hoe kraak je ze?'
Susan glimlachte. 'Als iemand dat zou moeten weten, ben jij het wel. Het is net zoiets als een vreemde taal leren. In eerste instantie ziet een tekst eruit als wartaal, maar naarmate je de regels leert die de structuur ervan bepalen, begin je de betekenis te doorzien.'
Becker knikte geïmponeerd. Hij wilde er meer over weten.
Met Merlutti's servetten en het programma van een concert als schoolbord gaf Susan haar charmante nieuwe leerling een stoomcursus cryptologie. Ze begon met het volmaakte versleutelingsvierkant van Julius Caesar.

Caesar, legde ze uit, was de eerste cryptograaf in de geschiedenis. Toen het steeds vaker gebeurde dat zijn bodes werden overvallen en zijn geheime berichten gestolen, bedacht hij een eenvoudige manier om zijn instructies te versleutelen. Hij herschikte de tekst van zijn berichten zodanig dat die nonsens leken te zijn. Dat was natuurlijk niet zo. Elk bericht had een aantal letters dat het kwadraat van een heel getal was, zestien, vijfentwintig, honderd, afhankelijk van de boodschap die Caesar wilde overbrengen. Hij liet zijn officieren in het geheim weten dat ze, als er zo'n onsamenhangend bericht kwam, de tekst moesten overschrijven in een vierkant raster. Als ze dat hadden gedaan en dan van boven naar beneden lazen, werd de geheime boodschap plotsklaps duidelijk.

In de loop der tijd werd Caesars idee van het herschikken van tekst door anderen overgenomen en verbeterd, zodat de oorspronkelijke tekst moeilijker te achterhalen werd. Het hoogtepunt van codering zonder computers werd in de Tweede Wereldoorlog bereikt. De nazi's bouwden een fantastische coderingsmachine die ze Enigma noemden. Het apparaat leek op een ouderwetse typemachine, maar had ingenieus gekoppelde roterende schijven, voorzien van elektrische contacten, die met elke toetsaanslag meedraaiden en via de zo gevormde verbinding een tekst omzetten in een verwarrende verzameling schijnbaar betekenisloze groepen letters. Alleen met een andere Enigma-machine, met dezelfde schijven en instellingen, kon de code ontcijferd worden.

Becker hing aan haar lippen. De leraar was de leerling geworden.

Op een avond, tijdens een voorstelling van *De Notenkraker* op de universiteit, gaf Susan David zijn eerste, eenvoudige geheimtaal om te ontcijferen. Hij zat de hele pauze met zijn pen in zijn hand over de boodschap van zevenendertig letters gebogen:

HJ ADM AKHI CZS VD DKJZZQ GDAADM KDQDM JDMMDM

Uiteindelijk, vlak voordat de lichten doofden voor het tweede deel, had hij het door. Susan had eenvoudig elke letter van haar boodschap vervangen voor de letter die er in het alfabet aan voorafging. Om de code te ontcijferen, hoefde Becker alleen maar elke letter te vervangen voor de volgende in het alfabet; a werd b, b werd c, enzovoort. Hij verving snel de rest van de letters. Hij had nooit gedacht dat zo'n kort zinnetje hem zo gelukkig kon maken:

IK BEN BLIJ DAT WE ELKAAR HEBBEN LEREN KENNEN

Hij krabbelde snel een antwoord en gaf het haar:

HJ NNJ

Susan las het en straalde.

Becker moest lachen. Hij was vijfendertig jaar oud, en zijn hart maakte salto's. Hij had zich nooit eerder zo aangetrokken gevoeld tot een vrouw. Haar fijne Europese gelaatstrekken en zachte bruine ogen deden hem denken aan een advertentie van Estée Lauder. Susan was dan als tiener misschien slungelig en onbeholpen geweest, dat was ze nu allerminst. In de tussentijd had ze een gracieuze bevalligheid ontwikkeld; ze was lang en slank, had volle, stevige borsten en een volkomen platte buik. David grapte soms dat ze het eerste fotomodel was dat hij kende met een academische graad in de toegepaste wiskunde en getaltheorie. Naarmate de maanden verstreken, begonnen ze allebei te vermoeden dat ze iets gevonden hadden dat levenslang zou kunnen duren.

Ze kenden elkaar bijna twee jaar toen David haar onverwacht ten huwelijk vroeg. Ze waren een weekend in de Smoky Mountains. Ze lagen op een groot hemelbed in Stone Manor. Hij had geen ring; hij flapte het er zomaar uit. Dat vond ze juist geweldig aan hem: hij was zo spontaan. Ze kuste hem lang en stevig. Hij nam haar in zijn armen en liet haar nachtjapon van haar schouders glijden.

'Dat zal ik maar als "ja" interpreteren,' zei hij, en ze vreeën de hele nacht bij de warmte van het vuur.

Die bijzondere avond was een halfjaar geleden... Voordat David onvoorzien promotie had gemaakt en was benoemd tot voorzitter van de afdeling Moderne Talen. Sinds die tijd was hun relatie er niet beter op geworden.

4

De deur van Crypto gaf één piepje en wekte Susan uit haar sombere mijmerij. De deur was voorbij het punt gedraaid waarop hij volledig open was en zou over vijf seconden weer dichtslaan, na 360 graden rond te zijn gedraaid. Susan vermande zich en stapte door de opening. Een computer registreerde haar binnenkomst.

Hoewel ze sinds de oplevering, drie jaar geleden, praktisch in Crypto had gewoond, bleef de aanblik ervan haar verbazen. Het grootste vertrek was een enorme, ronde ruimte van vijf verdiepingen hoog. Het doorzichtige, koepelvormige plafond bevond zich op het hoogste punt, in het midden, zesendertig meter boven de grond. De koepel van plexiglas was gewapend met polycarbonaatvezel, een structuur die bestand was tegen explosies van twee megaton. Het zonlicht dat door de koepel scheen, tekende fijn kantwerk op de muren. Kleine stofdeeltjes zweefden in grote, argeloze spiralen naar boven, zonder te vermoeden dat ze gevangen zaten in het krachtige systeem dat de lucht in de koepel van ionen ontdeed.

De wanden van de ruimte vormden bovenaan een breed, gebogen gewelf en gingen bijna verticaal lopen naarmate ze op ooghoogte kwamen. Daarna werden ze minder doorschijnend, en ze gingen dicht bij de vloer over in een ondoorzichtig zwart. De glanzende, zwarte tegelvloer glom met een mysterieuze schittering, zodat je het verontrustende gevoel kreeg dat de vloer transparant was. Van zwart ijs.

Als de punt van een kolossale torpedo stak de machine waarvoor de koepel was gebouwd in het midden van de ruimte door de vloer naar boven. Het kegelvormige, zwarte silhouet ervan stak zeven meter de lucht in. Door de gebogen en gladde vorm leek het alsof er een enorme orka uit een ijskoude zee oprees en in die houding bevroren was.

Dit was TRANSLTR, de duurste verzameling computerapparatuur ter wereld, een machine waarvan de NSA zwoer dat hij niet bestond.

Net als bij een ijsberg ging negentig procent van de omvang en kracht van de machine diep onder het oppervlak schuil. Het geheim ervan werd omsloten door een keramische silo die tot zes verdiepingen onder de grond reikte; een raketvormige romp, omgeven door een wirwar van smalle looppaden en kabels, en het gesis van de ontsnappende gassen van het freonkoelsysteem. De generatoren onderin stonden voortdurend op een lage frequentie te brommen, zodat de akoestiek in Crypto een doods, spookachtig karakter had.

TRANSLTR was, zoals alle grote technologische verbeteringen, geboren uit noodzaak. In de jaren tachtig had de NSA een revolutie in telecommunicatie gezien die de wereld van het inlichtingenwerk voor altijd zou veranderen: het toegankelijk worden van het internet. En meer in het bijzonder het ontstaan van e-mail.

Criminelen, terroristen en spionnen waren het zat dat hun telefoon werd afgetapt en omarmden deze nieuwe manier van wereldwijde communicatie ogenblikkelijk. E-mail had de veiligheid van gewone briefpost en de snelheid van de telefoon. Doordat de berichten door ondergrondse glasvezelkabels werden verstuurd en nooit door de lucht reisden zoals radiogolven, konden ze onmogelijk onderschept worden. Tenminste, dat was de heersende gedachte.

In werkelijkheid was het onderscheppen van e-mail terwijl dat over het internet schoot voor de technogoeroes van de NSA kinderspel. Internet was niet de nieuwe openbaring op het gebied van privé-computergebruik waar de meesten het voor aanzagen. Het was drie decennia eerder ontworpen door het Amerikaanse ministerie van Defensie: een enorm netwerk van computers, bedoeld om de communicatie tussen diverse overheidsinstanties veilig te stellen als er een kernoorlog zou uitbreken. De ogen en oren van de NSA waren oudgedienden op het gebied van internet. Mensen die illegale handel dreven via e-mail kwamen er al snel achter dat hun geheimen niet zo vertrouwelijk bleken als ze hadden gedacht. De FBI, DEA, IRS en andere Amerikaanse overheidsdiensten konden genieten van een vloed aan arrestaties en veroordelingen.

Toen computergebruikers overal ter wereld ontdekten dat de Amerikaanse overheid vrije toegang tot hun e-mail had, stak er natuurlijk een storm van verontwaardiging op. Zelfs correspondentievrienden, die alleen gebruikmaakten van e-mail om elkaar onschuldige briefjes te schrijven, vonden het gebrek aan privacy verontrustend. Over de hele wereld begonnen ondernemende programmeurs te werken aan een manier om e-mail te beveiligen. Die vonden ze al snel, en de codering met behulp van een publieke sleutel was geboren.

Het idee van deze versleutelingsmethode was even eenvoudig als briljant. Gemakkelijk te gebruiken pc-software versleutelde e-mailberichten dusdanig dat ze volkomen onleesbaar waren. De gebruiker van deze methode kon een brief schrijven en door de software laten veranderen in iets wat eruitzag als willekeurige nonsens, een code. Iemand die het bericht onderschepte, zou alleen een onleesbare wirwar van tekst op het scherm zien.

De enige manier om het bericht te ontcijferen was door de geheime sleutel in te voeren: een reeks tekens die zo ongeveer functioneerde als een pincode bij een geldautomaat. Die sleutels waren over het algemeen tamelijk lang en complex; ze bevatten alle informatie die nodig was om het versleutelingsalgoritme precies te vertellen welke wiskundige operaties uitgevoerd moesten worden om het oorspronkelijke bericht terug te krijgen.

Nu kon er vertrouwelijke e-mail worden verstuurd. Zelfs als het bericht werd onderschept, kon alleen degene die over de sleutel beschikte het ontcijferen.

De NSA besefte onmiddellijk dat ze een probleem had. De codes waarmee ze te maken kreeg, waren niet langer eenvoudige substitutieversleutelingen die met een potlood en millimeterpapier op te lossen waren; het waren door computers gegenereerde *hash*-functies die gebruikmaakten van de chaostheorie en van meerdere alfabetten om berichten te versleutelen tot een schijnbaar hopeloze willekeur aan symbolen.

In het begin waren de geheime sleutels die werden gebruikt zo kort dat de computers van de NSA ze konden 'raden'. Als de gezochte sleutel uit tien cijfers bestond, werd er een computer zodanig geprogrammeerd dat die alle mogelijke combinaties tussen 0000000000 en 9999999999 probeerde. Vroeg of laat stuitte de computer op de juiste cijferreeks. Deze proefondervindelijke methode werd een brutekrachtaanval genoemd. Het kostte veel tijd, maar werkte gegarandeerd.

Toen de wereld op de hoogte raakte van de mogelijkheden van

het kraken van codes door brute kracht in te zetten, begonnen de geheime sleutels steeds langer te worden. De tijd die een computer nodig had om de juiste sleutel te 'raden' liep op van weken naar maanden, en uiteindelijk naar jaren.
In het begin van de jaren negentig waren de sleutels meer dan vijftig tekens lang en gebruikten ze de volledige 256-delige tekenset van ASCII, die uit letters, cijfers en symbolen bestaat. Het aantal verschillende mogelijkheden was ongeveer 10^{120}, een één met honderdtwintig nullen erachter. Het raden van een geheime sleutel was daarmee net zo onwaarschijnlijk geworden als het kiezen van de juiste zandkorrel op een strand van vijf kilometer lang. De schatting was dat een brutekrachtaanval op een standaardsleutel van vierenzestig bits de snelste computer van de NSA – de zeer geheime Cray/Josephson II – meer dan negentien jaar zou kosten. Tegen de tijd dat de computer de sleutel had geraden en de code had gekraakt, zou de inhoud van het bericht irrelevant zijn geworden.
De NSA, die in een soort informatievacuüm terecht was gekomen, vaardigde een zeer geheime opdracht uit die werd onderschreven door de president van de Verenigde Staten. Gesteund door overheidsgeld en met carte blanche om alles te doen wat nodig was om het probleem op te lossen, begon de NSA te bouwen aan het onmogelijke: de eerste machine ter wereld die alle codes kon kraken.
Ondanks het feit dat veel technici van mening waren dat die nieuwe computer onmogelijk gebouwd kon worden, hield de NSA zich aan haar motto: alles is mogelijk. Het onmogelijke kost alleen wat meer tijd.
Vijf jaar, een half miljoen manuren en 1,9 miljard dollar later bewees de NSA weer eens dat dat waar was. De laatste van de drie miljoen processors ter grootte van een postzegel werd handmatig op de juiste plek gesoldeerd, de laatste hand werd gelegd aan de interne programmering en het keramische omhulsel werd dichtgelast. De geboorte van TRANSLTR.
Hoewel het functioneren van TRANSLTR het resultaat was van de inspanningen van vele geesten en geen enkel individu de geheime, interne werking helemaal begreep, was het basisprincipe eenvoudig: vele handen maken licht werk.
De drie miljoen processors zouden allemaal parallel aan elkaar

werken en met oogverblindende snelheid alle mogelijke combinaties proberen. De hoop was dat zelfs codes met onvoorstelbaar grote sleutels niet veilig zouden zijn voor de vasthoudendheid van TRANSLTR. Dit peperdure meesterwerk zou gebruikmaken van de kracht van parallelle verwerking en van enkele zeer geheime verbeteringen in de beoordeling van klare tekst om sleutels te raden en codes te kraken. De machine zou haar kracht niet alleen ontlenen aan haar verbijsterende aantal processors, maar ook aan nieuwe vorderingen op het gebied van kwantumcomputers, een technologie in opkomst waarbij informatie kan worden opgeslagen in de vorm van kwantummechanische toestanden in plaats van alleen als binaire gegevens.

Op een winderige donderdagochtend in oktober brak het ogenblik van de waarheid aan. De eerste echte test. Ondanks de onzekerheid over de snelheid van de machine, waren de technici het over één ding eens: als de processors allemaal parallel functioneerden, zou TRANSLTR krachtig zijn. De vraag was hóé krachtig.

Het antwoord kwam twaalf minuten later. Er viel een verblufte stilte onder het handjevol aanwezigen toen de uitdraai met de klare tekst tevoorschijn kwam: de code was gebroken. TRANSLTR had een sleutel van vierenzestig bits in iets meer dan tien minuten gevonden, bijna een miljoen maal sneller dan de twintig jaar die het de op een na snelste computer van de NSA gekost zou hebben.

Onder leiding van de onderdirecteur, commandant Trevor J. Strathmore, had de productieafdeling van de NSA gezegevierd. TRANSLTR was een succes. Om ervoor te zorgen dat dat succes geheim bleef, liet commandant Strathmore onmiddellijk uitlekken dat het project een volledige mislukking was. Alle activiteit in de Cryptovleugel was zogenaamd een poging om te redden wat er te redden viel van hun fiasco van twee miljard dollar. Alleen een kleine elite van de NSA kende de waarheid: dat TRANSLTR elke dag honderden codes kraakte.

Nu de hele wereld dacht dat digitale versleutelingen absoluut niet te kraken waren, zelfs niet door de oppermachtige NSA, stroomden de geheimen binnen. Drugsbaronnen, terroristen en oplichters, allemaal hadden ze hun buik vol van het feit dat hun mobieltjes werden afgeluisterd en wendden ze zich tot het

opwindende nieuwe medium voor bliksemsnelle wereldwijde communicatie: gecodeerde e-mail. Nooit meer zouden ze ten overstaan van de rechtbank hun eigen stem op een bandje horen, het bewijs van een of ander allang vergeten gesprek over de mobiele telefoon, door een satelliet van de NSA uit de lucht geplukt.
Nooit eerder was het verzamelen van geheime informatie zo gemakkelijk geweest. Codes die door de NSA werden onderschept, gingen TRANSLTR in als volkomen onleesbare versleutelingen en werden een paar minuten later als normaal leesbare tekst weer uitgespuugd. Geen geheimen meer.
Om hun dekmantel van incompetentie helemaal geloofwaardig te maken, lobbyde de NSA hevig tegen alle nieuwe coderingssoftware voor computers, onder het mom dat zij daarmee buitenspel werd gezet en dat het onmogelijk werd voor rechtshandhavers om criminelen te arresteren en te vervolgen. IJveraars voor burgerrechten verheugden zich daarover, omdat ze vonden dat de NSA hun e-mail helemaal niet hoorde te lezen. Er kwam onophoudelijk nieuwe coderingssoftware op de markt. De NSA had de strijd verloren... precies zoals haar bedoeling was geweest. De wereldwijde elektronische gemeenschap was voor de gek gehouden... Zo leek het tenminste.

5

Waar is iedereen? vroeg Susan zich af toen ze de verlaten hal van Crypto doorkruiste. *Wát een noodgeval.*
De meeste afdelingen van de NSA waren zeven dagen per week volledig bemand, maar in Crypto was het over het algemeen stil op zaterdag. Cryptologen waren van nature workaholics die lange dagen maakten, en daarom was er een ongeschreven wet dat ze zaterdag vrij namen, behalve in noodgevallen. Codekrakers waren te waardevol voor de NSA om het risico te lopen ze aan een burnout te verliezen.
Susan liep door de ruimte. Rechts van haar rees TRANSLTR op. De generatoren, acht verdiepingen lager, klonken vandaag

vreemd onheilspellend. Susan hield er niet van om buiten werktijd in Crypto te zijn. Het was alsof je in je eentje met een groot, futuristisch beest in een kooi zat opgesloten. Ze liep snel naar het kantoor van de commandant.
Strathmores werkplek, een kantoor met glazen wanden dat 'het aquarium' werd genoemd vanwege het uiterlijk ervan als de gordijnen open waren, bevond zich boven aan een stel smalle, metalen trappen tegen de achtermuur van Crypto. Terwijl Susan de ijzeren treden beklom, keek ze omhoog naar Strathmores dikke eiken deur. Het beeldmerk van de NSA was erop afgebeeld: een Amerikaanse adelaar die een ouderwetse sleutel in zijn klauwen klemt. Achter die deur zat een van de meest bijzondere mannen die ze ooit had ontmoet.
Commandant Strathmore, de zesenvijftig jaar oude onderdirecteur van de NSA, was als een vader voor Susan. Hij was degene die haar had aangenomen en degene die ervoor had gezorgd dat ze de NSA als haar thuis was gaan beschouwen. Toen Susan meer dan tien jaar geleden bij de NSA in dienst was gekomen, was Strathmore hoofd van de afdeling Crypto Ontwikkeling, een kweekvijver voor nieuwe cryptologen... nieuwe mánnelijke cryptologen. Hoewel Strathmore nooit toestond dat iemand werd getreiterd, had hij een extra beschermende houding ten aanzien van de enige vrouw die onder hem werkte. Als hij werd beschuldigd van voortrekkerij, reageerde hij daarop met de waarheid: Susan Fletcher was een van de intelligentste jonge personeelsleden die hij ooit had meegemaakt, en hij was niet van plan haar kwijt te raken als gevolg van ongewenste intimiteiten of getreiter. Een van de oudere cryptologen nam op een dag het domme besluit Strathmores vastberadenheid hierin op de proef te stellen.
Op een ochtend in haar eerste jaar liep Susan de nieuwe koffiekamer van de cryptologen binnen om wat papieren op te halen. Bij het weggaan zag ze een foto van haarzelf op het prikbord hangen. Ze ging bijna van haar stokje van gêne. Daar lag ze op haar rug op een bed, met alleen een slipje aan.
Later bleek dat een van de cryptologen een foto uit een pornoblad had gescand en Susans hoofd op het lichaam van een ander had gemonteerd. Het effect was zeer overtuigend geweest. Helaas voor de cryptoloog in kwestie kon commandant Strath-

more de stunt absoluut niet waarderen. Twee uur later ging er een gedenkwaardig memo uit:

EMPLOYÉ CARL AUSTIN ONTSLAGEN WEGENS ONGEPAST GEDRAG.

Vanaf die dag viel niemand haar meer lastig; Susan Fletcher was commandant Strathmores ster.

Maar Strathmores jonge cryptologen waren niet de enigen die leerden hem te respecteren; al vroeg in zijn carrière had Strathmore indruk gemaakt op zijn superieuren door plannen aan te dragen voor een aantal onorthodoxe en zeer succesvolle inlichtingenoperaties. Naarmate hij hogere posities kreeg, werd steeds duidelijker dat Trevor Strathmore het vermogen bezat om zeer complexe situaties door steekhoudende analyses tot hun eenvoudigste vorm terug te brengen. Hij was er heel goed in om voorbij de morele verwikkelingen te kijken die de beslissingen van de NSA bemoeilijkten en om zonder aarzelen in het algemeen belang te handelen.

Niemand twijfelde aan Strathmores vaderlandslievendheid. Hij stond bij zijn collega's bekend als patriot en visionair; een fatsoenlijke man in een wereld van leugens.

In de jaren sinds Susan bij de NSA was komen werken, was Strathmore van hoofd van de afdeling Crypto Ontwikkeling omhooggeschoten tot tweede man van de hele NSA. Nu stond er nog maar één man boven commandant Strathmore: directeur Leland Fontaine, de mythische opperheer van het Puzzelpaleis. Je zag hem nooit en hoorde hem slechts af en toe, maar hij werd alom gevreesd. Hij en Strathmore waren het zelden over iets eens, en als ze elkaar ontmoetten, liep dat altijd uit op een soort titanenstrijd. Fontaine was een reus onder de reuzen, maar dat leek Strathmore niets te kunnen schelen. Hij verdedigde zijn ideeën tegenover de directeur met de zelfbeheersing van een professionele bokser. Zelfs de president van de Verenigde Staten durfde niet tegen Fontaine te praten zoals Strathmore dat deed. Je had politieke immuniteit nodig om dat te doen, of, zoals in het geval van Strathmore, politieke onverschilligheid.

Susan kwam boven aan de trap aan. Voordat ze kon kloppen, zoemde Strathmores elektronische deurslot al. De deur zwaaide

open en de commandant wenkte haar naar binnen.
'Bedankt dat je gekomen bent, Susan. Ik sta bij je in het krijt.'
'Nee, hoor.' Ze glimlachte en ging tegenover zijn bureau zitten.
Strathmore was een lange, stevig gebouwde man wiens onopvallende gelaatstrekken op de een of andere manier zijn verbeten efficiëntie en streven naar perfectie maskeerden. Zijn grijze ogen weerspiegelden meestal zelfvertrouwen en bezonkenheid, voortkomend uit ervaring, maar vandaag stonden ze verwilderd en verontrust.
'U ziet er uitgeput uit,' zei Susan.
'Ik heb me wel eens beter gevoeld.' Strathmore zuchtte.
Dat lijkt me voorzichtig uitgedrukt, dacht ze.
Strathmore zag er slechter uit dan Susan ooit had meegemaakt. Zijn dunner wordende grijze haar zat door de war en ondanks de koelte door de airconditioning parelde er zweet op zijn voorhoofd. Hij zag eruit alsof hij met zijn kleren aan had geslapen. Hij zat achter een modern bureau met twee ingebouwde toetsenborden en een computermonitor aan het ene uiteinde. Het lag bezaaid met computeruitdraaien en zag eruit als een of andere buitenaardse cockpit die pardoes midden in zijn met gordijnen afgeschermde kamer terecht was gekomen.
'Zware week gehad?' vroeg ze.
Strathmore haalde zijn schouders op. 'Gewoon. De EFF valt weer helemaal over me heen vanwege het recht op privacy van de burger.'
Susan grinnikte. De EFF, de Electronic Frontier Foundation, was een wereldwijde alliantie van computergebruikers die een invloedrijk verbond voor burgerrechten hadden gesloten, gericht op het bevorderen van de vrijheid van meningsuiting op het internet en het bieden van voorlichting over de gevaren van de elektronische samenleving. Ze lobbyden voortdurend tegen wat ze noemden 'de orwelliaanse afluistermogelijkheden van overheidsinstanties', met name de NSA. De EFF was een voortdurende bron van ergernis voor Strathmore.
'Dat klinkt als een normale week,' zei ze. 'Wat is het dan voor noodgeval, waarvoor u me uit bad hebt gebeld?'
Strathmore zat een tijdje afwezig met de trackball te spelen die in zijn bureaublad was gemonteerd. Na een lange stilte keek hij Susan strak aan. 'Hoeveel tijd heeft TRANSLTR tot nu toe op z'n

hoogst nodig gehad om een code te kraken?'
De vraag overviel Susan volledig. Het leek haar een zinloze. *Heeft hij me hiervoor laten komen?*
'Nou...' Ze aarzelde. 'We hebben een paar maanden geleden een door COMINT onderschepte code gehad die ongeveer een uur kostte, maar die had een absurd lange sleutel, tienduizend bits of zoiets.'
Strathmore gromde. 'Een uur, hè? En het onderzoek dat we gedaan hebben naar grenswaarden?'
Susan haalde haar schouders op. 'Ja, als je onze diagnostische tests meerekent, is het natuurlijk langer.'
'Hoevéél langer?'
Susan had geen idee waar Strathmore heen wilde. 'Nou, ik heb afgelopen maart een algoritme geprobeerd met een gesegmenteerde sleutel van een miljoen bits. Met ongeoorloofde programmalussen, zelfstandige functies binnen een cellenstructuur, alles erop en eraan. TRANSLTR slaagde er toch in het te kraken.'
'Hoe lang duurde dat?'
'Drie uur.'
Strathmore trok zijn wenkbrauwen op. 'Drie uur? Zo lang?'
Susan fronste enigszins beledigd haar wenkbrauwen. De afgelopen drie jaar was het haar taak geweest de meest geheime computer ter wereld nauwkeurig af te stemmen; de meeste programmatuur die TRANSLTR zo snel maakte, was van haar. Een sleutel van een miljoen bits was nauwelijks realistisch te noemen.
'Oké,' zei Strathmore. 'Dus zelfs onder extreme omstandigheden is TRANSLTR nooit langer dan circa drie uur bezig geweest met het kraken van een code?'
Susan knikte. 'Ja. Zo ongeveer.'
Strathmore zweeg even, alsof hij bang was iets te zeggen waar hij spijt van zou kunnen krijgen. Uiteindelijk keek hij op. 'TRANSLTR is op iets gestuit...' Hij onderbrak zichzelf.
Susan wachtte af. 'Meer dan drie uur?'
Strathmore knikte.
Ze was niet ongerust. 'Een nieuwe diagnostische test? Iets van Systeembeveiliging?'
Strathmore schudde zijn hoofd. 'Het is een bestand van buiten.'
Susan wachtte op de clou, maar die kwam niet. 'Een bestand

van buiten? U maakt toch zeker een grapje?'
'Was dat maar waar. Ik heb het gisteravond om een uur of half-twaalf ingevoerd. Het is nog niet gekraakt.'
Susans mond viel open. Ze keek op haar horloge en toen weer naar Strathmore. 'Is hij er nog steeds mee bezig? Al meer dan vijftien uur?'
Strathmore boog zich naar voren en draaide zijn monitor naar Susan. Het scherm was zwart, met in het midden een klein geel venstertje waarin de cijfers versprongen.

VERSTREKEN TIJD: 15:09:33
GEZOCHTE SLEUTEL: ———

Susan staarde er verbijsterd naar. Blijkbaar werkte TRANSLTR inderdaad al meer dan vijftien uur aan één code. Ze wist dat de processors van de computer dertig miljoen sleutels per seconde uitprobeerden; honderd miljard per uur. Als TRANSLTR daar nog steeds mee bezig was, betekende dat dat de sleutel enorm moest zijn, meer dan tien miljard tekens lang. Dat was volkomen krankzinnig.
'Dat kan niet!' verklaarde ze. 'Hebt u gecontroleerd of er foutmeldingen zijn? Misschien is TRANSLTR een probleem tegengekomen en...'
'Nee, geen meldingen.'
'Maar dan moet de sleutel gigantisch zijn!'
Strathmore schudde zijn hoofd. 'Een standaard algoritme, zoals die in de handel zijn. Ik denk een sleutel van vierenzestig bits.'
Verbaasd keek Susan uit het raam naar TRANSLTR onder hen. Ze wist uit ervaring dat die een sleutel van vierenzestig bits binnen tien minuten kon vinden. 'Er moet een verklaring voor zijn.'
Strathmore knikte. 'Die is er ook. Maar die zul je niet leuk vinden.'
Susan keek bezorgd. 'Werkt TRANSLTR niet goed?'
'TRANSLTR doet het prima.'
'Hebben we een virus?'
Strathmore schudde zijn hoofd. 'Geen virus. Laat me mijn verhaal doen.'
Susan snapte er niets van. TRANSLTR was nog nooit op een code gestuit die hij niet binnen een uur kon kraken. Meestal kwam

de klare tekst na een paar minuten uit Strathmores printer rollen. Ze wierp een blik op het apparaat achter zijn bureau. Er lag niets.

'Susan,' zei Strathmore kalm. 'Je zult dit in eerste instantie wel moeilijk te geloven vinden, maar laat me eerst uitpraten.' Hij beet op zijn lip. 'De code waar TRANSLTR aan werkt... is uniek. Hij is heel anders dan alles wat we hiervoor hebben gezien.' Strathmore zweeg even, alsof hij de volgende woorden nauwelijks over zijn lippen kon krijgen. 'Deze code is niet te kraken.'

Susan staarde hem aan en barstte bijna in lachen uit. *Niet te kraken? Wat bedoelde hij dáár in hemelsnaam mee?* Er bestonden geen codes die niet te kraken waren. Bij sommige kostte het meer tijd dan bij andere, maar alle codes konden gekraakt worden. Het was een mathematische zekerheid dat TRANSLTR vroeg of laat de juiste sleutel zou raden. 'Pardón?'

'Deze code is niet te kraken,' herhaalde hij op matte toon.

Niet te kraken? Susan kon zich niet voorstellen dat dat werd gezegd door een man die zevenentwintig jaar ervaring had met het analyseren van codes.

'Niet te kraken, meneer?' vroeg ze slecht op haar gemak. 'En de wet van Bergofsky dan?'

Susan had de wet van Bergofsky al vroeg in haar carrière leren kennen. Die vormde de hoeksteen van de technologie die op het gebruik van brute kracht was gebaseerd. Die had Strathmore op het idee gebracht TRANSLTR te bouwen. De wet luidde dat als een computer maar genoeg sleutels probeerde, het mathematisch zeker was dat hij op een gegeven moment de juiste zou vinden. De veiligheid van een code lag niet in het feit dat de sleutel onvindbaar was, maar dat de meeste mensen niet de tijd of de apparatuur hadden om ernaar te zoeken.

Strathmore schudde zijn hoofd. 'Deze code is anders.'

'Anders?' Susan bekeek hem achterdochtig. *Een code die niet te kraken is, is een wiskundige onmogelijkheid! Dat weet hij!*

Strathmore streek met een hand over zijn bezwete schedel. 'Deze code is het product van een gloednieuw versleutelingsalgoritme. Een dat we nooit eerder hebben gezien.'

Nu had Susan nog meer bedenkingen. Versleutelingsalgoritmes waren alleen wiskundige formules, voorschriften over hoe een tekst versleuteld moest worden tot een code. Wiskundigen en

programmeurs maakten dagelijks nieuwe algoritmes. Er waren er honderden op de markt: PGP, Diffie-Hellman, ZIP, IDEA, El Gamal. TRANSLTR brak al dat soort codes dagelijks, zonder enig probleem. Voor TRANSLTR zagen alle codes er hetzelfde uit, ongeacht het algoritme dat hen geschreven had.
'Ik snap het niet,' bracht ze naar voren. 'We hebben het niet over het achterhalen van een of andere complexe functie door de werking stap voor stap te analyseren, we hebben het over brute kracht. PGP, Lucifer, DSA, het maakt niets uit. Het algoritme genereert een sleutel die het als veilig beschouwt, en TRANSLTR blijft raden totdat hij hem heeft gevonden.'
Strathmore antwoordde met het beheerste geduld van een goede leraar. 'Ja, Susan, TRANSLTR zal de sleutel áltijd vinden, ook al is die gigantisch.' Hij liet een lange stilte vallen. 'Tenzij...'
Susan wilde iets zeggen, maar het was duidelijk dat het hoge woord er bijna uitkwam. *Tenzij wat?*
'Tenzij de computer de juiste sleutel raadt, maar verder gaat met raden omdat hij niet doorheeft dat hij de juiste sleutel heeft gevonden.' Strathmore keek somber. 'Ik denk dat dit algoritme een roterende klare tekst heeft.'
Susan gaapte hem aan.
Het idee van een roterende klare tekst werd voor het eerst besproken in een onbekend artikel uit 1987 van Josef Harne, een Hongaarse wiskundige. Omdat computers die met brute kracht codes kraakten in de klare tekst zochten naar herkenbare woordpatronen, opperde Harne de mogelijkheid van een versleutelingsalgoritme dat behalve versleutelen de ontcijferde tekst voortdurend verschoof. In theorie zou zo'n onophoudelijke mutatie ervoor zorgen dat de aanvallende computer nooit herkenbare woordpatronen zou vinden en dus nooit zou weten dat hij de juiste sleutel had gevonden. Het idee had iets weg van de plannen om Mars te koloniseren: je kon erover filosoferen, maar het lag nog ver buiten het menselijk vermogen.
'Waar komt het vandaan?' vroeg ze.
Het antwoord van de commandant kwam langzaam. 'Een voor zichzelf werkende programmeur heeft het geschreven.'
'Wat?' Susan liet zich tegen de rugleuning van haar stoel vallen. 'We hebben de beste programmeurs ter wereld beneden zitten! We werken allemaal samen, en we zijn zelfs nog niet in de búúrt

gekomen van het schrijven van een algoritme met een roterende klare tekst. Wilt u me nu vertellen dat een of andere beginneling met een pc heeft ontdekt hoe het moet?'

Strathmore dempte zijn stem, kennelijk in een poging haar te kalmeren. 'Ik zou deze man nou niet bepaald een beginneling noemen.'

Susan luisterde niet. Ze was ervan overtuigd dat er een andere verklaring moest zijn: een storing. Een virus. Alles was waarschijnlijker dan een code die niet te kraken was.

Strathmore keek haar strak aan. 'Een van de briljantste cryptologische geesten aller tijden heeft dit algoritme geschreven.'

Susan was sceptischer dan ooit; de briljantste cryptologische geesten aller tijden werkten op haar afdeling, en als een van hen een dergelijk algoritme had geschreven, had ze dat zeker gehoord.

'Wie dan?' vroeg ze.

'Dat kun je vast wel raden,' zei Strathmore. 'Hij is niet erg gek op de NSA.'

'Nou, dan blijven er niet veel over!' schimpte ze sarcastisch.

'Hij heeft aan het TRANSLTR-project gewerkt. Hij heeft de regels overtreden. Bijna een ramp voor de inlichtingendiensten veroorzaakt. Ik heb hem weggestuurd.'

Susan keek heel even wezenloos en trok toen wit weg. 'O, mijn god...'

Strathmore knikte. 'Hij is al het hele jaar aan het opscheppen over zijn werk aan een algoritme dat tegen brute kracht bestand is.'

'M-maar...' stamelde Susan. 'Ik dacht dat hij blufte. Is het hem écht gelukt?'

'Ja. Het ultieme algoritme dat codes maakt die niet te kraken zijn.'

Susan bleef lang zwijgen. 'Maar... dat betekent...'

Strathmore keek haar recht in de ogen. 'Ja. Door Ensei Tankado is TRANSLTR nu in één klap verouderd.'

6

Hoewel Ensei Tankado in de Tweede Wereldoorlog nog niet geboren was, bestudeerde hij alles wat erover te vinden was met grote aandacht, vooral alle informatie over die ene grote gebeurtenis, de kernexplosie waarbij honderdduizend van zijn landgenoten verkoolden.

Hirosjima, 6 augustus 1945, kwart over acht 's ochtends: een verachtelijke, destructieve daad. Een zinloos machtsvertoon door een land dat de oorlog al gewonnen had. Dat had Tankado allemaal aanvaard. Maar wat hij nooit had kunnen aanvaarden, was dat de bom hem had beroofd van de mogelijkheid zijn moeder te leren kennen. Ze was, terwijl ze hem ter wereld bracht, gestorven aan complicaties als gevolg van de stralingsvergiftiging die ze al die jaren eerder had opgelopen.

In 1945, voordat Ensei geboren was, was zijn moeder net als veel van haar vrienden naar Hirosjima gereisd om vrijwilligerswerk te doen in de brandwondencentra. Daar werd ze een van de *hibakusha*, de mensen die aan straling waren blootgesteld. Negentien jaar later, toen ze zesendertig was, lag ze met inwendige bloedingen in de verloskamer, en besefte ze dat ze zou sterven. Wat ze niet wist, was dat de dood haar een laatste verschrikking zou besparen: haar enige kind zou misvormd ter wereld komen.

Enseis vader had zijn zoon zelfs nooit gezien. Verward door het verlies van zijn vrouw en beschaamd door de komst van een kind waarvan de verpleegsters hem vertelden dat het gebrekkig was en waarschijnlijk de nacht niet zou overleven, liep hij het ziekenhuis uit om nooit meer terug te komen. Ensei Tankado kwam in een pleeggezin terecht.

Elke avond staarde Tankado naar de misvormde vingers waarmee hij zijn *Daruma*-pop vasthield en zwoer dat hij wraak zou nemen; wraak op het land dat hem zijn moeder had afgenomen en zijn vader zo beschaamd had gemaakt dat die hem in de steek had gelaten. Hij kon niet weten dat het lot zou ingrijpen.

In februari van het jaar dat Ensei twaalf was, belde een computerfabrikant uit Tokio zijn pleegouders op en vroeg of hun verminkte kind mee zou kunnen doen aan het uittesten van een

nieuw toetsenbord dat speciaal voor gehandicapte kinderen was ontwikkeld. Zijn pleegouders stemden ermee in.
Hoewel Ensei Tankado nooit eerder een computer had gezien, leek het wel alsof hij instinctief wist wat hij ermee moest doen. De computer opende werelden voor hem waarvan hij het bestaan niet had vermoed. Al snel werd dat zijn hele leven. Toen hij ouder werd, ging hij cursussen geven en geld verdienen, en uiteindelijk kreeg hij een beurs voor de Doshisha-universiteit. Al snel stond Ensei Tankado in heel Tokio bekend als *fugusha kisai*, het gehandicapte genie.
Later las Tankado over Pearl Harbor en Japanse oorlogsmisdaden. Zijn haat jegens Amerika ebde langzaam weg. Hij werd een toegewijd boeddhist. Hij vergat de wraak die hij als kind had gezworen; vergeving was de enige weg naar verlichting.
Toen hij twintig was, was Ensei Tankado inmiddels een soort cultfiguur geworden onder programmeurs. IBM bood hem een werkvisum en een baan in Texas aan. Tankado greep die kans met beide handen aan. Drie jaar later was hij weg bij IBM, woonde hij in New York en was hij voor zichzelf begonnen met het schrijven van software. Hij liftte mee op de nieuwe golf van algoritmes met een publieke sleutel. Hij schreef coderingsprogramma's en verdiende een fortuin.
Zoals veel goede schrijvers van versleutelingsalgoritmes overkwam, werd ook Tankado het hof gemaakt door de NSA. De ironie daarvan ontging hem niet: hij kon gaan werken in het hart van de overheid van een land waar hij eens wraak op had gezworen. Hij besloot in te gaan op de uitnodiging voor een sollicitatiegesprek. De laatste twijfels die hij had, verdwenen toen hij commandant Strathmore ontmoette. Ze spraken openlijk over Tankado's achtergrond, zijn mogelijke vijandigheid jegens de Verenigde Staten en zijn plannen voor de toekomst. Tankado onderging een leugendetectortest en vijf weken van intensief psychologisch onderzoek. Hij kwam overal doorheen. Zijn verering voor Boeddha had de plaats van zijn haat ingenomen. Vier maanden later ging Ensei Tankado bij de afdeling Cryptologie van de National Security Agency werken.
Ondanks zijn hoge salaris kwam Tankado op een oud brommertje naar zijn werk en at hij in zijn eentje achter zijn bureau een meegebrachte lunch in plaats van met de rest van de afde-

ling topkwaliteit rosbief en crème vichyssoise te gaan eten in de kantine. De andere cryptologen hadden ontzag voor hem. Hij was briljant; de creatiefste programmeur die ze ooit hadden gekend. Hij was vriendelijk en eerlijk, rustig en onkreukbaar. Morele integriteit was voor hem van het hoogste belang. Daarom was zijn ontslag bij de NSA en zijn daaropvolgende verbanning zo'n schok.

Net als de rest van de afdeling Crypto had Tankado aan het TRANSLTR-project gewerkt in de veronderstelling dat, als de computer succesvol zou blijken, die alleen zou worden gebruikt om e-mail te ontcijferen waarvoor van tevoren toestemming was gegeven door het ministerie van Justitie. De NSA zou TRANSLTR alleen in speciale gevallen inzetten, ongeveer zoals de FBI een rechterlijk bevel nodig had om een telefoon te mogen aftappen. TRANSLTR zou worden voorzien van programmatuur die, als er iets ontcijferd moest worden, om wachtwoorden vroeg die bewaard zouden worden door de Federal Reserve Board en het ministerie van Justitie. Dit zou ervoor zorgen dat de NSA niet zomaar al het persoonlijke e-mailverkeer van gezagsgetrouwe burgers over de hele wereld kon bekijken.

Maar toen het moment gekomen was om die programmatuur toe te voegen, kregen de mensen die aan TRANSLTR werkten te horen dat de plannen waren veranderd. Vanwege de tijdsdruk waaronder de NSA vaak stond bij het bestrijden van terrorisme, zou TRANSLTR een onafhankelijk opererende decoderingsmachine worden, waarvan het dagelijks functioneren alleen door de NSA werd bepaald.

Ensei Tankado was woedend. Dit betekende dat de NSA in staat zou zijn ieders elektronische post te openen en weer te verzegelen zonder dat iemand ervan wist. Alsof er in iedere telefoon ter wereld een afluistermicrofoontje zat. Strathmore probeerde Tankado over te halen TRANSLTR te zien als een hulpmiddel om de wet te handhaven, maar dat lukte niet. Tankado was onwrikbaar in zijn overtuiging dat dit een ernstige schending van de mensenrechten vormde. Hij nam op staande voet ontslag en schond een paar uur later de eed van geheimhouding van de NSA toen hij probeerde contact op te nemen met de Electronic Frontier Foundation. Tankado stond op het punt de wereld te schok-

ken met zijn verhaal over een geheime machine die computergebruikers over de hele wereld kon blootstellen aan een onaanvaardbare inmenging van de overheid. De NSA had geen keuze en moest hem wel tegenhouden.
De gevangenneming en verbanning van Tankado, waar door nieuwsgroepen op internet uitgebreid over werd geschreven, was een betreurenswaardige, beschamende toestand. Tegen Strathmores wil hadden NSA's specialisten in het beperken van dit soort schade, die bang waren dat Tankado mensen zou weten te overtuigen van het bestaan van TRANSLTR, geruchten verspreid die zijn geloofwaardigheid ondergroeven. Daarna werd Ensei Tankado door iedereen die iets met computers te maken had gemeden; niemand vertrouwde een gehandicapte die werd beschuldigd van spionage, vooral niet als hij probeerde zijn vrijheid te kopen met absurde beweringen over een Amerikaanse machine die codes ontcijferde.
Het vreemdste was nog wel dat Tankado het leek te begrijpen; het maakte allemaal deel uit van het grote inlichtingenspel. Hij leek geen wrok te koesteren, alleen vastberadenheid. Toen de beveiligingsdienst hem meevoerde, sprak Tankado met ijzingwekkende kalmte zijn laatste woorden tegen Strathmore.
'We hebben allemaal het recht om geheimen te hebben,' zei hij. 'En op een dag zal ik ervoor zorgen dat we dat ook kunnen.'

7

Susans gedachten buitelden over elkaar. *Ensei Tankado heeft een programma geschreven dat codes maakt die niet te kraken zijn!* Ze kon het nauwelijks bevatten.
'Digitale Vesting,' zei Strathmore. 'Zo noemt hij het. Het is het ultieme wapen tegen inlichtingendiensten. Als dit programma op de markt komt, kan elke scholier met een modem codes versturen die de NSA niet kan kraken. Dan krijgen wij totaal geen informatie meer.'
Maar Susan dacht nog helemaal niet aan de politieke implicaties van Digitale Vesting. Ze had er nog steeds moeite mee te ge-

loven dat zoiets bestond. Ze had haar hele leven codes gekraakt en altijd stellig ontkend dat er een ultieme code bestond. *Elke code kan gekraakt worden; dat is de wet van Bergofsky!* Ze voelde zich als een atheïst die oog in oog met God staat.

'Als dit programma openbaar wordt,' fluisterde ze, 'is cryptologie een dode wetenschap.'

Strathmore knikte. 'Maar dat is niet ons grootste probleem.'

'Kunnen we Tankado niet afkopen? Ik weet dat hij ons haat, maar kunnen we hem niet een paar miljoen dollar bieden? Hem overhalen dit niet te verspreiden?'

Strathmore lachte. 'Een paar miljoen? Weet je wat dit waard is? Elke regering ter wereld zal een topprijs bieden. Kun je je voorstellen dat we de president moeten vertellen dat we de berichten van de Irakezen nog steeds onderscheppen, maar dat we ze niet meer kunnen lezen? Dit gaat niet alleen de NSA aan, maar alle inlichtingendiensten. Wij ondersteunen ze allemaal: de FBI, de CIA, de DEA. Ze zullen hun werk allemaal op de tast moeten doen. Zendingen van drugsbendes zullen niet meer op te sporen zijn, grote bedrijven kunnen geld overboeken zonder een spoor na te laten en de IRS het nakijken geven, en terroristen kunnen in het grootste geheim met elkaar communiceren. Er zou chaos uitbreken.'

'De EFF zou genieten,' zei Susan met een bleek gezicht.

'De EFF heeft geen flauw benul van wat we hier doen,' voer Strathmore verontwaardigd uit. 'Als ze wisten hoeveel terroristische aanslagen we hebben voorkomen doordat we codes kunnen ontcijferen, zouden ze wel een toontje lager zingen.'

Susan was het met hem eens, maar ze kende de realiteit: de EFF zou nooit weten hoe belangrijk TRANSLTR was. TRANSLTR had een rol gespeeld bij het verijdelen van tientallen aanslagen, maar die informatie was zeer geheim en zou nooit openbaar worden gemaakt. De grondgedachte achter die geheimhouding was eenvoudig: de regering kon zich de massahysterie die zou uitbreken als de waarheid bekend werd niet veroorloven. Niemand wist hoe de bevolking zou reageren op het nieuws dat er in het afgelopen jaar op het nippertje twee kernaanvallen van fundamentalisten op Amerikaans grondgebied waren afgewend.

Maar een kernaanval was niet het enige gevaar. De vorige maand nog had TRANSLTR een van de meest ingenieus geplande terroristische aanvallen uit de geschiedenis van de NSA helpen voorkomen. Een anti-overheidsorganisatie had een plan bedacht dat de codenaam Sherwood Forest droeg. Het doelwit was de effectenbeurs in New York en de intentie was 'de herverdeling van de rijkdom'. In de loop van zes dagen plaatsten leden van de groep zevenentwintig niet-explosieve fluxgeneratoren in de gebouwen rond de Beurs. Als deze apparaten werden geactiveerd, zouden ze een sterke magnetische puls veroorzaken. De gelijktijdige ontlading van deze nauwkeurig geplaatste apparaten zou een magnetisch veld opwekken dat zo sterk was dat alle magnetische media in de Beurs gewist werden; harddisks van computers, enorme databanken, reservebestanden op tape en zelfs floppydisks. Alle gegevens over wat van wie was zouden voorgoed verdwenen zijn.

Omdat uiterst nauwkeurige timing noodzakelijk was om ervoor te zorgen dat de apparaten tegelijk afgingen, werden de fluxgeneratoren onderling verbonden met behulp van het internet. Gedurende de aftelprocedure van twee dagen wisselden de interne klokken van de generatoren een eindeloze stroom versleutelde synchronisatiegegevens uit. De NSA onderschepte de datapulsen als een onregelmatigheid in het netwerk, maar negeerde ze als een schijnbaar onschuldige uitwisseling van wartaal. Maar nadat TRANSLTR de datastromen had gedecodeerd, herkenden analisten die onmiddellijk als een aftelprocedure die via een netwerk werd gesynchroniseerd. De fluxgeneratoren werden slechts drie uur voordat ze zouden afgaan opgespoord en verwijderd.

Susan wist dat de NSA zonder TRANSLTR machteloos stond tegenover geavanceerd elektronisch terrorisme. Ze keek naar de monitor. Die stond nog steeds op meer dan vijftien uur. Zelfs als Tankado's bestand op dit ogenblik werd gekraakt, zat de NSA in de problemen. Crypto zou dan nog geen twee van zulke codes per dag kunnen kraken. Zelfs met het huidige tempo van honderdvijftig per dag hadden ze altijd nog een flinke voorraad bestanden die op decodering wachtten.

'Tankado heeft me vorige maand gebeld,' zei Strathmore, waarmee hij Susans gedachten onderbrak.

Susan keek op. 'Tankado heeft ú gebeld?'

Hij knikte. 'Om me te waarschuwen.'

'Om u te waarschuwen? Hij haat u.'
'Hij belde om me te vertellen dat hij bezig was de laatste hand te leggen aan een algoritme dat codes schreef die niet te kraken waren. Ik geloofde hem niet.'
'Maar waarom vertelde hij u dat?' vroeg Susan. 'Wilde hij dat u het van hem kocht?'
'Nee. Het was chantage.'
Plotseling begon alles op zijn plaats te vallen voor Susan. 'Natuurlijk,' zei ze verbaasd. 'Hij wilde dat u zijn naam zou zuiveren.'
'Nee,' zei Strathmore met een frons. 'Tankado wilde TRANSLTR.'
'TRANSLTR?'
'Ja. Hij droeg me op de wereld te vertellen dat we over TRANSLTR beschikken. Hij zei dat hij Digitale Vesting zou vernietigen als wij toegaven dat we alle e-mail kunnen lezen.'
Susan keek bedenkelijk.
Strathmore haalde zijn schouders op. 'Hoe dan ook, het is nu te laat. Hij heeft een gratis versie van Digitale Vesting op zijn internetsite gezet. Iedereen in de hele wereld kan die binnenhalen.'
Susan verbleekte. 'Wát heeft hij?'
'Het is een publiciteitsstunt. Niets om je druk over te maken. De versie die hij op het net heeft gezet, is gecodeerd. Mensen kunnen het programma wel binnenhalen, maar niemand kan het openen. Het is eigenlijk heel ingenieus. De broncode van Digitale Vesting is gecodeerd, op slot gedaan.'
Susan was verrast. 'Natuurlijk! Zo kan iedereen een exemplaar krijgen, maar niemand kan het openen.'
'Precies. Tankado houdt iedereen een wortel voor.'
'Hebt u het algoritme gezien?'
De commandant keek verbaasd. 'Nee, ik heb je toch gezegd dat het gecodeerd is.'
Ook Susan was verbaasd. 'Maar we hebben TRANSLTR toch? Waarom hebt u het niet gewoon gedecodeerd?' Maar toen ze Strathmores gezicht zag, besefte ze dat de spelregels waren veranderd. 'O, god.' Ze ademde scherp in toen ze het plotseling begreep. 'Is Digitale Vesting met zichzélf gecodeerd?'
Strathmore knikte. 'Precies.'
Susan stond versteld. De formule voor Digitale Vesting was gecodeerd met behulp van Digitale Vesting. Tankado had een ma-

thematisch recept van onschatbare waarde op het net gezet, maar de tekst van het recept was versleuteld. En wel met gebruikmaking van zichzelf.
'Het is een kluis van Biggleman,' stamelde Susan vol ontzag.
Strathmore knikte. De kluis van Biggleman was een hypothetisch cryptologisch scenario waarbij een bouwer van kluizen een ontwerp maakt voor een kluis die niet te kraken is. Hij wil het ontwerp geheimhouden, dus bouwt hij de kluis en bergt hij het ontwerp erin op. Tankado had met Digitale Vesting hetzelfde gedaan. Hij had zijn ontwerp beschermd door het te coderen met de formule die hij in zijn ontwerp beschreef.
'En het bestand zit in TRANSLTR?' vroeg Susan.
'Ik heb het net als iedereen binnengehaald van Tankado's internetsite. De NSA is nu de trotse eigenaar van het algoritme van Digitale Vesting; we kunnen het alleen niet openen.'
Susan verwonderde zich over de vindingrijkheid van Ensei Tankado. Zonder zijn algoritme te onthullen, had hij de NSA bewezen dat het niet te kraken was.
Strathmore gaf haar een krantenartikel. Het was een vertaald stukje uit de *Nikkei Shimbun*, het Japanse equivalent van de *Wall Street Journal*, waarin stond dat de Japanse programmeur Ensei Tankado een wiskundige formule had voltooid waarvan hij beweerde dat die codes kon schrijven die niet te kraken waren. De formule heette Digitale Vesting en was op het internet beschikbaar om te worden bekeken. De programmeur zou het programma bij opbod verkopen. Verder vermeldde het stukje dat er vanuit Japan weliswaar grote belangstelling was, maar dat de weinige Amerikaanse softwarebedrijven die van Digitale Vesting hadden gehoord, van oordeel waren dat het een belachelijke bewering was, net zoiets als zeggen dat je lood in goud kon veranderen. Ze zeiden dat de formule bedrog was en niet serieus kon worden genomen.
Susan keek op. 'Bij opbod?'
Strathmore knikte. 'Op dit ogenblik heeft elk softwarebedrijf in Japan een gecodeerde versie van Digitale Vesting binnengehaald en is druk bezig het te kraken. Elke seconde dat ze daar niet in slagen, loopt de prijs verder op.'
'Dat is absurd,' antwoordde Susan. 'Geen enkel nieuw gecodeerd bestand is te kraken als je niet over TRANSLTR beschikt. Digita-

le Vesting zou net zo goed een gewoon, algemeen verkrijgbaar algoritme kunnen zijn. Ook dan zou geen van die bedrijven het kunnen kraken.'

'Maar het is een briljante marketingstrategie,' zei Strathmore. 'Ga maar na: alle merken kogelvrij glas houden kogels tegen, maar als een bedrijf je uitdaagt een kogel op hun glas af te vuren, wil iedereen dat wel proberen.'

'En geloven de Japanners echt dat Digitale Vesting anders is? Beter dan al het andere op de markt?'

'Tankado mag dan gemeden worden, iedereen weet dat hij geniaal is. Onder hackers is hij een cultfiguur. Als Tankado zegt dat het algoritme niet te kraken is, is het niet te kraken.'

'Maar voorzover het grote publiek weet, geldt dat voor álle algoritmes!'

'Ja...' zei Strathmore peinzend. 'Nu nog wel.'

'Wat bedoelt u dáár nou mee?'

Strathmore zuchtte. 'Twintig jaar geleden kon niemand zich voorstellen dat we stroomversleutelingen van twaalf bits zouden kunnen kraken. Maar de technologie is voortgeschreden. Dat gebeurt altijd. Softwarefabrikanten gaan ervan uit dat er ergens in de toekomst computers als TRANSLTR zullen bestaan. De technologie gaat met grote sprongen vooruit, en uiteindelijk zullen de huidige algoritmes met een publieke sleutel niet meer veilig zijn. Er zullen betere algoritmes nodig zijn om de computers van morgen voor te blijven.'

'En Digitale Vesting is zo'n algoritme?'

'Precies. Een algoritme dat bestand is tegen brute kracht zal nooit verouderd raken, hoe krachtig codekrakende computers ook worden. Het zou van de ene op de andere dag de nieuwe norm kunnen worden.'

Susan ademde diep in. 'God sta ons bij,' fluisterde ze. 'Kunnen we een bod uitbrengen?'

Strathmore schudde zijn hoofd. 'Tankado heeft ons onze kans gegeven. Dat heeft hij duidelijk gemaakt. Het is bovendien te riskant; als we betrapt worden, geven we publiekelijk toe dat we bang zijn voor zijn algoritme. We zouden in het openbaar niet alleen bekennen dat we TRANSLTR hebben, maar ook dat Digitale Vesting daartegen bestand is.'

'Hoeveel tijd hebben we?'

Strathmore fronste zijn wenkbrauwen. 'Tankado was van plan morgenmiddag om twaalf uur bekend te maken wie de hoogste bieder was.'
Susan voelde dat haar maag zich samenkneep. 'En dan?'
'Het was de bedoeling dat hij de winnaar de geheime sleutel zou geven.'
'De geheime sleutel?'
'Onderdeel van het plan. Iedereen heeft het algoritme al, dus verkoopt Tankado de sleutel waarmee je het kunt gebruiken bij opbod.'
Susan kreunde. 'Natuurlijk.' Het was volmaakt. Helder en eenvoudig. Tankado had Digitale Vesting gecodeerd, en alleen hij had de sleutel waarmee je het programma kon ontsluiten. Ze kon zich moeilijk voorstellen dat zich ergens – waarschijnlijk op een stukje papier in Tankado's zak – een sleutel van vierenzestig bits bevond die voorgoed een einde kon maken aan de mogelijkheid van Amerikaanse inlichtingendiensten om vertrouwelijke informatie te verzamelen.
Susan werd plotseling misselijk toen ze zich het scenario voorstelde. Tankado zou zijn sleutel aan de hoogste bieder geven, en dat bedrijf zou het bestand van Digitale Vesting ontsluiten. Dan zou het algoritme waarschijnlijk worden ingebouwd in een chip die niet te vervalsen was, en binnen vijf jaar zou elke computer standaard van die Digitale-Vestingchip worden voorzien. Geen enkele fabrikant had er ooit ook maar over gepeinsd om een codeerchip te maken, omdat gewone versleutelingsalgoritmes altijd weer verouderd raakten. Maar Digitale Vesting zou nooit verouderd raken; door de roterende klare tekst zou geen enkele brutekrachtaanval ooit de juiste sleutel opleveren. Een nieuwe digitale codeernorm. Van nu tot in de eeuwigheid. Geen enkele code kon meer worden gekraakt. Bankiers, makelaars, terroristen, spionnen. Eén wereld... één algoritme.
Anarchie.
'Wat zijn onze opties?' vroeg Susan voorzichtig. Ze wist maar al te goed dat desperate situaties om desperate maatregelen vroegen, zelfs bij de NSA.
'We kunnen hem niet elimineren, als je dat bedoelt.'
Dat was precies wat Susan bedoelde. In haar jaren bij de NSA had Susan geruchten gehoord over los-vaste connecties van de

organisatie met de vakkundigste huurmoordenaars ter wereld; mensen die werden ingehuurd om het vuile werk van de inlichtingendiensten te doen.
Strathmore schudde zijn hoofd. 'Tankado is te slim om ons een dergelijke optie te geven.'
Susan was vreemd genoeg opgelucht. 'Wordt hij beschermd?'
'Niet echt.'
'Is hij ondergedoken?'
Strathmore haalde zijn schouders op. 'Tankado is niet meer in Japan. Hij was van plan telefonisch te controleren wat er werd geboden. Maar we weten waar hij is.'
'En u bent niet van plan iets te ondernemen?'
'Nee. Hij heeft zich verzekerd. Tankado heeft een kopie van zijn sleutel aan een anonieme derde gegeven... voor het geval dat hem iets zou overkomen.'
Natuurlijk, dacht Susan vol bewondering. *Een beschermengel.*
'En als er iets met Tankado gebeurt, dan verkoopt deze mysterieuze figuur de sleutel zeker?'
'Erger nog. Als iemand Tankado iets doet, publiceert zijn partner de sleutel.'
Susan keek verward. 'Publicéért hij dan de sleutel?'
Strathmore knikte. 'Hij zet hem op internet, in de kranten, op reclameborden. Kortom, hij geeft hem weg.'
Susans ogen werden groot. 'Gratis?'
'Precies. Tankado heeft bedacht dat hij als hij dood is het geld niet nodig heeft... dus waarom zou hij de wereld dan geen afscheidscadeautje geven?'
Er viel een lange stilte. Susan ademde diep in, alsof dat haar hielp de verschrikkelijke waarheid tot zich door te laten dringen. *Ensei Tankado heeft een algoritme gemaakt dat niet te kraken is. Hij houdt ons in gijzeling.*
Plotseling stond ze op. Haar stem klonk vastberaden. 'We moeten contact opnemen met Tankado! Er moet een manier zijn om hem over te halen dit niet vrij te geven! We kunnen hem driemaal het hoogste bod bieden! We kunnen zijn naam zuiveren! Wat hij maar wil!'
'Te laat,' zei Strathmore. Hij ademde diep in. 'Ensei Tankado is vanochtend dood aangetroffen in Sevilla, in Spanje.'

8

De tweemotorige Learjet 60 raakte de verzengend hete landingsbaan. Aan de andere kant van het raam schoot het dorre landschap van Andalusië voorbij, en minderde toen vaart totdat het kroop.

'Meneer Becker?' klonk een krakerige stem. 'We zijn er.'

Becker stond op en rekte zich uit. Nadat hij het compartiment boven zijn hoofd had ontgrendeld, herinnerde hij zich dat hij geen bagage bij zich had. Hij had geen tijd gehad om te pakken. Het maakte niets uit; er was hem verzekerd dat het een kort tochtje zou zijn, heen en meteen weer terug.

Terwijl de motoren langzamer gingen draaien, reed het vliegtuig de zon uit en een verlaten hangar tegenover het hoofdgebouw van de luchthaven in. Even later verscheen de piloot en hij duwde het luik open. Becker goot zijn laatste restje cranberrysap naar binnen, zette het glas op de bar en pakte zijn jasje.

De piloot trok een dikke manilla envelop uit zijn vliegeniersuniform. 'Deze moest ik u geven.' Hij overhandigde hem aan Becker. Op de voorkant stond met blauwe pen geschreven:

HOU HET WISSELGELD MAAR.

Becker bladerde door de dikke stapel roodachtige biljetten. 'Wat is dit...?'

'De plaatselijke valuta,' meldde de piloot kortaf.

'Ik weet wat het is,' stamelde Becker. 'Maar het is... het is te veel. Ik heb alleen geld voor een taxi nodig.' Becker rekende het bedrag om. 'Dit is duizenden dollars waard!'

'Ik heb mijn orders, meneer.' De piloot draaide zich om en hees zich weer de cabine in. De deur schoof achter hem dicht.

Becker staarde omhoog naar het vliegtuig en toen naar beneden, naar het geld in zijn hand. Nadat hij even in de verlaten hangar was blijven staan, stak hij de envelop in zijn borstzak, hing zijn jasje over zijn schouder, liep naar buiten en stak de landingsbaan over. Het was een vreemd begin. Becker zette het uit zijn hoofd. Met een beetje geluk zou hij op tijd terug zijn om in elk geval nog een gedeelte te redden van zijn weekend

in Stone Manor met Susan.
Heen en meteen weer terug, hield hij zichzelf voor. *Meteen weer terug.*
Hij wist nog niet beter.

9

Systeembeveiliger Phil Chartrukian was van plan maar een minuutje in Crypto te blijven; net lang genoeg om wat papieren te pakken die hij de vorige dag was vergeten. Maar het zou anders lopen.

Nadat hij door de grote hal van Crypto was gelopen en de werkruimte van Systeembeveiliging was binnengestapt, zag hij meteen dat er iets niet klopte. De computerterminal die gebruikt werd om het interne functioneren van TRANSLTR voortdurend in de gaten te houden, was onbemand en de monitor was uitgeschakeld.

Chartrukian riep: 'Hallo?'

Er kwam geen antwoord. De werkruimte was onberispelijk... alsof er al urenlang niemand meer was geweest.

Hoewel Chartrukian pas drieëntwintig was en nog niet zo lang geleden bij Systeembeveiliging was komen werken, was hij goed getraind en kende hij de regels: er had áltijd een systeembeveiliger dienst in Crypto, en zeker op zaterdag, als er geen cryptologen waren.

Hij zette onmiddellijk de monitor aan en keerde zich naar het rooster aan de muur. 'Wie heeft er dienst?' vroeg hij hardop, terwijl hij zijn blik langs de lijst namen liet glijden. Volgens het rooster had Seidenberg, een nieuweling, om middernacht aan een dubbele dienst moeten beginnen. Chartrukian keek om zich heen in de lege werkruimte en fronste zijn wenkbrauwen. 'Waar is die vent?'

Terwijl hij naar de monitor keek, die aan het opstarten was, vroeg Chartrukian zich af of Strathmore wist dat Systeembeveiliging onbemand was. Toen hij binnenkwam, had hij gezien dat de gordijnen van Strathmores kantoor dicht waren, wat betekende dat de baas er was. Dat was niet ongebruikelijk voor een zaterdag; ondanks het feit dat Strathmore zijn cryptologen opdroeg zaterdag vrij te nemen, leek hij zelf 365 dagen per jaar te werken.

Chartrukian wist één ding zeker: als Strathmore ontdekte dat Systeembeveiliging onbemand was, zou dat de afwezige nieuweling zijn baan kosten. Chartrukian keek naar de telefoon en vroeg zich af of hij de jongen zou bellen en hem uit de penarie zou helpen. Het was onder de systeembeveiligers een ongeschreven wet dat ze elkaar probeerden te helpen. In Crypto waren systeembeveiligers tweederangs burgers, die voortdurend strijd moesten leveren met de hoge heren. Het was geen geheim dat de cryptologen het hier voor het zeggen hadden; systeembeveiligers werden alleen getolereerd omdat ze ervoor zorgden dat hun speeltjes goed bleven werken.

Chartrukian nam een besluit. Hij greep de telefoon. Maar hij zou er nooit aan toekomen de hoorn tegen zijn oor te drukken. Hij bevroor in zijn beweging toen hij naar de monitor keek, die nu een scherp beeld gaf. Als in slowmotion legde hij de hoorn neer en staarde hij met open mond naar het scherm.

In de acht maanden dat hij systeembeveiliger was, had Phil Chartrukian op deze monitor nog nooit iets anders gezien dan twee nullen in het *uren*-veld. Vandaag gebeurde dat voor het eerst.

VERSTREKEN TIJD: 15:17:21

'Vijftien uur en zeventien minuten?' bracht hij met moeite uit. 'Dat kan niet!'

Hij liet de monitor opnieuw opstarten, in de vurige hoop dat er iets mis was gegaan met het bijwerken van het beeld. Maar toen het scherm weer tot leven kwam, zag dat er hetzelfde uit.

Chartrukian voelde een rilling over zijn rug lopen. De systeembeveiligers van Crypto hadden slechts één verantwoordelijkheid: zorgen dat TRANSLTR 'schoon' bleef, vrij van virussen.

Chartrukian wist dat een verwerkingstijd van vijftien uur maar één ding kon betekenen: besmetting. Er was een verontreinigd bestand in TRANSLTR terechtgekomen, dat de programmatuur beschadigde. Onmiddellijk kreeg zijn training de overhand. Het deed er niet meer toe dat Systeembeveiliging onbemand was geweest of dat de monitor uit had gestaan. Hij concentreerde zich op de dringendste zaak: TRANSLTR. Hij riep zonder aarzelen een overzicht op van alle bestanden die in de laatste achtenveertig uur waren ingevoerd in TRANSLTR. Zijn blik ging de lijst langs. *Is er een besmet bestand binnengeglipt?* vroeg hij zich af. *Kunnen de beveiligingsfilters iets gemist hebben?*

Als voorzorgsmaatregel moest elk bestand voordat het TRANSLTR binnenging eerst door Gauntlet heen, een reeks krachtige *circuitlevel gateways*, *packet filters* en antivirusprogramma's die binnenkomende bestanden controleerden op computervirussen en mogelijk gevaarlijke subroutines. Bestanden die programmatuur bevatten die 'onbekend' was voor Gauntlet werden ogenblikkelijk geweigerd. Die moesten met de hand worden nagekeken. Af en toe weigerde Gauntlet volkomen onschuldige bestanden op grond van het feit dat ze programmatuur bevatten die de filters nooit eerder hadden gezien. In dat geval inspecteerden de systeembeveiligers de bestanden nauwkeurig met de hand en pas daarna, als ze zeker wisten dat het bestand schoon was, stuurden ze het bestand om Gauntlets filters heen TRANSLTR in.

Computervirussen waren er in net zoveel variaties als gewone virussen. Net als hun fysiologische tegenhangers hadden computervirussen maar één doel: zich vestigen in een gastheer en zich vermenigvuldigen. In dit geval was de gastheer TRANSLTR.

Het verbaasde Chartrukian dat de NSA niet eerder problemen met virussen had gehad. Gauntlet was een sterke schildwacht, maar de NSA was een alleseter, en verzwolg enorme hoeveelheden digitale informatie van systemen over de hele wereld. Dat rondsnuffelen in gegevens was net zoiets als seks hebben met iedereen: met of zonder bescherming, vroeg of laat liep je iets op.

Chartrukian had de hele bestandenlijst die hij voor zich zag, doorgekeken. Hij was nog verbaasder dan daarnet. Elk bestand was in orde. Gauntlet had niets bijzonders gezien, wat betekende dat het bestand in TRANSLTR volkomen schoon was.

'Waarom duurt het dan zo lang?' vroeg hij aan de lege kamer om zich heen. Hij voelde dat het zweet hem uitbrak. Hij vroeg zich af of hij Strathmore moest gaan storen met dit nieuws.

'Een virusonderzoek,' zei Chartrukian vastberaden, in een poging zichzelf te kalmeren. 'Ik moet een virusonderzoek uitvoeren.'

Chartrukian wist dat dat het eerste was waar Strathmore om zou vragen. Hij wierp een blik op de verlaten hal van Crypto en nam een besluit. Hij laadde de virusscanner en startte het programma. Dat zou ongeveer een kwartier nodig hebben.
'Kom schoon terug,' fluisterde hij. 'Smetteloos. Vertel pappie dat er niets aan de hand is.'
Maar Chartrukian had het gevoel dat er wél iets aan de hand was. Zijn intuïtie zei hem dat er iets zeer ongebruikelijks gebeurde in het grote decoderingsbeest.

10

'Is Ensei Tankado dood?' Susan voelde weer een golf van misselijkheid opkomen. 'Hebben jullie hem vermoord? Ik dacht dat u zei...'
'Wij hebben hem niet aangeraakt,' verzekerde Strathmore haar. 'Hij is gestorven aan een hartaanval. COMINT heeft vanochtend vroeg gebeld. Hun computer had Tankado's naam via Interpol gevonden in een politieverslag uit Sevilla.'
'Een hartaanval?' Susan keek weifelend. 'Hij was pas dertig.'
'Tweeëndertig,' corrigeerde Strathmore. 'Hij had een aangeboren hartafwijking.'
'Dat wist ik helemaal niet.'
'Die kwam aan het licht bij zijn keuring voor de NSA. Het was niet iets waar hij mee te koop liep.'
Susan had moeite te accepteren dat dit juist nu was gebeurd. 'Dus het was een hartafwijking waar hij zomaar aan dood kon gaan, van het ene moment op het andere?' Het leek een al te gelukkig toeval.
Strathmore haalde zijn schouders op. 'Een zwak hart... in combinatie met de Spaanse hitte. En dan nog de spanning van het chanteren van de NSA...'
Susan zweeg even. Zelfs onder deze omstandigheden voelde ze een steek van verdriet bij het overlijden van zo'n briljante collega-cryptoloog. Strathmores schorre stem wekte haar uit haar gedachten.

'Het enige lichtpuntje in dit rampzalige geheel is dat Tankado alleen reisde. De kans is groot dat zijn partner nog niet weet dat hij dood is. De Spaanse autoriteiten hebben toegezegd het zo lang mogelijk stil te houden. Wij hebben het alleen gehoord door de oplettendheid van COMINT.' Strathmore keek Susan doordringend aan. 'Ik moet de partner vinden voordat hij ontdekt dat Tankado dood is. Daarom heb ik jou laten komen. Ik heb je hulp nodig.'

Susan snapte het niet. Ze had het idee dat Ensei Tankado's gunstig getimede verscheiden het hele probleem had opgelost. 'Maar commandant,' voerde ze aan, 'als de autoriteiten zeggen dat hij aan een hartaanval is gestorven, zitten we goed. Dan weet zijn partner dat de NSA er geen schuld aan heeft.'

'Geen schuld?' Strathmores ogen werden groot van ongeloof. 'Iemand chanteert de NSA en wordt een paar dagen later dood gevonden... en wij hebben er géén schuld aan? Ik durf er heel wat om te verwedden dat Tankado's geheimzinnige vriend dat heel anders ziet. Wat er ook is gebeurd, we maken een zeer schuldige indruk. Het zou best vergif kunnen zijn, gesjoemel met de lijkschouwing, of wat dan ook.' Strathmore zweeg even. 'Wat was jouw eerste reactie toen ik je vertelde dat Tankado dood was?'

Ze fronste haar wenkbrauwen. 'Ik dacht dat de NSA hem had vermoord.'

'Precies. Als de NSA in staat is vijf Rhyolite-satellieten in geostationaire banen boven het Midden-Oosten te brengen, denk ik dat je er wel van uit kunt gaan dat we over de middelen beschikken om een paar Spaanse politiemannen om te kopen.' De commandant had Susan overtuigd.

Ze blies haar adem uit. *Ensei Tankado is dood. De NSA zal de schuld krijgen.* 'Kunnen we zijn partner op tijd vinden?'

'Ik denk het wel. We hebben een aanknopingspunt. Tankado heeft meerdere malen in het openbaar verkondigd dat hij met een partner samenwerkte. Ik denk dat hij hoopte dat dat softwarebedrijven ervan zou weerhouden hem kwaad te doen of te proberen zijn sleutel te stelen. Hij dreigde dat zijn partner de sleutel bekend zou maken als er vuil spel werd gespeeld, en dan zouden alle firma's plotseling de competitie moeten aangaan met gratis software.'

'Slim.' Susan knikte.

Strathmore vervolgde: 'Tankado heeft zijn partner een paar keer in het openbaar bij de naam genoemd. Hij noemde hem North Dakota.'

'North Dakota? Dat moet een of andere schuilnaam zijn.'

'Ja, maar voor de zekerheid heb ik op internet naar North Dakota gezocht. Ik had niet verwacht dat ik iets zou vinden, maar er kwam een e-mailaccount boven water.' Strathmore zweeg even. 'Ik nam natuurlijk aan dat dat niet de North Dakota was naar wie we op zoek waren, maar ik heb de account toch maar doorzocht. Stel je mijn verrassing voor toen ik ontdekte dat die vol stond met e-mail van Ensei Tankado.' Strathmore trok zijn wenkbrauwen op. 'En de berichten zaten vol verwijzingen naar Digitale Vesting en Tankado's plannen om de NSA te chanteren.'

Susan keek Strathmore sceptisch aan. Het verbaasde haar dat de commandant zich zo gemakkelijk had laten beetnemen. 'Commandant,' zei ze, 'Tankado weet heel goed dat de NSA in e-mail kan rondsnuffelen; hij zou nooit e-mail gebruiken om geheime informatie te verzenden. Het is een valstrik. Ensei Tankado heeft u North Dakota gegéven. Hij wist dat u zou gaan zoeken. Wat hij ook voor informatie heeft verstuurd, hij wílde dat u die zou vinden; het is een dwaalspoor.'

'Goed gezien,' antwoordde Strathmore, 'afgezien van een paar kwesties. Ik kon niets vinden onder North Dakota, dus heb ik iets veranderd aan de zoekterm. De naam van de account die ik heb gevonden was een variatie: NDAKOTA.'

Susan schudde haar hoofd. 'Het is standaardprocedure om naar mogelijke variaties te zoeken. Tankado wist dat u dat zou proberen totdat u iets zou vinden. NDAKOTA is veel te voor de hand liggend.'

'Misschien,' zei Strathmore, terwijl hij iets op een velletje papier krabbelde en dat aan Susan gaf. 'Maar kijk hier eens naar.'

Susan las wat hij had opgeschreven. Plotseling begreep ze de gedachtegang van de commandant. Op het vel papier stond het e-mailadres van North Dakota.

NDAKOTA@ARA.ANON.ORG

Het waren de letters ARA in het adres die Susans aandacht trokken. ARA stond voor American Remailers Anonymous, een bekende anonieme server.

Anonieme servers waren populair bij internetgebruikers die hun identiteit geheim wilden houden. Tegen betaling beschermden deze bedrijven de privacy van een e-mailgebruiker door op te treden als tussenpersoon voor de elektronische post. Het was vergelijkbaar met het hebben van een postbus; je kon post versturen en ontvangen zonder ooit je ware naam of adres te onthullen. Het bedrijf ontving e-mail die was geadresseerd aan schuilnamen en stuurde die dan door naar de werkelijke account van de cliënt. Het bedrijf dat de e-mail doorstuurde, was contractueel verplicht de identiteit en verblijfplaats van zijn cliënten geheim te houden.

'Het is geen bewijs,' zei Strathmore. 'Maar het is wel verdacht.'

Susan knikte, plotseling wat overtuigder. 'Dus u denkt dat het Tankado niets kon schelen of mensen naar North Dakota zochten, omdat zijn identiteit en verblijfplaats door ARA worden beschermd.'

'Precies.'

Susan liet haar gedachten hier even over gaan. 'ARA bedient vooral accounts in Amerika. Denkt u dat North Dakota zich hier ergens bevindt?'

Strathmore haalde zijn schouders op. 'Zou kunnen. Met een Amerikaanse partner kon Tankado de twee sleutels geografisch gescheiden houden. Dat zou een slimme maatregel kunnen zijn.'

Susan overwoog dit. Ze vermoedde dat Tankado de tweede sleutel alleen aan een heel goede vriend zou hebben toevertrouwd, en voorzover ze zich herinnerde had Ensei Tankado in Amerika niet veel vrienden gehad.

'North Dakota,' peinsde ze, en ze liet haar cryptologisch geschoolde geest los op de mogelijke betekenissen van de schuilnaam. 'Welke toon heeft zijn e-mail aan Tankado?'

'Geen idee. COMINT heeft alleen de uitgaande post van Tankado onderschept. Het enige wat we op dit moment van North Dakota weten, is een anoniem e-mailadres.'

Susan dacht even na. 'Is er een kans dat het een lokkertje is?'

Strathmore trok een wenkbrauw op. 'Hoezo?'

'Tankado zou gefingeerde e-mail naar een loze account kunnen sturen in de hoop dat wij die zouden lezen. Dan zouden we denken dat hij beschermd is, en zo zou hij niet het risico hoeven nemen zijn sleutel aan iemand anders te geven. Hij zou alleen kunnen werken.'

Strathmore grinnikte geïmponeerd. 'Vernuftig, maar er is één probleem. Hij gebruikt niet een van zijn gewone internetaccounts. Hij gaat langs op de Doshisha-universiteit en logt daar in. Blijkbaar heeft hij daar een account die hij geheim heeft weten te houden. Hij is zeer goed verborgen, en ik heb hem puur toevallig ontdekt.' Strathmore zweeg even. 'Dus... als Tankado wilde dat we in zijn e-mail rondsnuffelden, waarom heeft hij dan een geheime account gebruikt?'

Susan dacht over de vraag na. 'Misschien heeft hij dat juist gedaan om ervoor te zorgen dat u erin zou geloven? Misschien heeft Tankado de account juist op zo'n manier verborgen dat u erop zou stuiten en dan zou denken dat u geluk had gehad. Dat verleent zijn e-mail geloofwaardigheid.'

Strathmore grinnikte. 'Je had geheim agent moeten worden. Het is een goed idee. Helaas wordt elk bericht van Tankado beantwoord. Tankado schrijft en zijn partner schrijft terug.'

Susan fronste haar wenkbrauwen. 'Goed. Dus u denkt dat North Dakota echt bestaat.'

'Ik vrees van wel. En we moeten hem vinden. En zonder dat hij het merkt. Als hij in de gaten krijgt dat we hem op het spoor zijn, is het spel uit.'

Nu wist Susan waarom Strathmore haar had laten komen. 'Laat me eens raden,' zei ze. 'U wilt dat ik ga rondsnuffelen in de beveiligde database van ARA om achter de ware identiteit van North Dakota te komen.'

Strathmore schonk haar een strakke glimlach. 'Mevrouw Fletcher, u kunt blijkbaar gedachten lezen.'

Als er discreet op internet gezocht moest worden, was Susan Fletcher degene die je moest hebben. Een jaar geleden was een hoge functionaris van het Witte Huis per e-mail bedreigd door iemand met een anoniem e-mailadres. De NSA had het verzoek gekregen de identiteit van deze persoon te achterhalen. Hoewel de NSA de politieke bevoegdheid had om van het bedrijf dat de e-mail doorstuurde te eisen dat het de identiteit van de gebruiker onthulde, koos ze voor een subtielere methode: een 'spoorzoeker'.

Susan had een speurprogrammaatje gemaakt, vermomd als een e-mailbericht. Dat kon ze naar het valse adres van de gebruiker sturen, en dan zou het bedrijf dat ervoor was ingehuurd om het bericht door te sturen naar het werkelijke adres van de gebruiker, dat inderdaad doen. Als het daar eenmaal was aangekomen, legde het programma zijn internetlocatie vast en stuurde het een berichtje terug naar de NSA. Daarna loste het programma in het niets op. Vanaf die dag waren anonieme doorzenders van e-mail in de ogen van de NSA alleen nog maar kleine hinderlijkheden.

'Kun je hem vinden?' vroeg Strathmore.

'Natuurlijk. Waarom hebt u me niet eerder gebeld?'

'Eigenlijk was ik helemaal niet van plan je te bellen,' zei hij met een frons. 'Ik wilde niet dat er meer mensen bij betrokken raakten. Ik heb zelf geprobeerd een kopie van je spoorzoeker te sturen, maar je hebt dat rotding geschreven in een van die nieuwe hybride talen; ik kreeg hem niet aan de gang. Hij bleef met onzinnige gegevens terugkomen. Uiteindelijk moest ik wel door de zure appel heen bijten en jou bellen.'

Susan grinnikte. Strathmore was een briljant cryptologisch programmeur, maar zijn repertoire beperkte zich voornamelijk tot algoritmisch werk; de fijne kneepjes van minder verheven, alledaagser programmeerwerk ontgingen hem vaak. Bovendien had Susan haar spoorzoeker geschreven in een nieuwe hybride programmeertaal die LIMBO heette. Het was begrijpelijk dat Strathmore er problemen mee had gehad. 'Ik zal ervoor zorgen.' Ze glimlachte en draaide zich om om het kantoortje uit te lopen. 'Ik zit aan mijn terminal.'

'Enig idee hoe lang het gaat duren?'

Susan bleef staan. 'Nou... dat hangt ervan af hoe efficiënt ARA is bij het doorsturen van e-mail. Als hij hier in Amerika zit en iets als AOL of Compuserve gebruikt, kan ik zijn creditcardgegevens bekijken en binnen een uur het adres hebben waar de rekeningen naartoe worden gestuurd. Als hij bij een universiteit of onderneming zit, zal het wat langer duren.' Ze glimlachte slecht op haar gemak. 'De rest is aan u.'

Susan wist dat er bij 'de rest' sprake zou zijn van een overvalcommando van de NSA, mannen die de stroom naar het huis van de man zouden afsnijden en met verdovingspistolen door zijn ramen naar binnen zouden springen. Ze zouden waarschijnlijk denken dat ze iemand moesten oppakken in verband met drugs. Strathmore zou ongetwijfeld persoonlijk door het puin waden en de sleutel van vierenzestig bits lokaliseren. Dan zou hij die vernietigen. Digitale Vesting zou voorgoed verkommeren op internet, voor eeuwig op slot.

'Wees voorzichtig met het versturen van de spoorzoeker,' waarschuwde Strathmore. 'Als North Dakota ziet dat we hem op het spoor zijn, zal hij in paniek raken, en dan lukt het me niet om een team bij hem te krijgen voordat hij met de sleutel is verdwenen.'

'Een bliksemaanval,' verzekerde ze hem. 'Op het ogenblik dat dit ding zijn account vindt, lost het in het niets op. Hij zal niet merken dat we er zijn geweest.'

De commandant knikte vermoeid. 'Bedankt.'

Ze schonk hem een medelevende glimlach. Het verbaasde haar altijd weer hoe kalm Strathmore bleef, zelfs als hij werd geconfronteerd met de grootste rampen. Ze was ervan overtuigd dat dat vermogen aan de basis had gelegen van zijn carrière en hem op deze hoge positie had gebracht.

Toen Susan naar de deur liep, wierp ze een langdurige blik naar beneden, op TRANSLTR. Ze had nog steeds moeite te bevatten dat er een code bestond die niet te kraken was. Ze hoopte vurig dat ze North Dakota op tijd zouden vinden.

'Als je opschiet,' riep Strathmore, 'ben je bij het vallen van de avond in de Smoky Mountains.'

Susan bleef als aan de grond genageld staan. Ze wist zeker dat ze nooit iets tegen Strathmore had gezegd over haar weekendje weg. Ze draaide zich om. *Luistert de NSA mijn telefoon af?*

Strathmore glimlachte schuldbewust. 'David heeft me vanmorgen over jullie tochtje verteld. Hij zei dat je flink de pest in zou hebben dat het moest worden uitgesteld.'

Susan begreep er niets van. 'Hebt u David vanmorgen gesproken?'

'Natuurlijk.' Susans reactie leek Strathmore te verbazen. 'Ik moest hem instructies geven.'

'Instructies geven?' vroeg ze. 'Waarvoor?'

'Voor zijn reis. Ik heb hem naar Spanje gestuurd.'

11

Spanje. *Ik heb hem naar Spanje gestuurd.* De woorden van de commandant sloegen in als een bom.
'Is David in Spanje?' vroeg Susan ongelovig. 'Hebt u hem naar Spanje gestuurd?' Haar toon werd boos. 'Waarom?'
Strathmore leek met stomheid geslagen te zijn. Hij was er blijkbaar niet aan gewend dat er tegen hem werd geschreeuwd, zelfs niet door zijn hoofd Cryptologie. Hij keek Susan beduusd aan. Ze was gespannen als een vrouwtjestijger die haar welp verdedigt.
'Susan,' zei hij. 'Je hebt hem toch gesproken? David heeft het toch wel uitgelegd?'
Ze was te geschokt om iets uit te brengen. *Spanje? Heeft David ons weekend in Stone Manor daarvoor uitgesteld?*
'Ik heb vanochtend een auto gestuurd om hem op te halen. Hij zei dat hij jou zou bellen voordat hij vertrok. Het spijt me. Ik dacht...'
'Waarom hebt u David in hemelsnaam naar Spanje gestuurd?'
Strathmore zweeg even en keek haar aan alsof dat toch zonneklaar moest zijn. 'Om de andere sleutel op te halen.'
'Welke andere sleutel?'
'Tankado's exemplaar.'
Susan begreep het niet meer. 'Waar hebt u het over?'
Strathmore zuchtte. 'Tankado had de sleutel ongetwijfeld bij zich toen hij stierf. Het leek me geen goed idee om die in het lijkenhuis van Sevilla te laten rondslingeren.'
'En dus hebt u David gestuurd?' Susan was diep geschokt. Ze snapte niet waar dit op sloeg. 'David werkt niet eens voor u!'
Strathmore keek verbijsterd. Er sprak nooit iemand op die manier tegen de onderdirecteur van de NSA. 'Susan,' zei hij, en hij bewaarde zijn kalmte, 'dat was het nou juist. Ik had iemand nodig...'
De tijger haalde uit. 'U hebt twintigduizend werknemers onder u! Wat geeft u het recht mijn verloofde te sturen?'
'Ik had een gewone burger nodig als koerier, iemand die helemaal niets met de overheid te maken heeft. Als ik het via de reguliere kanalen had geregeld en iemand had er lucht van gekregen...'

'En David Becker is de enige burger die u kent?'
'Nee! David Becker is niet de enige burger die ik ken! Maar om zes uur vanochtend ging alles heel snel! David spreekt de taal, hij is slim, ik vertrouw hem, en ik dacht hem er een plezier mee te doen!'
'Een plezier?' sputterde Susan. 'Doet u hem een plezier door hem naar Spanje te sturen?'
'Ja! Ik betaal hem tienduizend dollar voor één dag werk. Hij haalt Tankado's bezittingen op en vliegt weer naar huis. Dat noem ik iemand een plezier doen, ja!'
Susan zweeg. Ze begreep het. Het draaide allemaal om geld.
Haar gedachten gingen vijf maanden terug, naar de avond dat de rector magnificus van Georgetown University David promotie had aangeboden tot voorzitter van de afdeling Moderne talen. Hij had David gewaarschuwd dat hij dan minder colleges zou kunnen geven en meer papierwerk zou moeten doen, maar er was ook een aanzienlijke salarisverhoging aan verbonden. Susan had wel willen uitroepen: *David, doe het niet! Je zult je doodongelukkig voelen. We hebben geld genoeg; wat maakt het uit wie van ons tweeën het verdient?* Maar ze vond niet dat ze hem zo mocht beïnvloeden. Uiteindelijk steunde ze hem bij zijn besluit het aanbod te accepteren. Toen ze die avond gingen slapen, probeerde Susan blij voor hem te zijn, maar iets in haar binnenste bleef zeggen dat het een ramp zou zijn. Ze had gelijk gehad... maar ze had er niet op gerekend dat haar gelijk zó groot zou zijn.
'Hebt u hem tienduizend dollar betaald?' vroeg ze. 'Wat een smerige truc!'
Strathmore was nu ziedend. 'Een truc? Het was helemaal geen truc! Ik heb hem niet eens verteld over het geld. Ik heb hem gevraagd of hij me een dienst wilde bewijzen. Hij is ermee akkoord gegaan.'
'Natuurlijk is hij ermee akkoord gegaan! U bent mijn baas! U bent onderdirecteur van de NSA! Hij kon niet weigeren!'
'Je hebt gelijk,' zei Strathmore kortaf. 'En daarom heb ik hem ook gebeld. Ik was niet in de luxepositie om...'
'Weet de directeur dat u een burger hebt gestuurd?'
'Susan,' zei Strathmore, en zijn geduld begon duidelijk op te raken, 'de directeur is hier niet bij betrokken. Hij weet er niets van.'

Susan staarde Strathmore ongelovig aan. Het was alsof ze tegenover een volslagen vreemde zat. Hij had haar verloofde – een hoogleraar – naar Spanje gestuurd om een opdracht voor de NSA uit te voeren en had de directeur niet op de hoogte gesteld van zo ongeveer de grootste crisis in de geschiedenis van de organisatie.

'Is Leland Fontaine níét op de hoogte?'

Strathmores geduld was op. Hij ontplofte. 'Susan, nu moet je eens goed luisteren! Ik heb je laten komen omdat ik een medestander nodig heb, niet omdat ik behoefte heb aan een derdegraadsverhoor! Ik heb een beroerde ochtend achter de rug. Gisteravond heb ik Tankado's bestand binnengehaald en heb ik hier uren bij de printer gezeten in de vurige hoop dat TRANSLTR het zou kraken. Bij zonsopgang heb ik mijn trots ingeslikt en het nummer van de directeur gebeld... en ik kan je wel vertellen dat dat een gesprek was waar ik niet echt naar uitkeek. Goedemorgen, meneer. Het spijt me dat ik u wakker bel. Waarom ik bel? Ik heb net ontdekt dat TRANSLTR waardeloos is geworden. Dat komt door een algoritme dat mijn voltallige, peperdure Cryptoteam nooit heeft kunnen schrijven!' Strathmore sloeg met zijn vuist op het bureau.

Susan stond als verstijfd. Ze gaf geen kik. In tien jaar had ze Strathmore maar een paar keer zijn kalmte zien verliezen, en nog nooit tegenover haar.

Tien seconden later had nog steeds geen van beiden een woord gezegd. Ten slotte ging Strathmore weer zitten, en Susan hoorde dat zijn ademhaling weer normaal werd. Toen hij eindelijk iets zei, was zijn stem griezelig rustig en beheerst.

'Helaas,' zei Strathmore zacht, 'bleek de directeur in Zuid-Amerika te zijn om de president van Colombia te ontmoeten. Aangezien er absoluut niets is dat hij van daaruit zou kunnen doen, had ik twee opties: hem vragen zijn bezoek af te breken en terug te komen, of dit zelf afhandelen.' Er viel een lange stilte. Uiteindelijk keek Strathmore op, en zijn vermoeide blik ontmoette die van Susan. Zijn gelaatsuitdrukking werd onmiddellijk zachter. 'Susan, het spijt me. Ik ben uitgeput. Dit is een nachtmerrie die werkelijkheid is geworden. Ik snap dat je je zorgen maakt over David. Het was niet mijn bedoeling dat je het op deze manier zou horen. Ik dacht dat je het wist.'

Susan werd overmand door schuldgevoel. 'Ik reageerde overdreven. Het spijt me. David is een goede keuze.'
Strathmore knikte afwezig. 'Vanavond is hij weer terug.'
Susan dacht aan alles wat de commandant doormaakte: de druk van de verantwoordelijkheid voor TRANSLTR, de lange uren en eindeloze vergaderingen. Het gerucht ging dat zijn vrouw hem na dertig jaar huwelijk wilde verlaten. En dan was daar ook nog Digitale Vesting, de grootste bedreiging voor het inlichtingenwerk uit de geschiedenis van de NSA, en de arme man stond er helemaal alleen voor. Geen wonder dat hij eruitzag alsof hij op het punt stond in te storten.
'Gezien de omstandigheden,' zei Susan, 'denk ik dat u misschien toch de directeur zou moeten bellen.'
Strathmore schudde zijn hoofd en er viel een druppel zweet op zijn bureau. 'Ik ben niet van plan de veiligheid van de directeur op het spel te zetten of een lek te riskeren door contact met hem op te nemen over een grote crisis waar hij toch niets aan kan doen.'
Susan wist dat hij gelijk had. Zelfs op een ogenblik als dit kon Strathmore nog helder denken. 'Hebt u overwogen de president te bellen?'
Strathmore knikte. 'Ja. Ik heb besloten het niet te doen.'
Dat dacht Susan al. De hoogste functionarissen van de NSA hadden het recht aantoonbare crisissituaties in het inlichtingenwerk af te handelen zonder dat de regering ervan op de hoogte was. De NSA was de enige Amerikaanse veiligheidsdienst die ontheven was van de plicht verantwoording af te leggen jegens de federale overheid. Strathmore maakte vaak gebruik van dat privilege; hij verrichtte zijn wonderen liever in afzondering.
'Maar, commandant, dit is veel te ernstig om alleen te kunnen oplossen,' voerde ze aan. 'U moet iemand anders in vertrouwen nemen.'
'Susan, het bestaan van Digitale Vesting heeft grote gevolgen voor de toekomst van deze organisatie. Ik ben niet van plan de president achter de rug van de directeur om in te lichten. We hebben een crisis, en die probeer ik te bedwingen.' Hij keek haar peinzend aan. 'Ik ben per slot van rekening onderdirecteur.' Er kroop een vermoeide glimlach over zijn gezicht. 'En bovendien sta ik er niet alleen voor. Ik heb Susan Fletcher aan mijn kant.'

Op dat moment besefte Susan wat ze zo waardeerde aan Trevor Strathmore. Tien jaar lang had hij haar door dik en dun de weg gewezen. Vastberaden. Onwrikbaar. Het was zijn toewijding die haar verbaasde, zijn onwankelbare trouw aan zijn principes, zijn land en zijn idealen. Wat er ook gebeurde, commandant Trevor Strathmore was een lichtend voorbeeld in een wereld van onmogelijke beslissingen.

'Je stáát toch aan mijn kant, hè?' vroeg hij.

Susan glimlachte. 'Ja, meneer. Honderd procent.'

'Mooi. Kunnen we dan nu aan het werk gaan?'

12

David Becker was wel eens op begrafenissen geweest en had daar doden gezien, maar deze dode had iets bijzonder verontrustends. Het was geen onberispelijk verzorgd lijk in een met zijde gevoerde kist. Dit lichaam was uitgekleed en zonder veel plichtplegingen op een aluminium tafel gelegd. De ogen hadden hun lege, levenloze blik nog niet gevonden. In plaats daarvan waren ze naar boven gedraaid, naar het plafond, in een griezelig, bevroren beeld van doodsangst en spijt.

'*¿Dónde están sus efectos?*' vroeg Becker in vloeiend Castiliaans. 'Waar zijn zijn bezittingen?'

'*Allí,*' antwoordde de luitenant, die opvallend gele tanden had. Hij wees naar een balie met kleren en andere persoonlijke bezittingen.

'*¿Es todo?* Is dat alles?'

'*Sí.*'

Becker vroeg om een kartonnen doos. De luitenant liep snel weg om er een te zoeken.

Het was zaterdagavond, en het lijkenhuis van Sevilla was eigenlijk gesloten. De jonge luitenant had Becker binnengelaten op rechtstreeks bevel van het hoofd van de *Guardia Civil* van Sevilla. Blijkbaar had de Amerikaan invloedrijke vrienden.

Becker keek naar de stapel kleren. Er lagen een paspoort, een portefeuille en een bril in een van de schoenen. Er stond ook nog

een kleine reistas die de Guardia uit het hotel van de man had meegenomen. Beckers instructies waren duidelijk: raak niets aan. Lees niets. Breng het alleen allemaal mee terug. Alles. Laat niets achter.
Becker overzag de stapel en fronste zijn wenkbrauwen. *Waar kan de* NSA *deze troep voor nodig hebben?*
De luitenant kwam terug met een doosje, en Becker begon de kleren erin te leggen.
De agent prikte met zijn wijsvinger in het been van het lijk. '*¿Quien es?* Wie is het?'
'Geen idee.'
'Ziet er Chinees uit.'
Japans, dacht Becker.
'Arme kerel. Hartaanval, hè?'
Becker knikte afwezig. 'Dat hebben ze me verteld, ja.'
De luitenant zuchtte en schudde meelevend zijn hoofd. 'De zon van Sevilla kan onbarmhartig zijn. Wees maar voorzichtig, morgen.'
'Bedankt,' zei Becker. 'Maar ik ga weer naar huis.'
De agent keek geschokt. 'U bent er net!'
'Dat weet ik, maar de man die mijn vliegreis heeft betaald, zit op deze spullen te wachten.'
De luitenant keek beledigd zoals alleen een Spanjaard beledigd kan zijn. 'Bedoelt u dat u Sevilla niet gaat leren kénnen?'
'Ik ben er jaren geleden geweest. Een prachtige stad. Ik zou graag wat langer blijven.'
'Dus u hebt La Giralda gezien?'
Becker knikte. Hij had de oude moorse toren niet beklommen, maar wel gezien.
'En het Alcázar?'
Becker knikte opnieuw, en hij herinnerde zich de avond dat hij Paco de Lucia gitaar had horen spelen op de binnenplaats: flamenco onder de sterren in een vijftiende-eeuwse vesting. Hij wilde dat hij Susan toen al had gekend.
'En dan is er natuurlijk Christophorus Columbus.' De agent straalde. 'Hij ligt begraven in onze kathedraal.'
Becker keek op. 'Heus waar? Ik dacht dat Columbus in de Dominicaanse Republiek was begraven.'
'Welnee! Wie verspreidt al die geruchten toch? Het lichaam van

Columbus bevindt zich hier, in Spanje! Ik dacht dat u zei dat u had gestudeerd.'
Becker haalde zijn schouders op. 'Misschien heb ik dat college gemist.'
'De Spaanse Kerk is heel trots dat zijn gebeente hier is.'
De Spaanse Kerk. Becker wist dat er in Spanje maar één Kerk was: de rooms-katholieke. Het katholicisme was hier groter dan in Vaticaanstad.
'We hebben natuurlijk niet zijn hele lichaam,' vervolgde de luitenant. *'Sólo el escroto.'*
Becker bevroor in zijn beweging en staarde de luitenant aan. *¿Sólo el escroto?* Hij deed zijn best niet te grijnzen. 'Alleen zijn scrotum?'
De agent knikte trots. 'Ja. Als de Kerk de stoffelijke resten van een groot man in haar bezit krijgt, verklaart ze hem heilig en verdeelt ze de resten over verschillende kathedralen, zodat iedereen kan genieten van hun pracht.'
'En jullie hebben het...' Becker onderdrukte een lach.
'*Oye!* Dat is een heel belangrijk deel!' verweerde de agent zich. 'Heel iets anders dan een rib of een knokkel, zoals die kerken in Galicië hebben! U zou echt moeten blijven om ernaar te gaan kijken.'
Becker knikte beleefd. 'Misschien ga ik er nog even langs, op weg de stad uit.'
'Mala suerte.' De agent zuchtte. 'U hebt pech. De kathedraal is tot de vroegmis gesloten.'
'Een andere keer, dan.' Becker glimlachte en tilde de doos op. 'Ik moest maar eens gaan. Mijn vliegtuig wacht.' Hij wierp nog een laatste blik om zich heen.
'Wilt u een lift naar het vliegveld?' vroeg de agent. 'Ik heb een Moto Guzzi voor de deur staan.'
'Nee, bedankt. Ik neem wel een taxi.' Becker had één keer in zijn leven op een motor gezeten, toen hij nog studeerde, en dat was hem bijna fataal geworden. Hij was niet van plan nog een keer op zo'n ding te gaan zitten, wie er ook reed.
'Wat u maar wilt,' zei de agent, en hij liep naar de deur. 'Ik doe het licht vast uit.'
Becker hield de doos onder zijn arm. *Heb ik alles?* Hij wierp nog een laatste blik op het lichaam op de tafel. Dat lag spiernaakt

met het gezicht naar boven onder de tl-buizen en verborg duidelijk niets. Becker merkte dat zijn blik weer naar de vreemd misvormde handen werd getrokken. Hij keek er even naar, oplettender dan daarnet.
De agent deed het licht uit, en het werd donker in de kamer.
'Wacht even,' zei Becker. 'Doe het nog eens aan.'
De lampen flikkerden weer aan.
Becker zette zijn doos op de grond en liep naar het lijk. Hij bukte zich en keek aandachtig naar de linkerhand.
De agent volgde Beckers blik. 'Akelig, hè?'
Maar de misvorming was niet wat Beckers aandacht had getrokken. Hij had iets anders gezien. Hij wendde zich tot de agent.
'Weet u zeker dat alles in deze doos zit?'
De agent knikte. 'Ja. Dat is alles.'
Becker bleef even met zijn handen in zijn zij staan. Toen pakte hij de doos, bracht die weer naar de balie en keerde hem om. Zorgvuldig schudde hij het ene na het andere kledingstuk uit. Daarna maakte hij de schoenen leeg en klopte ze ondersteboven tegen de balie, alsof hij probeerde er een steentje uit te schudden. Nadat hij dat allemaal nog een tweede keer had gedaan, deed hij een stap achteruit en fronste hij zijn voorhoofd.
'Is er een probleem?' vroeg de luitenant.
'Ja,' zei Becker. 'Er ontbreekt iets.'

13

Tokugen Numataka stond in zijn kantoor, een luxueus penthouse, uit te kijken over Tokio. Zijn werknemers en concurrenten kenden hem als *akuta same*, de levensgevaarlijke haai. Dertig jaar lang was hij de hele Japanse concurrentie te slim af geweest, had hij ze de loef afgestoken en de meest succesvolle reclamecampagnes gevoerd. Nu zou hij ook op de wereldmarkt een gigant worden.
Hij stond op het punt de grootste transactie van zijn leven af te sluiten, een transactie die zijn Numatech Corporation het Microsoft van de toekomst zou maken. De adrenaline stroomde

tintelend koel door zijn aderen. Handel was oorlog... en oorlog was opwindend.
Hoewel Tokugen Numataka wantrouwig was geweest toen het telefoontje was gekomen, drie dagen geleden, kende hij nu de waarheid. Hij was gezegend met *myouri*, geluk. De goden hadden hem uitverkoren.

'Ik heb de geheime sleutel van Digitale Vesting in mijn bezit,' had de stem met het Amerikaanse accent gezegd. 'Zou u die willen kopen?'
Numataka had bijna hardop gelachen. Hij wist dat het een truc was. Numatech Corporation had een hoog bod uitgebracht op Ensei Tankado's nieuwe algoritme, en nu probeerde een van Numatechs concurrenten hem een kunstje te flikken en achter het geboden bedrag te komen.
'Hebt u de sleutel?' Numataka had gedaan alsof hij belangstelling had.
'Jazeker. Ik heet North Dakota.'
Numataka onderdrukte een lach. Iedereen had van North Dakota gehoord. Tankado had de pers over zijn geheime partner verteld. Het was een verstandige zet van Tankado geweest om te zorgen dat hij een partner had; zelfs in Japan bediende de zakenwereld zich tegenwoordig van lage praktijken. Ensei Tankado was niet veilig. Als een te gretige firma één verkeerde stap deed, zou de sleutel worden gepubliceerd. Daar zouden alle softwarebedrijven onder lijden.
Numataka nam een lange trek van zijn Umami-sigaar en speelde het erbarmelijke spelletje van de beller mee. 'Dus u wilt uw sleutel verkopen? Interessant. Wat vindt Ensei Tankado daarvan?'
'Ik heb geen banden met meneer Tankado. Meneer Tankado is zo dom geweest me te vertrouwen. De sleutel is honderden malen zoveel waard als wat hij me betaalt om hem te bewaren.'
'Het spijt me,' zei Numataka. 'Enkel uw sleutel is niets waard. Als Tankado ontdekt wat u hebt gedaan, zal hij de zijne eenvoudigweg openbaar maken, en dan wordt de markt overspoeld.'
'U zult beide sleutels krijgen,' zei de stem. 'Die van meneer Tankado én de mijne.'
Numataka legde zijn hand over de hoorn en lachte hardop. Hij

kon zich er niet van weerhouden de vraag te stellen. 'Hoeveel vraagt u voor de twee sleutels?'
'Twintig miljoen Amerikaanse dollars.'
Twintig miljoen was zo ongeveer wat Numataka had geboden. 'Twintig miljoen?' Hij hapte in gespeelde ontsteltenis naar lucht. 'Dat is krankzinnig!'
'Ik heb het algoritme gezien. Ik kan u verzekeren dat het dat echt wel waard is.'
Je meent het, dacht Numataka. *Het is tienmaal zoveel waard.* Hij werd het spelletje zat en zei: 'Helaas weten we allebei dat meneer Tankado hier nooit mee akkoord zou gaan. Denk eens aan de juridische gevolgen.'
De beller liet een veelbetekenende stilte vallen. 'En als meneer Tankado nu eens geen rol meer zou spelen?'
Numataka wilde lachen, maar hij bespeurde een vreemde vastberadenheid in de stem. 'Als Tankado geen rol meer zou spelen?' Numataka dacht daar even over na. 'Dan zouden u en ik een overeenkomst hebben.'
'Ik neem nog contact met u op,' zei de stem. De verbinding werd verbroken.

14

Becker keek naar het lijk. Zelfs uren na zijn dood gloeide het gezicht van de Aziaat nog rozig na doordat hij te lang in de felle zon had gelopen. Verder was zijn huid bleek geel van kleur... afgezien van de paarsachtige bloeduitstorting recht boven zijn hart. *Waarschijnlijk van de pogingen tot reanimatie*, dacht Becker. *Jammer dat het niet gelukt is.*
Hij verlegde zijn aandacht weer naar de handen van het lijk. Die leken in niets op gewone handen. Elke hand had maar drie vingers, en die waren verwrongen en scheef. Maar de misvorming was niet waar Becker naar keek.
'Krijg nou wat,' bromde de luitenant van de andere kant van de kamer. 'Het is een Japanner, geen Chinees.'
Becker keek op. De agent bladerde door het paspoort van de do-

de. 'Ik heb liever niet dat u daarnaar kijkt,' merkte Becker op. *Raak niets aan. Lees niets.*
'Ensei Tankado... geboren op...'
'Wilt u dat alstublieft terugleggen?' verzocht Becker hem beleefd.
De agent staarde nog even naar het paspoort en gooide het toen terug op de stapel. 'Die kerel had een visum waarmee hij hier jaren had kunnen blijven.'
Becker prikte met een pen in de hand van het slachtoffer. 'Misschien woonde hij hier.'
'Nee. Hij is vorige week pas aangekomen.'
'Misschien kwám hij hier wonen,' opperde Becker kortaf.
'Ja, misschien. Belazerde eerste week. Een zonnesteek en een hartaanval. Arme kerel.'
Becker negeerde de agent en bestudeerde de hand. 'Weet u zeker dat hij geen sieraden droeg toen hij stierf?'
De agent keek gealarmeerd op. 'Sieraden?'
'Ja. Kijk hier eens naar.'
De agent kwam naar Becker toe.
De huid van Tankado's linkerhand was overal verbrand door de zon, afgezien van een smalle band om zijn pink.
Becker wees naar het strookje bleke huid. 'Ziet u dat dit niet verbrand is? Het lijkt erop dat hij een ring droeg.'
De agent leek verrast. 'Een ríng?' Hij klonk plotseling onthutst. Hij keek aandachtig naar de vinger van het lijk. Toen bloosde hij schaapachtig. 'Mijn god.' Hij grinnikte. 'Was dat verhaal dan wáár?'
Becker kreeg plotseling een wee gevoel in zijn maag. 'Wat zei u?'
De agent schudde ongelovig zijn hoofd. 'Ik zou het wel eerder hebben gezegd... maar ik dacht dat die man getikt was.'
Becker glimlachte niet. 'Welke man?'
'De man die het geval telefonisch meldde. Een of andere Canadese toerist. Hij had het steeds over een ring. Brabbelde het slechtste Spaans dat ik ooit heb gehoord.'
'Zei hij dat meneer Tankado een ring om had?'
De agent knikte. Hij trok een Ducados-sigaret uit het pakje, keek even naar het bordje met NO FUMAR en stak hem toch maar op. 'Ik had er waarschijnlijk iets over moeten zeggen, maar die vent klonk volkomen *loco*.'
Becker fronste zijn wenkbrauwen. Strathmores woorden weer-

klonken nog in zijn oren. *Ik wil alles hebben wat Ensei Tankado bij zich had. Alles. Laat niets achter. Nog geen snippertje papier.*
'Waar is die ring nu?' vroeg Becker.
De agent nam een trekje. 'Dat is een lang verhaal.'
Iets zei Becker dat dit geen goed nieuws was. 'Vertel het toch maar.'

15

Susan Fletcher zat achter haar computerterminal in Zaal 3. Zaal 3 was de besloten, geluiddichte ruimte van de cryptologen, die aan de grote hal lag. De ruimte werd door een vijf centimeter dikke plaat van gebogen, in één richting doorzichtig glas afgeschermd van de rest van Crypto, zodat de cryptologen uitzicht hadden op de hal zonder dat anderen naar binnen konden kijken.
Achter in de grote ruimte die Zaal 3 was, stonden twaalf terminals in een volmaakt ronde kring. Die cirkelvormige opstelling was bedoeld om gedachtewisselingen over het werk tussen de cryptologen te bevorderen en om hen eraan te herinneren dat ze deel uitmaakten van een team, een soort codekrakende ridders van de Ronde Tafel. Ironisch genoeg werd het hebben van geheimen binnen Zaal 3 afgekeurd.
De ruimte werd schertsend de speelkamer genoemd en had niets van de steriliteit van de rest van Crypto. Ze was ontworpen om je in thuis te voelen: pluchen tapijt, een geavanceerde geluidsinstallatie, een goedgevulde koelkast, een keukentje en een basketbalring. De filosofie van de NSA was: het heeft geen zin miljarden dollars uit te geven aan een computer die codes kraakt als je het neusje van de zalm van de cryptologen niet kunt verleiden te blijven om ermee te werken.
Susan liet haar voeten uit haar flatjes van Salvatore Ferragamo glijden en duwde haar in kousen gestoken tenen in het dikke tapijt. Goedbetaalde employés in overheidsdienst werden geacht niet te koop te lopen met hun rijkdom, en dat was over het al-

gemeen geen probleem voor Susan. Ze was volkomen tevreden met haar bescheiden maisonnette, haar Volvo en haar eenvoudige garderobe. Maar schoenen, dat was een andere zaak. Zelfs toen Susan nog studeerde, spaarde ze om de beste te kunnen kopen.

Je kunt niet naar de sterren springen als je voeten pijn doen, had haar tante haar eens gezegd. *En als je op je bestemming aankomt, kun je er maar beter fantastisch uitzien!*

Susan rekte zich even behaaglijk uit en ging toen aan het werk. Ze haalde haar spoorzoeker op om die te gaan configureren. Ze wierp een blik op het e-mailadres dat Strathmore haar had gegeven.

NDAKOTA@ARA.ANON.ORG

De man die zichzelf North Dakota noemde, had een anonieme account, maar Susan wist dat die niet lang anoniem zou blijven. De spoorzoeker zou door ARA worden doorgestuurd naar North Dakota en dan informatie terugzenden waarin het echte internetadres van de man te vinden was.

Als alles goed ging, zou North Dakota snel worden gevonden, en dan kon Strathmore de sleutel confisqueren. Dan was alleen David nog over. Als hij het exemplaar van Tankado vond, konden beide sleutels worden vernietigd. Dan zou Tankado's tijdbommetje onschadelijk zijn, een levensgevaarlijk explosief zonder ontsteking.

Susan keek nogmaals naar het adres op het vel papier dat voor haar lag en voerde de informatie in het juiste gegevensveld in. Ze grinnikte toen ze eraan dacht dat Strathmore problemen had gehad toen hij de spoorzoeker zelf had verstuurd. Kennelijk had hij het tweemaal geprobeerd en beide keren Tankado's adres ontvangen, in plaats van dat van North Dakota. Hij had een simpele vergissing gemaakt, dacht Susan. Waarschijnlijk had hij de gegevensvelden verwisseld, en had de spoorzoeker naar de verkeerde account gezocht.

Susan was klaar met het configureren van haar spoorzoeker en zette hem klaar om weg te sturen. Toen drukte ze op ENTER. De computer gaf één piepje.

Nu begon het wachten.
Susan blies haar adem uit. Ze voelde zich schuldig dat ze zo onaardig was geweest tegen de commandant. Als iemand in staat was dit gevaar in zijn eentje te keren, was het Trevor Strathmore wel. Op de een of andere geheimzinnige manier was hij iedereen die hem tartte altijd te slim af.
Een halfjaar geleden, toen de EFF met het verhaal was gekomen dat een onderzeeër van de NSA onder water telefoonkabels aftapte, had Strathmore ijskoud een strijdig verhaal laten uitlekken, namelijk dat de onderzeeër illegaal verontreinigd afval dumpte. De EFF en de milieubeweging waren zo lang aan het bakkeleien geweest over welke versie waar was, dat de media er uiteindelijk genoeg van kregen en zich met iets anders gingen bezighouden.
Elke zet die Strathmore deed, werd nauwkeurig gepland. Hij verliet zich daarbij grotendeels op zijn computer. Zoals veel employés van de NSA gebruikte Strathmore een door de NSA ontwikkeld programma dat BrainStorm heette. Daarmee kon je veilig en zonder risico in de computer uitproberen wat allerlei scenario's voor gevolgen zouden hebben.
BrainStorm was een experiment op het gebied van kunstmatige intelligentie dat door de ontwikkelaars werd omschreven als een simulator van oorzaak en gevolg. Oorspronkelijk was het bedoeld om bij verkiezingscampagnes betrouwbare modellen te kunnen maken van een bepaalde 'politieke omgeving'. Na invoer van enorme hoeveelheden gegevens creëerde het programma een netwerk van verbanden, een hypothetisch model van interactie tussen politieke variabelen, waaronder de prominente figuren, hun staf, hun persoonlijke banden met elkaar, onderwerpen die erg in de belangstelling stonden, en afwegingen van individuen die werden beïnvloed door variabelen als sekse, etnische groepering, geld en macht. Dan kon de gebruiker elke hypothetische gebeurtenis invoeren die hij maar wilde, en BrainStorm voorspelde het effect van die gebeurtenis op de 'omgeving'.
Commandant Strathmore was een toegewijd gebruiker van BrainStorm, niet voor politieke doeleinden, maar als simulatieprogramma; de software was een belangrijk hulpmiddel om com-

plexe strategieën uit te zetten en zwakke plekken ervan te voorspellen. Susan vermoedde dat er in Strathmores computer projecten schuilgingen die op een dag de wereld zouden veranderen.

Ja, dacht Susan, *ik ben te onvriendelijk tegen hem geweest.*

Haar gedachten werden onderbroken door het sissen van de deuren van Zaal 3.

Strathmore stapte naar binnen. 'Susan,' zei hij. 'David heeft net gebeld. Er is een kink in de kabel.'

16

'Een ring?' Susan keek verbaasd. 'Is er een ring van Tankado verdwenen?'

'Ja. We hebben geluk dat het David is opgevallen. Hij is heel alert geweest.'

'Maar u bent op zoek naar een sleutel, niet naar een sieraad.'

'Dat weet ik,' zei Strathmore, 'maar ik denk dat het in dit geval misschien op hetzelfde neerkomt.'

Susan keek hem vragend aan.

'Het is een lang verhaal.'

Ze gebaarde naar de spoorzoeker op haar scherm. 'Ik heb de tijd.'

Strathmore zuchtte diep en begon te ijsberen. 'Blijkbaar waren er mensen aanwezig bij de dood van Tankado. Volgens de agent in het lijkenhuis is de Guardia vanochtend gebeld door een paniekerige Canadese toerist, die vertelde dat een Japanner een hartaanval had gekregen in het park. Toen de agent daar aankwam, trof hij er de dode Tankado en de Canadees aan, dus heeft hij een ambulance opgeroepen. Terwijl het ambulancepersoneel Tankado naar het lijkenhuis bracht, heeft de agent geprobeerd van de Canadees te weten te komen wat er was gebeurd. De oude man bleef maar brabbelen over een of andere ring die Tankado vlak voordat hij stierf had weggegeven.'

Susan keek hem sceptisch aan. 'Heeft Tankado een ring wéggegeven?'

'Ja. Blijkbaar duwde hij hem die ouwe man in zijn gezicht, alsof hij hem smeekte het ding aan te nemen. Het klonk alsof die Canadees hem goed heeft kunnen bekijken.' Strathmore hield op met ijsberen en draaide zich om. 'Hij zei dat er iets in de ring gegraveerd was, letters, blijkbaar.'

'Letters?'

'Ja, en volgens hem was het geen Engels.' Strathmore trok zijn wenkbrauwen veelbetekenend op.

'Japans?'

Strathmore schudde zijn hoofd. 'Dat was ook mijn eerste gedachte. Maar moet je horen: de Canadees klaagde dat de letters geen woord vormden dat hij herkende. Japanse karakters kunnen onmogelijk verward worden met onze Romeinse letters. Hij zei dat het leek alsof er een kat over een typemachine was gelopen.'

Susan lachte. 'Commandant, u denkt toch niet echt...'

Strathmore onderbrak haar. 'Susan, het is kristalhelder. Tankado heeft de sleutel van Digitale Vesting in zijn ring gegraveerd. Goud is duurzaam. Of hij nu sliep, onder de douche stond of at, hij zou de sleutel altijd bij zich hebben en die van het ene op het andere moment openbaar kunnen maken.'

Susan keek bedenkelijk. 'Aan zijn vinger? Zomaar, open en bloot?'

'Waarom niet? Spanje is nu niet bepaald hét coderingscentrum van de wereld. Niemand zou enig idee hebben wat de letters betekenden. Bovendien, een standaardsleutel van vierenzestig bits levert in hex-notatie zestien tekens op. Niemand kan dat op een ring allemaal lezen en onthouden.'

Susan keek onthutst. 'En Tankado heeft die ring vlak voordat hij stierf aan een volkomen vreemde gegeven? Waarom?'

Strathmore kneep zijn ogen tot spleetjes. 'Waarom denk je?'

Het duurde maar heel even voordat Susan het doorhad. Haar ogen werden groot.

Strathmore knikte. 'Tankado probeerde hem kwijt te raken. Hij dacht dat we hem vermoord hadden. Hij voelde dat hij dood-ging en nam logischerwijze aan dat wij erachter zaten. Het tijdstip was te toevallig. Hij dacht dat we iets met hem hadden gedaan, hem hadden vergiftigd of zoiets, met een langzaam werkend middel dat een hartstilstand veroorzaakte. Hij wist dat we hem alleen zouden durven te doden als we North Dakota hadden gevonden.'

Susan kreeg een koude rilling. 'Natuurlijk,' fluisterde ze. 'Tankado dacht dat we zijn verzekeringspolis hadden uitgeschakeld, zodat we hem ook konden elimineren.'

Het werd Susan allemaal duidelijk. Het moment waarop de hartaanval was gekomen, was zo gunstig geweest voor de NSA dat Tankado had aangenomen dat de NSA erachter zat. Zijn laatste gedachte was wraak geweest. Ensei had zijn ring weggegeven in een laatste wanhoopspoging de sleutel openbaar te maken. En hoe ongelooflijk het ook was, nu was een nietsvermoedende Canadese toerist in het bezit van de sleutel tot het belangrijkste coderingsalgoritme in de geschiedenis.

Susan ademde diep in en stelde de onvermijdelijke vraag. 'En waar is die Canadees nu?'

Strathmore fronste zijn voorhoofd. 'Dat is het probleem.'

'Weet de agent niet waar hij is?'

'Nee. Het verhaal van de Canadees was zo absurd dat de agent dacht dat hij ofwel in shock of seniel was. Dus heeft hij de oude man achter op zijn motor gezet om hem naar zijn hotel te brengen. Maar de Canadees had niet het benul om zich vast te houden. Voordat ze een meter gereden hadden, viel hij er al af. Hij had zijn hoofd gestoten en zijn pols gebroken.'

'Wat?' riep Susan uit.

'De agent wilde hem naar een ziekenhuis brengen, maar de Canadees was woedend en zei dat hij eerder terug zou lopen naar Canada dan dat hij nog een keer achter op die motor ging zitten. Dus heeft de agent hem lopend naar een kleine kliniek vlak bij het park gebracht. Daar heeft hij hem achtergelaten om te worden nagekeken.'

Susan fronste haar wenkbrauwen. 'Dan hoef ik niet te vragen waar David naar op weg is.'

17

David Becker stapte de verzengend hete tegels van het Plaza de España op. Voor hem uit, tussen de bomen, rees vanuit een ruim een hectare groot plein van blauw met witte tegels – *azulejos* – *el Ayuntamiento* op, het oude stadhuis. De Arabische torenspitsen en de bewerkte gevel gaven het eerder de uitstraling van een paleis dan van een openbaar gebouw. Ondanks zijn geschiedenis van staatsgrepen, branden en in het openbaar opgeknoopte misdadigers, bezochten de meeste toeristen het gebouw omdat het in de folders stond aangeprezen als het Engelse militaire hoofdkwartier in de film *Lawrence of Arabia*. Het was voor Columbia Pictures veel goedkoper geweest om in Spanje te filmen dan in Egypte, en de moorse invloeden in de architectuur van Sevilla waren uitgesproken genoeg om de gemiddelde filmbezoeker ervan te overtuigen dat hij naar Caïro keek.

Becker verzette zijn Seiko naar de lokale tijd: tien over negen 's avonds. Naar plaatselijke begrippen was het nog middag; een echte Spanjaard eet zijn avondeten nooit voor zonsondergang, en de lome Andalusische zon verlaat de hemel zelden voor tienen.

Ondanks de hitte van de vroege avond liep Becker in een energiek tempo door het park. Deze keer had Strathmores stem een stuk urgenter geklonken dan die ochtend. Zijn nieuwe instructies lieten geen ruimte voor misverstand: zoek de Canadees en bemachtig de ring. Doe wat noodzakelijk is, als je die ring maar in je bezit krijgt.

Becker vroeg zich af wat er zo belangrijk kon zijn aan een gegraveerde ring. Strathmore had het niet verteld, en Becker had het niet gevraagd. NSA, dacht hij. *Nooit Sterk in Antwoorden.*

Aan de overkant van de Avenida Isabel la Católica was de kliniek duidelijk zichtbaar: het universele symbool van een rood kruis in een witte cirkel was op het dak geschilderd. De agent van de Guardia had de Canadees hier uren geleden achtergelaten. Een gebroken pols en een buil op zijn hoofd; de patiënt was ongetwijfeld allang behandeld en ontslagen. Becker kon alleen maar hopen dat de kliniek informatie over hem had: een hotel

of telefoonnummer waar de man bereikbaar was. Met een beetje geluk moest Becker de Canadees wel kunnen vinden en de ring kunnen bemachtigen, om daarna zonder nieuwe verwikkelingen huiswaarts te gaan.
Strathmore had tegen Becker gezegd: 'Gebruik die tienduizend dollar maar om de ring te kopen, als dat nodig is. Ik betaal je terug.'
'Dat hoeft niet,' had Becker geantwoord. Hij was toch al van plan geweest het geld terug te geven. Hij was niet naar Spanje gegaan voor het geld, maar voor Susan. Commandant Trevor Strathmore was Susans mentor en begeleider. Susan had veel aan hem te danken, dus een boodschap van een dag was wel het minste wat Becker kon doen.
Helaas was het vanochtend niet helemaal gelopen zoals Becker had gepland. Hij had gehoopt Susan vanuit het vliegtuig te kunnen bellen en alles uit te leggen. Hij had nog overwogen de piloot te vragen via de radio contact op te nemen met Strathmore om een bericht door te geven, maar hij aarzelde om de onderdirecteur bij zijn amoureuze problemen te betrekken.
Becker had zelf drie keer geprobeerd Susan te bellen, eerst vanuit het vliegtuig met een mobieltje dat niet werkte, daarna met een openbare telefoon op het vliegveld en toen weer vanuit het lijkenhuis. Susan was niet thuis. David vroeg zich af waar ze kon zijn. Haar antwoordapparaat had opgenomen, maar hij had geen bericht achtergelaten. Wat hij wilde zeggen was niet geschikt voor een antwoordapparaat.
Toen hij naar de weg liep, zag hij vlak bij de ingang van het park een telefooncel. Hij rende erheen, greep de hoorn en gebruikte zijn telefoonkaart om te bellen. Nadat hij het nummer had gekozen, viel er een lange stilte. Eindelijk ging de telefoon over.
Kom op. Wees alsjeblieft thuis.
Na vijf keer overgaan werd er opgenomen.
'Hallo, dit is Susan Fletcher. Het spijt me dat ik op het ogenblik niet thuis ben, maar als u uw naam inspreekt...'
Becker luisterde naar het bericht. *Waar is ze?* Ze zou zo langzamerhand wel in paniek zijn. Hij vroeg zich af of ze misschien zonder hem naar Stone Manor was gegaan. Er klonk een piep.
'Hallo, met David.' Hij zweeg even, want hij wist niet wat hij moest zeggen. Een van de redenen dat hij een hekel had aan ant-

woordapparaten, was dat ze je afkapten als je even moest nadenken. 'Het spijt me dat ik niet heb gebeld,' riep hij net op tijd uit. Hij vroeg zich af of hij haar zou vertellen wat er aan de hand was. Hij bedacht zich. 'Bel commandant Strathmore. Hij kan alles uitleggen.' Beckers hart bonsde. *Dit is absurd*, dacht hij. 'Ik hou van je,' voegde hij er nog snel aan toe, en toen hing hij op.
Becker stond te wachten tot hij de Avenida Borbolla kon oversteken. Hij dacht aan Susan, en hoe ze ongetwijfeld het ergste had gedacht. Het was niets voor hem om niet te bellen als hij dat had beloofd.
Becker stapte de vier rijstroken brede boulevard op. 'Heen en meteen weer terug,' fluisterde hij voor zich uit. 'Meteen weer terug.' Hij was te diep in gedachten om de man met het metalen brilmontuur te zien, die vanaf de overkant van de straat naar hem keek.

18

Numataka stond voor het enorme raam van spiegelglas in zijn torenflat in Tokio, nam een lange trek van zijn sigaar en glimlachte. Hij kon nauwelijks geloven hoeveel geluk hij had gehad. Hij had de Amerikaan weer gesproken, en als alles volgens plan verliep, was Ensei Tankado inmiddels geëlimineerd en zijn exemplaar van de sleutel geconfisqueerd.
Het was ironisch, dacht Numataka, dat hij uiteindelijk de sleutel van Ensei Tankado in handen zou krijgen. Tokugen Numataka had Tankado jaren geleden eens ontmoet. De jonge programmeur was naar Numatech Corporation gekomen toen hij net was afgestudeerd en een baan zocht. Numataka had hem afgewezen. Tankado was ongetwijfeld briljant geweest, maar er hadden destijds andere overwegingen een rol gespeeld. Hoewel Japan al aan het veranderen was, was Numataka nog van de oude stempel: hij leefde naar de ongeschreven wetten van *menboko*, eer en aanzien. Onvolmaaktheid werd niet getolereerd. Als hij een invalide aannam, zou dat een schande zijn voor zijn bedrijf. Hij had Tankado's curriculum vitae zonder er een blik op

te werpen in de prullenbak gegooid.
Numataka keek weer op zijn horloge. De Amerikaan, North Dakota, had al moeten bellen. Numataka was een beetje nerveus. Hij hoopte dat er niets was misgegaan.
Als de sleutels waren wat ze beloofden te zijn, zouden ze hem toegang verschaffen tot het gewildste product van het computertijdperk: een volkomen onkwetsbaar digitaal versleutelingsalgoritme. Numataka kon het algoritme dan onderbrengen in niet na te maken, geïntegreerde schakelingen in een hermetisch gesloten behuizing, en die in grote hoeveelheden leveren aan computerfabrikanten, overheden en ondernemers over de hele wereld, en misschien zelfs aan duisterder afnemers... op de zwarte markt van het wereldterrorisme.
Numataka glimlachte. Het leek erop dat hij opnieuw in de gunst stond bij de *shichigosan*, de zeven godheden van de voorspoed. Numatech Corporation zou Digitale Vesting in haar bezit hebben. Twintig miljoen dollar was veel geld, maar als je keek naar wat hij ervoor kreeg, was het het koopje van de eeuw.

19

'Stel dat iemand anders ook op zoek is naar de ring?' vroeg Susan, plotseling angstig. 'Zou David in gevaar kunnen zijn?'
Strathmore schudde zijn hoofd. 'Niemand anders weet dat de ring bestaat. Daarom heb ik David gestuurd. Ik wilde het zo houden. Nieuwsgierige spionnen gaan niet zo snel achter een leraar Spaans aan.'
'Hij is hoogleraar,' verbeterde Susan hem, maar ze had meteen weer spijt van die opmerking. Af en toe kreeg Susan het gevoel dat de commandant David niet goed genoeg vond, dat hij dacht dat ze wel beter kon krijgen dan een schoolfrik.
'Commandant,' zei ze, en ze liet dit punt rusten, 'als u David vanochtend over de autotelefoon instructies hebt gegeven, zou iemand dat onderschept kunnen hebben...'
'Een kans van één op een miljoen,' zei Strathmore op geruststellende toon. 'Een mogelijke afluisteraar moet dan in de directe

omgeving zijn geweest en precies hebben geweten waar hij naar moest luisteren.' Hij legde zijn hand op haar schouder. 'Ik zou David nooit hebben gestuurd als ik had gedacht dat het gevaarlijk was.' Hij glimlachte. 'Geloof me. Als er enig teken van narigheid is, stuur ik de vaklui eropaf.'

Voordat Strathmore was uitgesproken, werd er plotseling op het glas van Zaal 3 gebonsd. Susan en Strathmore draaiden zich om. Systeembeveiliger Phil Chartrukian had zijn gezicht tegen de glazen wand gedrukt en bonkte met kracht tegen het glas, terwijl hij zijn best deed erdoorheen te kijken. Wat hij opgewonden riep, was niet hoorbaar door het geluiddichte glas. Hij zag eruit alsof hij een geest had gezien.

'Wat doet Chartrukian hier in godsnaam?' gromde Strathmore. 'Hij heeft geen dienst vandaag.'

'Dat wordt vervelend,' zei Susan. 'Hij heeft waarschijnlijk de monitor van TRANSLTR gezien.'

'Verdomme!' fluisterde de commandant. 'Ik heb de systeembeveiliger van dienst gisteravond speciaal nog gebeld en gezegd dat hij vandaag niet hoefde te komen!'

Dat verbaasde Susan niet. Het was ongebruikelijk om een systeembeveiliger af te bellen, maar Strathmore had ongetwijfeld alleen willen zijn in de koepel. Het laatste waar hij behoefte aan had, was een paranoïde systeembeveiliger die uit de school klapte over Digitale Vesting.

'We kunnen TRANSLTR beter onderbreken,' zei Susan. 'Dan kunnen we de programmacontrole opnieuw opstarten en tegen Phil zeggen dat hij het zich heeft verbeeld.'

Strathmore leek dit te overwegen en schudde toen zijn hoofd. 'Nog niet. TRANSLTR is nu vijftien uur bezig. Ik wil het hem vierentwintig uur laten proberen, voor alle zekerheid.'

Dat kon Susan zich voorstellen. Digitale Vesting was het eerste programma dat gebruikmaakte van een roterende klare tekst. Misschien had Tankado iets over het hoofd gezien; misschien zou TRANSLTR het na vierentwintig uur kraken. Maar om de een of andere reden betwijfelde Susan dat.

'TRANSLTR gaat door,' besloot Strathmore. 'Ik moet zeker weten of dit algoritme niet te breken is.'

Chartrukian bleef op het glas bonken.

'Vooruit maar.' Strathmore zuchtte. 'Bevestig mijn verhaal.'

De commandant ademde diep in en liep toen naar de glazen schuifdeuren. Daardoor activeerde hij de plaat in de vloer, die op druk reageerde, en de deuren schoven sissend open.
Chartrukian kwam praktisch de kamer binnenvallen. 'Commandant, meneer. Neemt... neemt u me niet kwalijk dat ik u lastigval, maar de programmacontrole van TRANSLTR... Ik heb een onderzoek naar virussen gedaan en...'
'Phil, Phil, Phil,' sprak de commandant overdreven vriendelijk terwijl hij geruststellend een hand op Chartrukians schouder legde. 'Rustig aan. Wat is het probleem?'
Als je de laconieke toon hoorde waarop Strathmore sprak, zou je niet vermoeden dat zijn wereld om hem heen aan het instorten was. Hij deed een stap opzij en wenkte Chartrukian de heilige Zaal 3 in. De systeembeveiliger stapte aarzelend over de drempel, als een goed afgerichte hond die eigenlijk wel beter weet.
Aan de verbaasde blik van Chartrukian was duidelijk te zien dat hij hier nooit eerder binnen was geweest. Wat de oorzaak van zijn paniek ook was, die was tijdelijk vergeten. Hij keek om zich heen naar de stijlvolle inrichting, de rij terminals, de banken, de boekenplanken en de zachte verlichting. Toen zijn blik op de koningin van Crypto viel, Susan Fletcher, keek hij snel een andere kant op. Hij werd altijd doodnerveus van haar. Haar geest werkte op een ander niveau. Ze was verwarrend mooi, en hij kon nooit uit zijn woorden komen als ze in de buurt was. Susans pretentieloze houding maakte het alleen maar erger.
'Wat is het probleem, Phil?' vroeg Strathmore terwijl hij de koelkast opentrok. 'Iets te drinken?'
'Nee, eh... Nee, dank u, meneer.' Hij stond met zijn mond vol tanden, en wist niet zeker of hij echt welkom was. 'Meneer... Ik geloof dat er een probleem met TRANSLTR is.'
Strathmore deed de koelkast dicht en keek Chartrukian terloops aan. 'Bedoel je de programmacontrole?'
Chartrukian keek geschokt. 'Hebt u die dan gezien?'
'Jazeker. Hij is al zestien uur bezig, als ik me niet vergis.'
Chartrukian leek verwonderd. 'Ja, meneer, zestien uur. Maar dat is niet alles, meneer. Ik heb naar virussen gezocht en dan komt er heel raar spul tevoorschijn.'
'O ja?' Strathmore klonk onbekommerd. 'Wat voor spul?'

Susan keek toe, onder de indruk van het toneelspel van de commandant.
Chartrukian hakkelde verder. 'TRANSLTR is iets heel geavanceerds aan het verwerken. De filters hebben nog nooit zoiets gezien. Ik ben bang dat TRANSLTR een of ander virus heeft.'
'Een virus?' Strathmore grinnikte met een zweempje neerbuigendheid. 'Phil, ik waardeer je bezorgdheid, heus waar. Maar mevrouw Fletcher en ik zijn bezig met een nieuwe diagnostische test, een zeer geavanceerd programma. Ik zou je wel gewaarschuwd hebben, maar ik was me er niet van bewust dat je vandaag dienst had.'
De systeembeveiliger deed zijn best zijn collega te dekken. 'Ik heb geruild met die nieuwe jongen. Ik heb zijn weekenddienst overgenomen.'
Strathmore kneep zijn ogen half dicht. 'Dat is vreemd. Ik heb hem gisteravond gebeld om hem te vertellen dat hij vandaag niet hoefde te komen. Hij heeft niet gezegd dat hij zijn dienst had geruild.'
Chartrukian voelde dat zijn keel dicht ging zitten. Er viel een gespannen stilte.
'Nou ja,' zei Strathmore uiteindelijk met een zucht. 'Blijkbaar een ongelukkig misverstand.' Hij legde een hand op de schouder van de systeembeveiliger en nam hem mee naar de deur. 'Het goede nieuws is dat je niet hoeft te blijven. Mevrouw Fletcher en ik zijn hier nog de hele dag. Wij zullen wel op de winkel passen. Geniet jij maar van je weekend.'
Chartrukian aarzelde. 'Commandant, ik geloof echt dat we moeten controleren of...'
'Phil,' antwoordde Strathmore op iets strengere toon, 'het gaat prima met TRANSLTR. Als er bij jouw onderzoek iets vreemds aan het licht is gekomen, komt dat doordat *wíj* het erin hebben gestopt. En nu, als je het niet erg vindt...' Strathmore slenterde langzaam weg, en de systeembeveiliger begreep het. Hij moest gaan.

'Een diagnostische test, ja hoor!' mompelde Chartrukian terwijl hij woedend weer de werkruimte van de systeembeveiligers binnenstapte. 'Wat voor lusfunctie houdt drie miljoen processors zestien uur lang bezig?'
Chartrukian vroeg zich af of hij het hoofd van Systeembeveili-

ging zou bellen. *Die verdomde cryptologen*, dacht hij. *Ze begrijpen echt helemaal niets van beveiliging!*
Zijn gedachten gingen naar de eed die hij had afgelegd toen hij bij Systeembeveiliging kwam werken. Hij had gezworen zijn deskundigheid, opleiding en intuïtie in te zetten om de miljardeninvestering van de NSA te beschermen.
'Intuïtie,' zei hij opstandig. *Je hoeft niet helderziend te zijn om te weten dat dit geen diagnostische test is!*
Chartrukian liep met grote stappen naar de terminal en startte TRANSLTR's hele verzameling software voor systeemanalyse.
'Uw kindje zit in de problemen, commandant,' gromde hij. 'Vertrouwt u mijn intuïtie niet? Dan zal ik u feiten laten zien!'

20

La Clínica de Salud Pública was een verbouwde basisschool en had niet veel weg van een ziekenhuis. Het was een lang, stenen gebouw, helemaal gelijkvloers, met enorme ramen en roestige schommels op de vroegere speelplaats. Becker liep de afgebrokkelde treden naar de ingang op.
Binnen was het donker en lawaaiig. De wachtkamer bestond uit een rij metalen klapstoelen die langs de hele muur van een lange, smalle gang stonden. Op een ezel stond een kartonnen bord met de tekst OFICINA en een pijl die de gang in wees.
Becker liep door de schaars verlichte gang. De omgeving deed hem denken aan een spookachtig decor voor een horrorfilm. Het rook naar urine. Achter in de gang waren de lampen uit, en in de laatste twaalf tot vijftien meter waren alleen wat vage silhouetten zichtbaar. Een vrouw die bloedde... Een jong stel dat zat te huilen... Een meisje dat bad... Becker kwam aan het einde van de donkere gang. De deur links van hem stond op een kleine kier, en hij duwde hem open. De ruimte erachter was volkomen leeg, afgezien van een oude, gerimpelde vrouw die naakt op een bed lag en worstelde met haar ondersteek.
Fijn. Becker kreunde. Hij sloot de deur. *Waar is verdomme dat kantoortje?*

Voorbij een bocht in de gang hoorde Becker stemmen. Hij ging op het geluid af en kwam bij een doorzichtige glazen deur. Het klonk alsof er daarachter een vechtpartij gaande was. Aarzelend duwde Becker de deur open. Het kantoortje. Chaos, zoals hij al had gevreesd.

De rij was ongeveer tien mensen lang, en iedereen stond te duwen en te schreeuwen. Spanje stond niet bekend om een grote efficiëntie, en Becker wist dat hij hier wel de hele avond kon staan wachten voordat hij informatie kreeg over de Canadees. Er zat maar één secretaresse achter het bureau, en die had het druk met zich de ontevreden patiënten van het lijf te houden. Becker bleef even in de deuropening staan en overwoog zijn opties. Er was een betere manier.

'*¡Con permiso!*' schreeuwde een verpleeghulp. Er denderde met grote snelheid een brancard voorbij.

Becker sprong opzij en riep de verpleeghulp na: '*¿Dónde está el teléfono?*'

Zonder vaart te minderen, wees de man naar een dubbele deur en verdween om de hoek. Becker liep naar de deur en duwde die open. De ruimte die voor hem lag, was enorm. De vroegere gymzaal. De vloer was bleekgroen en leek afwisselend scherp en onscherp te worden onder de zoemende tl-balken. Aan de muur hing een basket slap aan een houten bord. Verspreid over de ruimte lagen enkele tientallen patiënten op lage bedden. In de verste hoek, vlak onder een doorgebrand scorebord, hing een oud munttelefoontoestel. Becker hoopte dat het werkte.

Terwijl hij door de zaal liep, zocht hij in zijn zak naar munten. Hij vond vijfenzeventig peseta in munten van *cinco duros*, wisselgeld van de taxi. Dat was net genoeg voor drie lokale gesprekken. Hij glimlachte beleefd naar een verpleegster die de zaal verliet en liep naar de telefoon. Hij pakte de hoorn en koos het inlichtingennummer. Een halve minuut later wist hij het algemene nummer van de kliniek.

In welk land je ook was, het leek wel of er één universele waarheid was als het over kantoren ging: niemand kon een telefoon onbeantwoord laten rinkelen. Het maakte niet uit hoeveel klanten er stonden te wachten om geholpen te worden, de secretaresse hield altijd op met alles waar ze mee bezig was om de telefoon op te nemen.

Becker toetste het zescijferige nummer in. Zo meteen zou hij het kantoortje van de kliniek aan de telefoon krijgen. Er was vandaag ongetwijfeld maar één Canadees met een gebroken pols en een hersenschudding opgenomen, dus zijn gegevens zouden gemakkelijk te vinden zijn. Becker wist dat de secretaresse de naam en het adres van de man niet graag aan een volkomen vreemde zou geven, maar hij had een plan.

De telefoon ging over. Becker verwachtte dat die na hoogstens vijf keer zou worden opgenomen. Het werden er negentien.

'Clínica de Salud Pública,' brulde de secretaresse buiten zichzelf in de hoorn.

Becker sprak Spaans met een zwaar Canadees-Frans accent. 'Met David Becker. Ik werk bij de Canadese ambassade. Een van onze ingezetenen is vandaag bij u behandeld. Ik zou graag informatie over hem hebben, zodat de ambassade zijn kosten kan betalen.'

'Goed,' zei de vrouw. 'Ik zal de gegevens maandag naar de ambassade sturen.'

'Eerlijk gezegd is het belangrijk dat ik die meteen krijg,' drong Becker aan.

'Onmogelijk,' snauwde de vrouw. 'We hebben het erg druk.'

Becker klonk zo officieel als hij maar kon. 'Het is dringend. De man had een gebroken pols en een hoofdwond. Hij is vanochtend behandeld. Zijn dossier moet nog bovenop liggen.'

Becker maakte het accent waarmee hij Spaans sprak nog zwaarder, zodat hij nog net duidelijk genoeg sprak om over te brengen wat hij wilde, maar net verwarrend genoeg om ergerlijk te zijn. Mensen hadden de neiging van de regels af te wijken als ze geïrriteerd waren.

Maar in plaats daarvan vervloekte de vrouw die opgeblazen Noord-Amerikanen en gooide ze de hoorn op de haak.

Becker fronste zijn wenkbrauwen en hing op. Mislukt. De gedachte uren in de rij te moeten staan trok hem totaal niet. De klok tikte door; de oude Canadees kon inmiddels overal zijn. Misschien had hij besloten terug te gaan naar Canada. Misschien zou hij de ring verkopen. Becker had geen uren de tijd om te gaan staan wachten. Met hernieuwde vastberadenheid greep Becker de hoorn en toetste opnieuw het nummer in. Hij drukte de hoorn tegen zijn oor en leunde tegen de muur. De telefoon ging over. Becker keek de zaal in. Eénmaal... twee... drie... Plotseling stroomde er een stoot adrenaline door zijn lijf. Becker keerde zich om en gooide de hoorn weer op de haak. Toen draaide hij zich terug en keek sprakeloos weer de zaal in. Daar, op een bed recht voor hem uit, ondersteund door een stapel oude kussens, lag een oudere man met hagelwit gips om zijn rechterpols.

21

De Amerikaan die Tokugen Numataka op zijn privé-lijn had gebeld, klonk gespannen.

'Meneer Numataka... Ik heb maar heel even.'

'Mooi. Ik neem aan dat u beide sleutels hebt.'

'Er is een klein oponthoud,' antwoordde de Amerikaan.

'Onaanvaardbaar,' fluisterde Numataka doordringend. 'U zei dat ik ze aan het eind van de dag zou hebben!'

'Er is nog een los eindje.'

'Is Tankado dood?'

'Ja,' zei de stem. 'Mijn mannetje heeft meneer Tankado vermoord, maar hij is er niet in geslaagd de sleutel te pakken te krijgen. Die heeft Tankado weggegeven voordat hij stierf. Aan een toerist.'

'Dat is krankzinnig!' brulde Numataka. 'Hoe kunt u me dan volledige exclusiviteit beloven...'

'Maakt u zich geen zorgen,' zei de Amerikaan sussend. 'U zult de exclusieve rechten hebben. Dat garandeer ik. Zodra de ontbrekende sleutel gevonden is, is Digitale Vesting van u.'

'Maar dan kan de sleutel wel gekopieerd zijn!'

'Iedereen die de sleutel heeft gezien, zal geëlimineerd worden.'

Er viel een lange stilte. Ten slotte vroeg Numataka: 'Waar is de sleutel nu?'

'U hoeft alleen te weten dat hij zeker gevonden zal worden.'

'Hoe kunt u dat zo zeker weten?'

'Omdat ik niet de enige ben die ernaar op zoek is. Een Amerikaanse inlichtingendienst heeft lucht gekregen van de verdwenen sleutel. Om voor de hand liggende redenen zou die organisatie graag een stokje steken voor het uitbrengen van Digitale Vesting. Ze hebben een man gestuurd om de sleutel te bemachtigen. Hij heet David Becker.'

'Hoe weet u dat?'

'Dat doet er niet toe.'

Numataka zweeg even. 'En als meneer Becker de sleutel vindt?'

'Dan neemt mijn mannetje hem die af.'

'En daarna?'

'U hoeft zich geen zorgen te maken,' zei de Amerikaan op koele toon. 'Als meneer Becker de sleutel vindt, zal hij daar passend voor worden beloond.'

22

David Becker liep met grote stappen naar de oude man die op het bed lag te slapen, en keek naar hem. De rechterpols van de man zat in het gips. Hij was tussen de zestig en zeventig jaar oud. Zijn sneeuwwitte haar had een keurige zijscheiding, en midden op zijn voorhoofd zat een donkerpaarse striem die doorliep over zijn rechteroog.

Alleen een builtje? dacht hij, toen hij zich de woorden van de luitenant herinnerde. Hij keek naar de vingers van de man. Er was nergens een gouden ring te bekennen. Becker stak zijn hand uit en tikte de man op zijn arm. 'Meneer?' Hij schudde hem zachtjes heen en weer. 'Neemt u me niet kwalijk... meneer?'

De man verroerde zich niet.

Becker probeerde het nogmaals, deze keer met iets hardere stem. 'Meneer?'

De man bewoog. *'Qu'est-ce... Quelle heure est-...'* Hij sloeg langzaam zijn ogen op en richtte zijn blik op Becker. Hij trok een lelijk gezicht, omdat hij wakker was gemaakt. *'Qu'est-ce que vous voulez?'*

Ja, dacht Becker, *een Franstalige Canadees!* Becker keek met een glimlach op hem neer. 'Hebt u een ogenblikje?'

Hoewel Beckers Frans perfect was, sprak hij in de taal waarvan

hij hoopte dat de man er meer moeite mee had, Engels. Het zou een beetje lastig kunnen zijn een volkomen vreemde ervan te overtuigen een gouden ring uit handen te geven, dus Becker dacht dat hij elk voordeel kon gebruiken dat hij had.
Er viel een lange stilte terwijl de man probeerde zich te oriënteren. Hij keek om zich heen en stak een lange vinger op om over zijn witte hangsnor te strijken. Uiteindelijk zei hij: 'Wat wilt u?' Zijn Engels had een enigszins nasaal accent.
'Meneer,' zei Becker, en hij articuleerde zijn woorden overdreven, alsof hij tegen een dove sprak, 'ik moet u een paar vragen stellen.'
De man keek enigszins verbaasd naar hem op. 'Is er iets mis met u?'
Becker fronste zijn voorhoofd. Het Engels van de man was onberispelijk. Hij zette de wat neerbuigende toon ogenblikkelijk overboord. 'Neemt u me niet kwalijk dat ik u lastigval, meneer, maar bent u vandaag toevallig op de Plaza de España geweest?'
De oude man kneep zijn ogen tot spleetjes. 'Bent u van de gemeenteraad?'
'Nee, ik ben...'
'Het toeristenbureau?'
'Nee, ik ben...'
'Hoor eens, ik weet heel goed waarom u hier bent!' De oude man richtte zich met moeite wat verder op. 'Ik laat me niet intimideren! Ik heb het al honderd keer gezegd: Pierre Cloucharde beschrijft de wereld zoals hij de wereld belééft. Sommige tweederangs reisgidsen zijn misschien bereid dit in de doofpot te stoppen in ruil voor een gratis avondje uit, maar de *Montreal Times* is niet te koop! Ik weiger!'
'Neemt u me niet kwalijk, meneer, maar ik geloof dat u niet helemaal begrijpt...'
'*Merde alors!* Ik begrijp het uitstekend!' Hij bewoog een magere vinger voor Beckers neus heen en weer, en zijn stem echode door de gymzaal. 'U bent niet de eerste! Ze hebben hetzelfde geprobeerd in de Moulin Rouge, Brown's Palace en het Golfigno in Lagos! Maar wát is er in de krant gekomen? De waarheid! De slechtste wellington die ik ooit heb gegeten! De smerigste badkuip die ik ooit heb gezien! En het rotsigste strand waar ik ooit over heb gelopen! Dat verwachten mijn lezers van me!'

In de dichtstbijzijnde bedden begonnen patiënten overeind te komen om te zien wat er aan de hand was. Becker keek zenuwachtig om zich heen of er geen verpleegster in de buurt was. Het laatste wat hij kon gebruiken, was dat hij eruit werd gezet.
Cloucharde tierde verder. 'Die armzalige politieagent werkt voor úw stad! Hij heeft me overgehaald op die motor van hem te gaan zitten! En kijk nu eens!' Hij probeerde zijn pols op te tillen. 'Wie moet nu mijn column schrijven?'
'Meneer, ik...'
'Ik heb me in de drieënveertig jaar dat ik nu rondreis nog nooit in dergelijke omstandigheden bevonden! Kijk eens om u heen! Weet u, mijn column wordt geplaatst in meer dan...'
'Meneer!' Becker stak zijn handen op in een gebaar dat duidelijk moest maken dat hij geen ruzie wilde. 'Ik ben niet geïnteresseerd in uw column. Ik ben van het Canadese consulaat, en ik kom kijken of het goed met u gaat!'
Plotseling viel er een doodse stilte in de gymzaal. De oude man keek op van zijn bed en nam de indringer wantrouwig op.
Becker vervolgde bijna fluisterend: 'Ik ben gekomen om te zien of ik iets voor u kan doen.' *U een paar valiumpjes brengen, misschien?*
Na een lange stilte vroeg de Canadees: 'Het consulaat?' Zijn toon was aanzienlijk vriendelijker.
Becker knikte.
'Dus u bent níét gekomen vanwege mijn column?'
'Nee, meneer.'
Het was alsof Pierre Cloucharde als een ballon leegliep. Hij liet zich langzaam weer in zijn stapel kussens zakken. Hij leek door droefenis overmand. 'Ik dacht dat u van de gemeente was... Dat u me wilde overhalen...' Zijn stem stierf weg en hij keek op. 'Als het niet vanwege mijn column is, waarom bent u dan hier?'
Dat is een goede vraag, dacht Becker, en hij zag de Smoky Mountains voor zich. 'Gewoon een informeel beleefdheidsgebaar van de diplomatieke dienst,' loog hij.
De man keek verrast. 'Een beleefdheidsgebaar?'
'Ja, meneer. Zoals een man van uw kaliber vast wel weet, doet de Canadese overheid haar best haar onderdanen te beschermen tegen de vernederingen die men kan ondergaan in deze, eh... laten we zeggen, minder verfijnde landen.'

Clouchardes dunne lippen weken uiteen in een glimlach van verstandhouding. 'Maar natuurlijk... wat aardig.'
'U bént toch Canadees staatsburger, is het niet?'
'Jazeker. Wat dom van me. Neemt u het me alstublieft niet kwalijk. Iemand in mijn positie wordt vaak benaderd met... nou ja... u begrijpt me wel.'
'Ja, meneer Cloucharde, dat doe ik zeker. De prijs die betaald moet worden voor de roem.'
'Inderdaad.' Cloucharde slaakte een tragische zucht. Hij was een onwillige martelaar die de massa slechts gedoogde. 'Hebt u ooit eerder zo'n afschuwelijke plek gezien?' Hij rolde met zijn ogen naar de bizarre omgeving. 'Het is een aanfluiting. En ze hebben besloten me vannacht hier te houden.'
Becker keek om zich heen. 'Ik weet het. Het is vreselijk. Het spijt me dat het zo lang heeft geduurd voordat ik hier was.'
Cloucharde keek verward. 'Ik wist niet eens dat u zou komen.'
Becker veranderde van onderwerp. 'Dat is een lelijke buil, op uw hoofd. Doet het pijn?'
'Nee, nauwelijks. Ik heb vanochtend een smak gemaakt, dat is de tol die je betaalt als je een goede Samaritaan wilt zijn. Wat wel pijn doet, is mijn pols. Idioot van een agent. Het is toch te gek voor woorden! Een man van míjn leeftijd op een motor zetten. Het is een blamage.'
'Kan ik iets voor u doen?'
Cloucharde dacht even na, duidelijk blij met de aandacht. 'Nou...' Hij rekte zijn nek en draaide zijn hoofd van links naar rechts. 'Ik zou wel een extra kussen kunnen gebruiken, als het niet te veel moeite is.'
'Helemaal niet.' Becker pakte een kussen van een bed dat vlakbij stond en hielp Cloucharde het achter zijn schouders te leggen. De oude man zuchtte tevreden. 'Veel beter... Dank u.'
'Pas du tout,' antwoordde Becker.
'Aha!' De man glimlachte hartelijk. 'Dus u spreekt de taal van de beschaafde wereld wél.'
'Niet veel meer dan die paar woordjes,' zei Becker schaapachtig.
'Geen probleem,' verklaarde Cloucharde fier. 'Mijn column verschijnt tegelijkertijd in de Verenigde Staten. Mijn Engels is voortreffelijk.'

'Dat heb ik gehoord.' Becker glimlachte. Hij ging op de rand van Clouchardes bed zitten. 'Ik hoop dat u het niet erg vindt dat ik het vraag, meneer Cloucharde, maar hoe komt een man als u hier terecht? Er zijn veel betere ziekenhuizen in Sevilla.'
Cloucharde keek boos. 'Die politieagent... Hij liet me van zijn motor vallen en heeft me toen bloedend als een rund op straat achtergelaten. Ik moest hiernaartoe lopen.'
'Heeft hij niet aangeboden u naar een beter ziekenhuis te brengen?'
'Op die afgrijselijke motor van hem? Geen denken aan!'
'Wat is er vanmorgen precies gebeurd?'
'Dat heb ik de luitenant allemaal verteld.'
'Ik heb de man gesproken en...'
Cloucharde viel hem in de rede. 'Ik hoop dat u hem terecht hebt gewezen!'
Becker knikte. 'Hij heeft een ernstige berisping gekregen. Mijn bureau zal er nog op terugkomen.'
'Dat mag ik hopen.'
'Monsieur Cloucharde.' Becker glimlachte en haalde een pen uit de zak van zijn jasje. 'Ik wil graag een officiële klacht indienen bij de gemeente. Wilt u me helpen? Een man van uw reputatie zou een waardevolle getuige zijn.'
Cloucharde leek op te leven bij het vooruitzicht geciteerd te worden. Hij ging rechtop zitten. 'Maar natuurlijk. Met genoegen.'
Becker pakte een notitieboekje en keek op. 'Goed, laten we beginnen met vanochtend. Vertelt u maar over het ongeluk.'
De oude man zuchtte. 'Het was heel droevig. Die arme Aziatische man zakte plotseling ineen. Ik heb geprobeerd hem te helpen... maar het had geen zin.'
'Hebt u geprobeerd hem te reanimeren?'
Cloucharde keek beschaamd. 'Ik vrees dat ik niet weet hoe dat moet. Ik heb een ambulance gebeld.'
Becker dacht aan de blauwe plek op Tankado's borst. 'Heeft het ambulancepersoneel dat dan gedaan?'
'Lieve hemel, nee!' Cloucharde lachte. 'Het heeft geen zin om aan een dood paard te trekken. De man was allang overleden toen de ambulance kwam. Ze hebben zijn hartslag opgenomen en hem weggedragen, en ik bleef achter met die afschuwelijke politieman.'

Dat is vreemd, dacht Becker; hij vroeg zich af wat die blauwe plek dan had veroorzaakt. Toen zette hij die vraag uit zijn hoofd en bepaalde zich tot de dringendste kwestie. 'En hoe zit het met de ring?' vroeg hij zo nonchalant mogelijk.
Cloucharde keek verrast. 'Heeft de luitenant u over de ring verteld?'
'Jazeker.'
Dat leek Cloucharde te verbazen. 'Is het heus? Ik had niet de indruk dat hij mijn verhaal geloofde. Hij was zo lomp... Alsof hij dacht dat ik loog. Maar mijn verhaal was uiteraard juist. Ik kan erop bogen de feiten altijd juist weer te geven.'
'Waar is de ring?' drong Becker aan.
Cloucharde leek hem niet te horen. Hij staarde met een glazige blik voor zich uit. 'Een eigenaardig ding, eigenlijk, met al die letters... Het leek op geen enkele taal die ik ooit heb gezien.'
'Japans, misschien?' opperde Becker.
'Zeker niet.'
'Dus u hebt hem goed gezien?'
'Hemel, ja! Toen ik bij hem neerknielde om hem te helpen, bleef die man zijn vingers maar in mijn gezicht duwen. Hij wilde me de ring geven. Het was heel bizar, afschuwelijk, eigenlijk. Zijn handen waren nogal afschrikwekkend.'
'En toen hebt u de ring aangenomen?'
Cloucharde sperde zijn ogen open. 'Is dat wat de agent u heeft verteld? Dat ík de ring heb meegenomen?'
Becker schoof slecht op zijn gemak heen en weer.
Cloucharde sprong uit zijn vel. 'Ik wist dat hij niet luisterde! Zo komen de geruchten nou in de wereld! Ik heb hem verteld dat die Jap de ring heeft weggegeven... maar niet aan míj! Ik zou nooit iets aannemen van een stervende! Lieve hemel! De gedachte alleen al!'
Becker voorzag een tegenslag. 'Dus u hebt de ring niet?'
'Hemeltje, nee!'
Hij kreeg een akelig gevoel in zijn maag. 'Wie heeft hem dan wel?'
Cloucharde keek hem verontwaardigd aan. 'De Duitser! De Duitser heeft hem!'
Becker had het gevoel dat de grond onder zijn voeten wegzakte. 'De Duitser? Welke Duitser?'

'De Duitser in het park! Ik heb de agent over hem verteld! Ik heb de ring geweigerd, maar die vuile fascist heeft hem aangenomen!'
Becker legde zijn pen en papier neer. De poppenkast was over. Dit was ernstig. 'Dus een Duitser heeft de ring?'
'Inderdaad.'
'Waar is hij heen gegaan?'
'Geen idee. Ik ben weggerend om de politie te bellen. Toen ik terugkwam, was hij verdwenen.'
'Weet u wie hij was?'
'Een of andere toerist.'
'Weet u dat zeker?'
'Ik leef voor toeristen,' snauwde Cloucharde. 'Ik herken ze heus wel als ik ze zie. Hij maakte met zijn vriendin een wandelingetje door het park.'
Becker raakte met de minuut meer in de war. 'Zijn vriendin? Had de Duitser dan iemand bij zich?'
Cloucharde knikte. 'Een escortgirl. Een beeldschone roodharige. *Mon Dieu!* Prachtig.'
'Een escortgirl?' Becker stond perplex. 'U bedoelt... een prostituee?'
Cloucharde trok een lelijk gezicht. 'Ja, als u die vulgaire term wilt gebruiken.'
'Maar... de agent heeft niets gezegd over...'
'Natuurlijk niet! Ik heb de escortgirl niet genoemd.' Cloucharde wuifde dit met zijn goede hand terzijde. 'Dat zijn geen misdadigers. Het is absurd dat ze als ordinaire dieven worden behandeld.'
Becker verkeerde nog in een lichte shocktoestand. 'Waren er nog meer mensen?'
'Nee, alleen wij drieën. Het was warm.'
'En u weet zeker dat de vrouw een prostituee was?'
'Absoluut. Zo'n mooie vrouw zou nooit met zo'n man op stap zijn als ze er niet goed voor werd betaald! *Mon Dieu!* Hij was dik, dik, dík! Een luidruchtige, te zware, onaangename Duitser!' Cloucharde vertrok zijn gezicht even toen hij zich bewoog, maar hij negeerde de pijn en vervolgde zijn betoog. 'Die man was een beest. Hij woog minstens honderddertig kilo. Hij omklemde dat arme kind alsof ze op het punt stond ervandoor te gaan. Niet

dat ik haar dat kwalijk zou kunnen nemen. Werkelijk! Hij betastte haar aan alle kanten. Schepte op dat hij haar voor driehonderd dollar het hele weekend had! Híj is degene die dood had moeten neervallen, niet die arme Aziaat.' Cloucharde moest even ademhalen, en Becker greep zijn kans.

'Hebt u zijn naam gehoord?'

Cloucharde dacht even na en schudde toen zijn hoofd. 'Nee, ik heb geen idee.' Hij vertrok zijn gezicht weer van pijn en liet zich langzaam in zijn kussens terugzakken.

Becker zuchtte. De ring was zojuist voor zijn ogen in rook opgegaan. Hier zou commandant Strathmore niet blij mee zijn.

Cloucharde bette zijn voorhoofd. Zijn uitbarsting had hem zwaar aangegrepen. Hij zag er plotseling ziek uit.

Becker probeerde een andere benadering. 'Meneer Cloucharde, ik zou graag ook de verklaring opnemen van de Duitser en zijn escortgirl. Hebt u enig idee waar ze logeren?'

Cloucharde sloot zijn ogen. Zijn krachten lieten hem in de steek. Hij ging oppervlakkiger ademen.

'Is er íéts wat u me over hen kunt vertellen?' drong Becker aan. 'De naam van de vrouw?'

Er viel een lange stilte.

Cloucharde wreef over zijn rechterslaap. Hij zag plotseling bleek. 'Eh... Nee, ik geloof niet...' Zijn stem klonk beverig.

Becker boog zich naar hem toe. 'Gaat het?'

Cloucharde knikte flauwtjes. 'Ja, uitstekend... Alleen een beetje... Misschien door de opwinding...' Zijn stem stierf weg.

'Denk goed na, meneer Cloucharde,' verzocht Becker hem met zachte stem. 'Het is belangrijk.'

Cloucharde vertrok zijn gezicht. 'Ik weet het niet... De vrouw... De man noemde haar steeds...' Hij deed zijn ogen weer dicht en kreunde.

'Hoe heette ze?'

'Ik herinner me het echt niet...' Cloucharde zakte nu snel weg.

'Denk na,' spoorde Becker hem aan. 'Het is belangrijk dat het dossier van het consulaat zo volledig mogelijk is. Ik moet uw verhaal onderbouwen met verklaringen van de andere getuigen. Alle informatie die u me kunt geven om me te helpen hen te vinden...'

Maar Cloucharde luisterde niet. Hij bette zijn voorhoofd met

het laken. 'Het spijt me... Morgen misschien...' Hij zag eruit alsof hij misselijk was.
'Meneer Cloucharde, het is belangrijk dat u zich deze dingen nú herinnert.' Becker besefte plotseling dat hij te hard sprak. Om hen heen zaten de patiënten nog steeds rechtop te kijken wat er aan de hand was. Aan de andere kant van de zaal kwam door de dubbele deur een verpleegster binnen, en ze liep met ferme tred op hem af.
'Wat u ook maar weet,' drong Becker aan.
'De Duitser noemde de vrouw...'
Becker schudde Cloucharde zachtjes door elkaar, in een poging hem bij te brengen.
Cloucharde knipperde even met zijn ogen. 'Haar naam...'
Nog even wakker blijven, ouwe...
'Dauw...' Cloucharde deed zijn ogen weer dicht. De verpleegster kwam naderbij. Ze keek woedend.
'Dauw?' Becker schudde aan Clouchardes arm.
De oude man kreunde. 'Hij noemde haar...' mompelde hij, nauwelijks verstaanbaar.
De verpleegster was Becker tot op minder dan drie meter genaderd en schreeuwde boos iets in het Spaans naar hem. Becker hoorde niets. Zijn blik was op de lippen van de oude man gericht. Hij schudde Cloucharde nog een laatste maal door elkaar, en toen was de verpleegster bij hem.
Ze greep Becker bij de schouder en trok hem overeind op het ogenblik dat Clouchardes mond bewoog. Het ene woord dat hem over de lippen kwam, werd niet echt uitgesproken. Het werd zacht gezucht, als een verre, wellustige herinnering. 'Dauwdruppel...'
De vittende verpleegster rukte Becker weg.
Dauwdruppel? Wat voor een naam is Dauwdruppel? vroeg Becker zich af. Hij draaide weg uit de greep van de verpleegster en wendde zich een laatste maal tot Cloucharde. 'Dauwdruppel? Weet u dat zeker?'
Maar Pierre Cloucharde was diep in slaap.

23

Susan zat alleen in de luxueuze Zaal 3. Ze had haar handen om een mok kruidenthee met een vleugje citroensmaak geslagen en wachtte op de terugkeer van haar spoorzoeker.

Als hoofd van Cryptologie had Susan het voorrecht aan de terminal met het beste uitzicht te zitten. Die stond achter in de kring van computers, recht tegenover de grote hal van Crypto. Vanaf deze plek kon Susan heel Zaal 3 overzien. En aan de andere kant van het glas, waar je alleen vanaf deze kant doorheen kon kijken, zag ze TRANSLTR precies in het midden van de hal van Crypto staan.

Susan keek op de klok. Ze zat al bijna een uur te wachten. Blijkbaar nam American Remailers Anonymous de tijd met het doorsturen van de e-mail van North Dakota. Ze zuchtte diep. Ondanks haar pogingen haar gesprek met David van die ochtend te vergeten, bleven de woorden door haar hoofd spoken. Ze wist dat ze onaardig tegen hem was geweest. Ze hoopte vurig dat alles goed met hem was in Spanje.

Haar gedachten werden onderbroken door het luide gesis van de glazen deuren. Ze keek op en kreunde. Cryptoloog Greg Hale stond in de deuropening.

Greg Hale was lang en gespierd, had dik blond haar en een opvallend kuiltje in zijn kin. Hij was luidruchtig, had een dikke huid en was immer te duur gekleed. Zijn collega-cryptologen hadden hem de bijnaam Haliet gegeven, naar het mineraal. Hale had altijd verondersteld dat het de naam was van een of andere zeldzame edelsteen, waarmee hij werd vergeleken vanwege zijn ongekende intellect en keiharde fysieke voorkomen. Als zijn ego hem had toegestaan een encyclopedie te raadplegen, zou hij hebben ontdekt dat het het zoutresidu is dat achterblijft als zeeën opdrogen.

Zoals alle cryptologen bij de NSA verdiende Hale een goed salaris. Hij had er echter grote moeite mee dat voor zich te houden. Hij reed in een witte Lotus met een transparant dak en een geluidsinstallatie met oorverdovende bassen. Hij was dol op gadgets en dat was goed te zien aan zijn auto: die had GPS, deursloten die door zijn stem werden geactiveerd, een radarstoorzender en een mobiele telefoon annex faxmachine, zodat hij nooit onbereikbaar zou zijn. Het speciaal voor hem vervaardigde nummerbord, verlicht door een paarse neonlamp, droeg de tekst MEGABYTE.

Greg Hale was door het Amerikaanse korps mariniers gered van een jeugd als boefje. Daar leerde hij met computers werken. Hij was een van de beste programmeurs die de mariniers ooit hadden gehad, en er leek hem een grote toekomst binnen het leger te wachten. Maar twee dagen voor het einde van zijn derde diensttermijn nam zijn leven plotseling een andere wending. Hale doodde in een dronkemansvechtpartij per ongeluk een andere marinier. Taekwondo, de Koreaanse kunst der zelfverdediging, bleek dodelijker dan je zou denken. Hij werd op staande voet ontslagen.

Na een korte gevangenisstraf te hebben uitgezeten, ging Haliet op zoek naar werk als programmeur. Hij was altijd openhartig over het incident bij de mariniers, en hij verleidde mogelijke werkgevers met het aanbod een maand zonder salaris voor hen te werken om te bewijzen wat hij waard was. Hij had geen gebrek aan belangstellenden, en als ze eenmaal ontdekten wat hij met computers kon, wilden ze hem nooit meer kwijt.

Naarmate zijn bedrevenheid in de automatisering groeide, kreeg Hale over de hele wereld connecties via internet. Hij maakte deel uit van de nieuwe generatie computerfreaks met e-mailvrienden in elk land, die zich op obscure bulletinboards waagden en deelnamen aan allerlei wereldwijde chatgroepen. Hij werd door twee verschillende werkgevers ontslagen omdat hij hun computers gebruikte om pornografische foto's naar zijn vrienden te sturen.

'Wat doe jíj hier?' vroeg Hale, die in de deuropening was blijven staan en Susan aanstaarde. Kennelijk had hij verwacht Zaal 3 vandaag voor zich alleen te hebben.

Susan dwong zichzelf kalm te blijven. 'Het is zaterdag, Greg. Ik zou jou dezelfde vraag kunnen stellen.' Maar Susan wist wat Hale hier deed. Hij was de ultieme computerverslaafde. Ondanks de zaterdagregel kwam hij in het weekend vaak naar Crypto om de ongeëvenaard krachtige computers van de NSA te gebruiken voor het testen van nieuwe programma's waar hij aan werkte.

'Ik wilde alleen aan een paar programmaregeltjes schaven en naar mijn e-mail kijken,' zei Hale. Hij nam haar nieuwsgierig op. 'Wat zei je ook weer dat jíj hier deed?'
'Ik heb niets gezegd,' antwoordde Susan.
Hale trok verrast zijn wenkbrauwen op. 'Je hoeft niet zo terughoudend te zijn. We hebben geen geheimen hier, in Zaal 3, weet je nog? Eén voor allen en allen voor één.'
Susan nam een teugje van haar thee en negeerde hem. Hale haalde zijn schouders op en liep naar het keukentje. Dat was altijd zijn eerste halte. Terwijl hij door de zaal liep, zuchtte hij diep en wierp hij een opzichtige, bewonderende blik op Susans benen, die ze onder haar terminal voor zich uit had gestrekt. Zonder op te kijken of haar werk te onderbreken trok Susan haar benen in. Hale grijnsde.
Susan was gewend geraakt aan Hales versierpogingen. Zijn favoriete opmerking had iets te maken met het koppelen van hun hardware om te kijken of die compatibel was. Susan walgde ervan, maar ze was te trots om bij Strathmore over Hale te klagen. Het was veel eenvoudiger hem gewoon te negeren.
Hale kwam bij het keukentje aan en trok in een ferme beweging beide louvredeurtjes open. Hij pakte een Tupperware-doos met tahoe uit de koelkast en stopte een paar stukjes van de puddingachtige, witte substantie in zijn mond. Toen ging hij tegen het fornuis geleund staan, en hij streek zijn dure grijze broek en goed gesteven overhemd glad. 'Blijf je nog lang?'
'De hele avond,' zei Susan toonloos.
'Hmm...' koerde Haliet met volle mond. 'Een knusse zaterdagavond in de speelkamer, zo met z'n tweetjes.'
'Met z'n drietjes,' merkte Susan op. 'Commandant Strathmore is boven. Misschien wil je liever verdwijnen voordat hij je ziet.'
Hale haalde zijn schouders op. 'Hij vindt het blijkbaar niet erg dat jíj hier bent. Hij beleeft zeker plezier aan je gezelschap.'
Susan dwong zichzelf haar mond te houden.
Hale grinnikte en zette zijn tahoe weg. Toen pakte hij een fles olijfolie van de eerste persing en nam er een paar slokken uit. Hij was een gezondheidsfanaat en beweerde dat olijfolie zijn darmen reinigde. Als hij al niet bezig was zijn collega's wortelsap op te dringen, dan prees hij wel de heilzame effecten van een sterke darmwerking.

Hale zette de olijfolie terug en liep naar zijn computer, recht tegenover die van Susan. Zelfs vanaf de andere kant van de wijde kring van terminals kon Susan zijn aftershave ruiken. Ze trok haar neus op.
'Lekkere aftershave, Greg. Heb je het hele flesje gebruikt?'
Hale zette zijn terminal aan. 'Speciaal voor jou, schat.'
Terwijl hij zat te wachten tot zijn terminal gebruiksklaar was, kwam er plotseling een verontrustende gedachte bij Susan op. Stel je voor dat Hale de programmacontrole van TRANSLTR zou oproepen. Er was geen directe aanleiding waarom hij dat zou doen, maar Susan wist dat hij nooit genoegen zou nemen met een halfbakken verhaal over een diagnostische test die TRANSLTR zestien uur lang kon bezighouden. Hale zou erop staan dat ze de waarheid vertelde, en dat was Susan niet van plan. Ze vertrouwde Greg Hale niet. Hij was niet uit het juiste hout gesneden om bij de NSA te werken. Susan was altijd al tegen zijn aanstelling geweest, maar de NSA had geen keuze gehad. Hale was aangenomen om de schade te beperken.
Het fiasco met Skipjack.
Vier jaar geleden had het Congres een poging gedaan een coderingsstandaard te creëren, in de vorm van een versleutelingsalgoritme met een publieke sleutel. Om dat te bereiken, had het de beste wiskundigen van het land, die van de NSA, opdracht gegeven een nieuw superalgoritme te schrijven. Het plan was dat het Congres wetgeving zou aannemen die ervoor zou zorgen dat het nieuwe algoritme de nationale norm werd, en zo een eind zou maken aan het probleem dat bedrijven verschillende algoritmes gebruikten, waardoor hun software incompatibel was.
De NSA om hulp vragen bij het verbeteren van coderingsprogramma's was natuurlijk net zoiets als een ter dood veroordeelde vragen zijn eigen kist te timmeren. TRANSLTR was nog niet ontwikkeld, en een coderingsstandaard zou er alleen toe leiden dat er meer gecodeerd zou worden, waardoor de zware taak van de NSA nog moeilijker werd.
De EFF begreep dat hier sprake was van strijdige belangen en liet luid en duidelijk weten dat de NSA misschien wel een algoritme van slechte kwaliteit zou schrijven, een codering die gemakkelijk te kraken was. Om deze angsten weg te nemen, kondigde het Congres aan dat het algoritme van de NSA, als het klaar was,

openbaar zou worden gemaakt, zodat wiskundigen over de hele wereld de kwaliteit ervan konden onderzoeken.

Met tegenzin maakte het Cryptoteam van de NSA onder leiding van commandant Strathmore een algoritme dat de naam Skipjack kreeg. Skipjack werd aan het Congres gepresenteerd. Wiskundigen van over de hele wereld testten Skipjack en waren er unaniem enthousiast over. Ze meldden dat het een sterk algoritme was, zonder zwakke plekken, en dat het een uitstekende coderingsstandaard zou zijn. Maar drie dagen voordat het Congres Skipjack met zekerheid zou gaan goedkeuren, schokte een jonge programmeur van Bell Laboratories, Greg Hale, de wereld door te verkondigen dat hij een verborgen achterdeurtje in het algoritme had gevonden.

Het achterdeurtje bestond uit een paar listig geprogrammeerde regels die commandant Strathmore aan het algoritme had toegevoegd. Dat was zo sluw gedaan dat met uitzondering van Greg Hale niemand het had gezien. Die heimelijke toevoeging van Strathmore zou ervoor zorgen dat elke code die door Skipjack werd geschreven, kon worden gedecodeerd met behulp van een geheim wachtwoord dat alleen bij de NSA bekend was. Het had maar een haar gescheeld of Strathmore had de toekomstige nationale coderingsstandaard veranderd in de grootste meesterzet uit de geschiedenis van de NSA; bijna had de NSA de sleutel in handen gehad tot elke code die in Amerika werd geschreven.

Iedereen die iets met computers te maken had, was razend. De EFF wierp zich als een aasgier op het schandaal, brak het Congres tot op de grond toe af omdat het zo naïef was geweest en riep de NSA uit tot de grootste bedreiging voor de vrije wereld sinds Hitler. Het idee van een standaard coderingssysteem was morsdood.

Het was geen grote verrassing toen de NSA twee dagen later Greg Hale in dienst nam. Strathmore vond het beter dat Hale binnen de muren vóór de NSA werkte, dan buiten de muren tegen de NSA.

Strathmore zag het Skipjack-schandaal moedig onder ogen. Hij verdedigde zijn handelwijze vurig tegenover het Congres. Hij voerde aan dat de behoefte aan privacy van het publiek zich uiteindelijk tegen datzelfde publiek zou keren. Hij hield vol dat de gemeenschap iemand nodig had om over haar te waken; de gemeenschap had de NSA nodig om codes te kraken, zodat de vrede bewaard zou blijven. Groepen als de EFF dachten daar anders over. En sinds die tijd zaten ze hem dwars.

24

David Becker stond in een telefooncel tegenover La Clínica de Salud Pública. Hij was net de deur uitgezet wegens het lastigvallen van patiënt nummer 104, monsieur Cloucharde.

Plotseling was de situatie gecompliceerder dan hij had verwacht. De kleine dienst die hij Strathmore zou bewijzen – wat persoonlijke bezittingen ophalen – was veranderd in een jacht op een bizarre ring.

Hij had net Strathmore gebeld en hem verteld over de Duitse toerist. Het nieuws was niet goed gevallen. Nadat Strathmore naar de details had gevraagd, had hij lange tijd gezwegen. 'David,' had hij uiteindelijk heel ernstig gezegd, 'het vinden van die ring is in het belang van de staatsveiligheid. Ik laat het aan jou over. Laat me niet in de steek.' De verbinding was verbroken.

David stond in de telefooncel en zuchtte. Hij pakte de gehavende *Guía Telefónica* en begon door de gele bladzijden te bladeren. 'Daar gaan we dan,' mompelde hij voor zich uit.

Er stonden maar drie escortservices in de gids, en hij had niet veel aanknopingspunten. Hij wist alleen dat de metgezellin van de Duitser rood haar had gehad, wat gelukkig zeldzaam was in Spanje. De ijlende Cloucharde had zich haar naam herinnerd als Dauwdruppel. Becker vertrok zijn gezicht; Dauwdruppel? Dat klonk meer als een naam voor een koe dan voor een mooi meisje. Het was helemaal geen katholieke naam. Cloucharde moest zich vergist hebben.

Becker koos het eerste nummer.

'Servicio Social de Sevilla,' antwoordde een vriendelijke vrouwenstem.

Becker tuigde zijn Spaans op met een zwaar Duits accent. *'Hola, ¿hablas alemán?'*

'Nee. Maar ik spreek Engels,' luidde het antwoord.

Becker praatte verder in gebroken Engels. 'Dank u. Ik afvragen of u kunt helpen?'
'Wat kan ik voor u doen?' De vrouw sprak langzaam om haar potentiële klant van dienst te zijn. 'Wilt u misschien gebruikmaken van een escortgirl?'
'Ja, alstublieft. Vandaag heeft mijn broer Klaus een meisje, heel mooi. Rood haar. Ik wil zelfde. Morgen, alstublieft.'
'Komt uw broer Klaus hier wel eens?' De stem klonk plotseling enthousiast, alsof ze oude bekenden waren.
'Ja. Hij heel dik. U herinnert hem, ja?'
'En hij is hier vandaag geweest, zegt u?'
Becker hoorde dat ze ergens in bladerde. Er zou geen Klaus te vinden zijn, maar Becker ging ervan uit dat klanten zelden hun echte naam opgaven.
'Hmm, het spijt me,' zei ze verontschuldigend. 'Ik zie hem hier niet. Hoe heette het meisje dat uw broer bij zich had?'
'Rood haar,' zei Becker, om de vraag te ontwijken.
'Rood haar?' herhaalde ze. Er viel een stilte. 'Dit is Servicio Social de Sevilla. Weet u zeker dat uw broer hier komt?'
'Zeker, ja.'
'*Señor*, wij hebben geen meisjes met rood haar. Wij hebben alleen zuiver Andalusische schoonheden.'
'Rood haar,' herhaalde Becker, met het gevoel dat hij zich belachelijk maakte.
'Het spijt me, we hebben helemaal geen meisjes met rood haar, maar als u...'
'Naam is Dauwdruppel,' flapte Becker eruit. Nu voelde hij zich nog belachelijker.
De bespottelijke naam zei de vrouw blijkbaar niets. Ze verontschuldigde zich, zei dat Becker haar waarschijnlijk met een ander bureau verwarde en hing beleefd op.
Dat was één.

Becker fronste zijn voorhoofd en koos het volgende nummer. Er werd onmiddellijk opgenomen.
'*Buenas noches, Mujeres España*. Kan ik u helpen?'
Becker draaide hetzelfde verhaal af, een Duitse toerist die veel geld wilde neertellen voor het roodharige meisje met wie zijn broer vandaag op stap was.

Deze keer kwam de reactie in beleefd Duits, maar weer waren er geen roodharigen. '*Keine Rotköpfe*, het spijt me.' De vrouw hing op.
Dat was twee.
Becker keek in het telefoonboek. Er was nog maar één nummer over. Dan waren zijn mogelijkheden alweer uitgeput.
Hij koos het nummer.

'*Escortes Belén*,' zei een man op gelikte toon.
Opnieuw deed Becker zijn verhaal.
'*Sí, sí, señor*. Mijn naam is señor Roldán. Ik wil u graag van dienst zijn. We hebben twee roodharigen. Prachtige meisjes.'
Beckers hart sprong op. 'Heel mooi?' herhaalde hij met zijn Duitse accent. 'Rood haar?'
'Ja, hoe heet uw broer? Ik zal u vertellen wie vandaag zijn escort was. En dan kunnen we haar morgen naar u sturen.'
'Klaus Schmidt.' Becker flapte er een naam uit die hij zich herinnerde uit een oud studieboek.
Een lange stilte. 'Nou, meneer... Ik zie geen Klaus Schmidt in ons register, maar misschien wilde uw broer discreet zijn. Heeft hij misschien een echtgenote thuis?' De man lachte nogal misplaatst.
'Ja, Klaus getrouwd. Maar hij heel dik. Zijn vrouw niet met hem slapen.' Becker rolde met zijn ogen naar zijn spiegelbeeld in het glas van de cel. *Als Susan me eens kon horen*, dacht hij. 'Ik ook dik en eenzaam. Ik wil met haar slapen. Betaal veel geld.'
Becker gaf een indrukwekkende voorstelling ten beste, maar hij was te ver gegaan. Prostitutie was verboden in Spanje, en señor Roldán was een voorzichtig mens. Hij had zijn vingers al eerder gebrand aan agenten van de Guardia die zich hadden voorgedaan als gretige toeristen. *Ik wil met haar slapen*. Roldán wist dat het doorgestoken kaart was. Als hij ja zei, zou hij een hoge boete krijgen en, zoals altijd, gedwongen zijn een van zijn getalenteerdste escortgirls een weekend lang gratis af te staan aan de commissaris.
Toen Roldán weer iets zei, klonk zijn stem niet meer zo vriendelijk. 'Meneer, dit is *Escortes Belén*. Mag ik vragen wie u bent?'
'Eh... Sigmund Schmidt,' verzon Becker weinig overtuigend.
'Hoe komt u aan ons nummer?'
'*La Guía Telefónica*, de gele gids.'

'Ja, meneer, dat komt doordat we een escortservice zijn.'
'Ja. Ik wil escort.' Becker merkte dat er iets mis was.
'Meneer, *Escortes Belén* is een bureau dat escorts levert aan zakenlieden, voor lunches en diners. Daarom staan we in het telefoonboek. Wat wij doen, is legaal. U zoekt een prostituee.' Dat laatste woord werd uitgesproken alsof het een akelige ziekte was.
'Maar mijn broer...'
'Meneer, als uw broer de dag kussend met een meisje in het park heeft doorgebracht, was ze niet van ons afkomstig. Wij hebben strenge regels over het contact tussen cliënt en escort.'
'Maar...'
'U hebt ons met een ander verward. We hebben maar twee roodharige meisjes, Inmaculada en Rocío, en geen van tweeën zou met een man slapen voor geld. Dat heet prostitutie, en dat is verboden in Spanje. Goedenavond, meneer.'
'Maar...'
Klik.
Becker vloekte binnensmonds en liet de hoorn weer op de haak vallen. Dat was drie. Hij wist zeker dat Cloucharde had gezegd dat de Duitser het meisje voor het hele weekend had ingehuurd.

Becker stapte de telefooncel uit, die op het kruispunt tussen de Calle Salado en de Avenida Asunción stond. Ondanks het verkeer hing overal om hem heen de zoete lucht van sinaasappels. Het begon te schemeren; de meest romantische tijd van de dag. Hij dacht aan Susan. Maar de woorden van Strathmore kwamen weer boven. *Zorg dat je de ring vindt.* Becker liet zich uit het veld geslagen op een bank vallen en piekerde over zijn volgende zet.
Wat nu?

25

In de Clínica de Salud Pública was het bezoekuur voorbij. Het licht in de gymzaal was uit. Pierre Cloucharde was diep in slaap. Hij merkte niet dat er iemand over hem heen gebogen stond. De naald van een gestolen injectiespuit glinsterde in het donker. Toen verdween hij in het intraveneuze slangetje vlak boven Cloucharrdes pols. De spuit bevatte 30 cc schoonmaakmiddel, dat gestolen was van het karretje van de conciërge. Met grote kracht ramde een sterke duim de zuiger naar beneden en spoot de blauwige vloeistof in de aderen van de oude man.

Cloucharde was maar een paar seconden wakker. Hij had misschien geschreeuwd van pijn, als er niet een sterke hand voor zijn mond was geslagen. Hij lag machteloos op zijn bed, vastgepind onder een gewicht waar hij geen beweging in kon krijgen. Hij voelde de kern van vuur door zijn arm omhoogschieten. Er trok een ondraaglijke pijn door zijn oksel en zijn borst, en toen kwam die, als waren het ontelbare scherpe glasscherfjes, in zijn brein aan. Cloucharde zag een felle lichtflits... en daarna niets meer.

De bezoeker liet zijn greep verslappen en tuurde in het donker naar de naam op de status. Toen glipte hij geluidloos naar buiten.

Op straat stak de man met het metalen brilmontuur zijn hand uit naar een klein apparaatje dat aan zijn riem hing. Het rechthoekige dingetje had ongeveer de afmetingen van een creditcard. Het was een prototype van de nieuwe Monocle-computer. Dat minicomputertje was door de Amerikaanse marine ontwikkeld om gebruikt te worden door technici die in nauwe ruimten op onderzeeërs accuspanningen moesten registreren, en was voorzien van een draadloos modem en de nieuwste microtechnologische snufjes. Het beeld kwam op een doorzichtig LCD-scherm, dat in het linkerglas van een bril was gemonteerd. De Monocle luidde een heel nieuw tijdperk van computergebruik in: de gebruiker kon nu door zijn gegevens heen kijken en zo tegelijk contact met de wereld om hem heen houden.

Maar het meest bijzondere aan de Monocle was niet het miniatuurbeeldschermpje, maar de manier waarop gegevens werden ingevoerd. Een gebruiker gaf informatie door aan het systeem via piepkleine contactjes die aan zijn vingertoppen bevestigd zaten. Door de contactjes in een bepaalde volgorde tegen elkaar te bewegen, ontstond er een soort steno. De computer vertaalde de steno in het Engels.

De moordenaar drukte op een klein schakelaartje, en zijn bril kwam flikkerend tot leven. Met zijn handen onopvallend langs zijn zijden begon hij snel achter elkaar verschillende vingertoppen tegen elkaar te bewegen. Er verscheen een boodschap voor zijn ogen.

DOELWIT: P. CLOUCHARDE – GEËLIMINEERD

Hij glimlachte. Het doorgeven van de mededeling dat hij had gemoord maakte deel uit van zijn opdracht. Maar dat hij ook de naam van het slachtoffer meldde... dat beschouwde de man met het metalen brilmontuur als het toppunt van verfijning. Zijn vingers bewogen weer razendsnel, en zijn modem werd geactiveerd.

BERICHT VERZONDEN

26

Op de bank tegenover de kliniek zat Becker zich af te vragen wat hij nu geacht werd te doen. Zijn telefoontjes naar de escortservices hadden niets opgeleverd. De commandant communiceerde niet graag via onbeveiligde, openbare telefoons en had David gevraagd niet meer te bellen voordat hij de ring had. Becker overwoog naar de plaatselijke politie te gaan – misschien hadden die gegevens over een roodharige hoer – maar Strathmore had ook daarover strikte orders gegeven. *Je bent onzichtbaar. Niemand mag weten dat de ring bestaat.*
Becker vroeg zich af of hij door de van drugs vergeven wijk Triana zou moeten gaan dwalen om deze geheimzinnige vrouw te vinden. Of dat hij alle restaurants langs zou moeten gaan op zoek naar een dikke Duitser. Het leek hem allemaal pure tijdverspilling.
Strathmores woorden bleven door zijn hoofd klinken: *Het is in het belang van de staatsveiligheid... Je moet die ring vinden.*
Een stemmetje in Beckers achterhoofd vertelde hem dat hij iets over het hoofd had gezien, iets cruciaals, maar hij kon met geen mogelijkheid bedenken wat het kon zijn. *Ik ben hoogleraar, geen*

geheim agent, verdomme! Hij begon zich af te vragen waarom Strathmore geen beroepskracht had gestuurd.
Becker stond op en liep doelloos de Calle Delicias in, onderwijl piekerend over zijn opties. De keien van het trottoir vervaagden onder zijn blik. De schemering viel snel in.
Dauwdruppel.
Er was iets aan die absurde naam wat hem niet losliet. *Dauwdruppel.* De gelikte stem van señor Roldán van Escortes Belén klonk in zijn hoofd alsof er steeds opnieuw een bandje werd afgespeeld. *We hebben maar twee roodharige meisjes... Twee roodharige meisjes, Inmaculada en Rocío... Rocío... Rocío...*
Becker bleef als aan de grond genageld staan. Plotseling wist hij het. *En ik noem mezelf nog wel een talenkenner...* Hij kon nauwelijks geloven dat hij het over het hoofd had gezien.
Rocío was een van de geliefdste meisjesnamen in Spanje. Alle gewenste eigenschappen voor een jong katholiek meisje lagen erin besloten: zuiverheid, ongereptheid en natuurlijke schoonheid. En die associaties kwamen allemaal voort uit de letterlijke betekenis van de naam: druppel dauw!
Becker hoorde de stem van de oude Canadees weer. *Dauwdruppel.* Rocío had haar naam vertaald in de enige taal die zij en haar cliënt allebei spraken: Engels. Opgewonden zette Becker het op een lopen om een telefoon te zoeken.
Aan de overkant van de straat werd hij gevolgd door een man met een metalen brilmontuur, die zorgde dat hij uit het zicht bleef.

27

In de grote hal van Crypto werden de schaduwen langer en vager. Hoog boven de grond ging de automatische verlichting geleidelijk feller branden om dat te compenseren. Susan zat nog steeds zwijgend achter haar terminal te wachten op nieuws van haar spoorzoeker. Het duurde langer dan ze had verwacht.
Ze had zitten mijmeren. Ze miste David en wilde dat Greg Hale naar huis ging. Daar had Hale geen enkele neiging toe vertoond,

maar gelukkig had hij steeds gezwegen, geheel in beslag genomen door wat hij aan zijn terminal zat te doen. Het interesseerde Susan niets wat Hale deed, zolang hij maar geen toegang zocht tot de programmacontrole van TRANSLTR. Blijkbaar had hij dat niet gedaan; anders had ze wel een kreet van ongeloof gehoord omdat hij de zestien uur zag.

Susan nipte van haar derde kop thee toen het eindelijk gebeurde: haar terminal gaf een piepje. Haar hartslag versnelde. Er verscheen een knipperend pictogram van een envelop op haar scherm, om aan te kondigen dat ze nieuwe e-mail had. Susan wierp een snelle blik op Hale. Hij was verdiept in zijn werk. Ze hield haar adem in en klikte dubbel op het envelopje.

'North Dakota,' fluisterde ze bij zichzelf. 'Laten we eens kijken wie je bent.'

Toen het bericht werd geopend, bleek het uit één regel te bestaan. Susan las het. En toen herlas ze het.

STRAKS UIT ETEN BIJ ALFREDO'S? ACHT UUR?

Aan de andere kant van de kamer onderdrukte Hale een lachje. Susan keek naar de afzender, boven in beeld.

VAN: GHALE@CRYPTO.NSA.GOV

Susan voelde woede in zich opwellen, maar onderdrukte die. Ze wiste het berichtje. 'Heel volwassen, Greg.'

'Ze hebben er fantastische carpaccio.' Hale glimlachte. 'Wat denk je ervan? Naderhand kunnen we...'

'Vergeet het maar.'

'Snob.' Hale zuchtte en richtte zijn aandacht weer op zijn terminal. Dat was de zoveelste keer dat hij de kous op de kop kreeg bij Susan Fletcher. De briljante cryptologe vormde een voortdurende bron van frustratie voor hem. Hale had vaak gefantaseerd dat hij seks met haar had, dat hij haar tegen de gebogen romp van TRANSLTR duwde en haar ter plekke pakte, tegen het warme zwarte keramiek. Maar Susan wilde niets met hem te maken hebben. Wat het volgens Hale nog erger maakte, was dat ze verliefd was op een of andere docent aan de universiteit, die zich uren en uren afbeulde voor een hongerloontje. Het zou zonde

zijn als Susan haar superieure genen vermengde met die van een of andere excentriekeling, en dat terwijl ze Greg kon krijgen. *Onze kinderen zouden volmaakt zijn*, dacht hij.
'Waar werk je aan?' vroeg Hale, om eens een andere benadering te proberen.
Susan zei niets.
'Je bent wel een teamspeler, zeg. Mag ik even komen gluren?' Hale stond op en begon om de kring van terminals naar haar toe te lopen.
Susan voorvoelde dat Hales nieuwsgierigheid vandaag wel eens voor ernstige problemen zou kunnen zorgen. Ze nam een impulsieve beslissing en viel terug op de leugen van de commandant. 'Het is een diagnostische test,' zei ze.
Hale bleef staan. 'Een diagnostische test?' Hij klonk argwanend. 'Zit je hier op zaterdagmiddag een diagnostische test uit te voeren, in plaats van met de prof te rollebollen?'
'Hij heet David.'
'Mij best.'
Susan keek hem boos aan. 'Heb je niets beters te doen?'
'Probeer je van me af te komen?' vroeg Hale verongelijkt.
'Eerlijk gezegd wel, ja.'
'Hè, Sue, je kwetst me diep.'
Susan kneep haar ogen tot spleetjes. Ze had er een hekel aan Sue te worden genoemd. Niet dat ze iets tegen de naam zelf had, maar Hale was de enige die hem ooit gebruikte.
'Zal ik je helpen?' bood Hale aan. Plotseling was hij weer op weg naar haar toe. 'Ik ben heel goed in diagnostische tests. Bovendien wil ik dolgraag zien wat voor diagnostische test de grote Susan Fletcher op een zaterdag naar haar werk kan lokken.'
Susan voelde een stoot adrenaline vrijkomen. Ze wierp een blik op de spoorzoeker op haar scherm. Ze wist dat Hale die niet mocht zien; hij zou te veel vragen stellen. 'Ik red me wel, Greg,' zei ze.
Maar Hale liep door. Terwijl hij naar haar terminal toe kwam, wist Susan dat ze snel iets moest doen. Hale was nog maar een paar meter bij haar vandaan toen ze actie ondernam. Ze stond op, ging tegenover zijn grote lijf staan en versperde hem de weg. De geur van zijn aftershave was overweldigend.

Ze keek hem recht aan. 'Nee, zei ik.'
Hale hield zijn hoofd schuin, blijkbaar geïntrigeerd door haar geheimzinnige gedrag. Hij kwam schalks nog een stap dichterbij. Hij was niet voorbereid op wat er daarna gebeurde.
Zonder haar kalmte te verliezen, drukte Susan haar wijsvinger tegen zijn keiharde borst om hem tegen te houden.
Hale bleef staan en stapte geschokt achteruit. Blijkbaar meende Susan het; ze had hem nooit eerder aangeraakt, geen enkele keer. Het was niet helemaal wat Hale voor ogen had gestaan als eerste lichamelijke contact, maar het was een begin. Hij wierp haar een langdurige, verbaasde blik toe en liep langzaam terug naar zijn terminal. Toen hij weer ging zitten, was één ding hem volkomen duidelijk: de lieftallige Susan Fletcher werkte aan iets bijzonders, en het was absoluut geen diagnostische test.

28

Señor Roldán zat achter zijn bureau bij Escortes Belén en prees zichzelf gelukkig dat hij de nieuwste, erbarmelijke poging van de Guardia om hem te pakken te nemen zo handig had ontweken. Een agent die een Duits accent nabootste en om een meisje voor de nacht vroeg, het was je reinste uitlokking. Wat zouden ze nog meer verzinnen?
De telefoon op zijn bureau gaf een hard zoemsignaal. Señor Roldán pakte de hoorn met een zelfverzekerde flair op. '*Buenas noches, Escortes Belén.*'
'*Buenas noches,*' zei een man in bliksemsnel Spaans. Hij klonk nasaal, alsof hij een beetje verkouden was. 'Is dit een hotel?'
'Nee, meneer. Welk nummer hebt u gekozen?' Señor Roldán zou zich vanavond niet meer laten beetnemen.
'Drie, vier, zes, twee, één, nul,' zei de stem.
Roldán fronste zijn wenkbrauwen. De stem klonk vaag bekend. Hij probeerde het accent te plaatsen; Burgos, misschien? 'Daar spreekt u mee,' zei Roldán voorzichtig, 'maar dit is een escortservice.'
Het bleef even stil aan de andere kant. 'O... Aha. Mijn veront-

schuldigingen. Iemand heeft dit nummer voor me opgeschreven. Ik dacht dat het een hotel was. Ik ben hier voor zaken, uit Burgos. Het spijt me dat ik u heb gestoord. Goedena...'
'*¡Espére!* Wacht even!' Señor Roldán kon er niets aan doen, hij was een koopman in hart en nieren. Was dit een geval van mond-tot-mondreclame? Een nieuwe klant uit het noorden? Hij was niet van plan een potentiële cliënt af te wijzen vanwege een beetje paranoia.
'M'n vriend,' zei Roldán overdreven vriendelijk. 'Ik dacht aan uw accent al te horen dat u uit Burgos komt. Ik kom zelf uit Valencia. Wat brengt u naar Sevilla?'
'Ik verkoop juwelen. Majóricaparels.'
'Majórica's, werkelijk waar? Dan zult u wel veel reizen.'
De man hoestte ziekelijk. 'Ja, inderdaad.'
'En nu bent u voor zaken in Sevilla?' drong Roldán aan. Het was uitgesloten dat dit een agent van de Guardia was. Dit was een klant met een hoofdletter K. 'Laat me eens raden... U hebt dit nummer van een vriend gekregen? Hij heeft u zeker gezegd dat u ons eens moest bellen?'
De man was duidelijk in verlegenheid gebracht. 'Nou, nee, eerlijk gezegd niet.'
'Wees maar niet verlegen, señor. Wij zijn een escortservice, niets om u voor te schamen. Mooie meisjes om mee uit eten te gaan, dat is alles. Wie heeft u ons nummer gegeven? Misschien is hij een vaste klant. Dan kan ik u een speciaal tarief rekenen.'
De man klonk nu van de wijs gebracht. 'Eh... niemand heeft me dit nummer daadwerkelijk gegeven. Ik heb het gevonden, bij een paspoort. Ik probeer de eigenaar op te sporen.'
Roldáns hoop vervloog. Deze man was bij nader inzien toch geen klant. 'U hebt het nummer gevónden, zei u?'
'Ja, ik heb vandaag in het park een paspoort van een man gevonden. Uw nummer stond op een stukje papier dat ertussen zat. Ik dacht dat het misschien het nummer van zijn hotel was; ik hoopte dat ik hem zijn paspoort kon terugbezorgen. Maar ik heb me vergist. Ik zal het wel bij de politie afgeven als ik morgen...'
'*Perdón.*' Roldán viel hem nerveus in de rede. 'Mag ik u een beter idee aan de hand doen?' Roldán liet zich voorstaan op zijn discretie, en als zijn klanten bij de Guardia op bezoek moesten

komen, hadden ze de neiging ex-klanten te worden. 'Kijk eens hier,' zei hij. 'Aangezien de man met het paspoort ons nummer had, is hij hoogstwaarschijnlijk een klant van ons. Misschien kan ik u een tochtje naar de politie besparen.'

De man aarzelde. 'Ik weet het niet. Misschien moet ik gewoon...'

'Niet te haastig, m'n beste. Tot mijn schaamte moet ik bekennen dat de politie hier in Sevilla niet altijd zo efficiënt is als die in het noorden. Het zou dágen kunnen duren voordat deze man zijn paspoort terug heeft. Als u me zijn naam zegt, zou ik ervoor kunnen zorgen dat hij het meteen krijgt.'

'Nou, ja... Het kan waarschijnlijk geen kwaad...' Er ritselde papier, en de man kwam weer aan de lijn. 'Het is een Duitse naam. Ik kan hem niet goed uitspreken... Gusta... Gustafson?'

Roldán kende de naam niet, maar hij had klanten uit de hele wereld. Ze gaven hem nooit hun werkelijke naam. 'Hoe ziet hij eruit... op de foto? Misschien herken ik hem dan.'

'Nou...' zei de man. 'Hij heeft een heel dik gezicht.'

Roldán wist het meteen. Hij herinnerde zich dat pafferige gezicht goed. Het was de man die met Rocío weg was. Vreemd, dacht hij, om op één avond twee telefoontjes over de Duitser te krijgen.

'Meneer Gustafson?' Roldán lachte gekunsteld. 'Natuurlijk! Die ken ik goed. Als u me zijn paspoort brengt, zal ik ervoor zorgen dat hij het krijgt.'

'Ik ben in het centrum en heb geen auto,' antwoordde de man. 'Misschien kunt u naar mij toe komen?'

Roldán hield een slag om de arm. 'Helaas kan ik niet bij de telefoon weg. Maar het is helemaal niet zo ver, als u...'

'Het spijt me, maar het is te laat om rond te gaan dwalen. Hier vlakbij is een politiebureau. Ik geef het daar wel af, en als u meneer Gustafson dan spreekt, kunt u hem vertellen waar het is.'

'Nee, wacht even!' riep Roldán uit. 'Het is niet nodig de politie erbij te betrekken. U zei toch dat u in het centrum was? Kent u het hotel Alfonso XIII? Een van de beste hotels van de stad.'

'Ja,' zei de man. 'Ik ken het Alfonso XIII. Het is vlakbij.'

'Fantastisch! Daar logeert meneer Gustafson vannacht. Waarschijnlijk is hij er nu.'

De man aarzelde. 'Aha. Nou, dan... zou het een kleine moeite zijn...'

'Geweldig! Hij dineert met een van onze escorts in het restaurant van het hotel.' Roldán wist dat ze om deze tijd waarschijnlijk in bed zouden liggen, maar hij moest zorgen dat hij de beller niet voor het hoofd stootte. 'Laat u het paspoort maar bij de portier achter. Hij heet Manuel. Zeg hem maar dat ik u heb gestuurd. Vraag hem het aan Rocío te geven. Rocío is meneer Gustafsons escort voor vanavond. Zij zal ervoor zorgen dat hij het paspoort krijgt. U kunt er een briefje met uw naam en adres in stoppen; misschien stuurt meneer Gustafson u dan een bedankje.'
'Een goed idee. Het Alfonso XIII. Goed, ik zal het er meteen heen brengen. Dank u voor uw hulp.'

David Becker hing op. 'Het Alfonso XIII.' Hij grinnikte. 'Je moet alleen even weten hoe je het moet vragen.'
Even later liep hij, gevolgd door een zwijgende gestalte, door de Calle Delicias de geleidelijk vallende Andalusische nacht in.

29

Nog niet helemaal bekomen van haar confrontatie met Hale, keek Susan door de glazen wand van Zaal 3 naar buiten. De rest van de afdeling Crypto was leeg. Hale werd weer in beslag genomen door zijn werk. Ze wilde dat hij wegging.
Ze vroeg zich af of ze Strathmore zou bellen. De commandant zou Hale gewoon wegsturen. Per slot van rekening was het zaterdag. Maar Susan wist dat Hale, als hij eruit werd gezet, onmiddellijk achterdochtig zou worden. Als hij was weggestuurd, zou hij waarschijnlijk meteen andere cryptologen gaan bellen om hun te vragen wat zij dachten dat er gaande was. Susan besloot dat het beter was Hale maar gewoon te negeren. Hij zou snel genoeg uit zichzelf weggaan.
Een algoritme dat niet te kraken is. Ze zuchtte toen ze weer aan Digitale Vesting dacht. Het verbaasde haar dat een dergelijk algoritme werkelijk kon worden geschreven, maar het bewijs was er: TRANSLTR leek er niets mee te kunnen beginnen.
Susan dacht aan Strathmore, die de last van dit probleem on-

zelfzuchtig op zijn schouders had genomen, deed wat er gedaan moest worden en ondanks de dreiging van een ramp kalm bleef. Soms zag Susan David in Strathmore. Ze deelden veel goede eigenschappen: vasthoudendheid, toewijding, intelligentie. Af en toe dacht Susan dat Strathmore verloren zou zijn zonder haar; haar onversneden liefde voor de cryptologie leek voor Strathmore een emotionele reddingsboei te zijn, waarmee hij zich drijvende kon houden in de kolkende zee van politieke intriges en die hem herinnerde aan zijn begintijd als codekraker.

Susan steunde ook op Strathmore. Hij was haar toevluchtsoord in een wereld van naar macht hongerende mannen, hij koesterde haar carrière, beschermde haar en, zoals hij vaak schertsend zei, zorgde ervoor dat al haar dromen uitkwamen. Daar zat wel een kern van waarheid in, dacht ze. Hoe toevallig ook, de commandant was degene die het telefoontje had gepleegd dat David Becker op die bijzondere middag naar de NSA had geroepen. Haar gedachten gingen naar David, en haar blik dwaalde automatisch naar de cryptografische rekenliniaal naast haar toetsenbord. Er zat met plakband een klein faxberichtje aan bevestigd.

De fax zat daar al meer dan zeven maanden. Het was de enige code die Susan nog niet had gekraakt. Hij was afkomstig van David. Ze las hem voor de vijfhonderdste keer.

EEN NEDERIGE FAX WAARMEE IK JE VERRAS
MIJN LIEFDE VOOR JOU IS ZONDER WAS.

Die had hij haar gestuurd nadat ze hadden gekibbeld. Ze had hem maandenlang gesmeekt haar te vertellen wat het betekende, maar dat had hij geweigerd. *Zonder was.* Het was Davids revanche. Susan had David veel over het ontcijferen van codes geleerd, en om hem scherp te houden, had ze de gewoonte aangenomen al haar berichten aan hem met behulp van een of ander eenvoudig versleutelingssysteem te coderen. Boodschappenlijstjes, liefdesbriefjes, ze waren allemaal in code. Het was een spelletje, en David was behoorlijk goed geworden in cryptoanalyse. Toen had hij besloten haar met gelijke munt terug te betalen. Hij was al zijn brieven gaan ondertekenen met: 'Zonder was, David.' Susan had meer dan twintig briefjes van David. Ze waren allemaal op diezelfde manier ondertekend. *Zonder was.*

Susan smeekte hem haar de betekenis te vertellen, maar David hield zijn mond. Als ze ernaar vroeg, glimlachte hij alleen, en zei hij: 'Jíj bent de codekraker hier.'
Het hoofd Cryptologie van de NSA had alles geprobeerd, substituties, transposities, zelfs anagrammen. Ze had de letters van 'zonder was' in haar computer ingevoerd en die gevraagd de letters tot andere woorden te herschikken. Het enige wat dat had opgeleverd, was onzin in de trant van RA WOND ZES. Kennelijk was Ensei Tankado niet de enige die codes kon schrijven die niet te kraken waren.
Ze werd in haar overpeinzingen gestoord door het geluid van de pneumatische deuren, die sissend opengingen. Strathmore liep naar binnen.
'Susan, weet je al iets?' Strathmore zag Greg Hale en bleef abrupt staan. 'Goedenavond, meneer Hale.' Hij fronste zijn wenkbrauwen en kneep zijn ogen half dicht. 'Op een zaterdag, nog wel. Waar hebben we die eer aan te danken?'
Hale glimlachte onschuldig. 'Ik draag graag mijn steentje bij.'
'Aha,' bromde Strathmore, die kennelijk zijn opties overwoog. Ook hij leek te besluiten Hale maar met rust te laten. Hij wendde zich bedaard tot Susan. 'Mevrouw Fletcher, zou ik u even kunnen spreken? Buiten?'
Susan aarzelde. 'Eh... ja, meneer.' Ze wierp een onzekere blik op haar beeldscherm en toen op Greg Hale, aan de andere kant van de kamer. 'Ik kom eraan.'
Met een paar snelle toetsaanslagen riep ze een programma op dat ScreenLock heette. Dat was een hulpprogramma dat de gebruiker privacy verschafte. Alle terminals in Zaal 3 waren ermee uitgerust. De terminals bleven vierentwintig uur per dag aan staan, maar ScreenLock stelde de cryptologen in staat hun werkplek te verlaten met de zekerheid dat niemand aan hun bestanden kon komen. Susan gaf haar wachtwoord van vijf tekens in, en haar scherm werd zwart. Zo zou het blijven, totdat ze terugkwam en de juiste code intoetste.
Toen liet ze haar voeten in haar schoenen glijden en volgde de commandant naar buiten.

'Wat doet híj hier in godsnaam?' vroeg Strathmore op het moment dat hij en Susan Zaal 3 hadden verlaten.

'Wat hij altijd doet,' antwoordde Susan. 'Niets.'
Strathmore keek bezorgd. 'Heeft hij iets over TRANSLTR gezegd?'
'Nee. Maar als hij de programmacontrole oproept en ziet dat die zeventien uur aangeeft, zal hij wel iets te zeggen hebben.'
Strathmore dacht erover na. 'Er is geen reden waarom hij die zou oproepen.'
Susan nam de commandant op. 'Wilt u hem naar huis sturen?'
'Nee. Laat hem maar.' Strathmore wierp een blik in de richting van Systeembeveiliging. 'Is Chartrukian al weg?'
'Ik weet het niet. Ik heb hem niet gezien.'
'Jezus.' Strathmore kreunde. 'Wat een circus is dit.' Hij streek met zijn hand over de stoppelbaard die zijn gezicht in de afgelopen zesendertig uur donkerder had gemaakt. 'Al nieuws van de spoorzoeker? Ik voel me zo machteloos daarboven.'
'Nog niet. Hebt u al iets van David gehoord?'
Strathmore schudde zijn hoofd. 'Ik heb hem gevraagd me pas weer te bellen als hij de ring heeft.'
Susan keek verrast. 'Waarom? Stel dat hij hulp nodig heeft?'
Strathmore haalde zijn schouders op. 'Ik kan hem hiervandaan toch niet helpen; hij staat er alleen voor. Bovendien praat ik liever niet over onbeveiligde telefoonlijnen, voor het geval er iemand meeluistert.'
Susans ogen werden groot van ongerustheid. 'Wat bedoelt u dáár nou mee?'
Strathmore keek onmiddellijk verontschuldigend. Hij glimlachte haar geruststellend toe. 'Alles is goed met David. Ik ben alleen voorzichtig.'

Tien meter bij hen vandaan, aan het zicht onttrokken door de glazen wand van Zaal 3, waar je niet door naar binnen kon kijken, stond Greg Hale bij Susans terminal. Haar scherm was zwart. Hale wierp een blik op de commandant en Susan. Toen pakte hij zijn portefeuille. Hij haalde er een klein kaartje uit en las het.
Na nog een keer te hebben gekeken of Strathmore en Susan nog steeds stonden te praten, toetste Hale zorgvuldig vijf tekens in op Susans toetsenbord. Een seconde later floepte haar scherm aan.
'Bingo.' Hij grinnikte.

Het was eenvoudig geweest om de wachtwoorden van iedereen in Zaal 3 te bemachtigen. In Zaal 3 hadden alle terminals een identiek toetsenbord, dat kon worden losgekoppeld. Hale had op een avond zijn toetsenbord mee naar huis genomen en er een chip in ingebouwd die bijhield welke toetsen erop werden aangeslagen. Daarna was hij vroeg naar zijn werk gekomen, had zijn speciaal bewerkte toetsenbord omgeruild met dat van iemand anders, en had afgewacht. Aan het einde van de dag had hij de toetsenborden weer omgewisseld en kon hij zien welke gegevens de chip had vastgelegd. Hoewel er miljoenen toetsaanslagen gemeld werden, was het eenvoudig om de gezochte code te vinden: het eerste wat een cryptoloog elke ochtend deed, was het wachtwoord intypen waarmee hij zijn terminal toegankelijk maakte. Hale hoefde dus geen enkele moeite te doen: het wachtwoord waren altijd de eerste vijf tekens op de lijst.

Het was ironisch, dacht Hale terwijl hij naar Susans scherm keek. Hij had de wachtwoorden alleen voor de lol gestolen, maar nu was hij blij dat hij het had gedaan. Het programma op Susans scherm zag er interessant uit.

Hale keek er even peinzend naar. Het was geschreven in LIMBO, niet een van zijn specialiteiten. Maar alleen al door ernaar te kijken, wist Hale één ding zeker: het was geen diagnostische test. Er waren maar drie woorden die hij begreep, maar die zeiden genoeg.

SPOORZOEKER OP ZOEK...

'Een spoorzoeker?' zei hij hardop. 'Op zoek waarnáár?' Plotseling voelde Hale zich slecht op zijn gemak. Hij ging voor Susans scherm zitten en keek er aandachtig naar. Toen nam hij een besluit.

Hale begreep genoeg van de programmeertaal LIMBO om te weten dat die veel ontleende aan twee andere talen, C en Pascal, die hij allebei wel kon dromen. Nadat hij even had opgekeken om te controleren of Strathmore en Susan nog buiten in gesprek waren, begon Hale te improviseren. Hij typte een paar gemodificeerde Pascal-commando's in en drukte op ENTER. Het statusvenster van de spoorzoeker reageerde precies zoals hij had gehoopt.

SPOORZOEKER AFBREKEN?

Snel typte hij: JA

WEET U HET ZEKER?

Opnieuw typte hij: JA
Even later gaf de computer een piepje.

SPOORZOEKER AFGEBROKEN

Hale glimlachte. De terminal had Susans spoorzoeker zojuist de opdracht gestuurd zichzelf voortijdig te vernietigen. Waar ze ook naar op zoek was, het zou moeten wachten.
Om geen bewijsmateriaal achter te laten, zocht Hale vakkundig zijn weg naar haar systeemregister en verwijderde alle commando's die hij zojuist had ingetypt. Toen toetste hij Susans wachtwoord weer in.
Het scherm werd zwart.
Toen Susan terugkwam in Zaal 3, zat Greg Hale rustig achter zijn terminal.

30

Het Alfonso XIII was een viersterrenhotel bij de Puerta de Jerez, met een zwaar smeedijzeren hek en een grote hoeveelheid seringen eromheen. David liep de marmeren treden op. Toen hij zijn hand uitstak naar de deur, ging die als bij toverkracht open, en een piccolo liet hem binnen.
'Hebt u bagage, señor? Kan ik u helpen?'
'Nee, dank u. Ik wil de portier spreken.'
De piccolo keek gekwetst, alsof er iets in hun ontmoeting van twee seconden niet naar wens was verlopen. *'Por aquí, señor.'*
Hij ging Becker voor naar de lobby, wees naar de portier en haastte zich weg.
De lobby was prachtig; klein maar smaakvol ingericht. De Gou-

den Eeuw van Spanje lag ver in het verleden, maar rond het midden van de zeventiende eeuw had dit land over de wereld geheerst. De kamer riep die periode met trots in herinnering. Wapenrustingen, etsen van krijgstaferelen en een vitrinekast met baren goud uit de Nieuwe Wereld.

Achter de balie waar een bordje met CONSERJE boven hing, stond een keurige, verzorgde man zo geestdriftig te glimlachen dat het leek alsof hij zijn hele leven had gewacht op een kans iemand van dienst te zijn. '*¿En qué puedo servirle, señor?* Waar kan ik u mee helpen?' Hij sprak geaffecteerd lispelend en nam Becker van top tot teen op.

Becker antwoordde in het Spaans. 'Ik ben op zoek naar Manuel.'

De glimlach op het gebruinde gezicht van de man werd nog breder. '*Sí, sí, señor*. Ik ben Manuel. Wat kan ik voor u doen?'

'Señor Roldán van Escortes Belén heeft me verteld dat u zou...'

De portier legde Becker met een handgebaar het zwijgen op en keek nerveus om zich heen. 'Wilt u niet even meekomen?' Hij nam Becker mee naar het uiteinde van de balie. 'Zo,' vervolgde hij, bijna fluisterend. 'Waar kan ik u mee van dienst zijn?'

Becker begon opnieuw, met gedempte stem. 'Ik moet een van zijn escorts spreken, die waarschijnlijk hier dineert. Ze heet Rocío.'

De portier blies zijn adem uit alsof hij onder de indruk was. 'Aaah, Rocío... een schitterende vrouw.'

'Ik moet haar dringend spreken.'

'Maar, señor, ze is bij een cliënt.'

Becker knikte verontschuldigend. 'Dat weet ik, maar het is belangrijk.' *In het belang van de staatsveiligheid.*

De portier schudde zijn hoofd. 'Onmogelijk. Misschien kunt u een briefje achterla...'

'Het kost maar een minuutje. Is ze in het restaurant?'

De portier schudde zijn hoofd. 'Ons restaurant is een halfuur geleden gesloten. Ik vrees dat Rocío en haar gast zich voor de avond hebben teruggetrokken. Als u een berichtje bij mij wilt achterlaten, kan ik haar dat morgenochtend geven.' Hij gebaarde naar de rijen genummerde postvakjes achter zich.

'Kan ik dan misschien naar haar kamer bellen en...'

'Het spijt me,' zei de portier, en zijn beleefdheid verdween. 'Het

Alfonso XIII heeft strikte regels ten aanzien van de privacy van zijn gasten.'
Becker was niet van plan tien uur te gaan wachten, totdat een dikke man en een prostituee eindelijk naar beneden kwamen voor het ontbijt.
'Ik snap het,' zei Becker. 'Neemt u me niet kwalijk dat ik u heb lastiggevallen.' Hij draaide zich om en liep de lobby in. Hij beende rechtstreeks naar een kersenhouten cilinderbureau dat zijn aandacht had getrokken toen hij binnenkwam. Er lag een grote hoeveelheid ansichtkaarten en briefpapier van het Alfonso XIII op, evenals pennen en enveloppen. Becker vouwde een blanco vel papier op, stopte het in een envelop en schreef daar één woord op.
ROCÍO.
Toen ging hij terug naar de portier.
'Het spijt me dat ik u weer moet storen,' zei Becker schaapachtig, terwijl hij op de man afliep. 'Ik gedraag me een beetje als een dwaas, dat weet ik. Ik hoopte dat ik Rocío persoonlijk kon vertellen hoe ik heb genoten van de tijd die we samen hebben doorgebracht, een paar dagen geleden. Maar ik vertrek vanavond. Misschien moet ik toch een briefje voor haar achterlaten.' Becker legde de envelop op de balie.
De portier keek naar de envelop en maakte een spijtig geluid bij zichzelf. *Weer een verliefde hetero*, dacht hij. *Wat een verspilling*. Hij keek op en glimlachte. 'Natuurlijk, meneer...?'
'Buisán,' zei Becker. 'Miguel Buisán.'
'Natuurlijk. Ik zal ervoor zorgen dat Rocío dit morgenochtend krijgt.'
'Dank u.' Becker glimlachte en draaide zich om.
Nadat de portier discreet Beckers achterste had bekeken, pakte hij de envelop van de balie en keerde hij zich naar de rijen genummerde postvakjes aan de muur achter zich. Net toen de man de envelop in een van de vakjes zette, draaide Becker zich om om nog één ding te vragen.
'Waar zou ik een taxi kunnen vinden?'
De portier keerde zich naar hem om en gaf antwoord. Maar Becker hoorde zijn reactie niet. De timing was perfect geweest. De portier trok zijn hand net terug uit een vakje waar Suite 301 bij stond.

Becker bedankte de portier en wandelde langzaam weg, op zoek naar de lift.

Heen en meteen weer terug, herhaalde hij in gedachten.

31

Susan kwam Zaal 3 weer binnen. Haar gesprek met Strathmore had haar nog ongeruster gemaakt over David. Ze haalde zich van alles in het hoofd.

'En,' bralde Hale van achter zijn terminal. 'Wat wilde Strathmore? Een romantisch avondje alleen met zijn hoofd Cryptologie?'

Susan negeerde het commentaar en ging aan haar terminal zitten. Ze typte haar wachtwoord in en het beeldscherm kwam tot leven. Het venster van de spoorzoeker werd zichtbaar; die had nog steeds geen informatie over North Dakota teruggestuurd.

Verdomme, dacht Susan. *Waarom duurt het zo lang?*

'Je maakt een gespannen indruk,' zei Hale op onschuldige toon. 'Heb je problemen met je diagnostische test?'

'Niets ernstigs,' antwoordde ze. Maar daar was ze niet zo zeker van. Het duurde te lang. Ze vroeg zich af of ze misschien een vergissing had gemaakt bij het schrijven van de spoorzoeker. Ze begon de vele programmaregels in LIMBO op haar scherm door te kijken op zoek naar iets wat de vertraging kon veroorzaken.

Hale sloeg haar zelfvoldaan gade. 'O ja, wat ik je nog wilde vragen,' begon hij. 'Wat denk jij van dat algoritme waarvan Ensei Tankado beweerde dat hij het aan het schrijven was, en dat niet te kraken zou zijn?'

Susans maag trok zich samen. Ze keek op. 'Een algoritme dat niet te kraken is?' Ze herstelde zich. 'O, ja... Ik geloof dat ik daar iets over heb gelezen.'

'Een nogal ongeloofwaardige bewering.'

'Ja,' antwoordde Susan, terwijl ze zich afvroeg waarom Hale dit plotseling ter sprake bracht. 'Ik geloof er niets van. Iedereen weet dat het wiskundig onmogelijk is dat een algoritme niet te kraken zou zijn.'

Hale glimlachte. 'O, ja... De wet van Bergofsky.'
'En gezond verstand,' zei ze kortaf.
'Wie weet...' Hale zuchtte dramatisch. 'Er is in de hemel en op aarde meer dan jouw wijsbegeerte droomt.'
'Wat zei je?'
'Shakespeare,' verklaarde Hale. '*Hamlet*.'
'Heb je veel gelezen toen je in de gevangenis zat?'
Hale grinnikte. 'Even serieus, Susan, heb je ooit gedacht dat het misschien tóch mogelijk is, dat Tankado misschien echt een algoritme heeft geschreven dat niet gekraakt kan worden?'
Dit gesprek bezorgde Susan een onbehaaglijk gevoel. 'Nou, wíj zouden het niet kunnen.'
'Misschien is Tankado beter dan wij.'
'Misschien.' Susan haalde haar schouders op, om onverschilligheid te veinzen.
'We hebben een tijdje gecorrespondeerd,' meldde Hale terloops. 'Tankado en ik. Wist je dat?'
Susan keek op, maar probeerde haar schrik te verbergen. 'Heus waar?'
'Ja. Nadat ik het Skipjack-algoritme had ontmaskerd, schreef hij me. Hij zei dat we broeders waren in de wereldwijde strijd voor digitale privacy.'
Susan kon haar ongeloof nauwelijks verhullen. *Hale kent Tankado persoonlijk!* Ze deed haar best een ongeïnteresseerde indruk te maken.
Hale vervolgde: 'Hij feliciteerde me omdat ik had bewezen dat Skipjack een achterdeurtje had, en noemde het een doorbraak voor het recht op privacy van gewone mensen over de hele wereld. Je zult toch moeten toegeven, Susan, dat het achterdeurtje in Skipjack een achterbakse manoeuvre was. De e-mail van de hele wereld lezen? Als je het mij vraagt, verdíénde Strathmore het om betrapt te worden.'
'Greg,' snauwde Susan, die probeerde haar woede te onderdrukken, 'dat achterdeurtje was bedoeld om de NSA in staat te stellen e-mail te decoderen die een bedreiging vormt voor de staatsveiligheid.'
'O, echt waar?' Hale zuchtte onschuldig. 'En dat er dan ook in de post van de gewone burger kon worden gesnuffeld was alleen een prettig bijverschijnsel?'

'We snuffelen niet in de post van gewone burgers, dat weet je best. De FBI kan telefoons aftappen, maar dat betekent nog niet dat ze daar naar elk gesprek luisteren dat wordt gevoerd.'
'Als ze de mankracht ervoor hadden, zouden ze het doen.'
Susan negeerde die opmerking. 'Overheden moeten het recht hebben informatie te verzamelen over zaken die een bedreiging vormen voor het algemeen belang.'
'Jezus christus,' zei Hale met een zucht. 'Je klinkt alsof je bent gehersenspoeld door Strathmore. Je weet best dat de FBI niet kan afluisteren wanneer ze maar wil; er is een rechterlijk bevel voor nodig. Een coderingsstandaard met een achterdeurtje zou betekenen dat de NSA te allen tijde in de e-mail van iedereen kan rondsnuffelen.'
'Dat is waar... en dat zou ook moeten kunnen!' Susans toon werd plotseling scherp. 'Als jij dat achterdeurtje in Skipjack niet had ontdekt, zouden we toegang hebben tot élke code die we moeten kraken, en niet alleen tot de hoeveelheid die TRANSLTR aankan.'
'Als ik het achterdeurtje niet had gevonden,' betoogde Hale, 'had iemand anders dat wel gedaan. Ik heb jullie hachje gered door het op dat moment te ontdekken. Kun je je voorstellen wat er gebeurd zou zijn als het bekend was geworden terwijl Skipjack al overal in gebruik was?'
'Hoe dan ook,' antwoordde Susan fel, 'nu zitten we met een paranoïde EFF die denkt dat we in ál onze algoritmes achterdeurtjes stoppen.'
'Doen we dat dan niet?' vroeg Hale zelfvoldaan.
Susan bekeek hem met een koele blik.
'Nou ja,' zei hij, inbindend, 'het maakt nu toch niets meer uit. Jullie hebben TRANSLTR gebouwd. Nu hebben jullie je voortdurende bron van informatie. Jullie kunnen lezen wat jullie willen, wanneer jullie dat maar willen, zonder dat er iemand vragen stelt. Jullie hebben gewonnen.'
'Bedoel je niet dat wíj hebben gewonnen? Ik dacht dat je voor de NSA werkte.'
'Niet lang meer,' zei Hale vrolijk.
'Beloof niet te veel.'
'Ik meen het. Er komt een dag dat ik de deur hier voorgoed achter me dichttrek.'

'Dat zou een hele klap voor me zijn.'
Susan merkte dat ze Hale wel kon vervloeken om alles wat er niet goed ging. Ze wilde hem vervloeken vanwege Digitale Vesting, vanwege haar problemen met David, vanwege het feit dat ze niet in de Smoky Mountains was... Maar dat was allemaal niet zijn schuld. Het enige wat Hale viel aan te rekenen, was dat hij vervelend was. Susan moest de verstandigste zijn. Het was haar taak als hoofd Cryptologie om de vrede te bewaren, om de anderen kennis bij te brengen. Hale was jong en naïef.
Susan keek naar hem. Ze vond het frustrerend dat Hale het talent had waarmee hij een aanwinst voor Crypto kon zijn, maar nog steeds het belang niet begreep van wat de NSA deed.
'Greg,' zei Susan, en haar toon was kalm en beheerst, 'ik sta vandaag onder grote druk. Het irriteert me als je over de NSA praat alsof we een of andere technisch zeer geavanceerde gluurder zijn. Deze organisatie is met maar één oogmerk opgericht: om de veiligheid van dit land te waarborgen. Dan kan het gebeuren dat we af en toe aan een paar bomen moeten schudden om de rotte appels te vinden. Ik denk dat de meeste burgers met liefde wat privacy zouden willen inleveren als ze wisten dat de boeven niet ongemerkt hun gang konden gaan.'
Hale zei niets.
'Vroeg of laat,' betoogde Susan, 'moeten de inwoners van dit land ergens op kunnen vertrouwen. Er gaat heel veel goeds om daarbuiten, maar er zit ook veel kwaad tussen. Iemand moet overal toegang toe hebben en het goede van het kwade scheiden. Dat is ons werk. Dat is onze taak. Of we dat nu leuk vinden of niet, er is maar een dunne grens tussen democratie en anarchie. En de NSA bewaakt die grens.'
Hale knikte bedachtzaam. '*Quis custodiet ipsos custodes?*'
Susan keek vragend.
'Dat is Latijn,' zei Hale. 'Uit de satiren van Juvenalis. Het betekent "Wie bewaakt de bewakers?"'
'Ik snap het niet,' zei Susan. '"Wie bewaakt de bewakers?"'
'Ja. Als wij de bewakers van de samenleving zijn, wie houdt óns dan in de gaten en controleert of wíj niet gevaarlijk zijn?'
Susan knikte. Ze wist niet precies wat ze moest zeggen.
Hale glimlachte. 'Zo ondertekende Tankado al zijn brieven aan mij. Het was zijn favoriete spreuk.'

32

David Becker stond in de gang voor de deur van suite 301. Hij wist dat zich ergens achter die met houtsnijwerk versierde deur de ring bevond. *In het belang van de staatsveiligheid.*

Becker hoorde iemand door de kamer lopen. Het zwakke geluid van stemmen. Hij klopte. Iemand riep met een sterk Duits accent: 'Ja?'

Becker zweeg.

'Ja?'

De deur ging op een kier open, en een rond, typisch Duits gezicht keek hem aan.

Becker glimlachte beleefd. Hij wist niet hoe de man heette. *'Sie sind Deutscher, ja?'* vroeg hij.

De man knikte onzeker.

Becker vervolgde in vlekkeloos Duits: 'Kan ik u even spreken?'

De man keek slecht op zijn gemak. *'Was wollen Sie?'*

Becker besefte dat hij dit in gedachten had moeten oefenen alvorens zo brutaal op de deur van een vreemde te kloppen. Hij zocht naar de juiste woorden. 'U hebt iets wat ik nodig heb.'

Dit waren blijkbaar niet de juiste woorden. De Duitser kneep zijn ogen half dicht.

'Einen Ring,' zei Becker. *'Sie haben einen Ring.'*

'Ga weg,' gromde de Duitser. Hij wilde de deur dichtdoen. Zonder erover na te denken, duwde Becker zijn voet in de kier en blokkeerde de deur. Hij had ogenblikkelijk spijt van zijn daad.

De ogen van de Duitser werden groot. *'Was machen Sie?'* vroeg hij.

Becker wist dat hij nu niet meer terug kon. Hij wierp nerveuze blikken naar links en naar rechts de gang in. Hij was de kliniek al uitgezet; hij was niet van plan zich dat nog eens te laten gebeuren.

'Nimm Ihren Fuß weg!' brulde de Duitser.

Becker keek naar de korte, dikke vingers van de man, op zoek naar een ring. Niets. *Ik ben er zo dichtbij*, dacht hij. *'Einen Ring,'* herhaalde hij terwijl de deur dichtsloeg.

David Becker bleef geruime tijd in de fraai aangeklede gang

staan. Vlak bij hem hing een reproductie van een schilderij van Salvador Dali. 'Toepasselijk,' gromde Becker. *Het surrealisme. Ik zit gevangen in een absurde droom.* Hij was die ochtend in zijn eigen bed wakker geworden, maar was op de een of andere manier in Spanje terechtgekomen, waar hij de hotelkamer van een vreemde probeerde binnen te dringen op zoek naar een magische ring.

Strathmores strenge stem riep hem terug naar de werkelijkheid: *Je moet die ring vinden.*

Becker ademde diep in en probeerde de woorden uit zijn hoofd te zetten. Hij wilde naar huis. Hij keek achterom, naar de deur met de cijfers 301 erop. Zijn ticket naar huis bevond zich net aan de andere kant van die deur: een gouden ring. Die hoefde hij alleen maar te pakken te krijgen.

Hij blies resoluut zijn adem uit. Toen beende hij terug naar suite 301 en klopte stevig op de deur. Het was tijd voor hoog spel.

De Duitser rukte de deur open en wilde gaan protesteren, maar Becker onderbrak hem. Hij liet heel even zijn legitimatiebewijs van de squashclub in Maryland zien en blafte: *'Polizei!'* Toen stapte hij langs de Duitser de kamer binnen en deed de lichten aan.

De Duitser draaide zich om en knipperde geschokt met zijn ogen. *'Was machen...'*

'Zwijg!' Becker schakelde over op Engels. 'Hebt u een prostituee in deze kamer?' Becker keek om zich heen. De kamer was zeer luxueus. Rozen, champagne, een enorm hemelbed. Rocío was nergens te bekennen. De deur van de badkamer was dicht.

'Eine Prostituierte?' De Duitser wierp een ongemakkelijke blik op de dichte badkamerdeur. Hij was groter dan Becker had gedacht. Zijn harige borst begon vlak onder zijn dubbele onderkin en ging glooiend over in zijn kolossale buik. De knoopceintuur van zijn witte badstoffen badjas van het Alfonso XIII paste maar net om zijn middel.

Becker keek met zijn meest intimiderende blik strak naar de reus op. 'Hoe heet u?'

Er trok een paniekerige blik over het bolle gezicht van de Duitser. *'Was wollen Sie?'*

'Ik ben van de afdeling toerisme van de Guardia hier in Sevilla.

Hebt u een prostituee in deze kamer?'
De Duitser keek nerveus naar de badkamerdeur. Hij aarzelde.
'Ja,' zei hij uiteindelijk.
'Weet u dat dat in Spanje verboden is?'
'Nein,' loog de Duitser. 'Dat wist ik niet. Ik zal haar onmiddellijk wegsturen.'
'Ik vrees dat het daar te laat voor is,' zei Becker op gezaghebbende toon. Hij wandelde nonchalant de kamer in. 'Ik wil u een voorstel doen.'
'Einen Vorschlag?' bracht de Duitser uit. 'Een voorstel?'
'Ja. Ik kan u nu meteen meenemen naar het hoofdbureau...' Becker laste een theatrale pauze in en liet zijn vingers knakken.
'Of...?' vroeg de Duitser, met grote ogen van angst.
'Of we sluiten een overeenkomst.'
'Wat voor overeenkomst?' De Duitser had verhalen gehoord over de corruptie in de Spaanse Guardia Civil.
'U hebt iets wat ik wil hebben,' zei Becker.
'Ja, natuurlijk!' zei de Duitser, en hij dwong zichzelf stralend te glimlachen. Hij liep meteen naar de portefeuille op het dressoir. 'Hoeveel?'
Becker liet zijn mond openvallen van gespeelde verontwaardiging. 'Probeert u een dienaar der wet om te kopen?' bulderde hij.
'Nee! Natuurlijk niet! Ik dacht alleen...' De zwaarlijvige man legde snel zijn portefeuille neer. 'Ik... ik...' Hij was nu zeer geagiteerd. Hij liet zich op de hoek van het bed zakken en wrong zijn handen. Het bed kreunde onder zijn gewicht. 'Het spijt me.'
Becker trok een roos uit de vaas die in het midden van de kamer stond en rook er terloops aan voordat hij de bloem op de grond liet vallen. Hij draaide zich plotseling om. 'Wat kunt u me vertellen over de moord?'
De Duitser trok wit weg. *'Mord?'*
'Ja. Op de Aziaat, vanochtend? In het park? Het was een moord, *eine Ermordung.*' Becker vond dat een prachtig woord, *Ermordung*. Het had iets huiveringwekkends.
'*Eine Ermordung*? Is... is hij...?'
'Ja.'
'Maar... maar dat is onmogelijk,' bracht de Duitser uit. 'Ik was erbij. Hij kreeg een hartaanval. Ik heb het gezien. Geen bloed. Geen kogels.'

Becker schudde laatdunkend zijn hoofd. 'De dingen zijn niet altijd wat ze lijken.'
De Duitser werd nog bleker.
Becker moest inwendig glimlachen. De leugen had haar werk gedaan. De arme Duitser zweette overvloedig.
'W-w-wat wilt u van me?' stamelde hij. 'Ik weet van niets.'
Becker begon te ijsberen. 'De vermoorde man droeg een gouden ring. Die heb ik nodig.'
'D-die heb ik niet.'
Becker zuchtte vermanend en gebaarde naar de badkamerdeur. 'En Rocío? Dauwdruppel?'
De man verschoot van wit naar paars. 'Kent u Dauwdruppel?' Hij veegde het zweet van zijn vlezige voorhoofd, zodat zijn badstoffen mouw doorweekt raakte. Hij stond op het punt iets te zeggen toen de badkamerdeur openzwaaide.
De beide mannen keken op.
Rocío Eva Granada stond in de deuropening. Een schoonheid. Lang, golvend rood haar, de volmaakte Iberische huid, diepbruine ogen en een hoog, glad voorhoofd. Ze was gekleed in een zelfde witte badstoffen badjas als de Duitser. De ceintuur was strak om haar brede heupen geknoopt en de hals viel losjes open, zodat haar gebruinde decolleté zichtbaar was. Ze stapte de slaapkamer in, een toonbeeld van zelfvertrouwen.
'Kan ik u helpen?' vroeg ze in Engels met een keelklank.
Becker keek strak naar de schitterende vrouw die voor hem stond en knipperde niet met zijn ogen. 'Ik heb de ring nodig,' zei hij op koele toon.
'Wie bent u?' wilde ze weten.
Becker schakelde over op Spaans met een duidelijk Andalusisch accent. 'Guardia Civil.'
Ze lachte. 'Dat kan niet,' antwoordde ze in het Spaans.
Becker voelde dat zijn keel dicht begon te zitten. Rocío was duidelijk wat geharder dan haar klant. 'Kan dat niet?' herhaalde hij onbewogen. 'Zal ik u meenemen naar het bureau om het te bewijzen?'
Rocío grijnsde. 'Ik zal u niet in verlegenheid brengen door op uw aanbod in te gaan. Vertel me nu maar wie u bent.'
Becker bleef bij zijn verhaal. 'Ik werk bij de Guardia van Sevilla.'

Rocío zette dreigend een stap in zijn richting. 'Ik ken elke agent die hier werkt. Het zijn mijn beste klanten.'
Becker had het gevoel dat ze dwars door hem heen keek. Hij vermande zich. 'Ik ben van een speciale eenheid voor toerisme. Geef me de ring, of ik zal u moeten meenemen naar het bureau en dan...'
'En dan wat?' vroeg ze, terwijl ze haar wenkbrauwen in gespeelde afwachting optrok.
Becker zweeg. Er was geen weg terug meer, maar zijn plan liep helemaal mis. *Waarom gelooft ze me niet?*
Rocío kwam dichterbij. 'Ik weet niet wie u bent en wat u wilt, maar als u niet ogenblikkelijk maakt dat u wegkomt, bel ik de bewaking van het hotel, en dan komt de échte Guardia u arresteren omdat u zich voor een politieagent hebt uitgegeven.'
Becker wist dat Strathmore hem in vijf minuten uit de cel kon hebben, maar het was hem zeer duidelijk gemaakt dat het de bedoeling was dat hij dit discreet afhandelde. Gearresteerd worden paste niet binnen dat plan.
Rocío was op een halve meter afstand van hem blijven staan en keek hem dreigend aan.
'Goed dan,' zei Becker met een zucht die zijn verslagenheid benadrukte. Hij liet zijn Spaanse accent varen. 'Ik ben niet van de politie van Sevilla. Een Amerikaanse overheidsorganisatie heeft me gestuurd om de ring te vinden. Dat is het enige wat ik kan vertellen. Ik heb opdracht gekregen u ervoor te betalen.'
Er viel een lange stilte.
Rocío liet zijn mededeling een tijdje in de lucht hangen voordat haar lippen uiteenweken in een plagerige glimlach. 'Ziet u wel, dat was toch helemaal niet zo moeilijk?' Ze ging op een stoel zitten en sloeg haar benen over elkaar. 'Hoeveel kunt u betalen?'
Becker onderdrukte zijn zucht van opluchting. Hij verspilde geen tijd en kwam meteen terzake. 'Ik kan u zevenhonderdvijftigduizend peseta betalen. Vijfduizend Amerikaanse dollars.' Dat was de helft van wat hij bij zich had, maar waarschijnlijk tienmaal zoveel als de ring waard was.
Rocío trok haar wenkbrauwen op. 'Dat is een hoop geld.'
'Jazeker. Gaat u ermee akkoord?'
Rocío schudde haar hoofd. 'Ik wou dat ik ja kon zeggen.'
'Een miljoen peseta?' flapte Becker eruit. 'Meer heb ik niet.'

'Zo, zo.' Ze glimlachte. 'Amerikanen hebben geen verstand van onderhandelen. U zou nog geen dag overleven op onze markten.'
'Contant, hier ter plekke,' zei Becker, terwijl hij zijn hand in zijn zak stak om de envelop te pakken. *Ik wil alleen maar naar huis.*
Rocío schudde haar hoofd. 'Het kan niet.'
Becker reageerde nijdig. 'Waarom niet?'
'Ik heb de ring niet meer,' zei ze op verontschuldigende toon. 'Ik heb hem al verkocht.'

33

Tokugen Numataka staarde uit zijn raam en ijsbeerde als een gekooid dier heen en weer. Hij had nog niets gehoord van North Dakota, zijn contactpersoon. *Die verdomde Amerikanen! Geen besef van punctualiteit!*
Hij zou North Dakota zelf wel hebben gebeld, maar hij had zijn telefoonnummer niet. Numataka had er een hekel aan op deze manier zaken te doen, met iemand die alle touwtjes in handen had.
Al in het begin was de gedachte bij Numataka opgekomen dat de telefoontjes van North Dakota bedrog konden zijn, en afkomstig waren van een Japanse concurrent die hem voor de gek hield. Nu staken die oude twijfels de kop weer op. Numataka besloot dat hij meer informatie nodig had.
Hij stormde zijn kantoor uit en sloeg linksaf de centrale gang van Numatech in. Zijn werknemers bogen eerbiedig toen hij langs snelde. Numataka was niet zo dom om te denken dat ze gek op hem waren; buigen is een beleefdheid die Japanse werknemers zelfs de meest meedogenloze bazen betuigen.
Numataka liep rechtstreeks naar de telefooncentrale van het bedrijf. Alle telefoontjes werden afgehandeld door één telefoniste, die werkte met een Corenco 2000, een centrale met twaalf lijnen. De vrouw was druk bezig, maar ze stond op en boog toen Numataka binnenkwam.
'Ga zitten,' zei hij kortaf.

Ze gehoorzaamde hem.
'Ik heb vandaag om precies kwart voor vijf een telefoontje op mijn eigen toestel gehad. Kun je me vertellen waar dat vandaan kwam?' Numataka kon zichzelf wel voor het hoofd slaan dat hij dit niet eerder had gedaan.
De telefoniste slikte zenuwachtig. 'We kunnen de beller niet identificeren met dit apparaat, meneer. Maar ik kan contact opnemen met de telefoonmaatschappij. Die kunnen ons vast wel helpen.'
Daar twijfelde Numataka niet aan. In dit computertijdperk was privacy iets van het verleden geworden; alles werd vastgelegd. Telefoonmaatschappijen konden je precies vertellen wie je had gebeld en hoe lang je met hen had gesproken.
'Vooruit dan,' beval hij. 'Laat me horen wat je te weten komt.'

34

Susan zat alleen in Zaal 3 op haar spoorzoeker te wachten. Hale had besloten een luchtje te gaan scheppen; een besluit waar ze dankbaar om was. Vreemd genoeg bood de eenzaamheid in Zaal 3 haar echter weinig opluchting. Ze merkte dat ze zat te piekeren over de nieuwe connectie tussen Tankado en Hale.
'Wie bewaakt de bewakers?' zei ze zacht voor zich uit. *Quis custodiet ipsos custodes*. De woorden bleven door haar gedachten spoken. Susan probeerde ze uit haar hoofd te zetten.
Ze dacht aan David en hoopte dat alles goed met hem ging. Ze vond het nog steeds moeilijk te geloven dat hij in Spanje was. Hoe sneller ze de sleutels vonden en een eind maakten aan deze situatie, des te beter.
Susan had niet bijgehouden hoe lang ze op haar spoorzoeker had zitten wachten. Twee uur? Drie? Ze staarde naar de verlaten afdeling Crypto en wenste dat haar terminal een piepje zou geven. Er was alleen maar stilte. De zomerzon was ondergegaan. Boven haar hoofd waren de tl-buizen automatisch gaan branden. Susan had het gevoel dat de tijd drong.
Ze keek streng naar haar spoorzoeker. 'Kom op,' bromde ze. 'Je

hebt tijd genoeg gehad.' Ze legde haar hand op de muis en klikte naar het statusvenster van haar spoorzoeker. 'Hoe lang ben je eigenlijk al onderweg?'
Susan opende het statusvenster. Ze verwachtte een digitale klok op het scherm, die veel leek op die van TRANSLTR en aangaf hoeveel uren en minuten haar spoorzoeker onderweg was. Maar in plaats daarvan zag ze iets heel anders. Het bloed stolde haar in de aderen.

SPOORZOEKER AFGEBROKEN

'Spoorzoeker afgebroken!' bracht Susan hijgend uit. 'Waarom?'
Ze raakte plotseling in paniek en liet de gegevens snel over haar scherm rollen om de programmatuur te doorzoeken op commando's die de spoorzoeker verteld konden hebben dat hij zichzelf moest vernietigen. Maar dat leverde niets op. Kennelijk was haar spoorzoeker er uit zichzelf mee opgehouden. Ze wist dat dat maar één ding kon betekenen: haar spoorzoeker had een bug.
Susan vond het bestaan van 'bugs' het ergerniswekkendste aspect van het programmeerwerk. Doordat computers zeer nauwkeurig en in een bepaalde volgorde hun instructies volgden, kon het kleinste foutje bij het programmeren een desastreus effect hebben. Eenvoudige vergissingen van een programmeur, bijvoorbeeld het intypen van een komma in plaats van een punt, konden hele systemen in de war sturen.
Susan had de oorsprong van het gebruik van het woord 'bug' in dit verband altijd amusant gevonden. Het was ontstaan in de beginperiode van de eerste computer ter wereld, de Mark 1, een kamervullende doolhof van relaisschakelingen die in 1944 in een laboratorium van Harvard University was gebouwd. Op zekere dag had de computer een storing, en niemand kon de oorzaak vinden. Na uren zoeken ontdekte een laboratoriumassistent uiteindelijk het probleem. Blijkbaar was er een mot op een van de printplaten van de computer geland en had daar kortsluiting veroorzaakt. Vanaf dat moment werden computerstoringen bugs genoemd.
'Hier heb ik geen tijd voor,' mopperde Susan.
Een bug in een programma vinden kon dagen duren. Er moesten duizenden programmaregels worden doorzocht om een klei-

ne vergissing te vinden, alsof je in een encyclopedie op zoek was naar één typefout.
Susan wist dat ze maar één keuze had: haar spoorzoeker opnieuw sturen. Ze wist ook bijna zeker dat die dan op dezelfde bug zou stuiten en zichzelf opnieuw zou vernietigen. Het zou tijd kosten om de bug uit de spoorzoeker te halen, tijd die de commandant en zij niet hadden.
Terwijl ze nog naar haar spoorzoeker zat te staren en zich afvroeg welke fout ze had gemaakt, besefte Susan opeens dat er iets niet klopte. Ze had precies deze spoorzoeker een maand eerder zonder enig probleem gebruikt. Hoe zou er nu dan plotseling een fout in kunnen zitten?
Toen ze hierover zat te piekeren, schoot haar iets te binnen dat Strathmore eerder had gezegd. *Susan, ik heb geprobeerd de spoorzoeker zelf te versturen, maar de gegevens die ik terugkreeg, waren onzinnig.*
In gedachten hoorde ze de woorden weer. *De gegevens die ik terugkreeg...*
Peinzend staarde Susan voor zich uit. Was dat mogelijk? De gegevens die hij had teruggekregen?
Als Strathmore gegevens had ontvangen van de spoorzoeker, dan had die blijkbaar gewerkt. Susan nam aan dat de gegevens onzinnig waren geweest doordat hij de verkeerde zoektermen had ingevoerd, maar de spoorzoeker had kennelijk wel gefunctioneerd.
Onmiddellijk begreep ze dat er nog een andere mogelijke verklaring was voor het feit dat haar spoorzoeker zichzelf had vernietigd. Interne programmeerfouten waren niet de enige oorzaak van storingen in programma's. Soms waren er externe oorzaken: spanningsschommelingen, stofdeeltjes op printplaten, een loszittend kabeltje. Omdat de hardware in Zaal 3 van uitzonderlijk hoge kwaliteit was, had ze dat nog niet eens in overweging genomen.
Susan stond op en liep snel door Zaal 3 naar een grote kast met technische handboeken. Ze pakte een spiraalband waar SYS-OP op stond en bladerde die door. Ze vond wat ze zocht, nam het handboek mee naar haar terminal en typte een paar commando's in. Toen wachtte ze af, terwijl de computer pijlsnel een lijst doorzocht van de commando's die de afgelopen drie uur waren

gegeven. Ze hoopte dat haar commando een of andere externe storing aan het licht zou brengen, een afbreekcommando dat het gevolg was van een stroomonderbreking of een kapotte chip.
Even later piepte de terminal. Susans hart ging sneller kloppen. Ze hield haar adem in en keek naar het scherm.

FOUTCODE 22

Hoop welde in haar op. Dit was goed nieuws. Het feit dat er een foutcode was gevonden, betekende dat haar spoorzoeker goed was. Blijkbaar had die zichzelf vernietigd als gevolg van een externe onregelmatigheid die zich – waarschijnlijk – niet zou herhalen.
FOUTCODE 22. Susan pijnigde haar hersenen in een poging zich te herinneren waar dat voor stond. Er kwamen zo weinig hardwarestoringen voor in Zaal 3, dat ze die codes niet meer uit haar hoofd kende.
Susan bladerde door het SYS-OP-handboek en keek de lijst van foutcodes door.

19: SLECHTE PARTITIE OP DE HARDDISK
20: SPANNINGSPIEK OP DE VOEDING
21: SCHIJFFOUT

Toen ze bij nummer 22 aankwam, bleef ze daar lang naar zitten staren. Verbluft keek ze weer naar haar beeldscherm.

FOUTCODE 22

Ze fronste haar wenkbrauwen en keek weer in het handboek. Wat ze daar zag, begreep ze niet. Er stond eenvoudigweg:

22: HANDMATIGE AFBREKING

35

Becker staarde Rocío geschokt aan. 'Hebt u de ring verkócht?'
De vrouw knikte, en haar rode haar, dat glansde als zijde, danste om haar schouders.
Becker wenste vurig dat het niet waar was. '*Pero*... maar...'
Ze haalde haar schouders op en zei in het Spaans: 'Aan een meisje, vlak bij het park.'
Becker voelde zijn knieën slap worden. *Dit kan niet!*
Rocío glimlachte koket en gebaarde naar de Duitser. '*Él quería que lo guardara*. Hij wilde hem houden, maar ik heb hem gezegd dat dat niet goed was. Ik heb *gitana*-bloed, zigeunerbloed. Wij gitana's hebben niet alleen rood haar, we zijn ook zeer bijgelovig. Een ring die je van een stervende krijgt, brengt ongeluk.'
'Kende u het meisje?' vroeg Becker streng.
Rocío trok haar wenkbrauwen op. '*Vaya*. U bent echt vastbesloten die ring te bemachtigen, hè?'
Becker knikte ernstig. 'Aan wie hebt u hem verkocht?'
De kolossale Duitser zat in grote verwarring op het bed. Zijn romantische avondje was bedorven, en hij had kennelijk geen idee waarom. '*Was passiert?*' vroeg hij nerveus. 'Wat gebeurt er?'
Becker negeerde hem.
'Ik heb hem eigenlijk niet verkocht,' zei Rocío. 'Dat probeerde ik, maar het was nog maar een kind en ze had geen geld. Uiteindelijk heb ik hem aan haar gegeven. Als ik van uw genereuze bod had geweten, had ik hem voor u bewaard.'
'Waarom bent u weggegaan uit het park?' vroeg Becker. 'Er was een dode. Waarom hebt u niet op de politie gewacht? En de ring aan hén gegeven?'
'Ik mag dan van veel mannen de aandacht willen trekken, meneer Becker, maar de politie hoort daar niet bij. Bovendien leek die oude man de zaak onder controle te hebben.'
'De Canadees?'
'Ja, hij heeft de ambulance gebeld. Wij hebben besloten weg te gaan. Ik zag geen reden om mezelf en mijn vriend bij zoiets te betrekken.'
Becker knikte afwezig. Hij probeerde nog steeds deze wrede spe-

ling van het lot tot zich door te laten dringen. *Ze heeft dat rotding weggegeven!*
'Ik heb wel geprobeerd de stervende te helpen,' verklaarde Rocío. 'Maar dat leek hij niet te willen. Hij begon die ring in ons gezicht te duwen. Hij had drie misvormde vingers, die hij opstak. Hij bleef zijn hand maar in onze richting steken, alsof we de ring moesten aannemen. Ik wilde het niet, maar mijn vriend hier heeft het uiteindelijk gedaan. Toen is die man doodgegaan.'
'En u hebt geprobeerd hem te reanimeren?' veronderstelde Becker.
'Nee. We hebben hem niet aangeraakt. Mijn vriend werd bang. Hij is wel groot, maar hij is een held op sokken.' Ze glimlachte verleidelijk naar Becker. 'Maakt u zich geen zorgen, hij spreekt geen woord Spaans.'
Becker fronste zijn voorhoofd. Hij dacht weer aan de bloeduitstorting op Tankado's borst. 'Hebben de mensen van de ambulance dan geprobeerd te reanimeren?'
'Ik heb geen idee. Zoals ik u al vertelde, zijn we weggegaan voordat die kwamen.'
'Nadat u de ring had gestolen, bedoelt u.' Becker keek haar ernstig aan.
Rocío keek boos terug. 'We hebben de ring niet gestolen. De man was stervende. Zijn bedoeling was duidelijk. We hebben zijn laatste wens vervuld.'
Becker liet zich vermurwen. Rocío had gelijk; hij zou waarschijnlijk hetzelfde hebben gedaan. 'Maar daarna hebt u de ring aan een meisje gegeven?'
'Dat heb ik u al verteld. Ik werd zenuwachtig van die ring. Het meisje droeg heel veel sieraden. Ik dacht dat ze hem misschien mooi zou vinden.'
'En vond ze dat niet vreemd? Dat u haar de ring gewoon gáf?'
'Nee. Ik heb haar verteld dat ik hem in het park had gevonden. Ik dacht dat ze me er misschien geld voor zou bieden, maar dat deed ze niet. Het kon me niet schelen. Ik wilde hem alleen maar kwijt.'
'Wanneer hebt u hem aan haar gegeven?'
Rocío haalde haar schouders op. 'Vanmiddag. Ongeveer een uur nadat ik hem had gekregen.'
Becker keek op zijn horloge. Twaalf minuten voor twaalf

’s avonds. Het spoor was acht uur oud. *Wat doe ik hier in hemelsnaam? Ik had in de Smoky Mountains moeten zitten.* Hij zuchtte en stelde de enige vraag die hij kon bedenken. ‘Hoe zag het meisje eruit?’

‘Era una punqui,’ antwoordde Rocío.

Becker keek verbaasd op. *‘Una punqui?’*

‘Sí. Punqui.’

‘Een punker?’

‘Ja, een punker,’ zei ze in onbeholpen Engels, en daarna schakelde ze onmiddellijk weer terug op Spaans. ‘*Mucha joyería.* Veel sieraden. Een rare oorhanger in één oor. Een doodskop, geloof ik.’

‘Zijn er dan punkers in Sevilla?’

Rocío glimlachte. ‘*Todo bajo el sol.* Alles onder de zon.’ Dat was de slagzin van het toeristenbureau van Sevilla.

‘Heeft ze u haar naam verteld?’

‘Nee.’

‘Heeft ze gezegd waar ze heen ging?’

‘Nee. Haar Spaans was slecht.’

‘Dus ze was niet Spaans?’ vroeg Becker.

‘Nee. Ze was Engels, geloof ik. Ze had een woest kapsel, rood, wit en blauw.’

Becker vertrok zijn gezicht bij dat bizarre beeld. ‘Misschien was ze Amerikaans,’ opperde hij.

‘Dat geloof ik niet,’ zei Rocío. ‘Ze droeg een T-shirt dat eruitzag als de Britse vlag.’

Becker knikte verbluft. ‘Goed. Rood, wit en blauw haar, een T-shirt met de Britse vlag en een oorhanger met een doodskop. Wat verder nog?’

‘Niets. Het was een heel gewone punker.’

Een heel gewone punker? Becker kwam uit een wereld van studentikoze sweaters en behoudende kapsels. Hij kon zich niet eens voorstellen waar de vrouw het over had. ‘Kunt u nog iets anders bedenken, wat dan ook?’ drong hij aan.

Rocío dacht even na. ‘Nee. Dat was het.’

Op dat ogenblik kraakte het bed luidruchtig. Rocío’s klant ging slecht op zijn gemak verzitten. Becker wendde zich tot hem en vroeg in vloeiend Duits: ‘*Noch etwas?* Iets wat me kan helpen de punker met de ring te vinden?’

Er viel een lange stilte. Het was alsof de reusachtige man iets wilde vertellen, maar niet precies wist hoe hij het moest zeggen. Zijn onderlip trilde even, hij aarzelde, en toen zei hij iets. De vier woorden die hij sprak, waren onmiskenbaar Engels, maar ze waren nauwelijks verstaanbaar door zijn zware Duitse accent. *'Fock off und die.'*

Beckers mond viel open van verbazing. 'Pardon?'

'Fock off und die,' herhaalde de man, terwijl hij met zijn linkerhandpalm tegen zijn vlezige rechteronderarm sloeg, een ruwe benadering van het Italiaanse gebaar voor 'krijg de klere'.

Becker was te uitgeput om beledigd te zijn. Hij vroeg zich alleen af wat er in de held op sokken was gevaren. Hij wendde zich weer tot Rocío en zei in het Spaans: 'Dat klinkt alsof ik een beetje te lang ben blijven plakken.'

'Maakt u zich geen zorgen over hem.' Ze lachte. 'Hij is alleen een beetje gefrustreerd. Hij krijgt zo meteen wel wat hij tegoed heeft.' Ze schudde haar haar naar achteren en knipoogde.

'Is er echt niets anders?' vroeg Becker. 'Iets wat u me kunt vertellen en wat misschien van nut kan zijn?'

Rocío schudde haar hoofd. 'Dat is alles. Maar u zult haar nooit vinden. Sevilla is een grote stad, en kan zeer bedrieglijk zijn.'

'Ik ga in elk geval mijn best doen.' *Het is in het belang van de staatsveiligheid...*

'Als u geen succes hebt,' zei Rocío, terwijl ze naar de dikke envelop in Beckers zak keek, 'kom dan later nog even langs. Mijn vriend slaapt dan waarschijnlijk al. Klop zachtjes aan. Dan zoek ik een extra kamer voor ons. U zult een kant van Spanje zien die u lang zal bijblijven.' Ze tuitte verleidelijk haar lippen.

Becker dwong zich beleefd te glimlachen. 'Ik moest maar eens gaan.' Hij verontschuldigde zich tegenover de Duitser voor de onderbreking van zijn avond.

De reus glimlachte bedeesd. *'Keine Ursache.'*

Becker liep naar de deur. *Geen probleem? Dat klonk wel heel anders dan 'fock off und die'.*

36

'Een handmatige afbreking?' Susan staarde verbijsterd naar haar scherm.

Ze wist dat ze geen commando had gegeven om de spoorzoeker af te breken... niet opzettelijk, tenminste. Ze vroeg zich af of ze misschien per ongeluk een verkeerde toetsencombinatie had aangeslagen.

'Onmogelijk,' mompelde ze. Volgens de informatie op haar scherm was het afbreekcommando nog geen twintig minuten geleden gegeven. Susan wist dat het enige wat ze in de afgelopen twintig minuten had ingetypt haar wachtwoord was, voordat ze naar buiten was gegaan om met de commandant te praten. De gedachte dat het wachtwoord geïnterpreteerd kon zijn als een afbreekcommando was absurd.

Ze wist dat het tijdverspilling was, maar toch opende ze het register van ScreenLock en controleerde of ze haar wachtwoord juist had ingetoetst. Dat was het geval.

'Waar komt die handmatige afbreking dan vandaan?' vroeg ze zich kwaad af.

Met een norse blik sloot ze het venster van ScreenLock. Maar in de fractie van een seconde voordat het venster verdween, viel haar plotseling iets op. Ze opende het venster weer en bekeek de gegevens aandachtig. Die waren heel merkwaardig. Het wachtwoord was ingevoerd toen ze Zaal 3 verliet, maar het tijdstip van de daaropvolgende invoer van het wachtwoord, waarmee de terminal weer toegankelijk was gemaakt, was vreemd. De twee opdrachten waren nog geen minuut na elkaar gegeven. Susan wist zeker dat ze langer dan een minuut buiten met de commandant had staan praten.

Ze liet de bladzijde verder rollen. Wat ze zag, onthutste haar. Drie minuten later was er wéér een opdracht gegeven om de terminal af te sluiten, gevolgd door een opdracht om die toegankelijk te maken. Volgens het register had iemand haar terminal toegankelijk gemaakt terwijl zij weg was geweest.

'Dat kan niet!' bracht ze verbijsterd uit. De enige kandidaat was Greg Hale, en Susan wist heel zeker dat ze Hale nooit haar wachtwoord had gegeven. Ze had de juiste cryptologische procedure

gevolgd, een willekeurig wachtwoord gekozen en dat nooit ergens opgeschreven. Het was onmogelijk dat Hale de juiste combinatie van vijf tekens, letters of cijfers, had kunnen raden. Het aantal mogelijkheden was zesendertig tot de macht vijf, dus groter dan zestig miljoen.
Maar de ScreenLock-commando's waren onmiskenbaar. Susan staarde er verwonderd naar. Op de een of andere manier had Hale aan haar terminal kunnen werken terwijl zij weg was. Hij had haar spoorzoeker het commando gestuurd zichzelf te vernietigen.
De vraag naar het 'hoe' maakte snel plaats voor de vraag naar het 'waarom'. Hale had geen reden om in te breken in haar terminal. Hij wist niet eens dat ze een spoorzoeker had weggestuurd. En zelfs al had hij dat wel geweten, dacht Susan, waarom zou hij er dan bezwaar tegen hebben dat ze een of andere man probeerde op te sporen die zichzelf North Dakota noemde?
Er buitelden steeds meer onbeantwoorde vragen door haar hoofd. 'Het belangrijkste eerst,' zei ze hardop. Ze zou zich zo meteen wel met Hale gaan bezighouden. Nu concentreerde ze zich op de dringendste zaak, startte haar spoorzoeker weer en drukte op ENTER. Haar terminal gaf een piepje.

SPOORZOEKER VERZONDEN

Susan wist dat het uren zou duren voordat de spoorzoeker informatie terugstuurde. Ze vervloekte Hale en vroeg zich af hoe hij in godsnaam aan haar wachtwoord was gekomen en wat voor belang hij bij haar spoorzoeker had.
Ze stond op en liep met grote stappen naar Hales terminal. Het scherm was zwart, maar ze kon zien dat de terminal niet op slot was, want de monitor gloeide zwak aan de randen. De cryptologen sloten hun terminal meestal alleen aan het einde van de werkdag af. Tussendoor draaiden ze hun beeldscherm gewoon helemaal op zwart, een universele manier om aan te geven dat niemand iets met de terminal mocht doen, een soort erecode.
Susan stak haar hand uit naar Hales terminal. 'De pot op met die erecode,' zei ze. 'Wat ben je in hemelsnaam aan het uitvreten?'

Nadat ze een snelle blik op de verlaten afdeling Crypto had geworpen, draaide ze de helderheid van Hales beeldscherm omhoog. Dat bleek volkomen leeg te zijn. Susan keek peinzend naar het lege scherm. Ze wist niet precies hoe ze verder zou gaan. Ze startte een zoekmachine en typte:

ZOEK NAAR: 'SPOORZOEKER'

De kans was niet groot, maar als er in Hales computer verwijzingen waren naar Susans spoorzoeker, zou ze die met deze zoekactie vinden. Dat zou licht kunnen werpen op de vraag waarom Hale haar programma handmatig had afgebroken. Een paar seconden later verscheen op het scherm:

GEEN RESULTATEN GEVONDEN

Susan zat even na te denken; ze wist niet eens precies waar ze naar zocht. Ze probeerde iets anders.

ZOEKEN NAAR: 'SCREENLOCK'

Op het scherm verscheen een handjevol onschuldige verwijzingen, waaruit op geen enkele manier bleek dat Hale een afschrift van Susans wachtwoord op zijn computer had.

Ze zuchtte diep. *Wat voor programma's heeft hij vandaag gebruikt?* Ze ging naar het menu 'recente toepassingen' om te zien wat het laatste programma was dat hij had gebruikt. Het was zijn e-mailprogramma. Susan zocht op zijn harddisk en vond uiteindelijk zijn e-mailmap, die discreet in een paar andere directory's verstopt zat. Ze opende de map, en er verschenen meer mappen; blijkbaar had Hale verscheidene e-mailidentiteiten en -accounts. Het verraste Susan niet dat een ervan een anonieme account was. Ze opende de map, klikte op een van de oude, ontvangen berichten en las het.

Haar adem stokte. Het bericht luidde:

AAN: NDAKOTA@ARA.ANON.ORG
VAN: ET@DOSHISHA.EDU
GROOT NIEUWS! DIGITALE VESTING IS BIJNA KLAAR. HIER-

MEE ZAL DE NSA OP TIENTALLEN JAREN ACHTERSTAND WORDEN GEZET!

Als in een droom las Susan het bericht steeds opnieuw. Toen opende ze trillend een ander bericht.

AAN: NDAKOTA@ARA.ANON.ORG
VAN: ET@DOSHISHA.EDU
ROTERENDE KLARE TEKST WERKT! VERANDERENDE TEKENREEKSEN DOEN HET HEM!

Het was onvoorstelbaar, maar het bewijs was hier. E-mail van Ensei Tankado. Hij had Greg Hale geschreven. Ze werkten samen. Susan verstijfde terwijl de onmogelijke waarheid vóór haar op het scherm te lezen stond.

Is Greg Hale NDAKOTA?

Susan keek strak naar het scherm. Haar brein zocht vertwijfeld naar een andere verklaring, maar die was er niet. Hier was het bewijs, onverwacht en onontkoombaar: Tankado had veranderende tekenreeksen gebruikt om een roterende klare tekst te produceren, en Hale had met hem samengezworen om de NSA onderuit te halen.

‘Dit...’ stamelde ze, ‘dit... kan niet waar zijn.’

Als om haar tegen te spreken, weerklonk Hales stem door haar hoofd: *Tankado heeft me een paar keer geschreven... Strathmore heeft een gok genomen toen hij me in dienst nam... Op een dag ben ik hier weg.*

Toch kon Susan haar ogen niet geloven. Greg Hale was weliswaar onaangenaam en arrogant, maar hij was geen verrader. Hij wist wat voor schade Digitale Vesting de NSA zou toebrengen; het kón gewoonweg niet waar zijn dat hij betrokken was bij een complot om het programma openbaar te maken!

Maar aan de andere kant, besefte Susan, was er niets wat hem tegenhield, afgezien van eer en fatsoen. Ze dacht aan het Skipjack-algoritme. Greg Hale had de plannen van de NSA al eens eerder gedwarsboomd. Wat weerhield hem ervan dat nog eens te doen?

‘Maar Tankado...’ mompelde Susan. *Waarom zou zo’n paranoïde man als Tankado iemand vertrouwen die zo onbetrouwbaar was als Hale?*

Ze wist dat dat er allemaal niet meer toe deed. Het belangrijkste was dat ze Strathmore inlichtte. Door een ironische speling van het lot bevond Tankado's partner zich hier, vlak voor hun neus. Ze vroeg zich af of Hale al wist dat Ensei Tankado dood was.

Ze begon snel Hales e-mailberichten te sluiten om de terminal precies zo achter te laten als ze die had aangetroffen. Hale mocht niets vermoeden, nog niet. Verbaasd realiseerde ze zich dat de sleutel van Digitale Vesting waarschijnlijk ergens in diezelfde computer verborgen was.

Maar toen Susan het laatste bestand sloot, viel er even een schaduw over het raam van Zaal 3. Ze keek razendsnel op en zag Hale naderen. Er ging een stoot adrenaline door haar heen. Hij was bijna bij de deuren.

'Verdomme!' vloekte ze, terwijl ze met haar ogen de afstand naar haar eigen stoel mat. Ze wist dat ze het niet zou halen. Hale was er bijna.

Ze draaide zich wanhopig om en zocht Zaal 3 af naar mogelijkheden. De deuren achter haar klikten. Toen kwamen ze in beweging. Susan merkte dat haar instinct de overhand kreeg. Vastberaden duwde ze haar hakken in het kleed en beende met grote, snelle stappen naar het keukentje. Toen de deuren sissend openschoven, kwam Susan net tot stilstand voor de koelkast, en ze rukte de deur open. Een glazen kan die erop stond, wankelde gevaarlijk maar viel net niet.

'Honger?' vroeg Hale, terwijl hij Zaal 3 binnenstapte en naar haar toe liep. Zijn toon was kalm en flirtend. 'Wil je wat tahoe van me?'

Susan blies haar adem uit en keerde zich naar hem toe. 'Nee, bedankt,' zei ze. 'Ik denk dat ik...' Maar de woorden stokten in haar keel. Ze trok wit weg.

Hale nam haar bevreemd op. 'Wat is er aan de hand?'

Susan beet op haar lip en keek hem recht in de ogen. 'Niets,' wist ze uit te brengen. Maar dat was een leugen. Aan de andere kant van de kamer lichtte Hales terminal fel op. Ze was vergeten de helderheid terug te draaien.

37

Op de benedenverdieping van het Alfonso XIII wandelde Becker vermoeid naar de bar. Een barkeeper met het postuur van een dwerg legde een servet voor hem neer. '*¿Qué bebe usted?* Wat drinkt u?'
'Niets, bedankt,' antwoordde Becker. 'Ik wilde u vragen of er in de stad uitgaansgelegenheden voor punkers zijn.'
De barkeeper keek hem verbaasd aan. 'Uitgaansgelegenheden? Voor punkers?'
'Ja. Is er een plek in de stad waar ze allemaal heen gaan?'
'*No lo sé, señor*. Dat weet ik niet. Maar hier in elk geval niet!' Hij glimlachte. 'Wilt u echt niets drinken?'
Becker had zin het mannetje door elkaar te schudden. Niets verliep volgens plan.
'*¿Quiere Vd. algo?*' herhaalde de barkeeper. '*¿Fino? ¿Jerez?*'
Boven hun hoofd klonken flarden klassieke muziek. *De Brandenburgse Concerten*, dacht Becker. *Nummer vier*. Vorig jaar hadden Susan en hij de Academy of St. Martin-in-the-Fields die Concerten horen spelen op de universiteit. Plotseling wenste hij dat ze bij hem was. De bries van een airconditioner boven zijn hoofd herinnerde hem aan de omstandigheden buiten. Hij zag zichzelf voor zich, dwalend in de hitte door de van drugs vergeven straten van Triana, op zoek naar een punkmeisje in een T-shirt met de Britse vlag erop. Hij dacht weer aan Susan. '*Zumo de arándano,*' hoorde hij zichzelf zeggen. 'Cranberrysap.'
De barkeeper keek verbluft. '*¿Solo?*' Cranberrysap was een populair drankje in Spanje, maar het was zeer ongebruikelijk om het puur te drinken.
'*Sí,*' zei Becker. '*Solo.*'
'*¿Echo un poco de Smirnoff?*' drong de barkeeper aan. 'Met een scheutje wodka?'
'Nee, *gracias*.'
'*¿Gratis?*' vroeg hij overredend.
Door het gebons in zijn hoofd heen dacht Becker aan de vuile straten van Triana, de verstikkende hitte en de lange nacht die hij voor de boeg had. *Wat maakt het ook uit*. Hij knikte. '*Sí, échame un poco de vodka.*'

Dit leek een grote opluchting te zijn voor de barkeeper, en hij haastte zich weg om het drankje te maken.
Becker keek om zich heen in de barok ingerichte bar en vroeg zich af of hij droomde. Alles leek logischer te zijn dan de waarheid. *Ik ben een hoogleraar die een geheime opdracht uitvoert*, dacht hij.
De barkeeper kwam terug en presenteerde met een weids gebaar Beckers drankje. '*A su gusto, señor*. Cranberry met een scheutje wodka.'
Becker bedankte hem. Hij nam een slokje en verslikte zich bijna. *Noemt hij dat een scheutje?*

38

Hale bleef halverwege zijn weg naar het keukentje van Zaal 3 staan en staarde Susan aan. 'Wat is er, Sue? Je ziet eruit alsof je een geest hebt gezien.'
Susan vocht tegen de angst die in haar oprees. Op drie meter afstand van haar lichtte Hales monitor fel op. 'Niets... Er is niets,' wist ze met bonzend hart uit te brengen.
Hale keek haar verbaasd aan. 'Wil je een glaasje water?'
Susan kon geen antwoord geven. Ze vervloekte zichzelf. *Hoe kon ik nou vergeten dat rottige beeldscherm op zwart te draaien?* Op het moment dat Hale in de gaten kreeg dat ze zijn computer had doorzocht, zou hij ook vermoeden dat ze zijn ware identiteit kende, die van North Dakota. Ze vreesde dat Hale alles zou doen om die kennis binnen Zaal 3 te houden.
Susan overwoog naar de deur te sprinten, maar daar kreeg ze de kans niet voor. Plotseling werd er op de glazen wand gebonsd. Hale en Susan schrokken op. Het was Chartrukian. Hij bonkte weer met zijn bezwete vuisten tegen het glas. Hij zag eruit alsof hij getuige was geweest van het einde van de wereld.
Hale keek ontstemd naar de verdwaasde systeembeveiliger aan de andere kant van het raam en wendde zich daarna weer tot Susan. 'Ik ben zo terug. Neem iets te drinken. Je bent lijkbleek.'

Hale draaide zich om en ging naar buiten.
Susan kreeg zichzelf weer onder controle en liep snel naar Hales terminal. Ze stak haar hand uit en draaide de helderheid naar beneden. Het scherm werd zwart.
Haar hoofd bonsde. Ze draaide zich om en keek naar het gesprek dat in de hal van Crypto plaatsvond. Blijkbaar was Chartrukian toch niet naar huis gegaan. De jonge systeembeveiliger was in paniek en stortte zijn hart uit bij Greg Hale. Susan wist dat het niets uitmaakte; Hale wist alles wat er te weten viel.
Ik moet het Strathmore vertellen, dacht ze. *En snel ook*.

39

Rocío Eva Granada stond naakt voor de badkamerspiegel in kamer 301. Dit was het ogenblik waar ze de hele dag tegenop had gezien. De Duitser lag op het bed op haar te wachten. Hij was de dikste man die ze ooit als klant had gehad.
Met tegenzin pakte ze een ijsblokje uit de emmer en wreef het over haar tepels. Die werden snel hard. Dat was haar gave: mannen het gevoel geven dat ze naar hen verlangde. Daardoor bleven ze terugkomen. Ze liet haar handen langs haar soepele, gebruinde lijf glijden en hoopte dat dat nog een jaar of vier, vijf aantrekkelijk zou blijven, totdat ze genoeg had verdiend om te stoppen met dit werk. Het grootste deel van wat ze betaald kreeg, droeg ze af aan señor Roldán, maar zonder hem zou ze net als de andere hoeren dronkaards moeten oppikken in Triana. Deze mannen hadden in elk geval geld. Ze sloegen haar nooit en ze waren gemakkelijk te bevredigen. Ze trok haar lingerie aan, ademde diep in en deed de deur van de badkamer open.
Toen Rocío de kamer in stapte, puilden de ogen van de Duitser uit zijn hoofd. Ze droeg een zwart negligé. Haar kastanjebruine huid glansde in het zachte licht, en haar tepels stonden rechtop onder de kanten stof.
'*Komm doch hierher*,' zei hij gretig, en hij liet zijn badjas van zich af glijden en rolde zich op zijn rug.
Rocío dwong zichzelf te glimlachen en liep naar het bed. Ze keek

naar de enorme Duitser. Ze grinnikte opgelucht. Het orgaan tussen zijn benen was minuscuul.
Hij stak zijn handen naar haar uit en rukte ongeduldig haar negligé van haar lijf. Met zijn dikke vingers betastte hij haar over haar hele lichaam. Ze liet zich op hem vallen, en kreunde en kronkelde in gespeelde extase. Toen hij haar op haar rug rolde en op haar klom, dacht ze dat ze verpletterd zou worden. Ze snakte naar adem en hijgde in zijn stopverfachtige nek. Ze hoopte vurig dat het snel zou gaan.
'Sí! Sí!' hijgde ze tussen zijn stoten door. Ze drukte haar vingernagels in zijn rug om hem aan te moedigen.
Willekeurige gedachten dreven door haar hoofd: gezichten van de talloze mannen die ze had bevredigd, plafonds waar ze in het donker uren naar had liggen staren, dromen van het krijgen van kinderen...
Plotseling, zonder voorteken, spande het lichaam van de Duitser zich. Hij verstijfde en zakte bijna onmiddellijk daarna boven op haar in elkaar. *Is dat alles?* dacht ze, verrast en opgelucht.
Ze probeerde zich onder hem vandaan te wurmen. 'Schatje,' fluisterde ze met hese stem in zijn oor. 'Laat mij eens bovenop liggen.' Maar de man verroerde zich niet.
Ze duwde met haar hand tegen zijn zware schouders. 'Schatje, ik... ik krijg geen lucht!' Ze begon zich licht in haar hoofd te voelen. Ze had het gevoel dat haar ribben gekraakt werden. '*¡Despiértate!*' Ze begon instinctief aan zijn verwarde haar te trekken. *Wakker worden!*
Toen voelde ze warm, kleverig vocht. Het zat in zijn haar en droop over haar wangen en in haar mond. Het was zout. Ze kronkelde wild heen en weer onder hem. Boven haar viel een vreemde bundel licht over het verwrongen gezicht van de Duitser. Uit het kogelgat in zijn slaap stroomde het bloed over haar heen. Ze wilde gillen, maar ze had geen lucht meer in haar longen. Hij verpletterde haar. Wanhopig klauwde ze naar de bundel licht die uit de deuropening kwam. Ze zag een hand. Een revolver met een geluiddemper. Een lichtflits. En toen niets meer.

40

Chartrukian, die buiten Zaal 3 stond, leek vertwijfeld. Hij probeerde Hale ervan te overtuigen dat TRANSLTR in gevaar was. Susan rende met slechts één gedachte in haar hoofd langs hen heen: dat ze Strathmore moest zien te vinden.

De radeloze systeembeveiliger greep Susans arm toen ze langsliep. 'Mevrouw Fletcher! We hebben een virus! Ik weet het zeker! U moet...'

Susan rukte zich los en keek hem woedend aan. 'Ik dacht dat de commandant u had gezegd naar huis te gaan!'

'Strathmore kan de klere krijgen!' schreeuwde Chartrukian, en de woorden weergalmden door de koepel.

Een diepe stem baste van boven: 'Meneer Chartrukian?'

De drie Cryptomedewerkers verstijfden.

Hoog boven hen stond Strathmore aan de balustrade voor zijn kantoor.

Even was het enige geluid in de koepel het onregelmatige gebrom van de ondergrondse generatoren. Susan probeerde wanhopig Strathmores blik te vangen. *Commandant! Hale is North Dakota!*

Maar Strathmore keek strak naar de jonge systeembeveiliger. Hij liep zonder ook maar een enkele keer met zijn ogen te knipperen de trap af en al die tijd bleef zijn blik op Chartrukian gericht. Hij beende de hal van Crypto door en bleef op vijftien centimeter afstand van de sidderende technicus staan. 'Wát zei u daar?'

'Meneer,' bracht Chartrukian met moeite uit, 'TRANSLTR is in gevaar.'

Susan kwam tussenbeide. 'Commandant?' vroeg ze. 'Mag ik...'

Strathmore wuifde haar weg. Hij wendde zijn blik geen moment af van de systeembeveiliger.

'We hebben een besmet bestand, meneer. Ik weet het zeker!' riep Phil uit.

Strathmores gezicht liep donkerrood aan. 'Meneer Chartrukian, we hebben dit al besproken. Er zit géén besmet bestand in TRANSLTR!'

'Jawel!' riep hij. 'En als het zijn weg naar de centrale databank weet te vinden...'

'Waar is dat besmette bestand dan, verdomme!' brulde Strathmore. 'Laat het me zien!'
Chartrukian aarzelde. 'Dat kan ik niet.'
'Natuurlijk niet! Omdat het niet bestaat!'
Susan zei: 'Commandant, ik moet...'
Opnieuw legde Strathmore haar met een bruusk handgebaar het zwijgen op.
Susan keek nerveus naar Hale. Hij maakte een zelfvoldane en emotieloze indruk. *Het klopt precies*, dacht ze. *Hale maakt zich geen zorgen over een virus; hij weet wat er werkelijk aan de hand is met* TRANSLTR.
Chartrukian hield vol. 'Het besmette bestand bestaat wel, meneer. Maar Gauntlet heeft het niet gezien.'
'Als Gauntlet het niet heeft gezien,' brieste Strathmore, 'hoe weet je dan in hemelsnaam dat het bestaat?'
Chartrukian klonk plotseling wat zelfverzekerder. 'Veranderende tekenreeksen, meneer. Ik heb een volledige analyse laten uitvoeren, en die leverde veranderende tekenreeksen op!'
Nu begreep Susan waarom de systeembeveiliger zo ongerust was. *Veranderende tekenreeksen*, peinsde ze. Ze wist dat veranderende tekenreeksen programmaeenheden waren die op zeer complexe manieren data beschadigden. Ze kwamen veel voor in computervirussen, vooral in virussen die grote blokken data veranderden. Susan wist natuurlijk ook uit Tankado's e-mail dat de veranderende tekenreeksen die Chartrukian had gezien onschadelijk waren, dat ze gewoon deel uitmaakten van Digitale Vesting.
De systeembeveiliger vervolgde: 'Toen ik de tekenreeksen voor het eerst zag, meneer, dacht ik dat Gauntlets filters niet goed hadden gewerkt. Maar toen heb ik een paar tests gedaan en ontdekt...' Hij zweeg even en leek plotseling slecht op zijn gemak. 'Ik heb ontdekt dat iemand Gauntlet heeft uitgeschakeld.'
Na die mededeling viel er een plotselinge stilte. Strathmores gezicht werd nog wat donkerder paars. Er was niet de minste twijfel wie Chartrukian beschuldigde: Strathmores terminal was de enige op de afdeling Crypto die Gauntlets filters uit kon schakelen.
Toen Strathmore weer iets zei, was zijn stem ijzig. 'Meneer Chartrukian, niet dat het u iets aangaat, maar ík ben degene die

Gauntlet heeft uitgeschakeld.' Hij vervolgde, bijna kokend van woede: 'Zoals ik u al eerder heb gezegd, ben ik een zeer geavanceerde diagnostische test aan het draaien. De veranderende tekenreeksen die u in TRANSLTR ziet, maken deel uit van dat programma; ze zijn er doordat ík ze heb ingebracht. De filters van Gauntlet wilden het bestand niet doorlaten, dus heb ik ze uitgeschakeld.' Strathmore kneep zijn ogen half dicht en keek Chartrukian scherp aan. 'Is er nog iets anders, voor u naar huis gaat?'

In een flits vielen alle stukjes op hun plaats voor Susan. Toen Strathmore het versleutelde algoritme van Digitale Vesting van internet had binnengehaald en probeerde het door TRANSLTR te laten ontcijferen, waren de veranderende tekenreeksen niet door de filters van Gauntlet gekomen. Omdat hij beslist moest weten of Digitale Vesting kon worden gekraakt, had Strathmore besloten de filters uit te schakelen.

Normaal gesproken was het ondenkbaar om Gauntlet uit te schakelen, maar in dit geval leverde het geen risico op om Digitale Vesting rechtstreeks naar TRANSLTR te sturen. De commandant wist precies wat het bestand was en waar het vandaan kwam.

'Ik wil niet oneerbiedig lijken, meneer,' hield Chartrukian aan, 'maar ik heb nog nooit gehoord van een diagnostische test die gebruikmaakt van veranderende...'

'Commandant,' viel Susan hem in de rede, want ze kon geen seconde meer wachten. 'Ik moet u echt...'

Deze keer werd ze onderbroken door de schelle beltoon van Strathmores mobiele telefoon. De commandant griste het apparaat uit zijn zak. 'Wat is er?' blafte hij. Toen werd hij stil en luisterde naar de beller.

Susan vergat Hale even. Ze hoopte vurig dat het David was aan de telefoon. *Vertel me dat alles goed met hem is*, dacht ze. *Vertel me dat hij de ring heeft gevonden!* Maar Strathmore keek haar aan en fronste zijn voorhoofd. Het was David niet.

Susan merkte dat ze sneller ging ademen. Het enige wat ze wilde weten, was dat de man van wie ze hield buiten gevaar was. Ze wist dat Strathmore andere redenen had om ongeduldig te zijn: als het nog lang zou duren, zou hij hulp moeten sturen: agenten van de NSA. Dat was een risico dat hij had willen vermijden.

'Commandant?' zei Chartrukian op dringende toon. 'Ik vind echt dat we moeten controleren...'
'Eén moment,' zei Strathmore tegen de beller. Hij legde zijn hand over het mondstuk en keek zijn jonge systeembeveiliger strak en fel aan. 'Meneer Chartrukian,' gromde hij, 'dit gesprek is voorbij. U dient Crypto te verlaten. Nú. Dat is een bevel.'
Chartrukian was perplex. 'Maar, meneer, veranderende teken...'
'Nú!' brulde Strathmore.
Chartrukian staarde hem een ogenblik sprakeloos aan. Toen stormde hij weg, naar de werkruimte van Systeembeveiliging.
Strathmore draaide zich om en keek peinzend naar Hale. Susan begreep zijn verbazing. Hale was stil geweest; te stil. Hale wist heel goed dat er geen diagnostische test bestond die veranderende tekenreeksen gebruikte, laat staan dat zo'n test TRANSLTR achttien uur bezig kon houden. Maar hij had geen woord gezegd. Alle ophef leek hem volkomen onverschillig te laten. Strathmore vroeg zich natuurlijk af hoe dat kwam. Susan kende het antwoord.
'Commandant,' zei ze nadrukkelijk, 'zou ik u even kunnen...'
'Zo meteen,' zei hij, terwijl hij Hale nog steeds verbaasd opnam. 'Ik moet dit telefoontje even beantwoorden.' Met die woorden draaide Strathmore hun de rug toe en liep in de richting van zijn kantoor.
Susan deed haar mond open, maar wat ze te zeggen had bleef in haar keel steken. *Hale is North Dakota!* Ze stond als aan de grond genageld en haar adem stokte in haar keel. Ze voelde dat Hale haar strak aankeek. Ze draaide zich om. Hale stapte opzij en maakte een zwierig armgebaar naar de deur van Zaal 3. 'Na jou, Sue.'

41

In een linnenkast op de derde verdieping van het Alfonso XIII lag een kamermeisje bewusteloos op de grond. De man met het metalen brilmontuur stopte de loper van de hotelkamers terug in haar zak. Hij had niet gemerkt dat ze gilde toen hij haar neer-

sloeg, maar hij kon er niet zeker van zijn dat ze dat niet had gedaan; hij was al sinds zijn twaalfde doof.
Hij stak zijn hand met een zekere eerbied uit naar het apparaatje aan zijn riem. Hij had het cadeau gekregen van een klant, en het had zijn leven veranderd. Hij kon nu overal ter wereld nieuwe opdrachten ontvangen. Alle berichten kwamen ogenblikkelijk binnen en konden niet worden nagespeurd.
Gretig zette hij het schakelaartje om. In zijn bril werd het schermpje zichtbaar. Opnieuw bewogen zijn vingers zich door de lucht en begon hij de toppen tegen elkaar te bewegen. Zoals altijd had hij de namen van zijn slachtoffers achterhaald, eenvoudig een kwestie van het doorzoeken van een portefeuille of tasje. De contactjes op zijn vingers kwamen tegen elkaar, en de letters verschenen op het schermpje in zijn bril als geesten die door de lucht zweefden.

DOELWIT: ROCÍO EVA GRANADA – GEËLIMINEERD
DOELWIT: HANS HUBER – GEËLIMINEERD

Drie verdiepingen lager rekende David Becker zijn drankje af en wandelde met zijn halfvolle glas in zijn hand door de lobby. Hij liep in de richting van het hotelterras om wat frisse lucht te krijgen. *Heen en meteen weer terug*, peinsde hij. Het was niet helemaal gelopen zoals hij had verwacht. Hij moest een besluit nemen. Zou hij het opgeven en teruggaan naar het vliegveld? *Het belang van de staatsveiligheid*. Hij vloekte binnensmonds. Waarom hadden ze daar dan een simpele docent voor op pad gestuurd?
Becker zorgde dat hij uit het zicht van de barkeeper was en goot zijn glas leeg in de pot van een jasmijn. De wodka had hem licht in zijn hoofd gemaakt. *Het kost niks om jou dronken te voeren*, zei Susan vaak. Nadat hij het zware kristallen glas bij een drinkfonteintje met water had gevuld, nam Becker een grote slok.
Hij rekte zich een paar keer uit in een poging de lichte wazigheid van zich af te schudden. Daarna zette hij zijn glas neer en liep door de lobby.
Toen hij langs de lift kwam, schoven de deuren open. Er stond een man in. Becker zag alleen een dikke bril met een metalen montuur. De man bracht een zakdoek naar zijn neus om die te

snuiten. Becker glimlachte beleefd en liep door... de warme nacht van Sevilla in.

42

In Zaal 3 betrapte Susan zichzelf erop dat ze nerveus heen en weer ijsbeerde. Ze wilde dat ze Hale had ontmaskerd toen ze daar de kans voor had.

Hale zat aan zijn terminal. 'Stress is heel ongezond, Sue. Wil je je hart luchten?'

Susan dwong zichzelf te gaan zitten. Ze had gedacht dat Strathmore zo langzamerhand wel klaar zou zijn met zijn telefoongesprek en terug zou komen om met haar te praten, maar hij was nergens te bekennen. Susan probeerde kalm te blijven. Ze keek naar haar computerscherm. De spoorzoeker was nog steeds onderweg... voor de tweede keer. Dat was nu irrelevant geworden. Susan wist welk adres hij zou terugsturen: ghale@crypto.nsa.gov.

Susan keek op naar Strathmores kantoor en wist dat ze niet langer kon wachten. Het was tijd om het telefoontje van de commandant te onderbreken. Ze stond op en liep naar de deur.

Hale leek plotseling slecht op zijn gemak te zijn; blijkbaar vanwege Susans vreemde gedrag. Hij liep snel door de kamer en was eerder bij de deur dan zij. Hij sloeg zijn armen over elkaar en versperde haar de doorgang.

'Vertel me wat er aan de hand is,' zei hij. 'Er is hier vandaag iets aan de hand. Wat is het?'

'Laat me erdoor,' zei Susan zo beheerst mogelijk, terwijl ze plotseling bang werd.

'Kom op,' drong Hale aan. 'Strathmore ontsloeg Chartrukian bijna op staande voet, alleen omdat die zijn werk deed. Wat gebeurt er in TRANSLTR? We hebben geen diagnostische tests die hem achttien uur bezig kunnen houden. Dat is gelul, en dat weet je heel goed. Vertel me wat er aan de hand is.'

Susan kneep haar ogen tot spleetjes. *Je weet verdomd goed wat er aan de hand is!* 'Opzij, Greg,' beval ze. 'Ik moet naar de wc.'

Hale grijnsde zelfgenoegzaam. Hij wachtte nog een tijdje en deed

toen een stap opzij. 'Sorry, Sue. Ik flirt alleen een beetje.'
Susan drong langs hem heen en verliet Zaal 3. Toen ze langs de glazen wand liep, voelde ze dat Hales ogen vanaf de andere kant op haar gericht waren.
Met tegenzin liep ze in de richting van de wc. Ze zou een omweg moeten maken voordat ze bij de commandant langs kon gaan. Greg Hale mocht geen argwaan krijgen.

43

Chad Brinkerhoff was een elegante man van vijfenveertig, gesoigneerd, goed in het pak en goed opgeleid. Zijn lichtgewicht zomerpak vertoonde net zomin als zijn gebruinde huid het kleinste plooitje of spoortje van slijtage. Zijn haar was dik, roodblond en – heel belangrijk – helemaal van hemzelf. Zijn ogen waren stralend blauw, wat subtiel werd benadrukt door de wonderbaarlijke uitvinding van gekleurde contactlenzen.
Zijn blik gleed over de houten lambrisering in het kantoor waarin hij zich bevond en hij besefte dat hij zijn top had bereikt bij de NSA. Hij zat op de achtste verdieping, de Marmeren Suites. Kantoor 9A197. De directievertrekken.
Het was zaterdagavond en de Marmeren Suites waren zo goed als verlaten. De hoge heren waren allang vertrokken om zich over te geven aan de hobby's van machtige mannen, wat die dan ook mochten zijn. Brinkerhoff had altijd gedroomd van een 'serieuze' baan bij de NSA, maar op de een of andere manier was hij geëindigd als 'persoonlijk medewerker', de officiële benaming van de doodlopende steeg in de ratrace van overheidsfunctionarissen. Het feit dat hij nauw samenwerkte met de machtigste man van alle Amerikaanse veiligheidsdiensten was een schrale troost. Brinkerhoff was cum laude afgestudeerd aan Andover College en Williams College, en hier zat hij nu, van middelbare leeftijd en zonder werkelijke macht, zonder werkelijk belangrijk te zijn. Hij bracht zijn dagen door met het opstellen van de agenda van een ander.

Het had wel voordelen om de persoonlijk medewerker van de directeur te zijn: Brinkerhoff had een luxueus kantoor in de directiesuite en volledige toegang tot alle afdelingen van de NSA, en hij genoot een zeker aanzien door het gezelschap waarin hij verkeerde. Hij was de boodschappenjongen van de machtigen der aarde. Diep in zijn hart wist Brinkerhoff dat hij een geboren PM was: slim genoeg om te notuleren, knap genoeg om persconferenties te geven en lui genoeg om daar tevreden mee te zijn.

Het zoetluidende geklingel van zijn pendule gaf het einde aan van de zoveelste dag van zijn treurige bestaan. *Shit*, dacht hij. *Zaterdag, vijf uur. Wat doe ik hier in godsnaam?*

'Chad?' Er verscheen een vrouw in de deuropening.

Brinkerhoff keek op. Het was Midge Milken, Fontaines interne veiligheidsanalist. Ze was zestig, iets te zwaar, en tot grote verwarring van Brinkerhoff tamelijk aantrekkelijk. Midge, een onverbeterlijke flirt en driemaal gescheiden, maakte de zes kamers van de directiesuite onveilig met haar vrijpostige autoriteit. Ze was pienter, had een grote intuïtie, werkte bijna de klok rond en wist volgens de geruchten beter hoe de dingen binnen de NSA functioneerden dan God zelf.

Verdomme, dacht Brinkerhoff, toen hij haar in haar grijze kasjmieren jurk zag staan. *Of ik begin oud te worden, of zij gaat er jonger uitzien.*

'De weekverslagen.' Ze glimlachte en wapperde met een waaier aan papieren. 'Je moet de bedragen controleren.'

Brinkerhoff keek naar haar lichaam. 'Van hieraf ziet het er allemaal prima uit.'

'Chad toch,' zei ze lachend. 'Ik ben oud genoeg om je moeder te zijn.'

Had dat nou niet gezegd, dacht hij.

Midge liep naar binnen en kwam naast hem achter zijn bureau staan. 'Ik ga zo naar huis, maar de directeur wil dat deze klaar zijn als hij terugkomt uit Zuid-Amerika. En dat is maandagochtend vroeg.' Ze legde de computeruitdraaien voor hem op het bureau.

'Wat denk je dat ik ben, een boekhouder?'

'Nee, schat, je bent *cruise director*. Ik dacht dat je dat wist.'

'Waarom moet ik dan cijfertjes controleren?'

Ze streek zijn haar door de war. 'Je wilde meer verantwoordelijkheid. Die heb je nu.'
Hij keek droevig naar haar op. 'Midge... Ik heb geen leven.'
Ze tikte met haar vinger op de papieren. 'Dít is je leven, Chad Brinkerhoff.' Ze keek van boven op hem neer en haar blik werd zachter. 'Kan ik iets voor je doen, voor ik ga?'
Hij keek haar smekend aan en draaide rondjes met zijn pijnlijke nek. 'Mijn schouders zitten vast.'
Midge hapte niet. 'Neem een aspirientje.'
Hij trok een pruilend gezicht. 'Geen rugmassage?'
Ze schudde haar hoofd. 'Volgens *Cosmopolitan* eindigen twee op de drie rugmassages in seks.'
Brinkerhoff keek verontwaardigd. 'Die van óns nooit!'
'Precies.' Ze knipoogde. 'Dat is nou juist het probleem.'
'Midge...'
'Goedenavond, Chad.' Ze liep naar de deur.
'Ga je weg?'
'Je weet dat ik best zou willen blijven,' zei Midge, die in de deuropening bleef staan, 'maar ik heb nog wel énige trots. Ik wil geen tweede viool spelen, vooral niet bij een tiener.'
'Mijn vrouw is geen tiener,' voerde Brinkerhoff aan. 'Ze gedraagt zich alleen zo.'
Midge keek hem verrast aan. 'Ik had het niet over je vrouw.' Ze knipperde onschuldig met haar ogen. 'Ik had het over Carmen.' Ze sprak de naam met een zwaar Porto Ricaans accent uit.
Brinkerhoffs stem sloeg een beetje over. 'Wie?'
'Carmen. Van het restaurant?'
Brinkerhoff voelde dat hij bloosde. Carmen Huerta was een zevenentwintig jaar oude banketbakker die in het restaurant van de NSA werkte. Brinkerhoff had haar na werktijd een paar maal ontmoet in het magazijn, en hij had verondersteld dat niemand daarvan wist.
Ze knipoogde ondeugend. 'Vergeet niet, Chad... Big Brother weet alles.'
Big Brother? Brinkerhoff hapte ongelovig naar lucht. *Houdt Big Brother ook het magazijn in de gaten?*
Big Brother, of kortweg Brother, zoals Midge vaak zei, was een Centrex 333 die in een kleine, kastachtige ruimte naast het centrale vertrek van de suite stond. Brother was álles voor Midge.

Hij ontving gegevens van 148 videocamera's, 399 elektronische deuren, 377 telefoontaps en 212 afluistermicrofoontjes in het NSA-complex.

De directieleden van de NSA hadden tot hun schade ondervonden dat het in dienst hebben van zesentwintigduizend werknemers niet alleen een groot goed was, maar ook een groot risico. Elke belangrijke inbreuk op de beveiliging uit de geschiedenis van de NSA was van binnenuit gekomen. Als interne veiligheidsanalist was het Midges taak alles in de gaten te houden wat er binnen de muren van de NSA gebeurde... en blijkbaar viel daar ook het magazijn van het restaurant onder.

Brinkerhoff stond op om zich te verdedigen, maar Midge was al op weg zijn kamer uit.

'Hou je handen boven je bureaublad,' riep ze over haar schouder. 'Geen gerotzooi als ik weg ben. De muren hebben ogen.'

Brinkerhoff zat te luisteren naar het wegsterven van haar voetstappen in de gang. Hij wist in elk geval zeker dat Midge het niemand zou vertellen. Ook zij was niet vrij van zonden. Zelf had ze zich ook wel eens overgegeven aan een paar onbezonnenheden, met name aan uit de hand gelopen rugmassages met Brinkerhoff.

Zijn gedachten dwaalden naar Carmen. Hij zag haar lenige lichaam voor zich, die donkere dijen, het radiootje dat ze op vol volume op de middengolf liet spelen, vurige salsa uit San Juan. Hij glimlachte. *Misschien ga ik nog even langs om een hapje te eten, als ik klaar ben.*

Hij sloeg de eerste uitdraai open.

CRYPTO – PRODUCTIE/KOSTEN

Zijn humeur werd meteen beter. Midge had hem een makkie gegeven; het verslag van Crypto was altijd een fluitje van een cent. Formeel werd hij geacht een overzicht te maken van alle gegevens, maar het enige bedrag waar de directeur ooit naar vroeg, waren de GKD, de gemiddelde kosten per decodering. Dat was het geschatte aantal dollars dat het kostte om TRANSLTR één code te laten kraken. Zolang dat onder de duizend dollar bleef, vertrok Fontaine geen spier. *Een mille per stuk*. Brinkerhoff grinnikte. *Ons belastinggeld aan het werk*.

Terwijl hij zich door het document worstelde en van dag tot dag de GKD controleerde, begonnen er beelden door zijn hoofd te spelen van Carmen Huerta die zich insmeerde met honing en glaceersuiker. Een halve minuut later was hij bijna klaar. De gegevens van Crypto waren vlekkeloos, zoals altijd.

Net voordat hij het volgende verslag wilde pakken, viel zijn oog op de laatste GKD, onder aan het vel papier. Het getal was zo groot dat het was overgelopen in de volgende kolom, waardoor de bladzijde een rommeltje was geworden. Brinkerhoff staarde geschokt naar het bedrag.

999.999.999? Hij snakte naar adem. *Een miljard dollar?* De beelden van Carmen verdwenen. *Een code die een miljárd dollar had gekost?*

Brinkerhoff bleef even verstijfd achter zijn bureau zitten. Toen rende hij in een opwelling van paniek de gang in. 'Midge! Kom terug!'

44

Phil Chartrukian stond ziedend op de afdeling Systeembeveiliging. Strathmores woorden klonken nog na in zijn hoofd: *U dient Crypto te verlaten. Nu. Dat is een bevel.* Hij gaf een trap tegen de prullenbak en vloekte in de lege werkruimte.

'Een diagnostische test, ammehoela! Sinds wanneer schakelt de onderdirecteur Gauntlets filters uit?!'

De systeembeveiligers werden goed betaald om de computersystemen van de NSA voor onheil te behoeden, en Chartrukian had ondervonden dat er maar twee functie-eisen waren: briljant en volslagen paranoïde zijn.

Verrek, vloekte hij inwendig, *dit is niet paranoïde! De programmacontrole geeft verdomme achttien uur aan!*

Het was een virus. Chartrukian voelde het gewoon. Hij wist tamelijk zeker wat er aan de hand was: Strathmore had een vergissing gemaakt door de filters van Gauntlet uit te schakelen, en nu probeerde hij dat te verhullen met een of ander halfbakken verhaal over een diagnostische test.

Chartrukian zou wat minder zenuwachtig zijn geweest als het alleen om TRANSLTR ging. Maar dat was niet zo. Ondanks zijn uiterlijk was het grote decoderende beest bij lange na geen eiland. De cryptologen dachten weliswaar dat Gauntlet alleen was ontworpen om hun codekrakende meesterwerk te beschermen, maar de systeembeveiligers kenden de waarheid. De filters van Gauntlet dienden een veel hogere godheid. De centrale databank van de NSA.

De geschiedenis achter de bouw van de databank had Chartrukian altijd gefascineerd. Hoewel het ministerie van Defensie aan het eind van de jaren zeventig zijn best had gedaan het internet voor zichzelf te houden, was het zo'n nuttig hulpmiddel dat het grote aantrekkingskracht had op anderen. De universiteiten slaagden erin toegang tot het net te krijgen. Kort daarna kwamen de commerciële providers. De sluizen gingen open en het publiek stroomde toe. In het begin van de jaren negentig was het eens zo veilige internet van de overheid een overvolle woestenij van e-mail en pornosites geworden.

Als gevolg van een aantal stilgehouden, maar zeer schadelijke computerkraken bij de inlichtingendienst van de marine werd het steeds duidelijker dat de geheimen van de overheid niet langer veilig waren op computers die in verbinding stonden met het snel uitdijende internet. De president vaardigde, in samenspraak met het ministerie van Defensie, een geheim decreet uit dat de basis vormde voor een nieuw, zeer veilig overheidsnetwerk dat in de plaats van het gecorrumpeerde internet moest komen en zou functioneren als schakel tussen de verschillende Amerikaanse inlichtingendiensten. Om te voorkomen dat er nog meer overheidsgeheimen in handen van computerkrakers zouden vallen, werden alle vertrouwelijke gegevens opgeslagen op één zeer goed beveiligde plek: de nieuwe databank van de NSA, het Fort Knox van de Amerikaanse inlichtingendiensten.

Letterlijk miljoenen zeer vertrouwelijke foto's, bandopnames, documenten en videobanden werden gedigitaliseerd en vastgelegd in de immense opslagfaciliteit, waarna de originelen werden vernietigd. De databank werd beschermd door een drievoudige stroomvoorziening en een gelaagd systeem van digitale back-ups. Ook bevond hij zich ruim vijfenzestig meter onder de grond om hem af te schermen tegen magnetische velden en mo-

gelijke explosies. Alle activiteiten binnen de controlekamer vielen onder de noemer ultrageheim, de hoogste classificering van vertrouwelijkheid die het land kende.
De landsgeheimen waren nooit veiliger geweest. In deze ondoordringbare databank bevonden zich nu ontwerpen van geavanceerde wapensystemen, lijsten van getuigen die bescherming genoten, schuilnamen van undercoveragenten, gedetailleerde analyses van en voorstellen voor geheime operaties, enzovoort. De lijst was oneindig lang. De Amerikaanse inlichtingendiensten zouden niet meer geschaad kunnen worden door hackers.
De directie van de NSA besefte natuurlijk dat de opgeslagen gegevens alleen waarde hadden als ze toegankelijk waren. De ware verdienste van de databank was niet dat de vertrouwelijke gegevens niet meer op straat lagen, maar dat die alleen voor de juiste mensen toegankelijk waren. Alle opgeslagen informatie had een bepaalde classificatie en was, afhankelijk van het niveau van vertrouwelijkheid, toegankelijk voor een bepaald deel van de overheidsmedewerkers. De gezagvoerder van een onderzeeër kon inbellen en de recentste foto's van Russische havens bekijken, maar hij had geen toegang tot de plannen voor drugsbestrijding in Zuid-Amerika. Analisten van de CIA hadden toegang tot het verleden van bekende huurmoordenaars, maar niet tot lanceercodes die alleen voor de president bestemd waren.
Systeembeveiligers hadden natuurlijk geen toegang tot de informatie in de databank, maar ze waren verantwoordelijk voor de beveiliging ervan. Net als alle grote databanken – van die van verzekeringsbedrijven tot die van universiteiten – lag ook die van de NSA voortdurend onder vuur van computerkrakers die probeerden een glimp op te vangen van de geheimen die er waren opgeslagen. Maar de beveiligingsprogrammeurs van de NSA waren de besten ter wereld. Niemand was er ooit ook maar bij benadering in geslaagd door te dringen tot de databank van de NSA, en de NSA had geen reden om te denken dat dat ooit zou gebeuren.

In het kantoor van Systeembeveiliging brak het zweet Chartrukian uit toen hij zich afvroeg of hij naar huis zou gaan of niet. Problemen met TRANSLTR betekenden ook problemen met de databank. Strathmores zorgeloosheid was onbegrijpelijk.
Iedereen wist dat TRANSLTR en de centrale databank van de NSA

onlosmakelijk met elkaar verbonden waren. Elke code die was gekraakt, werd vanaf Crypto door vierhonderdvijftig meter glasvezelkabel naar de databank gestuurd om daar te worden opgeslagen. De veilige opslagfaciliteit had een beperkt aantal ingangen, en TRANSLTR was er een van. Gauntlet werd geacht de ondoordringbare bewaking van die ingangen te vormen. En die had Strathmore uitgeschakeld.

Chartrukian hoorde zijn eigen hart bonzen. *TRANSLTR zit al achttien uur vast!* De gedachte dat er een computervirus binnen was gekomen in TRANSLTR en vernielingen aanrichtte in de kelder van de NSA was te veel voor hem. 'Ik moet dit melden,' liet hij zich hardop ontglippen.

In een dergelijke situatie was er maar één man om te bellen, wist Chartrukian: de chef van Systeembeveiliging, de opvliegende, honderdtachtig kilo zware computergoeroe die Gauntlet had gebouwd. Zijn bijnaam was Jabba. Hij was een halfgod, die door de gangen van de NSA dwaalde, figuurlijke brandjes bluste en de dwaasheden van de dommen en de onwetenden vervloekte. Als Jabba hoorde dat Strathmore de filters van Gauntlet had uitgeschakeld, zou de hel losbreken, dat wist Chartrukian zeker. *Dat is dan jammer*, dacht hij, *maar ik moet toch mijn werk doen.* Hij greep de telefoon en toetste het nummer in van Jabba's mobieltje, dat vierentwintig uur per dag aan stond.

45

David Becker dwaalde doelloos over de Avenida del Cid en probeerde zijn gedachten op een rijtje te zetten. Zachte schaduwen speelden over de keien onder zijn voeten. Hij voelde de wodka nog steeds. Op dat ogenblik leek niets in zijn leven hem erg duidelijk. Zijn gedachten gingen naar Susan, en hij vroeg zich af of ze zijn bericht op haar antwoordapparaat al had gehoord.

Een eind voor hem kwam een stadsbus met piepende remmen tot stilstand bij een halte. Becker keek op. De deuren van de bus klapten open, maar er stapte niemand uit. De dieselmotor ging harder loeien, maar net toen de bus optrok, kwamen er drie tie-

ners uit een bar verderop in de straat. Ze holden er roepend en zwaaiend achteraan. De chauffeur nam gas terug, en de jongelui renden naar de bus.
Van dertig meter afstand staarde Becker hen ongelovig na. Zijn blik was plotseling helder, maar hij wist dat wat hij zag onmogelijk was. Een kans van één op een miljoen.
Ik hallucineer.
Toen de deuren van de bus opengingen, verdrongen de jongeren zich daar om in te stappen. Becker zag het opnieuw. Deze keer wist hij het zeker. Hij had haar gezien, helder verlicht door de gloed van de straatlantaarn op de hoek.
De passagiers stapten in en de chauffeur gaf weer gas. Plotseling merkte Becker dat hij een sprint trok, met het bizarre beeld voor ogen: zwarte lippenstift, woeste oogschaduw, en dat haar... Het stond recht overeind in drie punten. Rood, wit en blauw.
Terwijl de bus in beweging kwam, stormde Becker door een wolk van koolmonoxide de straat op.
'*¡Espera!*' riep hij, terwijl hij achter de bus aan rende.
Beckers instappers van Corduaans leer vlogen over het wegdek. Hij moest het echter zonder zijn gebruikelijke behendigheid van de squashbaan doen; zijn gevoel voor evenwicht was niet goed. Zijn brein had moeite zijn voeten bij te houden. Hij vervloekte zijn jetlag en de barkeeper.
De bus was een van de oudere diesels van Sevilla, en Becker had het geluk dat optrekken een langdurige, moeizame zaak was. Becker zag zijn achterstand kleiner worden. Hij wist dat hij bij de bus moest zijn voordat die naar de volgende versnelling schakelde.
De twee uitlaten braakten dikke rookwolken uit toen de chauffeur naar de tweede versnelling wilde schakelen. Becker deed zijn uiterste best nog harder te gaan rennen. Toen hij de achterbumper bereikte, koerste hij naar rechts om naast de bus uit te komen. Hij zag de achterdeuren, en zoals bij alle bussen in Sevilla stonden die wijd open: een goedkope vorm van airconditioning. Becker richtte zijn blik op de opening en negeerde het brandende gevoel in zijn benen. De banden, die tot aan zijn schouder kwamen, rolden naast hem voort en gingen met de seconde een hoger geluid voortbrengen. Hij deed een uitval naar de deur, kreeg de handgreep niet te pakken en verloor bijna zijn even-

wicht. Hij spande zich tot het uiterste in. De chauffeur trapte de koppeling in en het toerental van de motor viel terug.
Hij gaat schakelen! Ik haal het niet!
Maar toen de tandwielen van de tweede versnelling krakend in elkaar grepen, minderde de bus een heel klein beetje vaart. Becker dook vooruit. Terwijl hij zijn vingers om de handgreep van de deur kromde, kwam de koppeling weer op. Beckers arm werd bijna uit de kom gerukt toen de motor weer ging trekken, en hij schoot de bus in.

David Becker lag languit net binnen de deuropening van de bus. Het wegdek schoot vlak onder hem langs. Hij was inmiddels weer helemaal nuchter. Zijn benen en schouder deden pijn. Hij stond wankelend op, hervond zijn evenwicht en klom de donkere bus in. In de menigte van silhouetten zag hij, slechts een paar banken bij hem vandaan, het kapsel met de drie opvallende pieken.
Rood, wit en blauw! Ik heb het gehaald!
Becker zag beelden voor zich van de ring, de wachtende Learjet 60, en aan het eind van zijn reis Susan.
Toen Becker op gelijke hoogte kwam met de bank waar het meisje zat en zich afvroeg wat hij tegen haar moest zeggen, reed de bus onder een straatlantaarn door. Het licht ervan viel even over het gezicht van de punker.
Becker staarde er vol ontsteltenis naar. De make-up op haar gezicht was over een dikke laag stoppels gesmeerd. Het was helemaal geen meisje, maar een jongeman. Hij droeg een zilveren knopje in zijn bovenlip en een zwart leren jasje zonder T-shirt eronder.
'Wat mot je, verdomme?' vroeg hij met een schorre stem. Hij had een New Yorks accent.
Met de gedesoriënteerde misselijkheid van iemand die in slowmotion een vrije val maakt, keek Becker naar de passagiers van de bus, die terugstaarden. Het waren allemaal punkers. Minstens de helft van hen had rood, wit en blauw haar.
'*¡Siéntate!*' riep de chauffeur.
Becker was te verward om het te horen.
'*¡Siéntate!*' schreeuwde de chauffeur. 'Ga zitten!'
Becker draaide zich onzeker om naar het boze gezicht in de achteruitkijkspiegel. Maar hij had te lang gewacht.

Geërgerd trapte de chauffeur de rem in. Becker voelde dat hij in beweging kwam. Hij stak zijn hand uit naar de rugleuning van een bank, maar greep mis. Even kwam hij los van de grond. Toen landde hij hard op de zanderige vloer.
Op de Avenida del Cid stapte een gestalte uit de schaduw. Hij duwde zijn metalen brilmontuur recht en tuurde de vertrekkende bus na. David Becker was ontsnapt, maar niet voor lang. Van alle bussen in Sevilla was meneer Becker zojuist in de beruchte lijn 27 gestapt.
Lijn 27 had maar één bestemming.

46

Phil Chartrukian sloeg de hoorn op de haak. Jabba was in gesprek, en hij deed het systeem van wisselgesprekken af als een opdringerig foefje dat door de telefoonmaatschappijen was bedacht om meer winst te maken door elk gesprek door te verbinden; die verdienden miljoenen per jaar aan het eenvoudige zinnetje: 'Ik ben in gesprek op de andere lijn, ik bel je zo terug.' Jabba's weigering om gebruik te maken van deze dienst was zijn eigen vorm van zwijgend protest tegen de eis van de NSA dat hij altijd een mobiele telefoon bij zich had waarop hij bij noodgevallen bereikbaar was.
Chartrukian draaide zich om en keek uit over de verlaten afdeling Crypto. Het gebrom van de generatoren onder hem leek met de minuut harder te gaan klinken. Hij was zich ervan bewust dat de tijd drong. Hij wist dat hij geacht werd naar huis te gaan, maar op het geluid van het gerommel onder Crypto begon de mantra van de systeembeveiligers door zijn hoofd te spelen: grijp eerst in, leg het later uit.
In de wereld van computerbeveiliging, waar veel op het spel stond, vormden minuten vaak het verschil tussen het behoud en het verlies van een systeem. Er was zelden tijd om een verdedigingsmaatregel te verantwoorden voordat je die nam. Systeembeveiligers werden betaald voor hun technische deskundigheid... en hun intuïtie.

Grijp eerst in, leg het later uit. Chartrukian wist wat hem te doen stond. Hij wist ook dat als het stof was gaan liggen, hij ofwel de held van de NSA zou zijn, of in de rij zou staan bij het arbeidsbureau.

De grote decodeercomputer had een virus, daar was de systeembeveiliger zeker van. Er was maar één verantwoorde beslissing: hem stilleggen.

Chartrukian wist dat er maar twee manieren waren om TRANSLTR stil te leggen. De ene was via de privé-terminal van de commandant, die in zijn kantoor stond; dat was dus onmogelijk. De andere was door middel van een handmatig bediende schakelaar, die zich op een van de ondergrondse verdiepingen onder de afdeling Crypto bevond.

Chartrukian slikte. Hij had een hekel aan het ondergrondse deel van Crypto. Hij was er maar één keer geweest, tijdens zijn opleiding. Het leek wel een buitenaardse wereld, met uitgestrekte doolhoven van smalle looppaden en freonleidingen, en met een duizelingwekkende diepte van veertig meter, waarin op de bodem de brommende stroomgeneratoren stonden...

Het was de laatste plek waar hij heen zou willen gaan, en Strathmore was de laatste persoon die hij wilde dwarsbomen, maar het was zijn plicht. *Morgen zullen ze me dankbaar zijn*, dacht hij, maar tegelijk vroeg hij zich af of dat echt zo zou zijn.

Hij ademde diep in en trok het metalen kluisje van de chef Systeembeveiliging open. Op een plank met computeronderdelen stond, verborgen achter een Ethernet-verdeelkast en LAN-tester, een mok van de Stanford University. Zonder de rand aan te raken, stak hij zijn vingers erin en viste er een sleutel uit.

'Het is soms verbazend wat systeembeveiligers níét weten van beveiliging,' mompelde hij.

47

'Een code die een miljard dollar heeft gekost?' giechelde Midge, terwijl ze met Brinkerhoff terugliep door de gang. 'Dat is een goeie.'

'Ik zweer het je,' zei hij.
Ze nam hem tersluiks op. 'Als dit maar geen truc is om me uit de kleren te krijgen.'
'Midge, dat zou ik nooit...' begon hij schijnheilig.
'Dat weet ik, Chad. Daar hoef je me niet aan te herinneren.'
Een halve minuut later zat Midge in Brinkerhoffs stoel het verslag van Crypto te bekijken.
'Zie je?' zei hij, terwijl hij zich over haar schouder boog en het bedrag in kwestie aanwees. 'Deze GKD? Een miljard dollar!'
Midge grinnikte. 'Het is inderdaad wel een beetje aan de hoge kant, hè?'
'Dat kun je wel zeggen, ja,' bromde hij.
'Het lijkt wel een deling door nul.'
'Wat?'
'Een deling door nul,' zei ze, terwijl ze de rest van de gegevens doorkeek. 'De GKD zijn het resultaat van een deling: de totale kosten gedeeld door het aantal decoderingen.'
'Natuurlijk.' Brinkerhoff knikte wezenloos en probeerde niet van bovenaf haar jurk in te gluren.
'Als de noemer nul is,' legde Midge uit, 'nadert het quotiënt tot oneindig. Computers kunnen niet overweg met het begrip oneindig, dus maken ze er een hele reeks negens van.' Ze wees naar een andere kolom. 'Zie je dit?'
'Ja.' Brinkerhoff concentreerde zich weer op het verslag.
'Dat zijn de gegevens over de productie van vandaag. Kijk eens naar het aantal decoderingen.'
Brinkerhoff volgde gehoorzaam met zijn blik haar vinger, die langs de kolom naar beneden gleed.

AANTAL DECODERINGEN = 0

Midge tikte op het cijfer. 'Precies wat ik al dacht. Een deling door nul.'
Brinkerhoff trok zijn wenkbrauwen op. 'Dus alles is in orde?'
Ze haalde haar schouders op. 'Het betekent alleen dat we vandaag geen codes hebben gekraakt. TRANSLTR heeft zeker een dagje vrij.'
'Een dagje vrij?' Brinkerhoff keek bedenkelijk. Hij werkte lang genoeg voor de directeur om te weten dat 'dagjes vrij' geen deel

uitmaakten van de manier waarop hij werkte, en al helemaal niet als het om TRANSLTR ging. Fontaine had twee miljard dollar betaald voor het codekrakende monster, en nu wilde hij zijn geld eruit halen. Elke seconde dat TRANSLTR niets deed, was weggegooid geld.

'Eh... Midge?' zei Brinkerhoff. 'TRANSLTR krijgt geen dagjes vrij. Hij gaat dag en nacht door. Dat weet je best.'

Ze haalde haar schouders op. 'Misschien had Strathmore gisteravond geen zin om laat te blijven en het werk voor het weekend voor te bereiden. Waarschijnlijk wist hij dat Fontaine weg was en is hij 'm vroeg gesmeerd om te gaan vissen.'

'Kom op, Midge.' Brinkerhoff keek haar afkeurend aan. 'Brand die man niet altijd zo af.'

Het was geen geheim dat Midge Milken een hekel had aan Trevor Strathmore. Strathmore had geprobeerd een vernuftige manoeuvre uit te voeren door Skipjack te herschrijven, maar hij was betrapt. Ondanks de gewaagde bedoelingen van Strathmore, had de NSA ervoor moeten boeten. De EFF had meer invloed gekregen, Fontaine had aan geloofwaardigheid verloren bij het Congres, en wat het ergste was, het bureau had zijn anonimiteit verloren. Er waren plotseling huisvrouwen in Minnesota die bij America Online en Prodigy klaagden dat de NSA misschien hun e-mail las; alsof de NSA belangstelling had voor een geheim recept voor gecarameliseerde yams.

Strathmores blunder was de NSA duur komen te staan, en Midge voelde zich daar verantwoordelijk voor. Niet dat ze de stunt van de commandant had kunnen voorzien, maar het kwam er uiteindelijk op neer dat iemand achter directeur Fontaines rug om een ongeoorloofde daad had begaan, en Midge werd betaald om dat te voorkomen. Fontaines gewoonte om mensen hun gang te laten gaan en zich niet overal mee te bemoeien, maakte hem kwetsbaar en Midge nerveus. Maar de directeur had langgeleden al geleerd zich op de achtergrond te houden en intelligente mensen ongestoord hun werk te laten doen, en dat was precies hoe hij met Trevor Strathmore omging.

'Midge, je weet best dat Strathmore de kantjes er niet afloopt,' voerde Brinkerhoff aan. 'Hij beult TRANSLTR af alsof de duivel hem op de hielen zit.'

Midge knikte. Diep in haar hart wist ze dat het onzin was om

Strathmore van luiheid te betichten. Niemand was zo toegewijd als de commandant; toegewijd tot in het absurde. Hij droeg het leed van de wereld als zijn persoonlijke kruis. Het Skipjack-project van de NSA was Strathmores geesteskind geweest, een moedige poging de wereld te veranderen. Helaas was ook deze kruistocht, als zovele queesten, geëindigd in een kruisiging.

'Goed dan,' gaf ze toe. 'Ik was een beetje streng.'

'Een beetje?' Brinkerhoff kneep zijn ogen een stukje toe. 'Strathmore heeft een voorraad bestanden die nog gedecodeerd moeten worden van hier tot de overkant. Hij laat TRANSLTR echt niet een heel weekend niets doen.'

'Goed, goed.' Midge zuchtte. 'Mijn fout.' Ze fronste haar voorhoofd en vroeg zich af waarom TRANSLTR de hele dag geen codes had gekraakt. 'Even iets nakijken,' zei ze, en ze bladerde door het verslag. Ze vond wat ze zocht en bekeek de cijfers. Even later knikte ze. 'Je hebt gelijk, Chad. TRANSLTR heeft op volle kracht gewerkt. Het verbruik is zelfs een beetje aan de hoge kant geweest; meer dan een half miljoen kilowattuur sinds middernacht.'

'En wat wil dat zeggen?'

Midge stond voor een raadsel. 'Ik weet het niet precies. Het is vreemd.'

'Wil je de resultaten opnieuw laten berekenen?'

Ze wierp hem een afkeurende blik toe. Er waren twee dingen aan Midge Milken die nooit in twijfel werden getrokken. Eén daarvan waren haar resultaten. Brinkerhoff wachtte af terwijl Midge de cijfers bestudeerde.

'Hmm,' gromde ze uiteindelijk. 'De resultaten van gisteren zien er goed uit: 237 codes gekraakt. GKD, 874 dollar. Gemiddelde tijd per code, iets boven de zes minuten. Verbruik, gemiddeld. De laatste code die TRANSLTR is binnengegaan...' Ze zweeg.

'Wat is er?'

'Dat is gek,' zei ze. 'Het laatste bestand is gisteren om zevenendertig minuten over elf 's avonds ingevoerd.'

'Nou en?'

'Nou, TRANSLTR kraakt ongeveer elke zes minuten een code. Het laatste bestand van de dag gaat er meestal vlak voor middernacht in. Het ziet er niet naar uit dat...' Plotseling onderbrak Midge zichzelf en snakte naar adem.

Brinkerhoff schrok. 'Wat?'
Midge staarde ongelovig naar de uitdraai. 'Dat bestand, weet je wel, dat gisteravond is ingevoerd?'
'Ja?'
'Dat is nog niet gekraakt. Het is om 23:37:08 ingevoerd, maar er wordt nergens een tijdstip gegeven waarop het gedecodeerd was.' Midge bladerde door de papieren. 'Gisteren niet, en vandaag ook niet!'
Brinkerhoff haalde zijn schouders op. 'Misschien zijn ze een lastige diagnostische test aan het draaien.'
Midge schudde haar hoofd. 'Zo lastig dat het achttien uur kost?' Ze zweeg even. 'Niet waarschijnlijk. Bovendien staat er in deze gegevens dat het een bestand van buiten is. We moeten Strathmore bellen.'
'Thuis?' Brinkerhoff slikte. 'Op zaterdagavond?'
'Nee,' zei Midge. 'Als ik Strathmore een beetje ken, zit hij erbovenop. Ik durf te wedden dat hij hier is. Dat zegt mijn intuïtie.' Midges intuïtie werd eveneens nooit in twijfel getrokken. 'Kom mee,' zei ze terwijl ze opstond. 'Laten we eens kijken of ik gelijk heb.'

Brinkerhoff liep achter Midge aan naar haar kantoor, waar ze ging zitten en als een virtuoos organist de toetsen van Big Brother begon te bewerken.
Brinkerhoff keek naar de rij bewakingsmonitors aan haar muur, die allemaal een stilstaand beeld van het NSA-logo vertoonden.
'Ga je bij Crypto snuffelen?' vroeg hij nerveus.
'Nee,' antwoordde Midge. 'Ik wou dat ik dat kon, maar Crypto is van de buitenwereld afgesloten. Er zijn geen camera's, geen microfoontjes, niets. Orders van Strathmore. Het enige wat ik heb, zijn overzichten van wie er in- en uitgaat, en de resultaten van TRANSLTR. We hebben geluk dat we díé in elk geval hebben. Strathmore wilde volledige isolatie, maar Fontaine stond erop de basisgegevens te krijgen.'
Brinkerhoff keek verbaasd. 'Zijn er geen camera's in Crypto?'
'Hoezo?' vroeg ze, zonder haar blik van haar beeldscherm af te wenden. 'Zoeken Carmen en jij wat meer privacy?'
Brinkerhoff bromde iets onverstaanbaars.
Midge toetste nog iets in. 'Ik ga het register van Strathmores lift

bekijken.' Ze keek even aandachtig naar haar scherm en klopte toen met haar knokkels op het bureaublad. 'Hij is hier,' zei ze op zakelijke toon. 'Hij is in Crypto. Moet je zien. Over lange werktijden gesproken: hij is gisterochtend vroeg aangekomen, en sinds die tijd heeft zijn lift niets meer gedaan. Ik heb ook geen indicatie dat hij zijn magneetkaart heeft gebruikt bij de hoofdingang. Dus het is zeker dat hij hier is.'
Brinkerhoff zuchtte van opluchting. 'Nou, als Strathmore er is, is alles toch in orde?'
Midge dacht even na. 'Misschien,' besloot ze uiteindelijk.
'Misschien?'
'We moeten hem bellen en het controleren.'
Brinkerhoff kreunde. 'Midge, hij is de onderdirecteur. Hij heeft alles vast wel onder controle. Laten we niet proberen het beter te weten dan...'
'Kom nou toch, Chad... Niet zo kinderachtig. We doen alleen ons werk. We hebben een onregelmatigheid in de cijfers, en die moeten we verder onderzoeken. Bovendien,' vervolgde ze, 'wil ik Strathmore er graag aan herinneren dat Big Brother toekijkt. Dan denkt hij er misschien nog eens goed over na voordat hij weer zo'n onbezonnen stunt begaat om de wereld te redden.'
Midge pakte de telefoon en begon een nummer in te toetsen.
Brinkerhoff keek ongemakkelijk. 'Denk je echt dat je hem moet lastigvallen?'
'Ik val hem niet lastig,' zei Midge, en ze wierp hem de hoorn toe. 'Dat doe jíj.'

48

'Wat?' stamelde Midge ongelovig. 'Beweert Strathmore dat onze resultaten niet kloppen?'
Brinkerhoff knikte en legde de hoorn neer.
'Ontkénde Strathmore dat TRANSLTR al achttien uur met één bestand bezig is?'
'Hij was heel vriendelijk.' Brinkerhoff straalde, blij dat hij het telefoontje had overleefd. 'Hij verzekerde me dat TRANSLTR uit-

stekend werkte. Zei dat hij tot op dit moment elke zes minuten een code kraakt. Bedankte me voor mijn nauwkeurigheid.'
'Hij liegt,' zei Midge kortaf. 'Ik stel dat verslag van Crypto al twee jaar samen. De resultaten zijn nooit onjuist.'
'Eens moet de eerste keer zijn,' zei hij achteloos.
Ze keek hem boos aan. 'Ik laat alle resultaten twéémaal berekenen.'
'Nou... Je weet wat ze over computers zeggen. Als ze er een zooitje van maken, zijn ze er in elk geval consequent in.'
Midge draaide zich om en keek hem aan. 'Dit is niet leuk, Chad! De onderdirecteur heeft net regelrecht gelogen tegen de persoonlijk medewerker van de directeur. Ik wil weten waarom!'
Brinkerhoff wenste plotseling dat hij haar niet terug had geroepen. Zijn telefoontje met Strathmore had iets in haar losgemaakt. Sinds de gebeurtenissen met Skipjack kon Midge, als ze het gevoel had dat er iets verdachts aan de hand was, een angstaanjagende transformatie ondergaan: van flirt naar fanaat. Dan was ze niet meer te stoppen totdat ze alles tot op de bodem had uitgezocht.
'Midge, het ís mogelijk dat onze resultaten niet goed zijn,' zei Brinkerhoff op ferme toon. 'Ik bedoel, stel je voor... een bestand dat TRANSLTR achttien uur bezighoudt? Dat is ongekend. Ga naar huis. Het is laat.'
Ze schonk hem een hautaine blik en liet het verslag op het bureaublad vallen. 'Ik vertrouw de resultaten. Mijn intuïtie zegt dat ze kloppen.'
Brinkerhoff keek bedenkelijk. Zelfs de directeur durfde niet meer te twijfelen aan Midges intuïtie; ze had de griezelige gewoonte altijd gelijk te hebben.
'Er is iets mis,' sprak ze. 'En ik ben van plan uit te zoeken wat het is.'

49

Becker hees zichzelf omhoog van de busvloer en liet zich op een lege zitplaats vallen.

'Handig, klojo.' De jongen met zijn haar in drie pieken grijnsde spottend. Becker kneep zijn ogen tot spleetjes vanwege het felle tegenlicht. Het was de jongen die hij in de bus had zien stappen. Hij keek mistroostig om zich heen naar de zee van rood-wit-blauwe kapsels.
'Wat betekent dat haar?' vroeg Becker mistroostig, terwijl hij naar de anderen gebaarde. 'Het is allemaal...'
'Rood-wit-blauw?' vulde de jongen aan.
Becker knikte, en probeerde niet naar het ontstoken gaatje in de bovenlip van de jongen te kijken.
'Judas Taboo,' zei de jongen op een toon alsof dat alles verklaarde.
Becker keek stomverbaasd.
De punker spoog in het gangpad, kennelijk vol weerzin over Beckers onwetendheid. 'Nooit van Judas Taboo gehoord? De grootste punker sinds Sid Vicious? Heeft zich hier precies een jaar geleden door zijn kop geschoten. Vandaag is de herdenking.'
Becker knikte vaag, maar hij begreep het verband niet.
'Taboo had zijn haar zo op de dag dat hij er een einde aan maakte.' De jongen spoog weer een klodder in het gangpad. 'Iedere fan die zichzelf serieus neemt, heeft vandaag rood-wit-blauw haar.'
Lange tijd zei Becker niets. Langzaam, alsof hij een kalmerend middel toegediend had gekregen, draaide hij zich om en ging hij recht zitten. Hij keek naar de andere buspassagiers. Het waren zonder uitzondering punkers. De meesten staarden hem aan.
Iedere fan heeft vandaag rood-wit-blauw haar.
Becker stak zijn arm op en trok aan het koord aan de wand dat bedoeld was om de chauffeur te waarschuwen. Het was tijd om uit te stappen. Hij trok nog een keer. Er gebeurde niets. Hij trok een derde maal, deze keer wat fanatieker. Niets.
'Op lijn 27 koppelen ze die los.' Daar spatte weer een klodder op de vloer. 'Dan kunnen we er niet mee klooien.'
Becker draaide zich om. 'Bedoel je dat ik er niet uit kan?'
De jongen lachte. 'Pas aan het einde van de rit.'

Vijf minuten later scheurde de bus over een onverlichte Spaanse landweg. Becker wendde zich tot de jongen die achter hem zat. 'Stopt deze ooit nog ergens?'

De jongen knikte. 'Nog een paar kilometer.'
'Waar gaan we heen?'
Er verscheen plotseling een brede grijns op zijn gezicht. 'Weet je dat dan niet?'
Becker haalde zijn schouders op.
De jongen begon hysterisch te lachen. 'O, shit, man. Dan staat je nog iets te wachten.'

50

Op slechts een paar meter afstand van de romp van TRANSLTR stond Phil Chartrukian op een stuk vloer in de hal van Crypto waar in witte letters op stond:

ONDERGRONDSE VERDIEPINGEN CRYPTO
VERBODEN VOOR ONBEVOEGDEN

Hij wist zeker dat hij onbevoegd was. Hij keek snel naar boven, naar het kantoor van Strathmore. De gordijnen waren nog steeds dicht. Chartrukian had Susan Fletcher naar de toiletten zien gaan, dus hij wist dat hij van haar niets te vrezen had. Het enige andere probleem was Hale. Hij wierp een blik op Zaal 3 en vroeg zich af of de cryptoloog naar hem keek.
'Krijg de klere,' mompelde hij.
Onder zijn voeten was vaag de omtrek te zien van een luik in de vloer. Chartrukian had de sleutel in zijn hand die hij zojuist van Systeembeveiliging had meegenomen.
Hij hurkte neer, stak de sleutel in de grond en draaide hem om. Onder zich hoorde hij de grendel klikken. Toen draaide hij het grote vlinderslot aan de buitenkant los, zodat het luik bewogen kon worden. Hij keek nog een keer over zijn schouder, ging op zijn hurken zitten en trok. Het paneel was klein, slechts een meter bij een meter, maar zwaar. Toen het eindelijk omhoogkwam, struikelde de systeembeveiliger achteruit.
Een vlaag hete lucht sloeg hem tegemoet. Die had de scherpe geur van freon. Er kolkte stoom omhoog uit de opening, rood

verlicht door de werkverlichting in de diepte. Het verre gebrom van de generatoren werd een rommelend geluid. Chartrukian ging staan en tuurde door de opening. Het zag er meer uit als de poort naar de hel dan als een dienstingang naar een computer. Een smalle ladder leidde naar een ondergronds platform. Daarvandaan liepen trappen verder de diepte in, maar hij zag alleen een wervelende rode nevel.

Greg Hale stond achter het naar één kant doorzichtige glas van Zaal 3. Hij keek toe hoe Phil Chartrukian voorzichtig de ladder af klom naar de ondergrondse ruimte. Vanuit Hales positie zag het eruit alsof het hoofd van de systeembeveiliger was afgehakt en op de grond van Crypto was achtergelaten. Toen zonk het langzaam weg in de kolkende nevel.

'Dapper,' mompelde Hale. Hij wist waar Chartrukian naartoe ging. Een handmatige noodstop van TRANSLTR was een logische stap als hij dacht dat de computer een virus had. Helaas was het ook dé manier om ervoor te zorgen dat het binnen een minuut of tien in Crypto zou wemelen van de systeembeveiligers. Bij noodhandelingen gingen er in de centrale alarmbellen rinkelen. Een onderzoek naar Crypto door Systeembeveiliging kon Hale niet gebruiken. Hij stapte Zaal 3 uit en liep naar het luik. Hij moest Chartrukian tegenhouden.

51

Jabba leek op een reusachtige donderpad. Net als het personage uit Star Wars dat hem zijn bijnaam had bezorgd, was de man onbehaard en bolvormig. Als vaste beschermengel van alle computersystemen bij de NSA bewoog Jabba zich van afdeling naar afdeling, draaide hier eens aan een schroefje, soldeerde daar iets vast en herhaalde zijn credo dat voorkomen beter was dan genezen. Sinds Jabba er de scepter zwaaide, was geen enkele NSA-computer ooit besmet geraakt, en dat wilde hij graag zo houden.

Jabba's thuisbasis was een verhoogde werkplek die uitkeek over de ondergrondse, zeer geheime databank van de NSA. Daar zou een virus de meeste schade aanrichten en daar bracht hij het grootste deel van zijn tijd door. Maar op dit moment had Jabba pauze en zat hij pizza's calzone pepperoni te eten in het restaurant van de NSA, dat de hele nacht open was. Hij wilde net aan zijn derde beginnen toen zijn mobiele telefoon overging.

'Zeg het maar,' zei hij, en hij verslikte zich bijna in een hap.

'Jabba,' kirde een vrouwenstem. 'Met Midge.'

'Mijn koningin van de data!' riep de enorme man enthousiast. Hij had altijd een zwak gehad voor Midge Milken. Ze was pienter, en ze was de enige vrouw die Jabba ooit had ontmoet die met hem flirtte. 'Joh, hoe is het met je?'

'Ik mag niet klagen.'

Jabba veegde zijn mond af. 'Ben je in het gebouw?'

'Jawel.'

'Heb je zin om een calzone met me te komen eten?'

'Dat zou ik dolgraag willen, Jabba, maar ik moet mijn heupen in de gaten houden.'

'O, ja?' Hij grinnikte. 'Mag ik je gezelschap komen houden?'

'Je bent slecht.'

'Je hebt geen idee...'

'Ik ben blij dat ik je aan de lijn heb,' zei ze. 'Ik heb je raad nodig.'

Hij nam een grote slok cola. 'Vertel op.'

'Het is misschien niets,' zei Midge, 'maar er zit iets raars in mijn resultaten van Crypto. Ik hoopte dat jij opheldering kon verschaffen.'

'Waar gaat het om?' Hij nam weer een slok.

'Ik heb een verslag waarin staat dat TRANSLTR al achttien uur met hetzelfde bestand bezig is en het nog niet heeft gekraakt.'

Jabba sproeide cola over zijn calzone. 'Wát heb je?'

'Heb jij enig idee?'

Hij depte zijn calzone met een servet droog. 'Wat is dat voor verslag?'

'Een productieverslag. Gewoon een kostenanalyse.' Midge legde snel uit wat Brinkerhoff en zij hadden gevonden.

'Heb je Strathmore gebeld?'

'Ja. Hij zei dat alles in Crypto in orde is. Dat TRANSLTR op volle kracht werkt. Dat onze resultaten verkeerd zijn.'

Jabba trok rimpels in zijn bolle voorhoofd. 'Wat is het probleem dan? Er zit een fout in je verslag.' Midge gaf geen antwoord. Jabba begreep wat ze bedoelde. Hij fronste zijn wenkbrauwen. 'Jij gelooft niet dat er een fout in je verslag zit?'
'Nee.'
'Dus je denkt dat Strathmore liegt?'
'Dat niet,' zei Midge diplomatiek, want ze wist dat ze zich op glad ijs begaf. 'Alleen heeft er nooit eerder een fout in mijn overzichten gezeten. Ik wilde graag de mening van een ander horen.'
'Nou,' zei Jabba, 'het spijt me dat ik degene ben die het je moet vertellen, maar je resultaten kloppen niet.'
'Denk je?'
'Ik durf mijn baan eronder te verwedden.' Jabba nam een grote hap van zijn kleffe calzone en zei met zijn mond vol: 'De langste tijd die TRANSLTR voor een bestand nodig heeft gehad, is drie uur geweest. Diagnostische tests, onderzoeken naar grenswaarden, alles meegerekend. Het enige wat hem achttien uur lang kan blokkeren, zou iets met een virus te maken moeten hebben. Niets anders zou dat kunnen veroorzaken.'
'Een virus?'
'Ja, een of andere overbodige cyclus. Iets wat in de processors terecht is gekomen, daar een lus op gang heeft gebracht en daarmee de hele boel heeft verstopt.'
'Nou,' zei ze voorzichtig, 'Strathmore is al zesendertig uur achter elkaar in Crypto. Zou er een kans zijn dat hij bezig is een virus te bestrijden?'
Jabba lachte. 'Is Strathmore daar al zesendertig uur? Arme kerel. Zijn vrouw heeft hem waarschijnlijk verboden thuis te komen. Ik heb gehoord dat ze van hem af wil.'
Midge dacht even na. Dat had zij ook gehoord. Ze vroeg zich af of ze zich misschien dingen verbeeldde.
'Midge.' Jabba haalde piepend adem en nam nog een grote slok. 'Als Strathmores speeltje een virus had, zou hij me gebeld hebben. Strathmore is best slim, maar hij heeft de ballen verstand van virussen. TRANSLTR is alles voor hem. Bij het eerste teken van narigheid zou hij de noodklok hebben geluid, en dat betekent hier dat ík erbij word geroepen.' Jabba zoog een lange sliert mozzarella naar binnen. 'Bovendien is het godsonmogelijk dat TRANSLTR een virus heeft. Gauntlet heeft de beste *packet filters*

die ik ooit heb geschreven. Daar komt niets doorheen.'
Na een lange stilte slaakte Midge een zucht. 'Nog andere suggesties?'
'Ja. Je resultaten kloppen niet.'
'Dat had je al gezegd.'
'Precies.'
Ze twijfelde. 'En je hebt niets bijzonders gehoord? Helemaal niets?'
Jabba lachte krassend. 'Midge... hoor eens. Skipjack was een ramp. Dat heeft Strathmore verklooid. Maar stap er nou eens overheen; het is voorbij.' Het bleef lang stil op de lijn, en Jabba besefte dat hij te ver was gegaan. 'Het spijt me, Midge. Ik weet dat jij ervan langs hebt gekregen vanwege die hele toestand. Strathmore zat fout. Ik weet hoe je over hem denkt.'
'Dit heeft niets met Skipjack te maken,' zei ze streng.
Dat zal wel niet, dacht Jabba. 'Luister, Midge. Strathmore laat me koud. Ik bedoel, de kerel is cryptoloog. Dat zijn eigenlijk allemaal egocentrische klootzakken. Ze hebben hun gegevens altijd gisteren nodig. Elk bestand is nou net datgene wat de wereld zou kunnen redden.'
'Wat wil je daarmee zeggen?'
Jabba zuchtte. 'Dat Strathmore net zo gestoord is als al die anderen. Maar hij houdt meer van TRANSLTR dan van zijn eigen vrouw, verdomme. Als er een probleem was, had hij me gebeld.'
Midge zweeg een tijdje. Ten slotte slaakte ze een aarzelende zucht. 'Dus jij denkt dat mijn resultaten niet kloppen?'
Jabba grinnikte. 'Zit er een echo op de lijn?'
Ze lachte.
'Hoor eens, Midge. Schrijf maar een opdracht voor me uit. Dan kom ik maandagochtend je apparaat nakijken. En maak nu dat je hier wegkomt. Het is zaterdagavond. Zorg dat je iemand vindt om de koffer mee in te duiken.'
Ze zuchtte. 'Ik doe mijn best, Jabba. Geloof me, ik doe mijn best.'

52

Club Embrujo – wat zoveel betekende als 'betovering' – lag in een buitenwijk, bij het eindpunt van bus 27. Het leek meer een fort dan een discotheek, met aan alle kanten hoge gepleisterde muren eromheen waarin scherven van bierflesjes waren gedrukt, een primitief beveiligingssysteem dat ervoor zorgde dat niemand ongezien kon binnenkomen zonder een flinke hoeveelheid huid en vlees achter te laten.

Gedurende de rit had Becker zich neergelegd bij het feit dat hij had gefaald. Het moment was gekomen om Strathmore te bellen met het slechte nieuws: de zoektocht was hopeloos. Hij had gedaan wat hij kon, maar het was tijd om naar huis te gaan.

Maar nu hij naar de menigte bezoekers keek die zich door de ingang van de club naar binnen drong, wist Becker niet zeker of zijn geweten hem zou toestaan de zoektocht op te geven. Hij zat naar de grootste massa punkers te kijken die hij ooit had gezien. Overal zag hij haar dat rood-wit-blauw was geverfd.

Becker zuchtte en overwoog zijn keuzes. Hij keek uit over de menigte en haalde zijn schouders op. *Waar zou ze anders kunnen zijn op een zaterdagavond?* Terwijl hij zijn geluk vervloekte, klom Becker de bus uit.

De toegang tot Club Embrujo werd gevormd door een smalle stenen gang. Toen Becker die binnenging, werd hij ogenblikkelijk meegezogen door de stroom geestdriftige vaste bezoekers.

'Uit de weg, flikker!' Een menselijk speldenkussen wrong zich langs hem heen en gaf hem in het voorbijgaan een elleboog in zijn zij.

'Leuke das.' Iemand gaf een harde ruk aan Beckers stropdas.

'Wil je neuken?' Een tienermeisje keek hem aan. Ze zag eruit als een wezen uit een horrorfilm.

De donkere gang kwam uit op een enorme betonnen zaal waar het naar drank en zweet stonk. Het was een surrealistisch tafereel: een diepe grot in een berg, waar honderden lijven zich als één man bewogen. Ze sprongen op en neer, met hun armen stevig langs hun zij gedrukt en hun hoofd knikkend als een levenloze bol op een onbuigzame ruggengraat. Verdwaasde figuren doken rennend van een podium af en kwamen neer op een zee

van ledematen. Lijven werden doorgegeven als menselijke strandballen. Boven dat alles gaven knipperende stroboscooplampen het geheel het aanzien van een oude stomme film.
Aan de muur tegenover Becker hingen luidsprekers ter grootte van bestelbussen, die zo vibreerden dat zelfs de meest toegewijde dansers minstens tien meter afstand moesten houden van de dreunende woofers.
Becker stak zijn vingers in zijn oren en keek zoekend om zich heen. Overal waar hij keek, zag hij wel een rood-wit-blauw hoofd. De mensen waren zo dicht opeengepakt dat hij niet kon zien wat ze aan hadden. Hij zag nergens een spoor van een Britse vlag. Het was duidelijk dat hij zich niet in de menigte zou kunnen begeven zonder te worden vertrapt. Vlak bij hem begon iemand over te geven.
Heerlijk. Becker kreunde. Hij liep een gang vol graffiti in.
De gang ging over in een smalle tunnel met spiegelwanden, die uitkwam op een binnenplaats in de openlucht, waar tafeltjes en stoeltjes stonden. Het was er vol met punkers, maar voor Becker was het de poort tot Shangri-La; boven hem was de zomerlucht te zien en de muziek stierf weg.
Hij negeerde de nieuwsgierige blikken en liep tussen de menigte door. Hij trok zijn das los en liet zich in een stoel aan het dichtstbijzijnde vrije tafeltje vallen. Het leek wel een mensenleven geleden dat Strathmore hem die ochtend vroeg had gebeld.
Nadat Becker zijn tafeltje had ontdaan van lege bierflesjes, legde hij zijn hoofd op zijn armen. *Een paar minuten maar*, dacht hij.

Acht kilometer bij hem vandaan zat de man met het metalen brilmontuur achter in een Fiat, een taxi, die snel over een landweg suisde.
'Embrujo,' bromde hij, om de chauffeur aan hun bestemming te herinneren.
De chauffeur knikte en keek in de achteruitkijkspiegel naar zijn eigenaardige vrachtje. 'Embrujo,' mompelde hij voor zich uit. 'Daar gaan steeds vreemdere lui naartoe.'

53

Tokugen Numataka lag naakt op de massagetafel in het penthouse waar zijn kantoor was. Zijn persoonlijke masseuse kneedde de stijve plekken in zijn nek. Ze duwde haar handpalmen in de vlezige gedeeltes rond zijn schouderbladen en werkte zich langzaam een weg naar beneden, naar de handdoek die over zijn onderrug lag. Haar handen gleden lager... tot onder zijn handdoek. Numataka merkte het nauwelijks. Hij was met zijn gedachten elders. Hij wachtte al een tijdje op het rinkelen van zijn privé-lijn. Tevergeefs.

Er werd op de deur geklopt.

'Binnen,' gromde Numataka.

De masseuse trok haar handen snel onder de handdoek vandaan.

De telefoniste kwam binnen en boog. 'Geëerde voorzitter?'

'Spreek op.'

De telefoniste boog opnieuw. 'Ik heb de telefooncentrale gesproken. Het gesprek was afkomstig van landnummer 1, de Verenigde Staten.'

Numataka knikte. Dat was goed nieuws. *Het telefoontje kwam uit de Verenigde Staten.* Hij glimlachte. *Het was authentiek geweest.*

'Waar in de Verenigde Staten?' informeerde hij.

'Daar werken ze nog aan, meneer.'

'Mooi. Kom het me vertellen als je meer weet.'

De telefoniste boog weer en verliet het kantoor.

Numataka voelde zijn spieren ontspannen. Landnummer 1. Dat was héél goed nieuws.

54

Susan Fletcher ijsbeerde ongeduldig heen en weer door de toiletruimte van Crypto en telde langzaam tot vijftig. Haar hoofd bonsde. *Nog heel even wachten*, hield ze zichzelf voor. *Hale is North Dakota!*

Ze vroeg zich af wat Hale van plan was. Zou hij de sleutel bekendmaken? Zou hij inhalig worden en proberen het algoritme te verkopen? Ze kon het niet opbrengen nog langer te wachten. Het was de hoogste tijd. Ze moest Strathmore zien te bereiken.
Voorzichtig opende ze de deur op een kier en gluurde ze naar de spiegelende wand aan de andere kant van de hal. Ze kon onmogelijk bepalen of Hale nog keek. Ze zou snel naar Strathmores kantoor moeten lopen. Maar ook weer niet te snel natuurlijk, want Hale mocht niet vermoeden dat ze hem doorhad.
Ze stak haar hand uit naar de deur en stond op het punt die open te trekken toen ze iets hoorde. Stemmen. Mannenstemmen.
De stemmen kwamen door de ventilatiekoker vlak bij de vloer.
Ze liet de deur los en liep naar de luchtopening. De woorden werden gedempt door het eentonige gebrom van de generatoren onder haar. Het was alsof er ergens op de ondergrondse loopbruggen een gesprek werd gevoerd. De ene stem klonk schel, kwaad. Zo te horen was het Phil Chartrukian.

'Geloof je me niet?'

Het geluid van geruzie klonk uit de diepte.

'We hebben een virus!'

Toen hard geschreeuw.

'We moeten Jabba bellen!'

Daarna geluiden van een worsteling.

'Laat me los!'

Het gekrijs dat volgde, was nauwelijks menselijk. Het was een lange, jammerende kreet van ontzetting, als van een gemarteld dier in stervensnood. Susan verstijfde naast de luchtopening. Het geluid eindigde net zo abrupt als het begonnen was. Toen werd het stil.

Alsof het zo verzonnen was voor een of ander goedkoop horrormatinee, gingen even later de lampen in de toiletruimte langzaam steeds lager branden. Toen flikkerden ze een keer en doofden ze definitief. Susan Fletcher stond in het pikkedonker.

55

'Je zit op mijn stoel, klootzak.'

Becker hief zijn hoofd van zijn armen. *Spreekt er dan niemand Spaans in dit rotland?*

Een kleine, puisterige tiener met een kaalgeschoren hoofd stond dreigend op hem neer te kijken. De helft van zijn schedel was rood en de andere helft paars. Hij zag eruit als een paasei. 'Ik zei dat je op mijn stoel zat, klootzak.'

'Ik had je de eerste keer al verstaan,' zei Becker terwijl hij opstond. Hij was niet in de stemming voor ruzie. Het was tijd om te gaan.

'Waar heb je mijn flesjes gelaten?' grauwde de jongen. Hij had een veiligheidsspeld door zijn neus.

Becker wees naar de bierflesjes die hij op de grond had gezet. 'Ze waren leeg.'

'Het waren míjn lege flesjes, verdomme!'

'Mijn verontschuldigingen,' zei Becker, en hij draaide zich om en wilde gaan.

De punker ging voor hem staan. 'Pak ze op!'

Becker keek hem met half toegeknepen ogen ontstemd aan. 'Je maakt zeker een geintje?' Hij was dertig centimeter langer en minstens twintig kilo zwaarder dan de jongen.

'Zie ik er verdomme uit alsof ik een geintje maak?'

Becker zei niets.

'Pak ze op!' De stem van de jongen sloeg over.

Becker probeerde om hem heen te stappen, maar de tiener versperde hem de weg. 'Pak ze op, godverdomme!'

Punkers die stoned aan tafeltjes in de buurt hingen, draaiden zich om om te zien wat er aan de hand was.

'Dit kun je beter niet doen, jongen,' zei Becker kalm.

'Ik waarschuw je!' De jongen was ziedend. 'Dit is mijn tafeltje! Ik zit hier elke avond. En nou pak je ze op!'

Beckers geduld raakte op. Had hij niet in de Smoky Mountains moeten zijn met Susan? Wat deed hij in Spanje, ruziënd met een psychotische puber?

Zonder te waarschuwen pakte Becker de jongen onder zijn armen beet, tilde hem op en liet zijn achterste met een klap op het

tafeltje neerkomen. 'Nou moet je eens goed luisteren, klein snotneuzig onderkruipsel. Je houdt je in, en wel meteen, anders ruk ik die veiligheidsspeld uit je neus en gebruik hem om je mond mee dicht te spelden.'
De jongen werd bleek.
Becker hield hem even vast en liet zijn greep toen verslappen. Zonder zijn blik af te wenden van de geschrokken jongen, bukte hij zich, pakte de flesjes op en zette die weer op het tafeltje. 'Wat zeg je dan?' vroeg hij.
De jongen was sprakeloos.
'Graag gedaan,' snauwde Becker. *Dit joch is een levende advertentie voor voorbehoedsmiddelen.*
'Flikker op!' brulde de jongen, die zich ervan bewust was dat zijn maten hem uitlachten. 'Teringlijer!'
Becker verroerde zich niet. Plotseling drong er iets tot hem door wat de jongen had gezegd. *Ik zit hier elke avond.* Becker vroeg zich af of het joch hem misschien kon helpen. 'Sorry,' zei Becker, 'maar ik heb je naam niet verstaan.'
'Toverbal,' fluisterde hij dreigend, alsof hij iemand de doodstraf gaf.
'Toverbal?' zei Becker peinzend. 'Eens raden... vanwege je haar?'
'Je meent het, Sherlock.'
'Pakkende naam. Heb je die zelf bedacht?'
'Zeker weten,' zei hij trots. 'Ik ga er octrooi voor aanvragen.'
Becker keek fronsend. 'Bedoel je een hándelsmerk?'
De jongen was in verwarring gebracht.
'Voor een naam moet je een handelsmerk deponeren,' zei Becker. 'Geen octrooi aanvragen.'
'Nou ja, hoe het dan ook heet!' schreeuwde de punker gefrustreerd.
Alle kakelbonte tieners die dronken en stoned aan de omliggende tafeltjes zaten, lagen nu dubbel. Toverbal stond op en vroeg spottend aan Becker: 'Wat wil je nou eigenlijk van me?'
Becker dacht even na. *Ik wil dat je je haar wast, iets aan je taalgebruik doet en een baantje zoekt.* Maar hij vermoedde dat dat te veel gevraagd was bij een eerste ontmoeting. 'Ik heb informatie nodig,' zei hij.
'Krijg de klere.'
'Ik ben naar iemand op zoek.'

'Ik kan 'm niet.'
'Kén 'm niet,' verbeterde Becker terwijl hij een passerende serveerster wenkte. Hij kocht twee biertjes, Aguila's, en gaf er een aan Toverbal. De jongen keek geschokt. Hij nam een teug bier en bekeek Becker argwanend.
'Probeer je me te versieren, mooie jongen?'
Becker glimlachte. 'Ik ben op zoek naar een meisje.'
Toverbal lachte schel. 'In dat pakkie zul je weinig voor elkaar krijgen!'
Becker fronste zijn wenkbrauwen. 'Ik hoef ook niets voor elkaar te krijgen. Ik moet haar alleen spreken. Misschien kun je me helpen haar te vinden.'
Toverbal zette zijn flesje neer. 'Ben je een smeris?'
Becker schudde zijn hoofd.
De jongen kneep zijn ogen half dicht. 'Je ziet eruit als een smeris.'
'Jongen, ik kom uit Maryland. Als ik een smeris was, zou ik hier weinig bevoegdheden hebben, denk je niet?'
Op die vraag had hij geen antwoord.
'Ik heet David Becker.' Becker glimlachte en stak over het tafeltje heen zijn hand uit.
De punker deinsde vol afschuw achteruit. 'Afstand houden, mietje.'
Becker trok zijn hand terug.
De jongen grijnsde spottend. 'Ik wil je wel helpen, maar dat gaat je heel wat kosten.'
Becker speelde het spelletje mee. 'Hoeveel?'
'Honderd dollar.'
Becker keek bedenkelijk. 'Ik heb alleen peseta's'
'Kan mij wat verdommen! Honderd peseta dan.'
Wisselkoersen waren blijkbaar niet Toverbals sterkste punt; honderd peseta was ongeveer zevenentachtig dollarcent. 'Afgesproken,' zei Becker, en hij tikte met zijn flesje tegen de tafel.
Voor het eerst glimlachte de jongen. 'Afgesproken.'
'Oké,' vervolgde Becker op gedempte toon. 'Ik denk dat het meisje dat ik zoek misschien hier is. Ze heeft rood-wit-blauw haar.'
Toverbal snoof verachtelijk. 'Het is de herdenking van Judas Taboo. Iedereen heeft...'
'Ze heeft ook een T-shirt met de Britse vlag aan, en een oorbel

met een doodskop in één oor.'
Er ging een vage blik van herkenning over Toverbals gezicht. Becker zag het, en kreeg weer hoop. Maar even later werd Toverbals uitdrukking grimmig. Hij zette met een klap zijn flesje neer en greep Becker bij zijn overhemd.
'Die is van Eduardo, klootzak! Ik zou maar uitkijken! Als je haar aanraakt, ben je dood!'

56

Midge Milken liep boos rond in de vergaderzaal die tegenover haar kantoor lag. Behalve de mahoniehouten tafel van bijna tien meter lang, met het NSA-zegel in zwart kersenhout en notenhout ingelegd in het blad, bevonden zich in de vergaderzaal drie aquarellen van Marion Pike, een krulvaren, een marmeren bar, en natuurlijk de onmisbare waterkoeler. Midge tapte een glaasje water, in de hoop dat ze daar kalmer van zou worden.
Terwijl ze met kleine slokjes van het water dronk, keek ze naar het raam. Het maanlicht viel door de opengedraaide luxaflex en speelde over de nerven van de tafel. Ze had altijd gevonden dat dit een beter kantoor voor de directeur zou zijn dan Fontaines huidige kamer, aan de voorkant van het gebouw. In plaats van over de parkeerplaats van de NSA uit te kijken, bood de vergaderzaal uitzicht over een indrukwekkende reeks bijgebouwen, waaronder de koepel van Crypto, een technisch zeer geavanceerd eiland dat los van het hoofdgebouw in een hectare grote zee van bomen lag. Crypto was opzettelijk in de natuurlijke beschutting van een esdoornbos gebouwd en was vanuit de meeste ramen van het NSA-complex moeilijk te zien, maar vanuit de directiesuite was het zicht erop volmaakt. Midge vond de vergaderzaal de perfecte uitkijkpost voor een koning om zijn domein te overzien. Ze had Fontaine een keer voorgesteld zijn kantoor te verhuizen, maar de directeur had alleen geantwoord: 'Niet naar de achterkant.' Fontaine was niet het soort man dat je ooit ergens achteraan zou aantreffen.
Midge trok de luxaflex omhoog. Ze keek recht vooruit, naar de

heuvels. Met een zucht liet ze haar blik naar de plek gaan waar Crypto stond. Midge voelde zich altijd gerustgesteld als ze de Cryptokoepel zag, een gloeiend baken, hoe laat het ook was. Maar vanavond was er geen geruststelling toen ze naar buiten keek. In plaats daarvan staarde ze in een leegte. Terwijl ze haar gezicht tegen het glas drukte, werd ze gegrepen door een wilde, meisjesachtige paniek. Onder haar was alleen maar duisternis. Crypto was verdwenen!

57

De toiletruimte van Crypto had geen ramen, en het was volkomen donker om Susan Fletcher heen. Ze stond even doodstil en probeerde zich te oriënteren, terwijl ze zich zeer bewust was van haar groeiende paniek. De afschuwelijke kreet uit de ventilatiekoker leek nog om haar heen te hangen. Ondanks haar pogingen de opkomende vrees te onderdrukken, sloeg de angst genadeloos toe.

In een uitbarsting van onwillekeurige activiteit greep Susan onbeheerst om zich heen naar toiletdeuren en wastafels. Gedesoriënteerd draaide ze met haar armen voor zich gestrekt rond in de duisternis en probeerde ze zich de ruimte voor de geest te halen. Ze schopte een afvalbak omver en voelde een betegelde muur. Door die muur met haar hand te volgen, zag ze kans de uitgang te bereiken, waar ze op de tast de deurkruk vond. Ze trok de deur open en struikelde de hal van Crypto in.

Daar bleef ze even als verstijfd staan.

Crypto zag er volkomen anders uit dan ze het zojuist had achtergelaten. TRANSLTR was een grijs silhouet tegen het flauwe schemerlicht dat door de koepel naar binnen viel. Alle verlichting was uit. Zelfs de elektronische toetsenpaneeltjes op de deuren gloeiden niet meer op.

Toen Susans ogen aan het donker gewend raakten, zag ze dat het enige kunstlicht in Crypto afkomstig was uit het open luik: een zachte rode gloed van de ondergrondse werkverlichting. Ze liep erheen. Er hing een vage geur van ozon in de lucht.

Toen ze bij het luik aankwam, tuurde ze het gat in. Uit de ventilatieopeningen kolkte nog steeds een nevel van freon in het rode licht, en aan het hogere gezoem van de generatoren kon Susan horen dat Crypto op de noodstroomvoorziening draaide. Door de nevel zag ze Strathmore op het platform onder haar staan. Hij leunde over de reling en staarde de diepe, rommelende schacht van TRANSLTR in.

'Commandant!'

Geen reactie.

Susan liet zich voorzichtig op de ladder zakken. De warme lucht blies van beneden onder haar rok. De sporten waren glibberig van de condens. Ze stapte het platform van metalen roosters op.

'Commandant?'

Strathmore draaide zich niet om. Hij bleef met een wezenloze, geschokte uitdrukking op zijn gezicht naar beneden staren, alsof hij in trance was. Susan volgde zijn blik over de balustrade. Een ogenblik lang kon ze alleen kringelende stoom onderscheiden. Toen zag ze het plotseling. Een lichaam. Zes verdiepingen lager. Het was heel even zichtbaar, tussen de stoomwolken door. Daar was het weer. Een vormeloze hoop verwrongen ledematen. Zevenentwintig meter onder hen lag Phil Chartrukian op de scherpe ijzeren ribben van de hoofdgenerator. Zijn lichaam was zwart verbrand. Zijn val had kortsluiting veroorzaakt, zodat de belangrijkste stroomvoorziening van Crypto was uitgeschakeld. Maar het ijzingwekkendst om te zien was niet Chartrukian, maar iemand anders, een andere gedaante, die halverwege de lange trap ineengedoken in de schaduw zat. De gespierde gestalte was onmiskenbaar die van Greg Hale.

58

De punker schreeuwde tegen Becker: 'Megan is van mijn maat Eduardo! Blijf met je poten van haar af!'

'Waar is ze?' Beckers hart bonsde onbeheersbaar.

'Krijg de klere!'

'Het is een noodgeval!' snauwde Becker. Hij greep de jongen bij

zijn mouw. 'Ze heeft een ring die van mij is. Ik zal haar ervoor betalen! En goed ook!'
Toverbal verstijfde en barstte in lachen uit. 'Bedoel je dat dat lelijke gouden ding van jou is?'
Beckers ogen werden groot. 'Heb je hem gezien?'
Toverbal knikte met ingehouden vrolijkheid.
'Waar is hij?' vroeg Becker.
'Geen idee.' Toverbal grinnikte. 'Megan probeerde hem hier te verpatsen.'
'Wilde ze hem verkópen?'
'Maak je geen zorgen, man, het is haar niet gelukt. Je hebt een kloterige smaak met sieraden.'
'Weet je zeker dat niemand hem heeft gekocht?'
'Wil je me in de maling nemen? Voor vierhonderd dollar? Ik heb haar gezegd dat ik haar er wel vijftig voor wilde geven, maar ze wilde er meer voor hebben. Ze wilde een vliegticket kopen, een stand-byplaats.'
Becker voelde het bloed uit zijn gezicht wegtrekken. 'Waarheen?'
'Klote-Connecticut,' grauwde Toverbal. 'Eddie heeft de pest in.'
'Connecticut?'
'Shit, ja. Terug naar pappie en mammie, en hun landhuis in suburbia. Vond het vreselijk bij haar Spaanse gastgezin. Drie van die Spanjolenbroertjes die haar steeds probeerden te versieren. Geeneens warm water.'
Becker had het gevoel dat zijn keel werd dichtgeknepen. 'Wanneer gaat ze weg?'
Toverbal keek op. 'Wanneer?' Hij lachte. 'Ze is allang vertrokken. Uren geleden naar het vliegveld gegaan. De beste plek om de ring te verpatsen, met al die rijke toeristen en zo. Als ze het geld had, zou ze op het vliegtuig stappen.'
Er kwam een doffe misselijkheid in Becker op. *Dit is toch zeker een of andere lugubere grap?* Hij bleef even roerloos staan. 'Wat is haar achternaam?'
Toverbal dacht over die vraag na en haalde zijn schouders op.
'Welke vlucht zou ze nemen?'
'Ze zei iets over de Wietkist.'
'De Wietkist?'
'Ja. Gaat in het weekend. Van Sevilla naar Madrid, en dan door naar New York. Zo noemen ze die. Studenten nemen hem om-

dat hij goedkoop is. En dan gaan ze achterin wiet zitten roken, denk ik.'

Fantastisch. Becker kreunde en haalde een hand door zijn haar. 'Hoe laat is die vertrokken?'

'Precies twee uur 's nachts, elke zaterdagnacht. Ze hangt nu ergens boven de Atlantische Oceaan.'

Becker keek op zijn horloge. Dat gaf kwart voor twee aan. Hij wendde zich in verwarring tot Toverbal. 'Je zei toch dat hij om twee uur ging?'

De punker knikte lachend. 'Zo te zien kan je 't schudden, ouwe.'

Becker wees nijdig op zijn horloge. 'Maar het is pas kwart voor twee!'

Toverbal keek schijnbaar verbaasd naar het horloge. 'Krijg nou wat.' Hij lachte. 'Meestal ben ik pas om vier uur 's nachts zo bezopen!'

'Wat is de snelste manier om bij het vliegveld te komen?' vroeg Becker kortaf.

'Er is een taxistandplaats voor de deur.'

Becker trok een briefje van duizend peseta uit zijn zak en duwde de Toverbal dat in de hand.

'Hé, man, bedankt!' riep de punker hem na. 'Als je Megan ziet, doe haar dan de groeten!' Maar Becker was al weg.

Toverbal zuchtte en wankelde terug naar de dansvloer. Hij was te dronken om te merken dat hij werd gevolgd door een man met een metalen brilmontuur.

Buiten liet Becker zijn blik over de parkeerplaats gaan, op zoek naar een taxi. Die was er niet. Hij rende naar een breedgeschouderde uitsmijter. 'Taxi!'

De uitsmijter schudde zijn hoofd. '*Demasiado temprano*. Te vroeg.'

Te vroeg? Becker vloekte. *Het is twee uur 's nachts!*

'*¡Pídame uno!* Bel er een voor me!'

De man pakte een walkietalkie. Hij zei een paar woorden en schakelde hem toen weer uit. '*Veinte minutos,*' meldde hij.

'Twintig minuten?!' riep Becker uit. '*¿Y el autobús?*'

De uitsmijter haalde zijn schouders op. 'Drie kwartier.'

Becker tilde machteloos zijn handen in de lucht. *Geweldig!*

Toen hij een licht motortje hoorde, keek Becker om. Het klonk als een kettingzaag. Een brede knul en zijn in een soort maliënkolder geklede vriendinnetje reden op een oude Vespa 125 de parkeerplaats op. De rok van het meisje was ver over haar dijen omhooggewaaid. Ze leek het niet te merken. Becker rende erheen. *Ik geloof zelf niet dat ik dit doe*, dacht hij. *Ik haat motoren.* Hij riep naar de bestuurder: 'Ik betaal je tienduizend peseta als je me naar het vliegveld brengt!'

De jongen negeerde hem en zette de motor uit.

'Twintigduizend!' riep Becker uit. 'Ik moet bij het vliegveld zien te komen!'

De jongen keek op. *'Scusi?'* Het was een Italiaan.

'Aeroporto! Per favore. Sulla Vespa! Ventimila pesete!'

De Italiaan keek naar zijn armoedige scootertje en lachte. *'Ventimila pesete? La Vespa?'*

'*Cinquantamila!* Vijftigduizend!' bood Becker. Dat was ongeveer vierhonderd dollar.

De Italiaan lachte onzeker. '*Dove sono i soldi?* Waar is het geld?'

Becker trok vijf briefjes van tienduizend peseta uit zijn zak en stak die hem toe. De Italiaan keek naar het geld en toen naar zijn vriendin. Het meisje griste het geld uit Beckers hand en stopte het in haar blouse.

'Grazie!' zei de Italiaan stralend. Hij wierp Becker de sleuteltjes van zijn Vespa toe. Toen pakte hij zijn vriendinnetje bij de hand, en ze renden lachend het gebouw in.

'Aspetta!' brulde Becker. 'Wacht! Ik wilde een líft!'

59

Susan pakte de hand van commandant Strathmore en hij hielp haar van de ladder de hal van Crypto in. Het beeld van Phil Chartrukian die verminkt op de generatoren lag, stond op haar netvlies gebrand. Ze duizelde bij de gedachte dat Hale zich in de krochten van Crypto verborg. De waarheid was onontkoombaar: Hale had Chartrukian geduwd.

Susan wankelde langs het donkere silhouet van TRANSLTR terug naar de hoofdingang van Crypto, de deur waar ze uren geleden door naar binnen was gekomen. Haar paniekerig ingetoetste codes op het onverlichte toetsenpaneeltje hadden geen enkel effect op de enorme toegangsdeur. Ze zat opgesloten; Crypto was een gevangenis. De koepel stond als een satelliet op honderd meter afstand van het hoofdgebouw van de NSA en was alleen toegankelijk via de hoofdingang. Aangezien Crypto zijn eigen stroom opwekte, wist in het hoofdgebouw waarschijnlijk niemand dat er iets mis was.

'De stroom is uitgevallen,' zei Strathmore, die achter haar aan was gelopen. 'We draaien op noodstroom.'

De noodstroomvoorziening van Crypto was zo ontworpen dat TRANSLTR en zijn koelsystemen voorrang hadden boven alle andere zaken, inclusief verlichting en deuren. Op die manier zou een ongelegen stroomonderbreking TRANSLTR niet storen als die met iets belangrijks bezig was. Het betekende ook dat TRANSLTR het nooit zonder zijn freonkoelsysteem zou hoeven doen. In een ongekoelde, geïsoleerde ruimte zou de hitte die door drie miljoen processors werd opgewekt tot een gevaarlijk niveau stijgen, en misschien zelfs het silicium van de chips doen ontbranden, zodat de hele boel door een vuurzee verwoest zou worden. Dat was iets wat niemand zich durfde voor te stellen.

Susan probeerde zich te concentreren. Haar gedachten werden in beslag genomen door dat ene beeld van de systeembeveiliger op de generatoren. Ze drukte de toetsen van het paneeltje weer in. Nog steeds geen reactie. 'Geef een afbreekcommando!' riep ze. Als TRANSLTR werd verteld dat hij moest ophouden met zoeken naar de sleutel van Digitale Vesting, zou hij aanzienlijk minder stroom gaan gebruiken, zodat er genoeg elektriciteit zou overblijven om de deuren weer te laten werken.

'Rustig, Susan,' zei Strathmore, en hij legde geruststellend een hand op haar schouder.

De kalmerende aanraking van de commandant wekte Susan uit haar verdoving. Plotseling herinnerde ze zich waarom ze naar hem toe had gewild. Ze draaide zich om. 'Commandant! Greg Hale is North Dakota!'

Het bleef schijnbaar oneindig lang stil in het donker. Ten slotte gaf Strathmore antwoord. Zijn stem klonk eerder beduusd dan geschokt. 'Waar heb je het over?'

'Hale...' fluisterde Susan. 'Hij is North Dakota.'

Er viel opnieuw een stilte, toen Strathmore nadacht over wat Susan had gezegd. 'De spoorzoeker?' Hij klonk verbijsterd. 'Heeft die Hale aangewezen?'
'De spoorzoeker is nog niet terug. Hale heeft hem afgebroken!' Susan zette uiteen hoe Hale haar spoorzoeker had tegengehouden en hoe ze e-mail van Tankado in Hales account had gevonden. Er volgde weer een lange stilte. Strathmore schudde ongelovig zijn hoofd.
'Het is uitgesloten dat Greg Hale Tankado's zekerheid is! Dat is absurd! Tankado zou Hale nooit vertrouwen.'
'Commandant,' zei ze, 'Hale heeft ons al eerder laten zakken, met Skipjack. Tankado vertrouwde hem.'
Strathmore leek met stomheid geslagen.
'Leg TRANSLTR stil,' smeekte Susan. 'We hebben North Dakota. Bel de bewaking. Laten we zorgen dat we hier wegkomen.'
Strathmore stak zijn hand op om een ogenblik bedenktijd te vragen.
Susan keek nerveus in de richting van het luik in de vloer. De opening ging net schuil achter TRANSLTR, maar de rode gloed viel over de zwarte tegels als vuur op ijs. *Schiet op, bel de bewaking, commandant! Leg TRANSLTR stil! Zorg dat we hier weg kunnen!*
Plotseling kwam Strathmore in actie. 'Kom mee,' zei hij. Hij zette koers naar het luik.
'Commandant! Hale is gevaarlijk! Hij...'
Maar Strathmore verdween in het donker. Susan haastte zich achter zijn silhouet aan. De commandant liep om TRANSLTR heen en kwam bij de opening in de vloer. Hij tuurde de kolkende, stomende schacht in. Zwijgend keek hij om zich heen in de donkere hal van Crypto. Toen bukte hij zich en tilde het zware luik op. Dat beschreef vlak boven de grond een boog. Toen hij het losliet, viel het met een doffe dreun dicht. Crypto was een doodstille, donkere grot. North Dakota zat gevangen.
Strathmore hurkte neer. Hij draaide aan het zware vlinderslot. Dat tolde op zijn plaats. De onderaardse ruimte was afgesloten.
Hij noch Susan hoorde het flauwe geluid van voetstappen in de richting van Zaal 3.

60

Toverbal liep door de gang met de spiegelwanden die van de binnenplaats naar de dansvloer leidde. Toen hij zich omdraaide om te controleren of zijn veiligheidsspeld goed zat, merkte hij dat iemand hem van achteren naderde. Hij wilde zich terugdraaien, maar het was te laat. Hij werd door twee armen van staal met zijn gezicht tegen het glas gedrukt.

De punker probeerde om te kijken. 'Eduardo? Hé, man, ben jij dat?' Toverbal voelde een hand over zijn portefeuille gaan voordat de gestalte hem hard in zijn rug duwde. 'Eddie!' riep de punker uit. 'Hou op met die geintjes! Er was een kerel op zoek naar Megan.'

De gestalte hield hem stevig vast.

'Hé, Eddie, man, kap daarmee!' Maar toen Toverbal opkeek in de spiegel, zag hij dat het niet zijn vriend was die hem vasthield. Het gezicht was pokdalig en had littekens. Twee levenloze ogen als gitten staarden hem aan van achter een bril met een metalen montuur. De man boog zich naar voren en bracht zijn mond naast Toverbals oor. Een eigenaardige, verstikte stem zei: '*¿Adónde fué?* Waar is hij heen gegaan?' De woorden klonken op de een of andere manier misvormd.

De punker verstijfde van angst.

'*¿Adónde fué?*' herhaalde de stem. '*El Americano.*'

'Het... het vliegveld. *Aeropuerto*,' stamelde Toverbal.

'*¿Aeropuerto?*' herhaalde de man, terwijl zijn donkere ogen via de spiegel op Toverbals lippen gericht waren.

De punker knikte.

'*¿Tenía el anillo?* Had hij de ring?'

Doodsbang schudde Toverbal zijn hoofd. 'Nee.'

'*¿Viste el anillo?* Heb je de ring gezien?'

Toverbal zweeg even. Wat was het juiste antwoord?

'*¿Viste el anillo?*' hield de gedempte stem aan.

Toverbal knikte, in de hoop dat eerlijkheid hem zou redden. Dat deed het niet. Een paar seconden later gleed hij met een gebroken nek op de grond.

61

Jabba lag op zijn rug, met zijn bovenste helft in een ontmantelde mainframecomputer. Hij had een dun zaklampje in zijn mond, een soldeerbout in zijn hand en een groot schema op zijn buik. Hij had net een stel nieuwe potentiometers op een defect moederbord gezet toen zijn mobieltje overging.

'Shit,' vloekte hij, terwijl hij door een berg kabels heen naar het toestel tastte. 'Met Jabba.'

'Jabba, met Midge.'

Dat vrolijkte hem op. 'Tweemaal op één avond? De mensen zullen er nog wat van gaan denken.'

'Crypto heeft problemen.' Haar stem klonk gespannen.

Jabba fronste zijn voorhoofd. 'Dit hebben we al besproken. Weet je nog?'

'Het is een stróómprobleem.'

'Ik ben geen elektricien. Bel de Technische Dienst maar.'

'De koepel is donker.'

'Je verbeeldt je dingen. Ga naar huis.' Hij keek weer op zijn schema.

'Píkkedonker!' gilde ze.

Jabba zuchtte en legde zijn zaklampje neer. 'Midge, ten eerste hebben we daar een noodstroomvoorziening. Het is er dus nooit píkkedonker. Ten tweede heeft Strathmore iets beter zicht op Crypto dan ik op dit moment. Waarom bel je hém niet?'

'Omdat dit iets met hem te maken heeft. Hij verbergt iets.'

Jabba sloeg zijn ogen ten hemel. 'Midge, lieve schat, ik lig hier tot aan mijn oksels tussen de seriële kabels. Als je een afspraakje met me wil, snijd ik me los. Zo niet, dan moet je de Technische Dienst bellen.'

'Jabba, dit is érnstig. Dat vóél ik gewoon.'

Voelt ze het? Dan weet ik het zeker, dacht Jabba. Midge had weer één van haar buien. 'Als Strathmore zich geen zorgen maakt, doe ik het ook niet.'

'Crypto is aardedonker, verdomme!'

'Misschien zit Strathmore naar de sterren te kijken.'

'Jabba! Ik maak geen geintjes!'

'Goed, goed,' bromde hij, terwijl hij zich op één elleboog op-

richtte. 'Misschien is er een generator uitgevallen. Als ik hier klaar ben, zal ik bij Crypto langsgaan en...'
'En de noodstroomvoorziening dan?' wilde Midge weten. 'Als er een generator is uitgevallen, waarom is er dan geen noodstroom?'
'Dat weet ik niet. Misschien is TRANSLTR aan het werk en gebruikt die alle beschikbare stroom.'
'Waarom legt Strathmore hem dan niet stil? Misschien is het een virus. Eerder vanavond zei je iets over een virus.'
'Verdomme, Midge!' viel Jabba uit. 'Ik heb je toch gezegd dat er géén virus in Crypto is! Wees toch niet zo verdomd paranoïde!'
Er viel een lange stilte op de lijn.
'O, shit, Midge,' zei Jabba verontschuldigend. 'Ik zal het je uitleggen.' Zijn stem klonk gespannen. 'Ten eerste hebben we Gauntlet. Daar komt geen enkel virus langs. Ten tweede, als er een stroomstoring is, heeft dat iets met de hardware te maken. Virussen veroorzaken geen stroomstoringen, die vallen software en data aan. Wat er ook in Crypto aan de hand is, het is geen virus.'
Stilte.
'Midge? Ben je er nog?'
Midges reactie was ijzig. 'Jabba, ik moet ook gewoon mijn werk doen. En ik verwacht niet dat er dan tegen me wordt geschreeuwd. Als ik bel om te vragen waarom het volledig donker is in een faciliteit van een paar miljard dollar, verwacht ik een professioneel antwoord.'
'Ja, Midge.'
'Een eenvoudig ja of nee is voldoende. Is het mogelijk dat het probleem in Crypto iets met een virus te maken heeft?'
'Midge... Ik heb je toch gezegd...'
'Ja of nee. Kan TRANSLTR een virus hebben?'
Jabba zuchtte. 'Nee, Midge. Dat is volkomen uitgesloten.'
'Dank je.'
Hij grinnikte geforceerd en probeerde de stemming wat op te vrolijken. 'Tenzij je denkt dat Strathmore er zelf een heeft geschreven en mijn filters heeft uitgeschakeld.'
Er volgde een verblufte stilte. Toen Midge weer iets zei, had haar stem een eigenaardige klank. 'Kan Strathmore Gauntlet dan úítschakelen?'

Jabba zuchtte. 'Het was een grápje, Midge.' Maar hij wist dat het kwaad al geschied was.

62

De commandant en Susan stonden naast het gesloten luik te overleggen wat hun volgende stap moest zijn.
'Phil Chartrukian ligt daar beneden dood,' voerde Strathmore aan. 'Als we om hulp vragen, wordt het hier een circus.'
'Wat stelt u dan voor?' vroeg Susan, die alleen maar weg wilde.
Strathmore dacht even na. 'Vraag me niet hoe het kan,' zei hij met een blik naar het gesloten luik, 'maar kennelijk hebben we North Dakota bij toeval gevonden en uitgeschakeld.' Hij schudde ongelovig zijn hoofd. 'Daar hebben we verdomd veel geluk bij gehad, als je het mij vraagt.' Hij leek nog steeds verbluft door het idee dat Hale betrokken was bij Tankado's plan. 'Ik vermoed dat Hale de sleutel ergens in zijn terminal heeft verborgen, en misschien heeft hij thuis nog een kopie. Hoe dan ook, we hebben hem te pakken.'
'Kunnen we dan niet beter de bewaking bellen en hem laten weghalen?'
'Nog niet,' zei Strathmore. 'Als de systeembeveiligers de gegevens over deze eindeloze looptijd van TRANSLTR ontdekken, hebben we weer een heel nieuwe reeks problemen. Ik wil dat elk spoor van Digitale Vesting is uitgewist voordat we de deuren openen.'
Susan knikte met tegenzin. Het was een goed plan. Als de bewaking Hale uiteindelijk uit zijn ondergrondse gevangenis bevrijdde en hem beschuldigde van Chartrukians dood, zou hij waarschijnlijk dreigen de wereld alles te vertellen over Digitale Vesting. Maar het bewijs zou verdwenen zijn, en Strathmore kon zich van de domme houden. *Een eindeloze looptijd? Een niet te kraken algoritme? Maar dat is absurd! Heeft Hale dan nooit van de wet van Bergofsky gehoord?*
'Wat we moeten doen, is het volgende.' Rustig zette Strathmore zijn plan uiteen. 'We wissen alle correspondentie van Hale met

Tankado. We wissen alle aanwijzingen dat ik Gauntlet heb uitgeschakeld, alle analyses die Chartrukian heeft uitgevoerd, het register van TRANSLTR's programmacontrole, alles. Digitale Vesting verdwijnt. Het algoritme heeft nooit bestaan. We ontdoen ons van Hales sleutel en hopen en bidden dat David die van Tankado vindt.'

David, dacht Susan. Ze dwong zich hem uit haar gedachten te zetten. Ze moest haar aandacht bij het hier en nu houden.

'Ik regel alles bij Systeembeveiliging,' zei Strathmore. 'De overzichten van de programmacontrole, van mutatieactiviteiten, de hele rits. Doe jij Zaal 3. Verwijder alle e-mail van Hale. Al zijn correspondentie met Tankado, alles waarin Digitale Vesting wordt genoemd.'

'Goed,' antwoordde Susan geconcentreerd. 'Ik zal Hales hele harddisk wissen. Alles opnieuw formatteren.'

'Nee!' Strathmores reactie was streng. 'Dat moet je niet doen. Waarschijnlijk heeft Hale de sleutel daar ergens opgeslagen. Die wil ik hebben.'

Susan staarde hem geschokt aan. 'Wilt u de sleutel hebben? Ik dacht dat het idee nu juist was de sleutels te verníétigen!'

'Dat is ook zo. Maar ik wil er een exemplaar van hebben. Ik wil dat verdomde bestand openbreken en Tankado's programma bekijken.'

Susan deelde Strathmores nieuwsgierigheid, maar haar intuïtie zei haar dat het niet verstandig was Digitale Vesting te decoderen, hoe interessant dat ook zou zijn. Op dit moment zat het levensgevaarlijke programma veilig weggesloten in zijn niet te kraken kluis, volkomen onschadelijk. Maar als hij het decodeerde...

'Commandant, kunnen we niet beter gewoon...'

'Ik wil die sleutel,' antwoordde hij.

Susan moest toegeven dat ze, vanaf het ogenblik dat ze van Digitale Vesting had gehoord, een zekere academische nieuwsgierigheid had gehad naar de manier waarop Tankado het had geschreven. Alleen al het bestaan ervan ontkende de meest fundamentele regels van de cryptografie. Susan keek de commandant aan. 'Verwijdert u het algoritme meteen nadat we het hebben gezien?'

'Ik zorg dat er geen spoor van overblijft.'

Susan keek bedenkelijk. Ze wist dat het wat tijd zou kosten om

Hales sleutel te vinden. Zoeken naar een willekeurige sleutel op een van de harddisks in Zaal 3 was net zoiets als zoeken naar één verdwaalde sok in een slaapkamer ter grootte van de staat Texas. Zoekacties met de computer werkten alleen als je wist waar je naar op zoek was, maar deze sleutel was willekeurig. Gelukkig hadden Susan en een paar anderen, omdat Crypto veel met willekeurig materiaal te maken had, een complex proces ontwikkeld dat ze zoeken op non-conformiteit noemden. Bij die zoekactie werd de computer eigenlijk gevraagd elke tekenreeks op zijn harddisk te bekijken en te vergelijken met een enorme thesaurus van tekenreeksen, en diegene te markeren die onzinnig of willekeurig leken. Het was een precisiewerkje om de parameters voortdurend te verfijnen, maar het was te doen.

Susan wist dat zij de aangewezen persoon was om de sleutel te zoeken. Ze zuchtte en hoopte dat ze hier geen spijt van zou krijgen. 'Als alles goed gaat, kost het me ongeveer een halfuur.'

'Laten we dan aan het werk gaan,' zei Strathmore. Hij legde een hand op haar schouder en nam haar in het donker mee naar Zaal 3.

Boven hen werd de koepel overspannen door een hemel vol sterren. Susan vroeg zich af of David vanuit Sevilla dezelfde sterren kon zien.

Toen ze de zware glazen deuren van Zaal 3 naderden, vloekte Strathmore binnensmonds. Het toetsenpaneeltje van Zaal 3 was donker, en de deuren hadden geen stroom.

'Verdomme,' zei hij. 'Geen elektriciteit. Dat was ik vergeten.'

Strathmore keek onderzoekend naar de schuifdeuren. Hij legde zijn vlakke handen tegen het glas. Toen duwde hij opzij in een poging ze open te schuiven. Zijn handen waren bezweet en gleden weg. Hij veegde ze af aan zijn broek en probeerde het opnieuw. Deze keer schoven de deuren een piepklein stukje open.

Susan, die zag dat hij vooruitgang boekte, ging achter Strathmore staan en hielp hem duwen. De deuren schoven een paar centimeter open. Ze slaagden erin ze heel even zo te houden, maar de druk was te groot. De deuren sloegen weer dicht.

'Wacht even,' zei Susan, en ze ging voor Strathmore staan. 'Oké, laten we het nog een keer proberen.'

Ze duwden uit alle macht. Opnieuw schoven de deuren een paar centimeter open. Vanuit Zaal 3 scheen een zwak straaltje blauw licht door de kier. De terminals werkten nog; ze werden als essentieel voor het functioneren van TRANSLTR beschouwd en kregen noodstroom.

Susan duwde de neus van haar Ferragamo-flatje in de vloer en duwde harder. De deur kwam weer in beweging. Strathmore verplaatste zich, om onder een gunstiger hoek te kunnen duwen. Hij legde zijn handen tegen de zijkant van de linkerdeur en duwde die recht naar achteren. Susan duwde de rechterdeur in de tegenovergestelde richting. Traag en moeizaam begonnen de deuren uiteen te wijken. De ruimte ertussen was nu bijna dertig centimeter.

'Niet loslaten,' zei Strathmore hijgend, terwijl ze zich nog meer inspanden. 'Nog een klein stukje verder.'

Susan draaide haar schouder in de kier. Ze duwde weer, deze keer onder een gunstiger hoek. De deuren boden weerstand.

Voordat Strathmore haar kon tegenhouden, stapte Susan met haar slanke lichaam in de opening. Strathmore protesteerde, maar ze was vastbesloten. Ze wilde hier weg, en ze kende Strathmore goed genoeg om te weten dat ze dat niet voor elkaar zou krijgen voordat Hales sleutel was gevonden.

Ze ging midden in de opening staan en duwde uit alle macht. De deuren leken terug te duwen. Plotseling gleden haar handen weg. De deuren vlogen op haar af. Strathmore deed zijn uiterste best ze tegen te houden, maar tevergeefs. Net toen de deuren dichtsloegen, was Susan ertussendoor geglipt en viel ze aan de andere kant op de grond.

De commandant duwde met moeite de deuren weer op een piepklein kiertje open. Hij bracht zijn gezicht bij de smalle opening. 'Jezus, Susan... is alles goed met je?'

Susan stond op en streek haar kleding glad. 'Ja, niets aan de hand.'

Ze keek om zich heen. Zaal 3 was verlaten en werd alleen verlicht door de beeldschermen van de computers. De blauwige schaduwen creëerden een spookachtige sfeer. Ze wendde zich tot Strathmore, achter het kiertje tussen de deuren. Zijn gezicht was ziekelijk bleek in het blauwe licht.

'Susan,' zei hij. 'Geef me twintig minuten om bij Systeembeveiliging de bestanden te verwijderen. Als alle sporen zijn uitgewist, ga ik naar boven, naar mijn terminal, en leg ik TRANSLTR stil.'

'Dat is u geraden,' zei Susan, met een blik op de zware glazen deuren. Ze wist dat ze, zolang TRANSLTR alle noodstroom aftapte, gevangenzat in Zaal 3.
Strathmore liet de deuren los, en ze klapten dicht. Susan keek door het glas toe hoe de commandant verdween in de duisternis van Crypto.

63

Beckers zojuist aangeschafte Vespa zwoegde omhoog over de toegangsweg van Aeropuerto de Sevilla. Zijn knokkels waren de hele weg al wit. Op zijn horloge was het net na tweeën, lokale tijd.
Toen hij bij het hoofdgebouw van de luchthaven aankwam, reed hij het trottoir op en sprong van de scooter af voordat die stilstond. Het ding kletterde neer op de stenen en de motor sloeg sputterend af. Becker rende trillend op zijn benen door de draaideur. *Dit nooit weer*, zwoer hij bij zichzelf.
De vertrekhal was een steriele, felverlichte ruimte. Afgezien van een schoonmaker die de vloer boende, was de hal verlaten. Aan de overkant was een baliemedewerkster bezig de balie van Iberia Airlines te sluiten. Dat leek Becker een slecht teken.
Hij rende erheen. '*¿El vuelo a los Estados Unidos?*'
De knappe Andalusische vrouw achter de balie keek op en glimlachte verontschuldigend. '*Acaba de salir*. U hebt hem net gemist.' Haar woorden bleven een poosje in de lucht hangen.
Ik heb hem gemist. Becker liet zijn schouders hangen. 'Was er ruimte voor reservepassagiers in het vliegtuig?'
'Ruimte zat.' De vrouw glimlachte. 'Het was bijna leeg. Maar op de vlucht van morgenochtend acht uur is ook...'
'Ik wil graag weten of een vriendin van me dat vliegtuig heeft genomen. Ze had een stand-byticket.'
De vrouw keek bedenkelijk. 'Het spijt me, meneer. Er waren vannacht een paar reservepassagiers, maar volgens ons beleid inzake privacy mogen we niet...'
'Het is heel belangrijk,' drong Becker aan. 'Ik hoef alleen maar

te weten of ze het vliegtuig heeft gehaald. Dat is alles.'
De vrouw knikte meelevend. 'Ruzie met uw liefje?'
Becker dacht even na. Toen grijnsde hij schaapachtig. 'Is het zo duidelijk?'
Ze knipoogde. 'Hoe heet ze?'
'Megan,' zei hij verdrietig.
De baliemedewerkster glimlachte. 'Heeft uw vriendin ook een achternaam?'
Becker blies langzaam zijn adem uit. *Ja, maar die weet ik niet!* 'Het is eerlijk gezegd een nogal gecompliceerde situatie. U zei dat het vliegtuig bijna leeg was. Misschien kunt u...'
'Zonder achternaam kan ik echt niet...'
'Ik bedenk net iets,' viel Becker haar in de rede. 'Bent u hier de hele avond al?'
De vrouw knikte. 'Van zeven tot zeven.'
'Dan hebt u haar misschien gezien. Het is een jong meisje. Een jaar of vijftien, zestien? Haar haar was...' Voordat hij was uitgesproken, besefte Becker dat hij een fout had gemaakt.
De baliemedewerkster kneep haar ogen tot spleetjes. 'Is uw minnares vijftien jaar?'
'Nee!' riep Becker uit. 'Ik bedoel...' *Shit.* 'Als u me alstublieft zou willen helpen, het is heel belangrijk.'
'Het spijt me,' zei de vrouw koel.
'Het zit niet zoals u denkt. Misschien kunt u alleen...'
'Goedenacht, meneer.' De vrouw rukte het metalen rolluik boven de balie naar beneden en verdween in een ruimte erachter.
Becker kreunde en sloeg zijn ogen ten hemel. *Handig, David. Heel handig.* Hij speurde de lege hal af. Niets. *Ze moet de ring verkocht hebben en het vliegtuig hebben genomen.* Hij liep naar de schoonmaker. '*¿Has visto a una niña?*' riep hij boven het geluid van de tegelboener uit. 'Hebt u een meisje gezien?'
De oude man bukte en schakelde het apparaat uit. '*Eh?*'
'*¿Una niña?*' herhaalde Becker. '*Pelo rojo, azul, y blanco.* Rood-wit-blauw haar.'
De schoonmaker lachte. '*Qué fea.* Dat klinkt lelijk.' Hij schudde zijn hoofd en ging weer aan het werk.

David Becker stond midden in de verlaten vertrekhal en vroeg zich af wat hij nu moest beginnen. De avond was een aaneenschakeling van mislukkingen geweest. Strathmores woorden dreunden door zijn hoofd: *Bel pas weer als je de ring hebt.* Er kwam een grote vermoeidheid over hem. Als Megan de ring had verkocht en het vliegtuig had genomen, viel niet te zeggen wie de ring nu in zijn bezit had.

Becker sloot zijn ogen en probeerde zich te concentreren. *Wat is mijn volgende stap?* Hij besloot daar zo meteen verder over te denken. Eerst moest hij een al te lang uitgesteld bezoekje aan het toilet brengen.

64

Susan stond alleen in de geluidloze schemering van Zaal 3. De taak die haar wachtte, was eenvoudig: in Hales terminal de sleutel opzoeken, en daarna al zijn correspondentie met Tankado wissen. Er mocht nergens een verwijzing naar Digitale Vesting overblijven.

Susans aanvankelijke angst om de sleutel te bewaren en Digitale Vesting te decoderen, knaagde weer aan haar. Ze vond het niet prettig het lot te tarten. Tot nu toe hadden ze geluk gehad: North Dakota was op wonderbaarlijke wijze vlak voor hun neus verschenen en zat gevangen. Het enige andere probleem was David. Hij moest de andere sleutel vinden. Susan hoopte dat hij succes had.

Terwijl ze verder Zaal 3 in liep, probeerde Susan die kwestie uit haar hoofd te zetten. Het was eigenaardig dat ze zich slecht op haar gemak voelde in zo'n bekende ruimte. Alles in Zaal 3 leek vreemd in het donker. Maar er was nog iets anders. Susan aarzelde even en wierp een blik achterom, op de onbruikbare deuren. Er was geen uitweg. *Twintig minuten*, dacht ze.

Toen ze in de richting van Hales terminal liep, rook ze een vreemde, muskusachtige geur. Het was in elk geval geen luchtje dat bij Zaal 3 hoorde. Ze vroeg zich af of de luchtzuivering misschien niet goed werkte. De geur kwam haar vaag bekend voor en bezorgde haar een koude rilling. Ze zag Hale voor zich, ver onder haar, opgesloten in zijn enorme cel vol stoom. *Heeft hij iets in*

brand gestoken? Ze keek naar de ventilatieopeningen en snoof. Maar de geur leek van vlakbij te komen.
Susans blik ging naar de louvredeurtjes van het keukentje. En een ogenblik later herkende ze de geur. Het was aftershave... en zweet.
Ze deinsde instinctief achteruit, niet voorbereid op wat ze zag. Tussen de latten van de deurtjes door staarden twee ogen haar aan. Ogenblikkelijk drong de afschuwelijke waarheid tot haar door. Greg Hale zat niet opgesloten onder de grond; hij was in Zaal 3! Hij was naar boven geglipt voordat Strathmore het luik dicht had gedaan. Hij was sterk genoeg geweest om de deuren in zijn eentje open te krijgen.
Susan had eens gehoord dat doodsangst verlammend was, maar nu realiseerde ze zich dat dat een fabeltje was. Op hetzelfde ogenblik dat haar brein begreep wat er aan de hand was, was ze al in beweging. Ze wankelde terug door het donker met slechts één gedachte: ontsnapping.
Er volgde onmiddellijk een klap achter haar. Hale had in stilte op het fornuis gezeten en had zijn benen als twee stormrammen uitgestrekt. De deurtjes vlogen uit hun scharnieren. Hale sprong de kamer in en denderde met grote stappen achter haar aan.
Susan gooide een lamp achter zich omver in een poging Hale te laten struikelen. Ze merkte dat hij er moeiteloos overheen sprong. Hij kwam snel naderbij.
Toen hij zijn rechterarm van achteren om haar middel sloeg, voelde dat alsof ze tegen een stalen stang op liep. Haar adem stokte van pijn toen de lucht uit haar werd gedreven. Ze voelde zijn gespannen biceps tegen haar ribbenkast.
Susan verzette zich en wrong zich woest in bochten. Op de een of andere manier raakte haar elleboog iets van kraakbeen. Hale liet haar los en greep naar zijn neus. Hij zakte met zijn handen voor zijn gezicht op zijn knieën.
'Godver...' Hij schreeuwde van pijn.
Susan stormde naar de drukgevoelige plaat in de vloer voor de deur, en bad vergeefs dat Strathmore precies op dat moment zou zorgen dat er weer stroom was en de deuren zouden openschuiven. In plaats daarvan sloeg ze met haar vuisten tegen het glas.
Hale wankelde naar haar toe; zijn neus zat onder het bloed. Even

later had hij zijn armen weer om haar heen. Een van zijn handen lag stevig om haar linkerborst en de andere tegen haar middenrif. Hij rukte haar weg bij de deur.
Ze gilde en strekte haar arm uit in een vruchteloze poging hem tegen te houden.
Hij trok haar naar achteren, en de gesp van zijn riem drukte in haar ruggengraat. Susan was verbaasd over zijn kracht. Hij sleurde haar terug over het tapijt en haar schoenen schoven van haar voeten. In één vloeiende beweging tilde Hale haar op en smeet haar naast zijn terminal op de grond.
Plotseling lag Susan op haar rug, met haar rok hoog om haar heupen geschoven. Het bovenste knoopje van haar blouse was opengegaan en haar borst ging op en neer in het blauwige licht. Ze staarde in paniek omhoog terwijl Hale schrijlings op haar ging zitten en haar tegen de grond drukte. Ze kon de blik in zijn ogen niet duiden. Het leek angst te zijn. Of was het woede? Hij keek haar doordringend aan. Ze voelde een nieuwe golf van paniek opkomen.
Hale zat stevig op haar middel en keek met een ijzige blik strak op haar neer. Alles wat Susan ooit had geleerd over zelfverdediging schoot haar plotseling te binnen. Ze wilde zich verzetten, maar haar lichaam gehoorzaamde niet. Ze was als verlamd. Ze deed haar ogen dicht.
O, god, nee, alstublieft niet!

65

Brinkerhoff ijsbeerde door Midges kantoor. 'Níémand schakelt Gauntlet uit. Dat kan helemaal niet!'
'Dat heb je mis,' repliceerde ze. 'Ik heb net met Jabba gesproken. Hij zei dat hij vorig jaar een mogelijkheid heeft geïnstalleerd om de filters uit te schakelen.'
De persoonlijk medewerker keek bedenkelijk. 'Dat heb ik nooit gehoord.'
'Dat heeft niemand ooit gehoord. Het was diep geheim.'
'Midge,' voerde Brinkerhoff aan, 'Jabba is geobsedeerd door vei-

ligheid! Hij zou nooit een mogelijkheid inbouwen om Gauntlet...'

Ze viel hem in de rede. 'Het moest van Strathmore.'

Brinkerhoff hoorde de radertjes in haar hoofd bijna draaien.

'Weet je nog dat Strathmore vorig jaar bezig was met die antisemitische terroristische groepering in Californië?' vroeg ze.

Brinkerhoff knikte. Dat was een van Strathmores grootste successen van vorig jaar geweest. Door met TRANSLTR een onderschepte code te ontcijferen, had hij een complot aan het licht gebracht om een bom tot ontploffing te brengen in een joodse school in Los Angeles. Het bericht van de terroristen was slechts twaalf minuten voordat de bom zou afgaan gedecodeerd, en door snel wat telefoontjes te plegen had Strathmore driehonderd schoolkinderen gered.

'Moet je horen,' zei Midge, en ze dempte nodeloos haar stem. 'Jabba zei dat Strathmore dat bericht van die terroristen al zés uur voordat de bom zou afgaan had onderschept.'

Brinkerhoffs mond viel open. 'Maar... waarom heeft hij dan gewacht...'

'Omdat het hem niet lukte TRANSLTR het bestand te laten decoderen. Hij heeft het geprobeerd, maar Gauntlet hield het steeds tegen. Het was versleuteld met een of ander nieuw algoritme dat de filters niet eerder hadden gezien. Het kostte Jabba bijna zes uur om ze aan te passen.'

Brinkerhoff keek verbluft.

'Strathmore was woedend. Hij heeft Jabba opgedragen een uitschakelmogelijkheid in Gauntlet te installeren voor het geval zoiets nog eens zou gebeuren.'

'Jezus.' Brinkerhoff floot. 'Daar had ik geen idee van.' Toen kneep hij zijn ogen half dicht. 'Maar wat is nu je punt?'

'Ik denk dat Strathmore die mogelijkheid vandaag heeft gebruikt... om een bestand door te laten dat door Gauntlet werd tegengehouden.'

'Nou en? Daar is die mogelijkheid toch voor?'

Midge schudde haar hoofd. 'Niet als het bestand in kwestie een virus is.'

Brinkerhoff schrok op. 'Een virus? Wie heeft er iets over een virus gezegd?'

'Het is de enige verklaring,' zei ze. 'Jabba zei dat een virus het

enige was wat TRANSLTR zo lang kon bezighouden, dus...'
'Wacht even!' Brinkerhoff maakte het time-outgebaar. 'Strathmore zei dat alles in orde was!'
'Hij liegt.'
Brinkerhoff snapte het niet meer. 'Wil je beweren dat Strathmore opzéttelijk een virus heeft toegelaten in TRANSLTR?'
'Nee,' zei ze kortaf. 'Ik denk niet dat hij wist dat het een virus was. Ik denk dat hij is beetgenomen.'
Brinkerhoff was sprakeloos. Midge Milken was nu echt haar verstand aan het verliezen.
'Het verklaart veel,' hield ze vol. 'Het verklaart waarom hij hier de hele nacht is gebleven.'
'Om virussen in zijn eigen computer te stoppen?'
'Nee,' zei ze geërgerd. 'Om te proberen zijn vergissing te verhullen! En nu kan hij TRANSLTR niet stilleggen en extra stroom beschikbaar krijgen, omdat het virus de processors in zijn greep heeft!'
Brinkerhoff sloeg zijn ogen ten hemel. Midge was in het verleden ook wel eens doorgedraaid, maar nog nooit zo erg. Hij probeerde haar te kalmeren. 'Jabba lijkt zich geen zorgen te maken.'
'Jabba is een stommeling,' siste ze.
Brinkerhoff keek verrast. Niemand had Jabba ooit een stommeling genoemd. Een zwijn, misschien, maar nooit een stommeling.
'Heb je meer vertrouwen in je vrouwelijke intuïtie dan in Jabba's expertise op het gebied van antivirusprogramma's?'
Ze keek hem nors aan.
Brinkerhoff stak zijn handen op in een gebaar van overgave. 'Laat maar. Ik neem het terug.' Hij hoefde niet herinnerd te worden aan Midges geheimzinnige vermogen onheil aan te voelen.
'Midge,' zei hij smekend. 'Ik weet dat je een hekel hebt aan Strathmore, maar...'
'Dit heeft niets met Strathmore te maken!' Midge was buiten zichzelf. 'Het eerste wat we moeten doen, is controleren of Strathmore Gauntlet inderdaad heeft uitgeschakeld. Daarna bellen we de directeur.'
'Fantastisch.' Brinkerhoff kreunde. 'Ik bel Strathmore wel en vraag hem ons een ondertekende verklaring te sturen.'
'Nee,' antwoordde ze, zijn sarcasme negerend. 'Strathmore heeft vandaag al een keer tegen ons gelogen.' Ze sloeg haar blik even

op en keek hem recht in de ogen. 'Heb jij de sleutel van Fontaines kantoor?'
'Natuurlijk. Ik ben zijn persoonlijk medewerker.'
'Ik heb hem nodig.'
Brinkerhoff staarde haar ongelovig aan. 'Midge, het is absoluut uitgesloten dat ik je in Fontaines kantoor laat.'
'Je moet me erin laten!' eiste ze. Ze draaide zich om en typte iets in op het toetsenbord van Big Brother. 'Ik vraag een lijst aan van de bestanden die in TRANSLTR zijn ingevoerd. Als Strathmore Gauntlet handmatig heeft uitgeschakeld, zal dat te zien zijn op de uitdraai.'
'Wat heeft dat met Fontaines kantoor te maken?'
Ze draaide zich om en keek hem boos aan. 'Die lijst kan alleen door Fontaines printer worden afgedrukt. Dat weet je best!'
'Omdat het vertrouwelijke informatie is, Midge!'
'Dit is een noodgeval. Ik moet die lijst zien.'
Brinkerhoff legde zijn handen op haar schouders. 'Midge, kalmeer alsjeblieft een beetje. Je weet dat ik je niet kan...'
Ze snoof luidruchtig en draaide zich weer naar haar toetsenbord. 'Ik ga die lijst afdrukken. Dan loop ik naar binnen, pak de lijst en loop weer naar buiten. Geef me de sleutel.'
'Midge...'
Ze was klaar met typen en draaide zich weer naar hem toe. 'Chad, het verslag wordt over een halve minuut geprint. Laten we het volgende afspreken: jij geeft me de sleutel. Als Strathmore Gauntlet heeft uitgeschakeld, bellen we Systeembeveiliging. Als ik het mis heb, ga ik naar huis, en dan mag jij Carmen Huerta helemaal insmeren met marmelade.' Ze keek hem dreigend en tegelijk plagerig aan en stak haar hand uit voor de sleutel. 'Ik wacht.'
Brinkerhoff kreunde; hij had er spijt van dat hij haar had teruggeroepen om naar het verslag van Crypto te kijken. Hij keek naar haar uitgestoken hand. 'Je hebt het over geheime informatie in het privé-kantoor van de directeur. Heb je enig idee wat er zou gebeuren als we worden betrapt?'
'De directeur is in Zuid-Amerika.'
'Het spijt me. Ik kan het niet doen.' Brinkerhoff sloeg zijn armen over elkaar en liep de kamer uit.
Midge keek hem na met een smeulende blik in haar grijze ogen.

'O, jawel, dat kun je best,' fluisterde ze. Toen draaide ze zich weer naar Big Brother en riep het videoarchief op.

Midge komt er wel weer overheen, dacht Brinkerhoff, terwijl hij aan zijn bureau ging zitten om de rest van zijn verslagen te bekijken. Ze kon niet van hem verwachten dat hij elke keer als zij last van paranoia kreeg de sleutel van de directeur uit handen gaf.

Hij was net begonnen met het controleren van de specificaties van COMSEC toen zijn gedachtegang werd onderbroken door het geluid van stemmen in de aangrenzende kamer. Hij legde zijn werk neer en liep naar de deuropening.

Het was donker in de centrale ruimte, afgezien van een vage bundel grijzig licht dat door de halfopen deur van Midge viel. Hij luisterde. De stemmen waren er nog steeds. Ze klonken opgewonden. 'Midge?'

Geen reactie.

Hij liep door het donker naar haar kamer. De stemmen kwamen hem vaag bekend voor. Hij duwde de deur open. De kamer was leeg. De stoel van Midge was leeg. Het geluid kwam van boven zijn hoofd. Brinkerhoff keek op naar de beeldschermen en voelde zich onmiddellijk beroerd worden. Op alle twaalf de schermen was dezelfde scène te zien, als een pervers gechoreografeerd ballet. Brinkerhoff zocht steun bij de rugleuning van Midges stoel en keek vol ontzetting toe.

'Chad?' De stem kwam van achter hem.

Hij draaide zich razendsnel om en tuurde met half dichtgeknepen ogen het donker in. Midge stond aan de andere kant van de centrale ruimte voor de dubbele deur van de directeur. Ze had haar hand uitgestoken. 'De sleutel, Chad.'

Brinkerhoff bloosde. Hij draaide zich om en keek weer naar de schermen. Hij probeerde de beelden boven zijn hoofd te negeren, maar dat lukte niet. Hij was overal, kreunend van genot terwijl hij gretig Carmen Huerta's kleine, met honing ingesmeerde borsten liefkoosde.

66

Becker stak de vertrekhal over naar de deuren van de toiletten, en ontdekte dat de deur waar CABALLEROS op stond, werd versperd door een oranje pylon en een schoonmaakkarretje met reinigingsmiddelen en zwabbers. Hij keek naar de andere deur. DAMAS. Hij liep erheen en klopte er hard op.

'*¿Hola?*' riep hij, terwijl hij de deur van het damestoilet een klein kiertje openduwde. '*¿Con permiso?*'

Stilte.

Hij stapte naar binnen.

De ruimte zag eruit als het doorsnee openbare toilet in Spanje: volkomen vierkant, wit betegeld en één peertje aan het plafond. Zoals gewoonlijk was er één toilethokje en één urinoir. Of de urinoirs in de damestoiletten ooit werden gebruikt deed er niet toe. Een urinoir toevoegen bespaarde de aannemer de kosten van het bouwen van een extra toilethokje.

Becker gluurde vol weerzin de toiletruimte in. Het was er smerig. De wasbak was verstopt en stond vol vuilbruin water. Overal lagen gebruikte papieren handdoekjes. De vloer was nat. Het oude elektrische droogapparaat was met groenige vingerafdrukken besmeurd.

Becker ging voor de spiegel staan en zuchtte. De ogen die hem meestal fel aankeken, stonden vannacht niet zo helder. *Hoe lang ben ik hier al aan het rondrennen?* vroeg hij zich af. Hij kon het zo snel niet uitrekenen. Hij schoof de Windsorknoop van zijn das omhoog tegen zijn boord, een gewoonte die hij als hoogleraar had ontwikkeld. Toen draaide hij zich om naar het urinoir achter hem.

Terwijl hij daar stond, vroeg hij zich plotseling af of Susan al thuis zou zijn. *Waar kan ze heen zijn gegaan? Naar Stone Manor, zonder mij?*

'Hé!' zei een vrouwenstem achter hem kwaad.

Becker schrok op. 'I-ik...' stamelde hij, terwijl hij haastig zijn gulp dichttrok. 'Het spijt me... Ik...'

Becker draaide zich om naar het meisje dat zojuist was binnengekomen. Het was een jonge mondaine meid, zo weggelopen uit een glossy voor jonge vrouwen. Ze droeg een klassieke geruite

broek en een witte mouwloze blouse. In haar hand had ze een rode reistas van L.L. Bean. Haar blonde haar was keurig drooggeföhnd.
'Het spijt me.' Becker frunnikte onhandig zijn riem dicht. 'Het herentoilet was... Hoe dan ook... Ik ben al weg.'
'Oprotten, smerige klootzak!'
Becker wist niet wat hij hoorde. Die taal leek helemaal niet bij haar te passen, als rioolwater uit een verfijnde karaf. Maar toen Becker haar beter bekeek, zag hij dat ze niet zo verfijnd was als hij in eerste instantie had gedacht. Haar ogen waren dik en bloeddoorlopen, en haar linkeronderarm was gezwollen. Onder de rode irritatie op haar arm was haar huid blauw.
Jezus, dacht Becker. *Een junk. Wie had dat kunnen denken?*
'Weg hier!' gilde ze. 'Wég!'
Becker vergat even alles over de ring en de NSA. Zijn hart ging uit naar het jonge meisje. Haar ouders hadden haar waarschijnlijk met een Visa-card op zak hierheen gestuurd om hier een jaartje te studeren voordat ze aan de universiteit begon, en hier was ze geëindigd: midden in de nacht helemaal alleen in een toilet om drugs te spuiten.
'Is alles goed met je?' vroeg hij, terwijl hij achterwaarts naar de deur liep.
'Prima.' Haar stem klonk hooghartig. 'Ga nou maar!'
Becker draaide zich om. Hij wierp nog een laatste, droevige blik op haar onderarm. *Je kunt er niets aan doen, David. Leg je erbij neer.*
'Nú!' brulde ze.
Becker knikte. Terwijl hij wegliep, glimlachte hij haar bedroefd toe. 'Pas goed op jezelf.'

67

'Susan?' hijgde Hale met zijn gezicht vlak bij het hare.
Hij zat schrijlings op haar, met zijn volle gewicht op haar middel. Zijn stuitje drukte door de dunne stof van haar rok heen pijnlijk tegen haar schaambeen. Bloed uit zijn neus droop over

haar heen. Ze proefde braaksel achter in haar keel. Zijn handen waren bij haar borst.

Ze voelde niets. *Raakt hij me aan?* Het duurde even voordat Susan besefte dat Hale haar bovenste knoopje dichtmaakte en haar blouse goed trok.

'Susan.' Hale hijgde. 'Je moet me helpen hier weg te komen.'

Susan was versuft. Ze snapte er niets van.

'Susan, je moet me helpen! Strathmore heeft Chartrukian vermoord! Ik heb het gezien!'

Het duurde even voordat de woorden tot haar doordrongen. *Heeft Strathmore Chartrukian vermoord?* Hale had kennelijk geen idee dat Susan hem beneden had gezien.

'Strathmore weet dat ik hem heb gezien!' gooide Hale eruit. 'Hij zal mij ook vermoorden!'

Als Susan niet buiten adem was geweest van angst, zou ze hem in zijn gezicht hebben uitgelachen. Ze herkende de verdeel-en-heerspolitiek van een ex-marinier. Leugens verzinnen om je vijanden tegen elkaar op te zetten.

'Het is waar!' riep hij. 'We moeten om hulp bellen! Volgens mij zijn we allebei in gevaar!'

Ze geloofde geen woord van wat hij zei.

Hale kreeg kramp in zijn gespierde benen en hij richtte zich een beetje op om zijn gewicht iets te verplaatsen. Hij deed zijn mond open om iets te zeggen, maar daar kreeg hij geen kans meer voor. Toen Hale een stukje omhoogkwam, voelde Susan dat het bloed weer door haar benen ging stromen. Voordat ze wist wat er gebeurde, had ze haar linkerbeen instinctief opgetrokken en hard in Hales kruis gestoten. Ze voelde haar knieschijf tegen het zachte weefsel tussen zijn benen slaan.

Hale jammerde van de pijn en was ogenblikkelijk uitgeschakeld. Hij liet zich met zijn handen in zijn kruis op zijn zij rollen. Susan wentelde zich onder zijn dode gewicht uit. Ze wankelde naar de deur, maar ze wist dat ze niet sterk genoeg was om eruit te komen.

In een fractie van een seconde nam ze een besluit: ze ging achter de lange vergadertafel van essenhout staan en groef haar voeten diep in het tapijt. Gelukkig had de tafel wieltjes. Ze stapte met grote passen naar de gebogen glazen wand en duwde de tafel voor zich uit. De wieltjes liepen goed, zodat de tafel licht reed.

Halverwege Zaal 3 rende ze op volle snelheid.
Op anderhalve meter van de glazen wand gaf ze nog een laatste zet en liet ze de tafel los. Ze sprong opzij en sloeg haar handen voor haar ogen. Na een afgrijselijke klap vloog de wand in een regen van glassplinters uiteen. Voor het eerst sinds de bouw kwamen de geluiden van Crypto Zaal 3 binnen.
Susan keek op. Door het slordige gat zag ze de tafel. Die reed nog steeds. Hij beschreef grote cirkels door de lege hal van Crypto en verdween uiteindelijk in het donker.
Susan schoof haar voeten weer in haar gehavende flatjes, wierp een laatste blik op de nog steeds kronkelende Greg Hale en rende door de zee van gebroken glas de hal van Crypto in.

68

'Dat viel toch best mee?' zei Midge spottend toen Brinkerhoff haar de sleutel van Fontaines kantoor gaf.
Brinkerhoff zag er verslagen uit.
'Ik zal het wissen voor ik wegga,' beloofde Midge. 'Of je vrouw en jij moeten het willen bewaren voor jullie privé-verzameling.'
'Pak die verdomde uitdraai nou maar,' grauwde hij. 'En maak dan dat je wegkomt!'
'Sí, señor,' kraaide Midge met een zwaar Porto Ricaans accent. Ze knipoogde en liep door de suite naar de dubbele deur van Fontaine.
Leland Fontaines kantoor leek in niets op de rest van de directiesuite. Er waren geen schilderijen, geen zachte fauteuils, geen ficussen en geen antieke klokken. Zijn kamer was helemaal ingericht op efficiëntie. Zijn bureau met glazen blad en zwarte leren stoel stonden recht voor zijn enorme raam. In de hoek stonden drie archiefkasten naast een tafeltje met een cafetière erop. De maan stond inmiddels hoog boven Fort Meade, en het zachte licht dat door de ramen viel, benadrukte de soberheid van het interieur.
Waar ben ik in godsnaam mee bezig? vroeg Brinkerhoff zich af.
Midge beende naar de printer en pakte de geprinte lijst. Ze tuur-

de er in het donker naar. 'Ik kan het niet lezen,' klaagde ze. 'Doe het licht eens aan.'
'Je gaat dat búíten lezen. Kom mee.'
Maar Midge had er blijkbaar te veel plezier in. Ze plaagde Brinkerhoff door naar het raam te lopen en de uitdraai daar schuin te houden, zodat er meer licht op viel.
'Midge...'
Ze las door.
Brinkerhoff stond zenuwachtig te draaien in de deuropening. 'Midge... kom nou. Dit is de privé-ruimte van de directeur.'
'Het moet hier ergens staan,' mompelde ze, terwijl ze de uitdraai bestudeerde. 'Strathmore heeft Gauntlet uitgeschakeld, ik weet het zeker.' Ze ging nog dichter bij het raam staan.
Het zweet brak Brinkerhoff uit. Midge las verder.
Even later hapte ze naar adem. 'Ik wist het wel! Strathmore heeft het gedaan! Hij heeft het echt gedaan! De idioot!' Ze hield het papier in de lucht en schudde ermee. 'Hij heeft Gauntlet uitgeschakeld! Kom maar kijken!'
Brinkerhoff staarde haar even sprakeloos aan en rende toen het kantoor van de directeur door. Hij drong zich dicht naast Midge voor het raam. Ze wees naar het einde van de uitdraai.
Brinkerhoff las het vol ongeloof. 'Wat is...?'
De uitdraai was een lijst van de laatste zesendertig bestanden die in TRANSLTR waren ingevoerd. Achter elk bestand stond een viercijferige code van Gauntlet, die het bestand had goedgekeurd. Maar achter het laatste bestand op het vel stond geen code, alleen de woorden: HANDMATIG INGEVOERD.
Jezus, dacht Brinkerhoff. *Midge slaat weer toe.*
'De idioot!' sputterde Midge ziedend. 'Kijk nou eens! Gauntlet heeft het bestand tweemaal geweigerd! Veranderende tekenreeksen! En tóch heeft hij het ingevoerd! Hoe heeft hij dat in z'n hoofd gehaald?'
Brinkerhoffs knieën knikten. Hij vroeg zich af waarom Midge altijd gelijk had. Geen van beiden zag de reflectie die naast hen in het raam was verschenen. Er stond een enorme gestalte in de deuropening van het kantoor.
'Jezus,' bracht Brinkerhoff uit. 'Denk je dat we een virus hebben?'
Midge zuchtte. 'Het kan niets anders zijn.'
'Het zou ook iets kunnen zijn wat jullie geen donder aangaat!'

dreunde een diepe stem van achter hen.
Midge stootte haar hoofd tegen het raam. Brinkerhoff struikelde over de stoel van de directeur en draaide zich om naar de stem. Hij herkende het silhouet onmiddellijk.
'Meneer!' bracht Brinkerhoff hijgend uit. Hij liep met grote passen naar de man toe en stak zijn hand uit. 'Welkom terug, meneer.'
De grote man negeerde hem.
'Ik... ik dacht,' stamelde Brinkerhoff, terwijl hij zijn hand terugtrok. 'Ik dacht dat u in Zuid-Amerika was.'
Leland Fontaine keek op zijn medewerker neer met ogen die vuur schoten. 'Dat was ik ook... en nu ben ik weer terug.'

69

'Hé, meneer!'
Becker was door de vertrekhal op weg naar een rij openbare telefoons. Hij bleef staan en draaide zich om. Achter hem kwam het meisje aanlopen dat hij net in de toiletruimte had verrast. Ze gebaarde naar hem dat hij moest blijven staan. 'Meneer, wacht even!'
Wat nu weer? Becker kreunde. *Wil ze een aanklacht indienen wegens schennis van de eerbaarheid?*
Het meisje sleepte haar reistas in zijn richting. Toen ze bij hem aankwam, glimlachte ze breed. 'Het spijt me dat ik zo tegen u tekeerging, daarnet. U had me laten schrikken.'
'Geen probleem,' verzekerde Becker haar ietwat verbaasd. 'Ik hoorde daar niet te zijn.'
'Dit zal wel gek klinken,' zei ze, en ze knipperde verleidelijk met haar bloeddoorlopen ogen, 'maar hebt u soms toevallig wat geld dat u me kunt lenen?'
Becker staarde haar ongelovig aan. 'Geld waarvoor?' vroeg hij streng. *Ik ben niet van plan je drugsverslaving te financieren, als dat je bedoeling is.*
'Ik probeer naar huis te komen,' zei de blondine. 'Kunt u me helpen?'

'Heb je je vlucht gemist?'
Ze knikte. 'Ik ben mijn ticket kwijtgeraakt. Ze wilden me niet aan boord laten gaan. Vliegmaatschappijen kunnen zo lullig doen. Ik heb geen geld om een nieuw te kopen.'
'Waar zijn je ouders?' vroeg Becker.
'In Amerika.'
'Kun je ze bereiken?'
'Nee. Dat heb ik al geprobeerd. Ik geloof dat ze een weekendje op het jacht van een of andere kennis zitten.'
Becker liet zijn blik over de dure kleding van het meisje gaan.
'Heb je geen creditcard?'
'Jawel, maar mijn vader heeft hem geblokkeerd. Hij denkt dat ik drugs gebruik.'
'En doe je dat?' vroeg Becker met een uitgestreken gezicht, terwijl hij naar haar gezwollen onderarm keek.
Het meisje keek hem verontwaardigd aan. 'Natuurlijk niet!' Ze snoof gepikeerd om haar onschuld te benadrukken, en Becker kreeg plotseling het gevoel dat hij voor de gek werd gehouden.
'Alstublieft,' zei ze. 'U ziet eruit alsof u rijk bent. Kunt u me niet wat voorschieten zodat ik naar huis kan? Dan kan ik het u later terugsturen.'
Becker vermoedde dat het eventuele geld dat hij dit meisje zou geven al snel in handen zou komen van een of andere drugsdealer in Triana. 'Om te beginnen,' zei hij, 'ben ik niet rijk; ik geef les. Maar ik zal je vertellen wat ik zal doen...' *Ik zal je léren te liegen, dat zal ik.* 'Waarom koop ík het ticket niet gewoon voor je?'
De blondine staarde hem geschokt aan. 'Zou u dat willen doen?' stamelde ze, met grote ogen vol hoop. 'Zou u een ticket naar huis voor me willen kopen? O, god, dank u wel!'
Becker was sprakeloos. Kennelijk had hij een verkeerde inschatting gemaakt.
Het meisje sloeg haar armen om hem heen. 'Het is zo'n klotezomer geweest,' zei ze met verstikte stem, en ze barstte bijna in tranen uit. 'O, dank u wel! Ik moet hier weg zien te komen!'
Becker beantwoordde haar omhelzing halfhartig. Het meisje liet hem los en hij keek weer naar haar onderarm.
Ze volgde zijn blik naar de blauwige uitslag. 'Smerig, hè?'
Becker knikte. 'Ik dacht dat je zei dat je geen drugs gebruikte.'

Het meisje lachte. 'Het is viltstift! Ik heb de helft van mijn huid weggeboend om te proberen het eraf te krijgen. De inkt is uitgelopen.'
Becker keek wat beter. In het tl-licht zag hij onder de rode zwelling van haar arm vaag de contouren van letters... Woorden die op haar huid waren gekrabbeld.
'Maar... maar je ógen,' zei Becker, die zich een beetje dom begon te voelen. 'Die zijn helemaal rood.'
Ze lachte. 'Ik heb gehuild. Ik heb u toch verteld dat ik mijn vlucht had gemist?'
Becker keek weer naar de woorden op haar arm.
Ze fronste gegeneerd haar wenkbrauwen. 'O jee, je kunt het nog min of meer lezen, hè?'
Becker boog zich naar voren. Hij kon het inderdaad lezen. De boodschap was glashelder. Terwijl hij de vier vervaagde woorden las, flitsten de afgelopen twaalf uur aan zijn geestesoog voorbij. David Becker was weer terug in de hotelkamer van het Alfonso XIII. De dikke Duitser tikte op zijn eigen onderarm en zei in gebroken Engels: 'Fock off und die.'
'Is alles goed?' vroeg het meisje aan de verblufte Becker.
Becker keek niet op van haar arm. Hij was duizelig. De vier woorden die vlekkerig op de huid van het meisje stonden, vormden een zeer eenvoudige boodschap: FUCK OFF AND DIE.
De blondine keek er gegeneerd naar. 'Een vriend van me heeft het erop geschreven... Knap stom, hè?'
Becker kon geen woord uitbrengen. *Fock off und die.* Hij kon het nauwelijks geloven. De Duitser had hem niet willen beledigen, hij had hem van dienst willen zijn. Becker sloeg zijn blik op naar het gezicht van het meisje. Onder de tl-lampen in de vertrekhal kon hij vage sporen rood en blauw in het blonde haar van het meisje zien.
'J-je...' stotterde Becker, terwijl hij naar haar oorlelletjes zonder gaatjes staarde. 'Je draagt zeker geen oorbellen, toevallig?'
Het meisje keek hem bevreemd aan. Ze viste iets kleins uit haar zak en stak het naar hem uit. Becker keek naar de oorbel met de doodskop, die ze in haar hand had.
'Heeft hij een clip?' stamelde hij.
'Wat dacht je!' antwoordde het meisje. 'Ik ben veel te schijterig om ergens gaatjes in te laten prikken.'

70

David Becker stond in de verlaten vertrekhal en voelde zijn knieën slap worden. Hij keek naar het meisje dat voor hem stond en wist dat zijn zoektocht voorbij was. Ze had haar haar gewassen en had zich verkleed – misschien in de hoop meer geluk te hebben bij het verkopen van de ring – maar ze was niet aan boord van het vliegtuig naar New York gegaan.

Becker deed zijn best om kalm te blijven. Zijn omzwervingen waren bijna ten einde. Hij keek naar haar vingers. Geen ringen. Hij wierp een blik op haar reistas, op de grond. *Daar zit hij in*, dacht hij. *Het kan niet anders!*

Hij glimlachte, nauwelijks in staat zijn opwinding te verbergen. 'Dit klinkt raar,' zei hij, 'maar ik denk dat je iets hebt wat ik nodig heb.'

'O?' Megan klonk plotseling onzeker.

Becker pakte zijn portefeuille. 'Ik wil je er natuurlijk graag voor betalen.' Hij sloeg zijn blik neer naar het papiergeld in zijn portefeuille.

Toen Megan hem zijn geld zag tellen, hapte ze geschrokken naar lucht; blijkbaar begreep ze zijn bedoelingen verkeerd. Ze wierp een angstige blik op de draaideur en schatte de afstand. Vijftig meter.

'Ik kan je genoeg geven om je ticket naar huis te betalen, als...'

'Zeg het niet,' flapte Megan er met een geforceerde glimlach uit. 'Ik denk dat ik precies weet wat u nodig hebt.' Ze bukte zich en begon in haar reistas te rommelen.

Becker voelde zijn hoop groeien. *Ze heeft hem!* zei hij bij zichzelf. *Ze heeft de ring!* Hij wist niet hoe ze kon weten wat hij nodig had, maar hij was te moe om zich daar druk over te maken. Al zijn spieren ontspanden zich. Hij zag al voor zich hoe hij de ring overhandigde aan de stralende onderdirecteur van de NSA. Daarna zouden Susan en hij in het grote hemelbed van Stone Manor de verloren tijd inhalen.

Eindelijk vond het meisje datgene waar ze naar op zoek was: haar pepperspray, het milieuvriendelijke alternatief voor traangas, bestaande uit een sterk concentraat van cayennepeper. In één snelle beweging draaide ze zich om en spoot ze recht in Beckers ogen. Ze greep haar tas en rende naar de deur. Toen ze omkeek, lag David Becker met zijn handen voor zijn gezicht op de grond te kronkelen van de pijn.

71

Tokugen Numataka stak zijn vierde sigaar op en bleef ijsberen. Hij griste zijn telefoon van de haak en belde de centrale.
'Al iets bekend over dat telefoonnummer?' blafte hij voordat de telefoniste iets kon zeggen.
'Nog niets, meneer. Het duurt wat langer dan verwacht... Het gesprek kwam van een mobiele telefoon.'
Een mobiele telefoon, peinsde Numataka. *Natuurlijk*. Tot geluk van de Japanse economie hadden de Amerikanen een onverzadigbaar verlangen naar elektronische snufjes.
'Het GSM-station dat het signaal heeft ontvangen,' vervolgde de telefoniste, 'ligt in het gebied met netnummer 202. Maar we hebben nog geen nummer.'
'202? Waar is dat?' *Waar in het uitgestrekte Amerika verbergt die geheimzinnige North Dakota zich?*
'Ergens in de buurt van de stad Washington, meneer.'
Numataka trok zijn wenkbrauwen op. 'Bel me meteen als je een nummer hebt.'

72

Susan Fletcher stommelde door de donkere hal van Crypto naar Strathmores trap. Het kantoor van de commandant was de verst van Hale verwijderde plek die Susan binnen het afgesloten complex kon bereiken.
Toen Susan boven aan de smalle metalen trap kwam, ontdekte ze dat de deur van de commandant op een kiertje stond, doordat het elektronische slot zonder stroom niet meer werk-

te. Ze stormde naar binnen.
'Commandant?' Het enige licht in de ruimte was de gloed van Strathmores computerschermen. 'Commandant!' riep ze opnieuw. 'Commandánt!'
Plotseling herinnerde Susan zich dat de commandant bij Systeembeveiliging was. Ze liep rondjes in zijn lege kantoor, met de paniek van haar confrontatie met Hale nog in haar bloed. Ze moest de afdeling af zien te komen. Digitale Vesting of niet, het was tijd om in te grijpen; tijd om TRANSLTR stil te leggen en te ontsnappen. Ze keek naar de gloed van Strathmores beeldschermen en rende toen naar zijn bureau. Ze stak haar handen uit naar zijn toetsenbord. *TRANSLTR stilleggen*! Dat was eenvoudig nu ze een terminal met die mogelijkheid binnen haar bereik had. Susan opende het juiste commandovenster en typte:

PROGRAMMA AFBREKEN

Haar vinger hing boven de ENTER-toets.
'Susan!' brulde een stem vanuit de deuropening. Susan draaide zich angstig om, bang dat het Hale was. Maar het was Strathmore. Hij zag er bleek en spookachtig uit in de elektronische gloed, en zijn borst ging op en neer. 'Wat is er in godsnaam aan de hand?'
'Com... mandant!' bracht Susan hijgend uit. 'Hale is in Zaal 3! Hij heeft me net aangevallen!'
'Wat? Dat kan niet! Hale zit opgesloten in...'
'Nee, dat zit hij niet! Hij is los! We hebben de bewakingsdienst hier nodig, nu meteen! Ik leg TRANSLTR stil!' Susan stak haar hand uit naar het toetsenbord.
'Niet aanraken!' Strathmore deed een uitval naar de terminal en trok Susans handen weg.
Susan deinsde verbluft achteruit. Ze staarde de commandant aan en had voor de tweede keer die dag het gevoel dat ze hem niet herkende. Ze voelde zich plotseling alleen.

Strathmore zag het bloed op Susans blouse en had onmiddellijk spijt van zijn uitbarsting. 'Jezus, Susan. Is alles goed met je?'
Ze gaf geen antwoord.
Hij wilde dat hij haar niet onnodig had laten schrikken. Hij was

tot het uiterste gespannen. Hij moest te veel ballen tegelijk in de lucht houden. Hij had dingen aan zijn hoofd waar Susan Fletcher niets van wist, dingen die hij haar niet had verteld en waarvan hij vurig hoopte dat hij ze haar nooit hoefde te vertellen.

'Het spijt me,' zei hij zacht. 'Vertel me wat er gebeurd is.'

Ze keerde zich af. 'Het doet er niet toe. Het is niet mijn bloed. Zorg nou maar dat ik hier wegkom.'

'Heeft hij je pijn gedaan?' Strathmore legde een hand op haar schouder. Susan kromp ineen. Hij liet zijn hand vallen en wendde zijn gezicht af. Toen hij weer naar Susan keek, leek ze over zijn schouder naar iets aan de muur te staren.

Daar, in het donker, gloeide een klein toetsenpaneeltje fel op. Strathmore volgde haar blik en fronste zijn wenkbrauwen. Hij had gehoopt dat Susan het oplichtende paneeltje niet zou opmerken. Het was de bediening van zijn privé-lift. Die gebruikten Strathmore en zijn hooggeplaatste gasten om te komen en te gaan zonder dat de rest van de staf daar weet van had. De lift zakte tot vijftien meter onder de Cryptokoepel en bewoog dan honderd meter zijwaarts door een versterkte ondergrondse gang naar de kelderverdiepingen van het hoofdgebouw van de NSA. De stroom voor de lift was afkomstig van het hoofdgebouw, dus ondanks de stroomstoring in Crypto was de lift in gebruik.

Dat had Strathmore al die tijd geweten, maar toch had hij het niet gezegd, zelfs niet toen Susan beneden tegen de hoofdingang had staan bonken. Hij kon het zich niet veroorloven Susan te laten vertrekken... Nog niet. Hij vroeg zich af hoeveel hij haar zou moeten vertellen om haar uit vrije wil te laten blijven.

Susan drong zich langs Strathmore heen en rende naar de achtermuur. Ze drukte uitzinnig op de verlichte knopjes.

'Alsjeblieft,' smeekte ze. Maar de deur ging niet open.

'Susan,' zei Strathmore rustig. 'De lift werkt met een wachtwoord.'

'Een wachtwoord?' herhaalde ze boos. Ze keek met een lelijk gezicht naar de bediening. Onder het paneel zat nog een tweede paneeltje, kleiner, met piepkleine knopjes. Op elk knopje stond een letter van het alfabet. Susan draaide zich naar hem toe. 'Wat is het wachtwoord?' vroeg ze op hoge toon.

Strathmore dacht even na en zuchtte diep. 'Susan, ga eens zitten.'

Susan keek alsof ze haar oren niet kon geloven.
'Ga zitten,' herhaalde de commandant op strenge toon.
'Laat me eruit!' Susan wierp een angstige blik op de open deur van het kantoor.
Strathmore keek naar de panickerige Susan Fletcher. Kalm liep hij naar de deur van zijn kantoor. Hij stapte de overloop op en tuurde het donker in. Hale was nergens te bekennen. De commandant stapte weer naar binnen en duwde de deur dicht. Toen zette hij er een stoel voor om hem dicht te houden, liep naar zijn bureau en pakte iets uit een la. In de zwakke gloed van de beeldschermen zag Susan wat hij in zijn hand had. Ze verbleekte. Het was een pistool.
Strathmore trok twee stoelen naar het midden van de kamer. Hij draaide ze naar de deur. Toen ging hij zitten. Hij hief de glanzende semi-automatische Beretta en richtte die met vaste hand op de deur, die op een heel klein kiertje stond. Even later legde hij het pistool weer op zijn schoot.
Hij zei op ernstige toon: 'Susan, we zijn hier veilig. We moeten praten. Als Greg Hale door die deur komt...' Hij maakte de zin niet af.
Susan was sprakeloos.
Strathmore keek haar aan bij het flauwe licht in zijn kantoor. Hij klopte op de stoel naast hem. 'Susan, ga zitten. Ik moet je iets vertellen.' Ze verroerde zich niet. 'Als ik klaar ben,' zei hij, 'geef ik je het wachtwoord van de lift. Dan kun je zelf beslissen of je wilt gaan of niet.'
Er viel een lange stilte. Half verdoofd liep Susan door het kantoor en ging naast Strathmore zitten.
'Susan,' begon hij, 'ik ben niet helemaal eerlijk tegen je geweest.'

73

David Becker had het gevoel dat zijn gezicht in terpentine was gedompeld en daarna aangestoken. Hij rolde over de grond op zijn andere zij en keek met half toegeknepen ogen naar het waterige, kleine beeld van het meisje, dat halverwege de weg naar de draaideur was. Ze rende paniekerig steeds een stukje verder en trok haar reistas achter zich aan over de tegelvloer. Becker probeerde zichzelf overeind te hijsen, maar dat lukte niet. Hij was verblind door gloeiend heet vuur. *Ze mag niet ontsnappen!*

Hij probeerde haar te roepen, maar hij had geen lucht in zijn longen, alleen een akelige pijn. 'Nee!' bracht hij hoestend uit. Er kwam nauwelijks geluid over zijn lippen.

Becker wist dat ze voor altijd verdwenen zou zijn als ze die deur door ging. Hij probeerde weer te roepen, maar zijn keel schroeide.

Het meisje was bijna bij de draaideur. Becker kwam snakkend naar adem overeind. Hij strompelde achter haar aan. Het meisje sprong het eerste compartiment van de draaideur in en sleepte haar tas achter zich aan. Twintig meter achter haar wankelde Becker verblind naar de deur.

'Wacht even!' hijgde hij. 'Wácht even!'

Het meisje duwde verwoed tegen de binnenkant van de deur. De deur begon te draaien, maar bleef toen steken. Ze draaide zich geschrokken om en zag dat haar reistas klem zat in de opening. Ze hurkte en probeerde hem uit alle macht los te rukken.

Becker vestigde zijn waterige blik op het stuk stof dat aan de zijkant van de deur naar buiten piepte. Hij dook eropaf; de rode nylon punt die uit de spleet stak was het enige wat hij zag. Hij vloog er met gestrekte armen op af.

Terwijl Becker in de richting van de deur viel, en met zijn handen nog maar op een paar centimeter afstand van de punt stof was, glipte die de spleet in en verdween. Zijn vingers grepen in het niets terwijl de deur met een ruk in beweging kwam. Het meisje en haar reistas tuimelden de straat op.

'Megan!' jammerde Becker terwijl hij op de grond neerkwam. Gloeiend hete naalden schoten van achteren zijn oogkassen in. Zijn beeld vernauwde zich tot er niets overbleef, en een nieuwe golf misselijkheid overspoelde hem. Zijn eigen stem echode door de duisternis. *Megan!*

Hij wist niet precies hoe lang hij daar had gelegen voordat hij zich bewust werd van het gezoem van de tl-lampen boven zijn hoofd. Verder was het stil. Door die stilte klonk een stem. Iemand riep hem. Hij probeerde zijn hoofd op te tillen. De wereld stond scheef en was waterig. *Weer die stem.* Hij keek met toegeknepen ogen door de hal en zag op twintig meter afstand een gestalte staan.

'Meneer?'

Becker herkende de stem. Het was het meisje. Ze stond bij een andere ingang, verderop in de hal, met haar reistas tegen haar borst geklemd. Ze zag er nu angstiger uit dan eerder die nacht.

'Meneer?' vroeg ze met bevende stem. 'Ik heb u nooit verteld hoe ik heette. Hoe weet u mijn naam?'

74

Directeur Leland Fontaine was een kolossale man van drieënzestig, met het gemillimeterde haar en de kaarsrechte houding van een militair. Zijn gitzwarte ogen gloeiden als kooltjes als hij geïrriteerd was, en dat was hij bijna altijd. Hij was binnen de NSA opgeklommen door hard te werken en goed te plannen, en door het respect van zijn voorgangers te verdienen. Hij was de eerste zwarte Amerikaan die directeur was geworden van de National Security Agency, maar niemand maakte daar ooit gewag van. Fontaines beleid was volkomen kleurenblind, en zijn staf was zo verstandig zijn voorbeeld te volgen.

Fontaine had Midge en Brinkerhoff laten staan waar ze stonden terwijl hij, zoals hij gewend was te doen, voor zichzelf een mok Guatemalaanse koffie zette. Toen ging hij aan zijn bureau zitten, terwijl hij hen liet staan en hen vervolgens ondervroeg als schoolkinderen in het kantoortje van de rector.

Midge voerde het woord. Ze deed de ongebruikelijke reeks gebeurtenissen uit de doeken die ertoe had geleid dat ze inbreuk hadden gemaakt op de heiligheid van Fontaines kantoor.

'Een virus?' vroeg de directeur koel. 'Denken jullie dat we een virus hebben?'

Brinkerhoff kromp ineen.

'Ja, meneer,' zei Midge kort en bondig.

'Omdat Strathmore Gauntlet heeft uitgeschakeld?' Fontaine keek naar de uitdraai die voor hem lag.
'Ja,' zei ze. 'En er is een bestand dat in meer dan twintig uur nog niet is gekraakt!'
Fontaine fronste zijn voorhoofd. 'Volgens uw gegevens, tenminste.'
Midge wilde protesteren, maar ze hield zich in. In plaats daarvan speelde ze haar troef uit. 'De stroom is uitgevallen in Crypto.'
Fontaine keek op; blijkbaar verraste dit hem.
Midge bevestigde het met een knikje. 'Er is helemaal geen elektriciteit meer. Jabba dacht dat er misschien...'
'Hebt u Jabba gebeld?'
'Ja, meneer, ik...'
'Jabba?' Fontaine stond woedend op. 'Waarom hebt u verdomme Strathmore niet gebeld?'
'Dat hebben we gedaan!' verdedigde Midge zich. 'Hij zei dat alles in orde was.'
Fontaines borst ging op en neer. 'Dan hebben we geen reden om daaraan te twijfelen.' Zijn toon was beslist. Hij nam een slokje koffie. 'En als u me nu wilt excuseren, ga ik aan het werk.'
Midges mond viel open. 'Pardon?'
Brinkerhoff was al op weg naar de deur, maar Midge verzette geen voet.
'Ik zei goedenavond, mevrouw Milken,' zei Fontaine. 'U kunt gaan.'
'Maar... maar meneer,' stamelde ze. 'Ik... ik moet hier bezwaar tegen maken. Ik denk...'
'Moet ú bezwaar maken?' vroeg de directeur op hoge toon. Hij zette zijn koffie neer. 'Ik maak bezwaar! Ik maak bezwaar tegen uw aanwezigheid in mijn kantoor. Ik maak bezwaar tegen uw insinuaties dat de onderdirecteur van deze organisatie een leugenaar is. Ik maak bezwaar...'
'We hebben een virus, meneer! Mijn intuïtie zegt me...'
'Nou, dan heeft uw intuïtie het mis, mevrouw Milken! Deze ene keer heeft uw intuïtie het mis!'
Midge hield voet bij stuk. 'Maar, meneer! Commandant Strathmore heeft Gauntlet uitgeschakeld!'
Fontaine stapte op haar af, nauwelijks in staat zijn woede te on-

derdrukken. 'Dat is zíjn voorrecht! Ik betaal u om analisten en onderhoudspersoneel in de gaten te houden, niet om de onderdirecteur te bespioneren! Zonder hem zaten we nog steeds met potlood en papier codes te ontcijferen! En laat me nu alleen!' Hij wendde zich tot Brinkerhoff, die lijkbleek en bevend in de deuropening stond. 'Jullie allebei.'

'Als u me toestaat, meneer,' zei Midge, 'zou ik willen adviseren dat we een team van Systeembeveiliging naar Crypto sturen om in elk geval te controleren of...'

'Daar komt niets van in!'

Na een gespannen ogenblik van stilte knikte Midge. 'Uitstekend. Goedenavond.' Ze draaide zich om en liep de kamer uit. Toen ze langsliep, zag Brinkerhoff aan haar ogen dat ze niet van plan was dit te laten rusten, niet totdat haar intuïtie tevreden was gesteld.

Brinkerhoff keek door de kamer naar zijn baas, die breed en ziedend weer achter zijn bureau zat. Dit was niet de directeur die hij kende. De directeur die hij kende, was een Pietje precies, die op de details lette en ervan hield dat alles netjes werd afgewerkt. Hij stimuleerde zijn staf altijd om alle inconsistenties in de dagelijkse procedures te onderzoeken en te verklaren, hoe klein ze ook waren. En nu vroeg hij hun een zeer bizarre reeks toevalligheden domweg te negeren.

Het was duidelijk dat de directeur iets achterhield, maar Brinkerhoff werd betaald om hem te assisteren, niet om hem vragen te stellen. Fontaine had steeds weer bewezen het algemeen belang voor ogen te hebben. Als hem assisteren op dit moment betekende dat hij een oogje moest dichtknijpen, dan had hij daar geen moeite mee. Helaas werd Midge wel betaald om vragen te stellen, en Brinkerhoff vreesde dat ze op weg naar Crypto was om nu juist dat te gaan doen.

Tijd om rond te kijken naar nieuwe kandidaten voor de functie, dacht Brinkerhoff terwijl hij naar de deur wilde lopen.

'Chad!' blafte Fontaine van achter hem. Fontaine had de blik in Midges ogen gezien toen ze de kamer verliet. 'Zorg ervoor dat ze op deze afdeling blijft.'

Brinkerhoff knikte en haastte zich achter Midge aan.

Fontaine zuchtte en liet zijn hoofd in zijn handen rusten. Zijn oogleden waren zwaar. Het was een lange, onverwachte thuisreis geweest. De afgelopen maand was spannend geweest voor Leland Fontaine. Er gebeurden dingen bij de NSA die de loop van de geschiedenis zouden veranderen, en ironisch genoeg was directeur Fontaine daar slechts bij toeval achter gekomen.

Drie maanden geleden was hem het nieuws ter ore gekomen dat commandant Strathmores vrouw bij hem wegging. Hij had ook gehoord dat Strathmore absurd veel uren maakte en op het punt leek te staan in te storten onder de druk. Ondanks het feit dat hij over veel onderwerpen met Strathmore van mening verschilde, had Fontaine zijn onderdirecteur altijd zeer gerespecteerd. Strathmore was briljant, misschien wel de beste medewerker die de NSA had. Maar sinds het fiasco met Skipjack had Strathmore onder enorme spanning gestaan. Fontaine was er niet gerust op geweest; de commandant had een sleutelpositie binnen de NSA, en Fontaine moest aan het belang van de organisatie denken.

Fontaine had iemand nodig om de potentiële risicofactor Strathmore in de gaten te houden en zich ervan te vergewissen dat hij voor honderd procent functioneerde, maar dat was nog niet zo eenvoudig. Strathmore was een trots en invloedrijk man. Fontaine moest een manier verzinnen om de commandant te kunnen controleren zonder zijn zelfvertrouwen of gezag te ondermijnen. Uit respect voor Strathmore besloot Fontaine het zelf maar te doen. Hij liet de Cryptoaccount van commandant Strathmore ongezien aftappen; zijn e-mail, zijn interne correspondentie, zijn ingevingen, alles. Als Strathmore op het punt stond in te storten, zou de directeur daar tekenen van zien in zijn werk. Maar in plaats van voortekenen van overspannenheid, ontdekte Fontaine de fundamenten voor een van de gedurfdste plannen die hij ooit was tegengekomen binnen een inlichtingenorganisatie. Het was geen wonder dat Strathmore werkte als een paard; als hij dit plan kon uitvoeren, zou dat het fiasco met Skipjack dubbel en dwars goedmaken.

Fontaine was tot de conclusie gekomen dat Strathmore uitstekend functioneerde, voor honderdtien procent, en net zo doortrapt, slim en vaderlandslievend was als altijd. Het beste wat de directeur kon doen, was afstand houden en toekijken hoe de commandant wonderen tot stand bracht. Strathmore had een plan bedacht... een plan dat Fontaine onder geen beding wilde dwarsbomen.

75

Strathmore betastte de Beretta op zijn schoot. Zelfs nu zijn bloed kookte van razernij, kon hij nog helder denken. Het feit dat Greg Hale het lef had gehad Susan Fletcher aan te raken, vervulde hem met afschuw, maar hij vond het nog erger dat het zijn eigen schuld was. Het was zijn idee geweest dat Susan Zaal 3 in zou gaan. Strathmore wist dat hij zijn emoties gescheiden moest houden van zijn gezonde verstand; ze mochten geen invloed hebben op de manier waarop hij de kwestie Digitale Vesting afhandelde. Hij was de onderdirecteur van de National Security Agency. En vandaag was zijn werk van groter belang dan ooit.

Strathmore ging bewust langzamer ademhalen. 'Susan.' Zijn stem klonk efficiënt en duidelijk. 'Heb je Hales e-mail gewist?'

'Nee,' zei ze verbaasd.

'Heb je de sleutel?'

Ze schudde haar hoofd.

Strathmore fronste zijn voorhoofd en beet op zijn lip. Hij dacht razendsnel na. Hij stond voor een dilemma. Het was eenvoudig om het wachtwoord van de lift in te toetsen, en dan kon Susan weg. Maar hij had haar hier nodig. Ze moest hem helpen Hales sleutel te vinden. Strathmore had het haar nog niet verteld, maar het vinden van die sleutel was veel meer dan een kwestie van wetenschappelijke belangstelling. Het was een absolute noodzaak. Strathmore vermoedde dat hij Susans zoekactie naar nonconformiteit zelf wel zou kunnen uitvoeren en de sleutel zou kunnen vinden, maar hij had ook al problemen gehad met het versturen van haar spoorzoeker. Dat risico wilde hij niet opnieuw lopen.

'Susan.' Hij zuchtte vastbesloten. 'Ik wil graag dat je me helpt Hales sleutel te vinden.'

'Wat?' Susan ging met een verwilderde blik in haar ogen staan.

Strathmore verzette zich tegen de neiging ook op te staan. Hij

wist veel van onderhandelen; de machtigste was altijd degene die zat. Hij hoopte dat ze zijn voorbeeld zou volgen. Dat deed ze niet.
'Susan, ga zitten.'
Ze negeerde hem.
'Ga zitten.' Het was een bevel.
Susan bleef staan. 'Commandant, als u nog steeds de vurige wens hebt Tankado's algoritme te decoderen, moet u dat maar alleen doen. Ik wil weg.'
Strathmore liet zijn hoofd hangen en ademde diep in. Het was duidelijk dat ze uitleg nodig had. *Daar heeft ze ook recht op*, dacht hij. Hij nam een besluit: Susan Fletcher zou alles te horen krijgen. Hij hoopte vurig dat hij daarmee geen vergissing beging.
'Susan,' begon hij, 'het was niet de bedoeling dat het zover zou komen.' Hij streek met zijn hand over zijn hoofd. 'Er zijn een paar dingen die ik je niet heb verteld. Soms is een man in mijn positie...' De commandant aarzelde, alsof hij een pijnlijke bekentenis moest afleggen. 'Soms is een man in mijn positie gedwongen te liegen tegen de mensen van wie hij houdt. Vandaag was zo'n dag.' Hij keek haar droevig aan. 'Wat ik je ga vertellen, hoopte ik nooit te hoeven zeggen... Niet tegen jou... of wie dan ook.'
Susan kreeg een koude rilling. Het gezicht van de commandant stond zeer serieus. Blijkbaar was er een aspect van zijn bezigheden waar ze niets van wist. Ze ging zitten.
Er viel een lange stilte, terwijl Strathmore naar het plafond keek en zijn gedachten ordende. 'Susan,' zei hij uiteindelijk, en hij klonk kwetsbaar. 'Ik heb geen familie.' Hij keek haar weer aan. 'Ik heb nauwelijks een huwelijk. Mijn leven heeft in het teken gestaan van mijn liefde voor dit land. Van mijn werk hier bij de NSA.'
Susan hoorde zwijgend toe.
'Zoals je misschien wel vermoedde,' vervolgde hij, 'ben ik van plan binnenkort te stoppen met werken. Maar ik wilde eervol vertrekken. Ik wilde bij mijn afscheid weten dat ik werkelijk belangrijk was geweest.'
'Maar u bént belangrijk geweest,' hoorde Susan zichzelf zeggen. 'U hebt TRANSLTR gebouwd.'
Strathmore leek haar niet te horen. 'In de afgelopen jaren is ons

werk hier bij de NSA steeds moeilijker geworden. We hebben tegenover vijanden gestaan van wie ik nooit had gedacht dat ze de confrontatie met ons zouden aangaan. Ik heb het over onze eigen burgers. De advocaten, de fanatieke verdedigers van burgerrechten, de EFF, ze hebben er allemaal een rol in gespeeld, maar het is meer. Het zijn de ménsen. Ze hebben geen vertrouwen meer. Ze zijn achterdochtig geworden. Ze zien óns plotseling als de vijand. Mensen als jij en ik, mensen die het landsbelang oprecht voorop hebben staan, merken dat we moeten vechten voor ons recht ons land te dienen. We zijn geen handhavers van de vrede meer. We zijn luistervinken, gluurders, schenders van de burgerrechten.' Strathmore slaakte een zucht. 'Helaas zijn er veel naïeve mensen, mensen die zich de gruwelen niet kunnen voorstellen waarmee ze geconfronteerd zouden worden als wij dat niet voorkwamen. Ik geloof oprecht dat het onze taak is hen te beschermen tegen hun eigen onwetendheid.'

Susan wachtte tot hij terzake kwam.

De commandant staarde vermoeid naar de grond en keek toen op. 'Susan, luister naar wat ik te zeggen heb,' zei hij, en hij glimlachte haar zachtmoedig toe. 'Je zult me willen onderbreken, maar laat me eerst uitspreken. Ik lees Tankado's e-mail nu sinds een maand of twee. Je kunt je wel voorstellen dat ik geschokt was toen ik voor het eerst zijn berichten aan North Dakota las, over een niet te kraken algoritme dat Digitale Vesting heette. Ik geloofde niet dat het mogelijk was. Maar elke keer dat ik een nieuw bericht onderschepte, klonk Tankado overtuigender. Toen ik las dat hij veranderende tekenreeksen had gebruikt om een roterende klare tekst te schrijven, besefte ik dat hij lichtjaren op ons voorlag; het was een benadering die niemand hier ooit had uitgeprobeerd.'

'Waarom zouden we?' vroeg Susan. 'Het is niet erg logisch.'

Strathmore stond op en begon te ijsberen, terwijl hij de deur in het oog bleef houden. 'Een paar weken geleden, toen ik hoorde dat Digitale Vesting bij opbod verkocht zou worden, heb ik eindelijk aanvaard dat het Tankado ernst was. Ik wist dat we verloren zouden zijn als hij zijn algoritme aan een Japans softwarebedrijf zou verkopen, dus probeerde ik een manier te bedenken om hem tegen te houden. Ik heb overwogen hem te laten ombrengen, maar met alle publiciteit rond het algoritme en zijn recente beweringen over TRANSLTR zouden wij de hoofdverdachten zijn. Toen begon het me te dagen.' Hij wendde zich tot Susan. 'Ik besefte dat Digitale Vesting níét tegengehouden moest worden.'

Susan staarde hem verbluft aan.

Strathmore vervolgde: 'Plotseling zag ik Digitale Vesting als de kans van mijn leven. Het werd me duidelijk dat Digitale Vesting met een paar veranderingen vóór ons kon werken, in plaats van tegen ons.'

Susan had nog nooit iets zo absurds gehoord. Digitale Vesting was een algoritme dat niet te kraken was. Het zou hun einde betekenen.

'Als ik maar een kleine verandering in het algoritme kon aanbrengen... voordat het openbaar werd gemaakt...' zei Strathmore. Hij wierp haar een sluwe blik toe.

Het duurde maar een ogenblik.

Strathmore zag de verbazing in Susans ogen toen het tot haar doordrong. Hij legde opgewonden zijn plan uit. 'Als ik aan de sleutel kon komen, kon ik ons exemplaar van Digitale Vesting decoderen en er een verandering in aanbrengen.'

'Een achterdeurtje,' zei Susan, die helemaal vergat dat de commandant tegen haar had gelogen. Ze werd gegrepen door opwinding. 'Net als in Skipjack.'

Strathmore knikte. 'Dan zouden we Tankado's gratis bestand op internet kunnen vervangen voor onze aangepaste versie. Aangezien Digitale Vesting een Japans algoritme is, zal niemand ooit vermoeden dat de NSA er iets mee te maken heeft gehad. We hoeven ze alleen maar te verwisselen.'

Susan besefte dat het plan meer dan ingenieus was. Het was puur... Strathmore. Hij was van plan mee te werken aan de verspreiding van een algoritme dat door de NSA gekraakt kon worden!

'Volledige toegang,' zei Strathmore. 'Digitale Vesting zal van de ene dag op de andere de coderingsstandaard worden.'

'Van de ene dag op de andere?' zei Susan. 'Hoe stelt u zich dat voor? Zelfs als Digitale Vesting overal gratis beschikbaar komt, zullen de meeste computergebruikers hun oude algoritmes blijven gebruiken omdat dat makkelijker is. Waarom zouden ze overstappen op Digitale Vesting?'

Strathmore glimlachte. 'Dat is eenvoudig. We hebben een lek in de beveiliging. De hele wereld ontdekt het bestaan van TRANSLTR.'

Susans mond viel open.

'We laten heel gewoon dc waarheid uitlekken, Susan. We vertellen de wereld dat de NSA een computer heeft die elk algoritme kan kraken, behalve Digitale Vesting.'

Susan was verwonderd. 'Dus iedereen stapt over op Digitale Vesting... zonder te weten dat wij dat kunnen decoderen!'

Strathmore knikte. 'Precies.' Er viel een lange stilte. 'Het spijt me dat ik tegen je heb gelogen. Het is nogal hoog spel om te proberen Digitale Vesting te herschrijven, en ik wilde je er niet bij betrekken.'

'Dat... begrijp ik,' antwoordde ze langzaam, nog niet bekomen van het briljante plan. 'U bent geen slechte leugenaar.'

Strathmore grinnikte. 'Oefening baart kunst. Liegen was de enige manier om jou buiten het kringetje te houden.'

Susan knikte. 'En hoe groot is het kringetje?'

'Het staat hier voor je.'

Susan glimlachte voor het eerst in een uur. 'Ik was al bang dat u dat zou zeggen.'

Hij haalde zijn schouders op. 'Als Digitale Vesting eenmaal is omgewisseld, breng ik de directeur op de hoogte.'

Susan was onder de indruk. Strathmores plan was een meesterzet met een enorme reikwijdte binnen de wereld van de veiligheidsdiensten. Niemand had ooit eerder zoiets bedacht. En hij had het er in zijn eentje op gewaagd. Het zag ernaar uit dat het hem misschien nog zou lukken ook. De sleutel was beneden. Tankado was dood. Tankado's partner was gevonden.

Susans gedachtegang haperde.

Tankado is dood. Dat kwam wel erg goed uit. Ze dacht aan alle leugens die Strathmore haar had verteld en plotseling liep een koude rilling over haar rug. Ze keek slecht op haar gemak naar de commandant. 'Hebt u Ensei Tankado vermoord?'

Strathmore keek verrast. Hij schudde zijn hoofd. 'Natuurlijk niet. Het was niet nodig Tankado te doden. Ik had zelfs liever gewild dat hij nog leefde. Zijn dood zou Digitale Vesting verdacht kunnen maken. Ik wilde dat de verwisseling zo gladjes en onopvallend mogelijk verliep. Het oorspronkelijke plan was om

de bestanden te verwisselen en Tankado zijn sleutel te laten verkopen.'
Susan moest toegeven dat het logisch klonk. Tankado zou geen reden hebben te vermoeden dat het algoritme op internet niet het oorspronkelijke was. Afgezien van hijzelf en North Dakota had niemand er toegang toe. Tenzij Tankado de programmacode nog eens goed zou bestuderen nadat het openbaar was gemaakt, zou hij nooit te weten komen dat er een achterdeurtje in zat. En hij had zo lang op Digitale Vesting zitten zwoegen dat hij de programmacode waarschijnlijk nooit meer had willen zien.
Susan liet het allemaal bezinken. Plotseling begreep ze waarom de commandant privacy wilde hebben in Crypto. De klus die geklaard moest worden, was tijdrovend en netelig: een verborgen achterdeurtje schrijven in een complex algoritme en de bestanden onopgemerkt omwisselen op internet. Geheimhouding was van het grootste belang. Alleen al de indruk dat er iets mis was met Digitale Vesting kon het plan van de commandant volledig bederven.
Nu pas begreep ze goed waarom hij had besloten TRANSLTR door te laten draaien. *Als Digitale Vesting het nieuwe kindje van de NSA moet worden, wil Strathmore zeker weten dat het niet te kraken is!*
'Wil je nog steeds weg?' vroeg hij.
Susan keek op. Op de een of andere manier waren haar angsten weggevaagd doordat ze hier een tijdje in het donker met de grote Trevor Strathmore had zitten praten. Het herschrijven van Digitale Vesting was een kans om iets van historisch belang te doen, een kans een ongelooflijk goede daad te verrichten, en Strathmore kon haar hulp wel gebruiken. Susan forceerde een moeizame glimlach. 'Wat is onze volgende stap?'
Strathmore straalde. Hij legde een hand op haar schouder. 'Bedankt.' Hij glimlachte en kwam toen terzake. 'We gaan samen naar beneden.' Hij hield zijn Beretta op. 'Jij doorzoekt Hales terminal. Ik dek je.'
Susan kreeg kippenvel bij de gedachte naar beneden te moeten. 'Kunnen we niet wachten tot David belt dat hij Tankado's exemplaar heeft?'
Strathmore schudde zijn hoofd. 'Hoe sneller we de verwisseling voor elkaar hebben, hoe beter. We weten niet eens zeker of Da-

vid dat andere exemplaar zal vinden. Als de ring door een speling van het lot daar in de verkeerde handen komt, heb ik liever dat we de algoritmes al hebben omgewisseld. Dan zal degene die de sleutel in handen heeft, wie het ook is, ónze versie van het algoritme binnenhalen.' Strathmore betastte zijn pistool en stond op. 'We moeten Hales sleutel gaan zoeken.'

Susan zweeg. De commandant had gelijk. Ze hadden Hales sleutel nodig. En snel ook.

Toen Susan opstond, knikten haar knieën. Ze wilde dat ze Hale harder had geraakt. Ze keek naar Strathmores pistool en voelde zich een beetje onpasselijk. 'Zou u Greg Hale echt neerschieten?'

'Nee.' Strathmore keek bedenkelijk en liep met grote passen naar de deur. 'Maar laten we hopen dat híj dat niet weet.'

76

Voor het luchthavengebouw van Sevilla stond, met lopende meter, een taxi stil. De passagier met het metalen brilmontuur keek door de ramen van spiegelglas de helverlichte hal in. Hij wist dat hij op tijd was gekomen.

Hij zag een blond meisje. Ze hielp David Becker naar een stoel. Zo te zien had Becker pijn. *Hij weet nog niet wat pijn betekent*, dacht de passagier. Het meisje haalde iets kleins uit haar zak en stak het Becker toe. Hij hield het op en bekeek het aandachtig in het licht. Toen liet hij het om zijn vinger glijden. Hij trok een stapel bankbiljetten uit zijn zak en betaalde het meisje. Ze bleven nog een paar minuten zitten praten, en toen omhelsde het meisje hem. Ze zwaaide, hing haar reistas over haar schouder en liep weg door de hal.

Eindelijk, dacht de man in de taxi. *Eindelijk*.

77

Strathmore stapte uit zijn kantoor de overloop op met het pistool voor zich uit. Susan bleef dicht achter hem en vroeg zich af of Hale nog in Zaal 3 was.
Het licht van Strathmores beeldscherm achter hen wierp hun spookachtige schaduwen op de metalen roostervloer van de overloop. Susan schoof nog wat dichter naar de commandant toe.
Naarmate ze zich verder van de deur verwijderden, werd het licht zwakker, en even later stonden ze in het donker. Het enige licht in de hal van Crypto kwam van de sterren aan de hemel en de vage gloed die door het versplinterde raam van Zaal 3 scheen.
Strathmore schoof voetje voor voetje naar voren, op zoek naar de plek waar de smalle trap begon. Hij verplaatste de Beretta naar zijn linkerhand en tastte met zijn rechter naar de leuning. Hij dacht dat hij met links waarschijnlijk net zo slecht schoot als met rechts, en hij had zijn rechterhand nodig om zich vast te houden. Als je van deze trap viel, moest je waarschijnlijk de rest van je leven als invalide doorbrengen, en in Strathmores dromen over wat hij na zijn pensionering ging doen, kwam geen rolstoel voor.
Susan, die geen hand voor ogen zag, daalde met een hand op Strathmores schouder af. Zelfs op een halve meter afstand kon ze het silhouet van de commandant niet zien. Elke keer dat ze op een volgende metalen tree stapte, schuifelde ze naar voren op zoek naar de rand.
Susan begon haar bedenkingen te krijgen bij het idee naar Zaal 3 te gaan om Hales sleutel te bemachtigen. De commandant was ervan overtuigd dat Hale hen niets zou durven doen, maar Susan was daar niet zo zeker van. Hale was wanhopig. Hij had twee keuzes: ontsnappen of de gevangenis in draaien.
Een stemmetje in Susans binnenste zei steeds dat ze op het telefoontje van David moesten wachten en zíjn sleutel moesten gebruiken, maar ze wist dat het niet eens zeker was dat hij die zou vinden. Ze vroeg zich af waarom David zoveel tijd nodig had. Toen slikte ze haar ongerustheid weg en liep verder.
Strathmore liep zwijgend de trap af. Hale hoefde niet te horen

dat ze eraan kwamen. Toen ze bijna beneden waren, hield Strathmore in. Hij tastte vanaf de laatste tree naar de grond, en toen tikte de hak van zijn instapper op de harde, zwarte tegels. Susan voelde dat zijn schouder zich spande. Ze waren in de gevarenzone aangekomen. Hale kon overal zijn.

In de verte, nu verborgen achter TRANSLTR, was hun bestemming: Zaal 3. Susan hoopte vurig dat Hale daar nog op de grond lag te janken van pijn als de hond die hij was.

Strathmore liet de leuning los en nam het pistool weer in zijn rechterhand. Zonder een woord te zeggen liep hij het donker in. Susan hield zijn schouder stevig vast. Als ze hem kwijtraakte, zou ze hem alleen weer kunnen vinden door te praten. Dan zou Hale hen misschien horen. Terwijl ze de veiligheid van de trap achter zich lieten, herinnerde Susan zich hoe ze als kind soms 's avonds krijgertje had gespeeld; ze was weg van het honk, onbeschut. Ze was kwetsbaar.

TRANSLTR was het enige eiland in de uitgestrekte zwarte zee. Telkens bleef Strathmore met zijn pistool voor zich uit even staan luisteren. Het enige geluid was het zwakke gebrom van beneden. Susan wilde hem achteruit trekken, terug naar de veiligheid, terug naar het honk. Ze had het idee dat ze overal om zich heen gezichten in het donker zag.

Toen ze halverwege de afstand naar TRANSLTR waren, werd de stilte in Crypto verbroken. Ergens in het donker, het leek wel vlak voor haar neus, snerpte een hoog gepiep door de duisternis. Strathmore draaide zich snel om en Susan raakte hem kwijt. Angstig stak ze haar arm uit en zocht naar hem. Maar de commandant was verdwenen. De plek waar zijn schouder was geweest, was nu leeg. Ze wankelde naar voren, de leegte in.

Het gepiep hield aan. Het was vlakbij. Susan draaide in het donker om haar as. Er was een geritsel van kleren, en plotseling hield het piepen op. Susan verstijfde. Een ogenblik later verscheen er, als in een van de ergste nachtmerries uit haar kindertijd, een schim. Recht voor haar kwam een gezicht tevoorschijn. Het was spookachtig en groen. Het gezicht van een demon, met scherpe schaduwen die omhoogliepen, over vervormde gelaatstrekken. Ze sprong achteruit. Ze draaide zich om en wilde wegrennen, maar haar arm werd vastgepakt.

'Blijf staan!' gebood een stem haar.

Even dacht ze Hale te zien in die twee doordringende ogen. Maar het was niet de stem van Hale. En de aanraking was te zacht. Het was Strathmore. Hij werd van beneden verlicht door een lichtgevend voorwerp dat hij zojuist uit zijn zak had gehaald. Haar hele lijf ontspande zich van opluchting. Ze merkte dat ze weer ging ademhalen. Het ding in Strathmores hand had een elektronisch ledje dat een groene gloed gaf.

'Verdomme,' vloekte Strathmore binnensmonds. 'Mijn nieuwe pager.' Hij keek vol weerzin naar de SkyPager in zijn hand. Hij was vergeten de trilfunctie in te schakelen. Ironisch genoeg was hij naar een plaatselijke elektronicazaak gegaan om het apparaatje te kopen. Hij had met contant geld betaald om anoniem te blijven; niemand wist beter dan Strathmore hoe goed de NSA het eigen personeel in de gaten hield, en de digitale berichten die met deze pager werden verstuurd en ontvangen, mochten absoluut niet uitlekken.

Susan keek slecht op haar gemak om zich heen. Als Hale nog niet eerder had gehoord dat ze eraan kwamen, had hij dat nu wel.

Strathmore drukte een paar knopjes in en las het binnengekomen bericht. Hij kreunde zacht. Het was opnieuw slecht nieuws uit Spanje; niet van David Becker, maar van de ándere persoon die Strathmore naar Sevilla had gestuurd.

Vijfduizend kilometer bij hen vandaan reed een observatiebusje met grote snelheid door de donkere straten van Sevilla. Het was afkomstig van een legerbasis in Rota en het was hier in opdracht van de NSA, onder de grootste geheimhouding. De twee mannen die erin zaten, waren gespannen. Het was niet de eerste keer dat ze onverwachte orders hadden gekregen uit Fort Meade, maar meestal waren die orders niet afkomstig van zulke hoge heren.

De agent aan het stuur riep over zijn schouder: 'Al enig teken van onze man?'

Zijn partner wendde zijn blik geen moment af van de monitor waarop de beelden te zien waren die door de groothoekcamera op het dak werden gefilmd. 'Nee. Rij maar door.'

78

Onder de wirwar van kabels lag Jabba te zweten. Hij lag nog steeds op zijn rug met een klein zaklampje tussen zijn tanden. Hij was eraan gewend geraakt om in het weekend tot laat in de avond te werken; als het bij de NSA rustig was, had hij tenminste de kans onderhoud te plegen aan de hardware. Hij manoeuvreerde de gloeiend hete soldeerbout zeer voorzichtig door de doolhof van draden boven hem; als hij een van de naar beneden bungelende kabelmantels zou verbranden, zou dat rampzalig zijn.

Nog een paar centimeter, dacht hij. De klus nam veel meer tijd in beslag dan hij had verwacht.

Net toen hij de punt van de bout tegen het laatste stuk soldeerdraad hield, begon zijn mobieltje doordringend te rinkelen. Jabba schrok op, maakte een ongecontroleerde beweging met zijn arm, en er viel een grote klodder vloeibaar lood sissend op zijn arm.

'Shít!' Hij liet de soldeerbout vallen en slikte zijn zaklampje bijna in. 'Shit! Shit! Shit!'

Hij wreef verwoed over de druppel afkoelende soldeer. Die rolde van zijn huid en liet een indrukwekkende striem achter. De chip die hij op zijn plek probeerde te solderen, kwam los en viel op zijn hoofd.

'Godverdomme!'

Jabba's telefoon ging weer over. Hij negeerde het.

'Midge,' mopperde hij binnensmonds. *Verdomme, Midge! Er is niks mis bij Crypto!* De telefoon bleef overgaan. Jabba werkte verder en bracht de nieuwe chip weer op zijn plaats. Een minuut later zat de chip vast, maar ging zijn telefoon nog steeds over. *In jezusnaam, Midge! Hou toch op!*

De telefoon bleef nog vijftien seconden rinkelen en verstomde toen eindelijk. Jabba slaakte een zucht van opluchting.

Een minuut later kraakte de intercom boven zijn hoofd. 'Wil het hoofd Systeembeveiliging contact opnemen met de centrale? Er is een bericht voor hem.'

Jabba sloeg ongelovig zijn ogen ten hemel. *Ze geeft het niet op, hè?* Hij negeerde de oproep.

79

Strathmore stopte zijn pager weer in zijn zak en tuurde door het donker naar Zaal 3.

Hij stak zijn hand uit naar die van Susan. 'Kom mee.'

Maar voordat hun vingers elkaar raakten, klonk er een langgerekte, gutturale kreet uit de duisternis. Er kwam een dreigende gestalte aanstormen, een zware vrachtwagen die zonder koplampen op hen af denderde. Even later was er een botsing en schoof Strathmore over de vloer.

Het was Hale. De pager had hen verraden.

Susan hoorde de Beretta vallen. Een ogenblik lang stond ze als aan de grond genageld, zonder te weten waar ze heen kon rennen en wat ze moest doen. Haar intuïtie zei haar dat ze moest vluchten, maar ze had het wachtwoord van de lift niet. Haar hart zei haar dat ze Strathmore moest helpen, maar hoe? Terwijl ze zich vertwijfeld omdraaide, verwachtte ze de geluiden van een gevecht op leven en dood te horen, maar ze hoorde niets. Het was plotseling helemaal stil, alsof Hale de commandant een klap had gegeven en daarna weer was verdwenen in de duisternis.

Susan wachtte af en tuurde ingespannen in het donker, hopend dat de commandant niet gewond was. Na wat haar een eeuwigheid leek, fluisterde ze: 'Commandant?'

Al terwijl ze het zei, besefte ze haar vergissing. Een ogenblik later steeg de geur van Hale achter haar op. Ze draaide zich te laat om. Onverwachts tolde ze naar lucht happend om haar as. Daarna bleek ze zich weer in een bekende hoofdklem te bevinden, met haar gezicht tegen Hales borst gedrukt.

'Ik verrek van de pijn in m'n ballen,' hijgde Hale in haar oor.

Susans knieën knikten. De sterren in de koepel begonnen boven haar rond te draaien.

80

Hale omklemde Susans nek en schreeuwde in het donker: 'Commandant, ik heb je lievelingetje. Ik wil eruit!'
Zijn eis werd met stilte beantwoord.
Hales greep werd steviger. 'Ik breek haar nek!'
Vlak achter hen werd de haan van een pistool gespannen. Strathmores stem klonk kalm en vlak. 'Laat haar gaan.'
Susan kromp ineen van pijn. 'Commandant!'
Hale draaide Susans lichaam naar het geluid. 'Als je schiet, raak je je dierbare Susan. Ben je bereid dat risico te nemen?'
Strathmores stem kwam dichterbij. 'Laat haar gaan.'
'Ik peins er niet over. Dan vermoord je me.'
'Ik ga niemand vermoorden.'
'O, nee? Zeg dat maar tegen Chartrukian!'
Strathmore kwam dichterbij. 'Chartrukian is dood.'
'Je meent het. Jij hebt hem vermoord. Ik heb het gezien!'
'Geef je over, Greg,' zei Strathmore kalm.
Hale hield Susan stevig vast en fluisterde in haar oor: 'Strathmore heeft Chartrukian geduwd, ik zweer het!'
'Ze valt heus niet voor jouw verdeel-en-heerstactiek,' zei Strathmore, terwijl hij nog dichter naderde. 'Laat haar gaan.'
Hale siste in het donker: 'Jezus, Chartrukian was nog maar een jóngen! Waarom heb je dat gedaan? Om je geheimpje verborgen te houden?'
Strathmore bleef beheerst. 'En wat voor geheimpje zou dat dan moeten zijn?'
'Dat weet je verdomd goed! Digitale Vesting!'
'Zo, zo,' mompelde Strathmore laatdunkend, met een stem als ijs. 'Dus je bent wél op de hoogte van Digitale Vesting. Ik begon te denken dat je dat ook zou gaan ontkennen.'
'Krijg de klere.'
'Een gevat verweer.'
'Je bent een idioot,' gooide Hale eruit. 'Ik weet niet of het je interesseert, maar TRANSLTR is oververhit aan het raken.'
'Is het heus?' Strathmore grinnikte. 'Laat me eens raden. Ik moet zeker de deuren opendoen en Systeembeveiliging inschakelen?'
'Precies,' riposteerde Hale. 'Je zou wel gek zijn als je dat niet deed.'

Deze keer lachte Strathmore hardop. 'Is dat je meesterzet? TRANSLTR raakt oververhit, dus zet de deuren open en laat ons eruit?'
'Het is waar, verdomme! Ik ben daar beneden geweest! De noodstroomvoorziening levert niet genoeg koeling!'
'Bedankt voor de tip,' zei Strathmore. 'Maar TRANSLTR houdt er automatisch mee op als hij oververhit raakt, en dan verdwijnt Digitale Vesting vanzelf uit het systeem.'
Hale zei spottend: 'Je bent niet goed wijs. Wat kan het mij verdommen of TRANSLTR de lucht in gaat? Dat rotapparaat zou toch al verboden moeten worden.'
Strathmore zuchtte. 'Kinderpsychologie werkt alleen op kinderen, Greg. Laat haar gaan.'
'Zodat je me kunt neerschieten?'
'Ik schiet je niet neer. Ik wil alleen de sleutel hebben.'
'Welke sleutel?'
Strathmore zuchtte opnieuw. 'De sleutel die Tankado je heeft gestuurd.'
'Ik heb geen idee waar je het over hebt.'
'Leugenaar!' bracht Susan met moeite uit. 'Ik heb Tankado's e-mail in je account gezien!'
Hale verstijfde. Hij draaide Susan met haar gezicht naar zich toe. 'Ben je in mijn account geweest?'
'Jíj hebt mijn spoorzoeker afgebroken,' snauwde ze.
Hale voelde dat zijn bloeddruk omhoogschoot. Hij dacht dat hij zijn sporen had uitgewist; hij had geen idee gehad dat Susan wist wat hij had gedaan. Geen wonder dat ze geen woord geloofde van wat hij zei. Hale voelde zich in het nauw gedreven. Hij wist dat hij zich hier niet uit kon praten, niet op tijd, in elk geval. Hij fluisterde radeloos tegen haar: 'Susan... Strathmore heeft Chartrukian vermoord!'
'Laat haar gaan,' zei de commandant rustig. 'Ze gelooft je niet.'
'En waarom zóú ze ook?' reageerde Hale. 'Jij vuile leugenaar! Je hebt haar gehersenspoeld! Jij vertelt haar alleen wat jou goed uitkomt! Weet ze wat je wérkelijk van plan bent met Digitale Vesting?'
'En dat is?' vroeg Strathmore honend.
Hale wist dat wat hij nu ging zeggen zijn vrijheid of zijn dood zou betekenen. Hij ademde diep in en zette alles op alles. 'Je bent van plan een achterdeurtje in Digitale Vesting te schrijven.'

Het antwoord was een verbijsterde stilte vanuit de duisternis. Hale wist dat hij in de roos had geschoten.
Blijkbaar werd Strathmores onverstoorbare kalmte op de proef gesteld. 'Wie heeft je dat verteld?' wilde hij weten, en zijn stem klonk een beetje rauw.
'Dat heb ik gelezen,' zei Hale zelfvoldaan; hij probeerde zijn plotselinge overwicht uit te buiten. 'In een van je ingevingen.'
'Dat kan niet. Die print ik nooit.'
'Dat weet ik. Ik heb het rechtstreeks in je account gelezen.'
Strathmore leek te twijfelen. 'Ben je in mijn kantoor geweest?'
'Nee. Ik heb je vanuit Zaal 3 bespioneerd.' Hale forceerde een zelfverzekerd lachje. Hij wist dat hij alle onderhandelingstechnieken nodig zou hebben die hij bij de mariniers had geleerd om levend uit Crypto te komen.
Strathmore kwam voorzichtig wat dichterbij, de Beretta geheven in het donker. 'Hoe weet je van mijn achterdeurtje?'
'Dat heb ik je al verteld, ik heb in je account gesnuffeld.'
'Dat kan niet.'
Hale dwong zichzelf verwaand te grijnzen. 'Een van de problemen die je kunt hebben als je de besten inhuurt, commandant, is dat ze soms beter zijn dan jij.'
'Jongeman,' zei Strathmore ziedend, 'ik weet niet waar je je informatie vandaan hebt, maar je hebt jezelf diep in de nesten gewerkt. Laat mevrouw Fletcher nu onmiddellijk gaan, of ik waarschuw de bewaking en laat je voor de rest van je leven in de gevangenis gooien.'
'Dat doe je niet,' stelde Hale zakelijk vast. 'Dat zou je plannen bederven. Ik zou de bewaking alles vertellen.' Hale zweeg even. 'Maar als je me laat gaan, zal ik nooit een woord over Digitale Vesting zeggen.'
'Vergeet het maar,' reageerde Strathmore. 'Ik wil de sleutel.'
'Ik heb die rotsleutel helemaal niet!'
'Genoeg leugens!' brulde Strathmore. 'Waar is hij?'
Hale omklemde Susans nek wat steviger. 'Laat me eruit, of ze is er geweest!'

Trevor Strathmore had in zijn leven genoeg onderhandelingen gevoerd waarbij veel op het spel stond, om te weten dat Hale in een zeer gevaarlijke gemoedstoestand was. De jonge cryptoloog had zichzelf in een hoek gemanoeuvreerd, en een kat in het nauw maakt rare sprongen: wanhopig en onvoorspelbaar. Strathmore wist dat zijn volgende zet van cruciaal belang was. Susans leven hing ervan af, en niet te vergeten de toekomst van Digitale Vesting.

Strathmore wist dat hij om te beginnen moest zorgen dat de situatie minder gespannen werd. Na enige tijd zuchtte hij schoorvoetend. 'Goed dan, Greg. Jij wint. Wat wil je dat ik doe?'

Stilte. Hale leek even niet te weten wat hij met de bereidwillige toon van de commandant aan moest. Zijn greep op Susans nek verslapte enigszins.

'N-nou...' stamelde hij, en plotseling klonk zijn stem aarzelend. 'Om te beginnen geef je me je pistool. Jullie komen allebei met me mee.'

'Gijzelaars?' Strathmore lachte koel. 'Greg, je zult iets beters moeten verzinnen. Er staan een stuk of tien gewapende bewakers tussen ons en de parkeerplaats.'

'Ik ben niet gek,' snauwde Hale. 'Ik neem jouw lift. Susan komt met me mee! Jíj blijft hier!'

'Het spijt me dat ik het je moet vertellen,' antwoordde Strathmore, 'maar de lift heeft geen stroom.'

'Gelul!' grauwde Hale. 'De lift krijgt zijn stroom van het hoofdgebouw! Ik heb de schema's bekeken!'

'We hebben hem al uitgeprobeerd,' zei Susan met verstikte stem, om ook haar steentje bij te dragen. 'Hij werkt niet.'

'Ongelooflijk, de onzin die jullie uitkramen.' Hale verstevigde zijn greep. 'Als de lift het niet doet, leg ik TRANSLTR stil, en dan is er stroom genoeg.'

'De lift werkt met een wachtwoord,' gooide Susan eruit.

'Dat zou wat!' Hale lachte. 'De commandant wil dat vast wel met ons delen. Is het niet, commandant?'

'Vergeet het maar,' siste Strathmore.

Hale barstte uit: 'Nou moet je eens goed luisteren, ouwe. Dit is wat er gaat gebeuren: jij laat Susan en mij met jouw lift vertrekken, we rijden een paar uur en dan laat ik haar gaan.'

Strathmore besefte dat er veel op het spel stond. Hij had Susan hierbij betrokken en hij moest zorgen dat ze levend wegkwam. Zijn stem bleef rotsvast. 'En mijn plannen met Digitale Vesting?'

Hale lachte. 'Je kunt je achterdeurtje schrijven... Ik zal geen woord zeggen.' Toen werd zijn toon dreigend. 'Maar op de dag dat ik denk dat je naar me op zoek bent, stap ik met het hele verhaal naar de media. Dan vertel ik ze dat er met Digitale Vesting is geknoeid en dan breng ik deze hele kloteorganisatie tot zinken!'

Strathmore overdacht Hales aanbod. Het was rechtlijnig en eenvoudig. Susan bleef leven, en Digitale Vesting kreeg een achterdeurtje. Zolang Strathmore niet achter Hale aan ging, bleef het achterdeurtje geheim. Strathmore wist dat Hale zijn mond niet lang dicht kon houden, maar aan de andere kant... Dat Hale van Digitale Vesting wist, was zijn enige zekerheid; misschien zou hij verstandig zijn. Wat er ook gebeurde, Strathmore wist dat Hale altijd later nog geëlimineerd kon worden, als dat nodig was.

'Neem een beslissing, ouwe!' zei Hale honend. 'Gaan we weg of niet?' Hij had zijn armen als een bankschroef om Susan heen.

Strathmore wist dat Susan, als hij op dit moment de telefoon pakte en de bewaking belde, in leven zou blijven. Hij durfde er zijn eigen leven onder te verwedden. Hij zag duidelijk voor zich wat er dan zou gebeuren. Het telefoontje zou Hale volkomen verrassen. Hij zou in paniek raken, en uiteindelijk, als hij tegenover een legertje bewakers stond, zou hij niet in staat zijn zijn dreigement uit te voeren. Na een korte impasse zou hij zich overgeven. *Maar als ik de bewaking bel*, dacht Strathmore, *gaat mijn plan niet door.*

Hale verstevigde zijn greep weer. Susan gaf een kreet van pijn.

'Wat wordt het?' schreeuwde Hale. 'Moet ik haar vermoorden?'

Strathmore overwoog de mogelijkheden. Als hij Hale Susan mee liet nemen, waren er geen garanties. Hale zou een tijdje kunnen rijden en dan ergens in het bos parkeren. Hij zou een pistool hebben... Strathmore walgde van de gedachte. Er viel niet te voorspellen wat er zou gebeuren voordat Hale Susan vrijliet... áls hij haar al vrijliet. *Ik moet de bewaking bellen*, besloot Strathmore. *Wat kan ik anders?* Hij stelde zich voor hoe Hale voor de rechtbank alles vertelde wat hij wist over Digitale Vesting. *Mijn plan zal om zeep worden geholpen. Er moet een andere manier zijn.*

'Beslis!' schreeuwde Hale, terwijl hij Susan naar de trap sleepte.

Strathmore luisterde niet. Als hij om Susan te redden zijn plan moest opgeven, dan moest dat maar; niets was het waard haar

te verliezen. Susan Fletcher was een prijs die Trevor Strathmore weigerde te betalen.
Hale had Susans arm achter haar rug gedraaid en haar nek naar één kant gewrongen. 'Dit is je laatste kans, ouwe! Geef me het pistool!'
Strathmore dacht nog steeds koortsachtig na, op zoek naar een andere mogelijkheid. *Er zijn altijd andere mogelijkheden!* Ten slotte zei hij kalm, bijna droevig: 'Nee, Greg, het spijt me. Ik kan jullie niet laten gaan.'
Hales adem stokte, zo geschokt was hij blijkbaar. 'Wat?'
'Ik bel de bewaking.'
Susan hapte naar lucht. 'Commandant! Nee!'
Hale pakte haar steviger vast. 'Als je de bewaking belt, is ze dood!'
Strathmore trok het mobieltje van zijn riem en schakelde het in. 'Greg, je bluft.'
'Dat doe je niet!' schreeuwde Hale. 'Ik zal alles vertellen! Ik zal je plan bederven! Je bent nog maar een paar uur verwijderd van je droom! Alle gegevens ter wereld kunnen bekijken! Geen TRANSLTR meer. Geen grenzen meer, alleen nog maar kosteloze informatie. Het is de kans van je leven! Die laat je je niet ontglippen!'
Strathmores stem was staalhard. 'Moet jij eens zien.'
'Maar... maar Susan dan?' stamelde Hale. 'Als je dat telefoontje pleegt, is ze dood!'
Strathmore was onwrikbaar. 'Dat risico ben ik bereid te nemen.'
'Gelul! Je bent nog geiler op haar dan op Digitale Vesting! Ik ken je! Dat riskeer je niet!'
Susan begon boze tegenwerpingen te maken, maar Strathmore was haar te snel af. 'Jongeman! Je kent me helemaal niet! Risico's nemen is mijn vak. Als je het hard wilt spelen, dan kun je het krijgen!' Hij begon toetsen in te drukken op zijn telefoontje. 'Je hebt je in me vergist, jongen! Niemand kan er ongestraft mee wegkomen het leven van mijn medewerkers te bedreigen!' Hij bracht het telefoontje naar zijn mond en blafte: 'Centrale! Verbind me door met de bewaking!'
Hale begon Susans nek te verdraaien. 'I-ik vermoord haar. Ik zweer het!'
'Dat doe je helemaal niet!' verkondigde Strathmore. 'Susan vermoorden zou het alleen maar erger ma...' Hij onderbrak zich-

zelf en drukte de telefoon tegen zijn mond. 'Bewaking! Commandant Trevor Strathmore hier. Er is een gijzeling gaande in Crypto! Stuur hier wat mannen heen! Ja, nú, verdomme! We hebben ook een uitgevallen generator. Ik wil dat er van alle beschikbare externe bronnen stroom hierheen wordt geleid. Over vijf minuten moeten alle systemen weer werken! Greg Hale heeft een van mijn jonge systeembeveiligers vermoord. Hij houdt mijn hoofd Cryptologie in gijzeling. U hebt toestemming traangas op ons te gebruiken als dat nodig is! Als meneer Hale niet meewerkt, laat hem dan door sluipschutters doodschieten. Ik neem de volledige verantwoordelijkheid op me. Actie, nu!'

Hale stond roerloos, kennelijk verlamd van ongeloof. Zijn greep op Susan werd losser.

Strathmore klapte zijn telefoontje dicht en hing het weer aan zijn riem. 'Jij bent aan zet, Greg.'

81

Becker stond met tranende ogen naast de telefooncel in de vertrekhal. Ondanks zijn brandende gezicht en een vage misselijkheid, was hij in de zevende hemel. Het was voorbij. Echt voorbij. Hij was op weg naar huis. De ring aan zijn vinger was de graal waarnaar hij op zoek was geweest. Hij stak zijn hand op in het licht en keek met half dichtgeknepen ogen naar de gouden band. Hij kon de inscriptie niet scherp genoeg zien om die te kunnen lezen, maar het leek geen Engels te zijn. Het eerste teken was een Q, een O of een nul, maar zijn ogen deden te veel pijn om het met zekerheid te zeggen. Becker bekeek de eerste paar tekens. Hij kon er geen touw aan vastknopen. *Is dit een zaak van staatsveiligheid?*

Becker stapte de telefooncel in en koos Strathmores nummer. Voordat hij klaar was met het internationale toegangsnummer, kreeg hij al een bandje aan de lijn. '*Todas las lineas están ocupadas,*' zei de stem. 'Verbreekt u alstublieft de verbinding en probeert u het later nog eens.' Becker hing teleurgesteld op. Dat was hij vergeten: vanuit Spanje een internationale verbinding krijgen, was een soort roulette: puur een kwestie van timing en geluk. Hij zou het over een paar minuten nog eens moeten proberen.

Becker deed zijn best het prikken van de peper in zijn ogen te negeren. Megan had hem verteld dat het alleen maar erger zou worden als hij in zijn ogen wreef, maar dat kon hij zich nauwelijks voorstellen. Ongeduldig probeerde hij nogmaals te bellen. Nog steeds geen vrije lijnen. Becker kon niet langer wachten. Zijn ogen brandden; hij moest ze met water uitspoelen. Strathmore zou nog een paar minuten moeten wachten. Half verblind zocht Becker zijn weg naar de toiletten.

De wazige contouren van het schoonmaakkarretje tekenden zich nog steeds af voor het herentoilet, dus Becker draaide zich weer naar de deur waar DAMAS op stond. Hij dacht dat hij binnen geluiden hoorde. Hij klopte. '*¿Hola?*'

Stilte.

Waarschijnlijk Megan, dacht hij. Ze had vijf uur te doden voordat haar vlucht ging en had gezegd dat ze haar arm ging boenen tot hij schoon was.

'Megan?' riep hij. Hij klopte opnieuw. Geen antwoord. Becker duwde de deur open. 'Hallo?' Hij ging naar binnen. De toiletruimte leek leeg te zijn. Hij haalde zijn schouders op en liep naar de wastafel.

Die was nog steeds smerig, maar het kraanwater was koud. Becker voelde zijn poriën samentrekken toen hij het in zijn ogen plensde. De pijn begon minder te worden, en geleidelijk trok de mist op. Hij bekeek zichzelf in de spiegel. Hij zag eruit alsof hij dagenlang had gehuild.

Hij droogde zijn gezicht af met de mouw van zijn jasje, en toen drong er plotseling iets tot hem door. In alle opwinding was hij vergeten waar hij was. Hij was op het vliegveld! Ergens daarbuiten, in een van de drie privé-hangars van het vliegveld van Sevilla, stond een Learjet 60 te wachten om hem naar huis te brengen. De piloot had heel duidelijk gezegd: *Ik heb opdracht hier te wachten totdat u terug bent.*

Het was nauwelijks te geloven, dacht Becker, dat hij na al die toestanden weer terug was waar hij was begonnen. *Waar wacht ik nog op?* Hij lachte. *De piloot kan vast wel een radiobericht naar Strathmore zenden!*

Grinnikend keek Becker in de spiegel en trok zijn das recht. Hij stond op het punt weg te lopen toen de weerspiegeling van iets achter hem zijn aandacht trok. Hij draaide zich om. Het leek een punt te zijn van Megans reistas, die onder de deur van een toilethokje uitstak. Die stond op een kier.
'Megan?' riep hij. Er kwam geen antwoord. 'Megan?'
Becker liep erheen. Hij klopte hard op de zijkant van het toilethokje. Geen antwoord. Hij duwde zachtjes tegen de deur. Die zwaaide open.
Becker onderdrukte een kreet van afgrijzen. Megan zat op het toilet, met haar ogen naar boven gerold. Midden in haar voorhoofd zat een kogelgat waaruit een bloederige vloeistof over haar gezicht stroomde.
'O, jezus!' riep Becker geschrokken uit.
'Está muerta,' kraste een nauwelijks menselijke stem achter hem. 'Ze is dood.'
Het was alsof Becker droomde. Hij draaide zich om.
'¿Señor Becker?' vroeg de angstaanjagende stem.
Ontsteld keek Becker naar de man die de toiletruimte binnenstapte. Hij kwam hem eigenaardig bekend voor.
'Soy Hulohot,' zei de moordenaar. 'Ik ben Hulohot.' De verwrongen woorden leken diep uit zijn buik te komen. Hulohot stak zijn hand uit. '*El anillo*. De ring.'
Becker keek hem wezenloos aan.
De man stak zijn hand in zijn zak en haalde een revolver tevoorschijn. Hij hief het wapen en richtte het op Beckers hoofd. *'El anillo.'*
In een ogenblik van helderheid had Becker een gewaarwording die helemaal nieuw voor hem was. Alsof hij een seintje kreeg van een of ander onderbewust overlevingsinstinct, spande elke spier in zijn lichaam zich gelijktijdig aan. Hij vloog door de lucht toen het schot werd gelost. Hij kwam boven op Megan terecht. Er sloeg een kogel in de muur achter hem.
'¡Mierda!' vloekte Hulohot. Op de een of andere manier was David Becker op het allerlaatste moment weggedoken. De moordenaar liep naar hem toe.
Becker duwde zichzelf weg van de levenloze tiener. Hij hoorde voetstappen naderen. Ademhaling. Een haan die gespannen werd.

‘*Adiós,*’ fluisterde de man, terwijl hij een sprong maakte als een panter en zijn arm met het wapen het toilethokje in zwaaide. De revolver ging af. Er was een rode flits. Maar het was geen bloed. Het was iets anders. Er kwam een voorwerp uit het hokje vliegen, alsof het uit het niets was verschenen, en het raakte de moordenaar tegen zijn borst, waardoor zijn revolver een fractie van een seconde te vroeg afging. Het was Megans reistas.

Becker schoot uit het hokje te voorschijn. Hij sloeg met zijn schouder tegen de borst van de man en wierp hem achteruit tegen de wasbak. Er klonk een oorverdovende klap. Een spiegel brak in stukken. De revolver viel. De twee mannen tuimelden op de grond. Becker rukte zichzelf los en stormde naar de uitgang. Hulohot graaide zijn revolver van de grond, draaide zich om en vuurde. De kogel vloog in de dichtslaande deur.

De lege vertrekhal strekte zich voor Becker uit als een onafzienbare woestijn. Zijn benen bewogen sneller onder zijn lijf dan hij voor mogelijk had gehouden.

Toen hij de draaideur in slipte, klonk er een schot achter hem. De ruit voor hem sprong in een regen van glasscherfjes uiteen. Becker duwde met zijn schouder tegen het raamwerk en de deur ging draaien. Even later wankelde hij de straat op.

Er stond een taxi te wachten.

‘*¡Déjame entrar!*’ schreeuwde Becker, terwijl hij op het gesloten portier bonkte. ‘Laat me erin!’ De chauffeur weigerde dat; zijn vrachtje met het metalen brilmontuur had hem gevraagd te wachten. Becker draaide zich om en zag Hulohot met zijn revolver in de hand door de vertrekhal sprinten. Becker keek naar zijn kleine Vespa, die op de stoep lag. *Ik ben er geweest.*

Hulohot stormde precies op tijd door de draaideur naar buiten om te zien hoe Becker tevergeefs probeerde zijn Vespa aan te trappen. Hulohot glimlachte en hief zijn revolver.

De choke! Becker frunnikte aan de hendels onder de benzinetank. Opnieuw sprong hij op de trapstarter. De motor sputterde en sloeg weer af.

‘*El anillo*. De ring.’ De stem was vlakbij.

Becker keek op. Hij zag de loop van een revolver. De trommel draaide. Hij trapte de starter weer in.

Hulohots schot miste Beckers hoofd op een haar na, doordat de

scooter plotseling tot leven kwam en met een ruk naar voren schoot. Becker hield zich vast alsof zijn leven ervan afhing, en de scooter hotste een hellend stukje grasveld af en zwalkte om de hoek van het gebouw de landingsbaan op.
Woedend rende Hulohot naar zijn wachtende taxi. Een paar seconden later lag de chauffeur versuft op de stoeprand en keek zijn taxi na, die met gierende banden in een wolk van stof wegscheurde.

82

Toen het tot de verbouwereerde Greg Hale begon door te dringen wat voor gevolgen het telefoontje van de commandant aan de bewaking zou hebben, werd hij overspoeld door een golf van paniek. *De bewakingsdienst komt eraan!* Susan begon weg te glijden. Hale vermande zich, greep haar bij haar middel beet en trok haar terug.
'Laat me los!' schreeuwde ze, en haar stem echode door de koepel.
Hales hersenen werkten op topsnelheid. Het telefoontje van de commandant had hem volledig verrast. *Strathmore heeft de bewaking gebeld! Hij geeft zijn plannen voor Digitale Vesting op!* Hale had nooit verwacht dat de commandant zich Digitale Vesting zou laten ontglippen. Dat achterdeurtje was de kans van zijn leven.
Naarmate zijn paniek de overhand begon te krijgen, leek Hales geest hem voor de gek te gaan houden. Overal waar hij keek, zag hij de loop van Strathmores Beretta. Hij begon rond te draaien, met Susan dicht tegen zich aan, om te zorgen dat de commandant geen gelegenheid kreeg om te schieten. Gedreven door angst sleurde Hale Susan blindelings naar de trap. Binnen vijf minuten zou het licht aan gaan, de deuren zouden openen en er zou een arrestatieteam binnenstormen.
'Je doet me pijn,' kermde Susan met verstikte stem. Ze hijgde en wankelend volgde ze Hale in zijn vertwijfelde pirouettes.
Hale overwoog haar te laten gaan en naar Strathmores lift te

sprinten, maar dat zou zelfmoord zijn. Hij had geen wachtwoord. Bovendien wist Hale dat hij, als hij eenmaal buiten het NSA-gebouw was zonder gijzelaar, ten dode was opgeschreven. Zelfs met zijn Lotus zou hij een hele zwerm NSA-helikopters niet voor kunnen blijven. *Susan is het enige wat Strathmore ervan zal weerhouden me van de weg af te laten schieten!*

'Susan,' riep Hale uit, terwijl hij haar naar de trap sleurde. 'Kom met me mee! Ik zweer je dat ik je niets zal doen!'

Terwijl Susan zich tegen hem verzette, besefte Hale dat hij nieuwe problemen had. Zelfs als hij er op de een of andere manier in slaagde Strathmores lift open te krijgen en Susan mee te nemen, zou ze ongetwijfeld de hele weg het gebouw uit tegenstand blijven bieden. Hale wist heel goed dat Strathmores lift maar op één plek stopte: 'de Ondergrondse Snelweg', een labyrint van ondergrondse gangen, alleen toegankelijk voor de hoge heren van de NSA, die er ongezien door konden komen en gaan. Hale was niet van plan met een tegenstribbelende gijzelaar te verdwalen in de kelders onder de NSA. Dan zou hij reddeloos verloren zijn. En zelfs als hij eruit zou komen, besefte hij nu dat hij geen pistool had. Hoe zou hij Susan over het parkeerterrein krijgen? Hoe zou hij kunnen autorijden?

Het antwoord was afkomstig van een van Hales vroegere docenten bij de mariniers, die hem krijgstactiek had onderwezen: *Dwing iemand*, klonk zijn stem in Hales hoofd, *en hij zal je bevechten. Maar als je iemand overhaalt te denken zoals jij dat wilt, heb je een bondgenoot.*

'Susan,' hoorde Hale zichzelf zeggen, 'Strathmore is een moordenaar! Je bent hier in gevaar!'

Susan leek het niet te horen. Het was trouwens toch een absurde opmerking, wist Hale. Strathmore zou Susan nooit kwaad doen, en dat wist ze.

Hale tuurde in het donker om zich heen en vroeg zich af waar de commandant zich schuilhield. Strathmore was plotseling stil geworden, wat Hale nog meer in paniek bracht. Hij had het gevoel dat zijn tijd om was. De bewaking kon er elk moment zijn. Met uiterste krachtsinspanning sloeg Hale zijn armen om Susans middel en trok haar hard de trap op. Ze haakte haar hielen achter de onderste tree en trok terug. Maar dat had geen zin, Hale was te sterk voor haar.

Voorzichtig beklom Hale achterwaarts de trap, Susan met zich meeslepend. Het was misschien gemakkelijker geweest haar naar boven te duwen, maar op de overloop boven aan de trap viel wat licht van Strathmores beeldschermen. Als Susan voorop ging, zou Strathmore Hale ongehinderd in de rug kunnen schieten. Door Susan achter zich aan te trekken, hield Hale een menselijk schild tussen zichzelf en de hal van Crypto.
Toen hij ongeveer een derde van de weg had afgelegd, bespeurde Hale beweging onder aan de trap. *Strathmore gaat toeslaan!*
'Ik zou het niet doen, commandant,' siste hij. 'Het zal haar dood worden.'
Hale wachtte. Maar er was alleen stilte. Hij luisterde aandachtig. Niets. Het bleef stil onder aan de trap. Had hij het zich verbeeld? Het deed er niet toe. Strathmore zou nooit durven schieten als Susan zich tussen hen in bevond.
Maar terwijl Hale achterwaarts de trap op klauterde en Susan met zich meetrok, gebeurde er iets onverwachts. Er klonk een doffe plof op de overloop achter hem. Hale bleef staan; zijn adrenalinegehalte steeg. Was Strathmore naar boven geglipt? Zijn intuïtie zei hem dat Strathmore ónder aan de trap was. Maar toen gebeurde het plotseling opnieuw, deze keer harder. Een duidelijke voetstap op de overloop!
Vol ontzetting besefte Hale zijn vergissing. *Strathmore is op de overloop achter me! Hij kan me ongehinderd in de rug schieten!*
Vertwijfeld draaide hij Susan naar de andere kant en begon hij achteruit de trap weer af te dalen.
Toen hij de onderste tree had bereikt, keek hij woest omhoog naar de overloop en schreeuwde: 'Achteruit, commandant! Achteruit, of ik breek haar...'
Aan de voet van de trap suisde de kolf van een Beretta door de lucht naar beneden en kwam met een klap op Hales schedel neer.
Nadat Susan zich had losgerukt van de ineenzakkende Hale, draaide ze zich verward om. Strathmore pakte haar vast, trok haar naar zich toe en nam haar in zijn armen. 'Ssst,' zei hij kalmerend. 'Ik ben het. Je bent veilig.'
Susan sidderde. 'Com... mandant,' bracht ze stotterend en gedesoriënteerd uit. 'Ik dacht... ik dacht dat u boven was... Ik hoorde...'
'Kalm maar,' fluisterde hij. 'Je hebt gehoord dat ik mijn instap-

pers op de overloop heb gegooid.'
Susan moest tegelijk lachen en huilen. De commandant had haar leven gered. Toen ze daar zo in het donker stond, werd ze overmand door een enorm gevoel van opluchting. Maar dat ging gepaard met schuldgevoel: de bewaking kwam eraan. Ze was zo dom geweest Hale de kans te geven haar vast te grijpen, en hij had haar tegen Strathmore gebruikt. Susan wist dat de commandant een hoge tol had betaald voor haar redding. 'Het spijt me,' zei ze.
'Wat spijt je?'
'Dat uw plannen met Digitale Vesting zijn doorkruist.'
Strathmore schudde zijn hoofd. 'Dat zijn ze helemaal niet.'
'Maar... maar de bewaking dan? Die kan elk moment hier zijn. We hebben geen tijd meer om...'
'De bewaking komt niet, Susan. We hebben alle tijd van de wereld.'
Susan begreep het niet. *De bewaking komt niet?* 'Maar u hebt gebeld...'
Strathmore grinnikte. 'Dat trucje is zo oud als de weg naar Rome. Ik heb alleen maar gedaan alsof.'

83

Beckers Vespa was ongetwijfeld het kleinste transportmiddel dat ooit over de landingsbaan in Sevilla had gescheurd. Op zijn topsnelheid, tachtig kilometer per uur en luid jankend, klonk hij meer als een kettingzaag dan als een scooter, en helaas beschikte hij bij lange na niet over het benodigde vermogen om op te stijgen.
In zijn zijspiegel zag Becker de taxi ongeveer vierhonderd meter achter zich de onverlichte landingsbaan op zwenken. De auto begon ogenblikkelijk terrein te winnen. Becker keek voor zich uit. In de verte, op een meter of achthonderd bij hem vandaan, tekenden de contouren van de hangars zich af tegen de nachtelijke hemel. Becker vroeg zich af of de taxi hem zou hebben ingehaald voordat hij daar was aangekomen. Hij wist dat Susan

dat sommetje in twee seconden zou maken en dan zijn kansen zou berekenen. Plotseling was hij banger dan hij ooit was geweest.

Hij boog zijn hoofd en draaide het gas zo ver mogelijk open. De Vespa kon echt niet sneller. Becker schatte dat de taxi achter hem ongeveer honderdveertig reed, bijna tweemaal zo hard als hij. Hij vestigde zijn blik op de drie gebouwen in de verte. *De middelste. Daar staat de Learjet.* Er klonk een schot.

De kogel boorde zich een paar meter achter hem in de landingsbaan. Becker keek om. De moordenaar hing uit het raampje en richtte op hem. Becker week snel uit en zijn zijspiegel spatte in een regen van glasscherven uiteen. Hij voelde de klap van de kogel zelfs door het stuur gaan. Hij ging voorover op de scooter liggen. *God sta me bij, ik haal het niet!*

Het asfalt voor Beckers Vespa werd lichter. De taxi naderde en de koplampen wierpen griezelige schaduwen op de landingsbaan. Er werd een schot gelost. De kogel ketste af op de romp van de scooter.

Becker weerhield zichzelf er met moeite van om uit te wijken. *Ik moet bij de hangar zien te komen!* Hij vroeg zich af of de piloot van de Learjet hen zag aankomen. *Is hij gewapend? Zal hij de deur van de cabine op tijd opendoen?* Maar toen Becker de verlichte, openstaande hangars naderde, besefte hij dat die vragen er niet toe deden. De Learjet was nergens te bekennen. Hij kneep zijn ogen half dicht en tuurde met een waterige blik voor zich uit, terwijl hij bad dat hij hallucineerde. Dat was niet zo. De hangar was leeg. *O God! Waar is het vliegtuig?*

Terwijl de twee voertuigen de lege hangar in schoten, zocht Becker radeloos naar een uitweg. Die was er niet. De achterwand van het gebouw, van grote metalen golfplaten, had geen deuren of ramen. De taxi kwam met brullende motor naast hem rijden, en toen Becker naar links keek, zag hij Hulohot zijn revolver richten.

Beckers reflexen namen het over. Hij trapte op de rem. Daar ging hij nauwelijks langzamer door rijden, want de vloer van de hangar was glad van de olie. De Vespa raakte in een slip.

Naast hem klonk een oorverdovend gepiep toen de remmen van de taxi blokkeerden en de versleten banden hun greep op het glibberige oppervlak verloren. Slechts een paar centimeter links

van Beckers slippende Vespa tolde de auto rond in een wolk van rook en verbrandend rubber.
De twee voertuigen schoven nu naast elkaar onbestuurbaar op de achterwand van de hangar af. Becker trapte vertwijfeld steeds opnieuw de rem in, maar de banden hadden geen grip, het was alsof hij op ijs reed. Voor hem uit doemde de metalen wand op. Hij kwam snel dichterbij. Terwijl de taxi naast hem woest rondtolde, keek Becker naar de wand en zette zich schrap voor de klap.
Er was een oorverdovend kabaal van staal tegen golfplaten. Maar geen pijn. Plotseling merkte Becker dat hij in de openlucht, nog steeds op zijn Vespa, over een grasveld hotste. Het was alsof de achterwand van de hangar voor hem in rook was opgegaan. De taxi reed nog steeds naast hem, voortdenderend door het gras. Een enorme metalen golfplaat van de achterwand van de hangar zweefde van de motorkap van de taxi omhoog en vloog over Beckers hoofd.
Met bonzend hart gaf Becker gas en schoot weg, de nacht in.

84

Jabba slaakte een tevreden zucht toen hij klaar was met het laatste soldeerpunt. Hij schakelde de soldeerbout uit, legde zijn zaklampje neer en bleef even in het donker van de mainframecomputer liggen. Hij was bekaf. Zijn nek deed pijn. Het was altijd krap als je hier moest werken, vooral voor een man van zijn formaat.
En ze bouwen ze steeds kleiner, peinsde hij.
Toen hij zijn ogen dichtdeed voor een welverdiend ogenblik van rust, begon iemand buiten aan zijn laarzen te trekken.
'Jabba! Kom eruit!' riep een vrouwenstem.
Midge heeft me gevonden. Hij kreunde.
'Jabba! Kom op!'
Met tegenzin schoof hij naar buiten. 'Goddomme, Midge! Ik heb je toch gezegd...' Maar het was Midge niet. Jabba keek verrast op. 'Soshi?'

Soshi Kuta was een energieke vrouw van nog geen vijfenveertig kilo. Ze was Jabba's rechterhand, een zeer pientere systeembeveiliger van het Massachusetts Institute of Technology. Ze werkte vaak met Jabba over en was zijn enige medewerker die niet bang voor hem leek te zijn. Ze keek hem boos aan en vroeg: 'Waarom nam je verdomme je telefoon niet op? En waarom reageerde je niet op mijn oproep?'
'Jóúw oproep,' herhaalde Jabba. 'Ik dacht dat het...'
'Laat maar. Er is iets vreemds aan de hand met de centrale databank.'
Jabba keek op zijn horloge. 'Iets vreemds?' Nu werd hij ongerust. 'Kun je wat specifieker zijn?'
Twee minuten later rende Jabba door de gang naar de databank.

85

Greg Hale lag in foetushouding op de grond in Zaal 3. Strathmore en Susan hadden hem daar zojuist heen gesleept en hadden zijn handen en voeten vastgebonden met dikke printersnoeren van de laserprinters in Zaal 3.
Susan verbaasde zich nog steeds over de listige manoeuvre die de commandant had uitgevoerd. *Hij heeft gedaan alsof hij telefoneerde!* Op de een of andere manier was Strathmore erin geslaagd Hale gevangen te nemen, Susan te redden en zichzelf de tijd te bezorgen die hij nodig had om aanpassingen te maken in Digitale Vesting.
Susan keek bezorgd naar de geboeide cryptoloog. Hale ademde zwaar. Strathmore zat op de bank met de Beretta onhandig op zijn schoot. Susan richtte haar aandacht weer op Hales terminal en ging door met haar zoekactie naar willekeurige tekenreeksen.
Haar vierde zoekactie was afgerond en leverde niets op. 'Nog steeds niets.' Ze zuchtte. 'Misschien moeten we toch wachten tot David Tankado's exemplaar heeft gevonden.'
Strathmore keek afkeurend. 'Als het David niet lukt, en Tankado's sleutel in verkeerde handen valt...'

Strathmore hoefde zijn zin niet af te maken. Susan begreep het. Totdat Digitale Vesting op internet was vervangen voor Strathmores aangepaste versie, was Tankado's sleutel gevaarlijk.
'Nadat we de bestanden hebben verwisseld,' vervolgde Strathmore, 'kan het me niets meer schelen hoeveel sleutels er in omloop zijn. Hoe meer, hoe beter.' Hij gebaarde dat ze moest doorgaan met zoeken. 'Maar tot die tijd is het een race tegen de klok.'
Susan deed haar mond open om dat te bevestigen, maar haar woorden gingen verloren in een plotseling, oorverdovend geloei. De stilte in Crypto werd hardhandig verbroken door een waarschuwingssignaal uit de ondergrondse ruimte. Susan en Strathmore keken elkaar geschrokken aan.
'Wat is dát?' schreeuwde Susan tussen twee hoornsignalen door.
'TRANSLTR!' riep Strathmore terug, en hij keek bezorgd. 'Hij wordt te warm! Misschien had Hale gelijk, dat de noodstroomvoorziening te weinig koeling levert.'
'En de automatische uitschakeling dan?'
Strathmore dacht even na en riep toen: 'Er moet ergens kortsluiting zijn.' Een geel alarmlicht draaide rond boven de hal van Crypto en wierp een pulserende gloed over zijn gezicht.
'U kunt de boel beter stilleggen!' riep Susan.
Strathmore knikte. Niemand wist wat er zou gebeuren als er drie miljoen silicium chips oververhit raakten en tot ontbranding overgingen. Strathmore moest naar boven gaan, naar zijn terminal, en de pogingen van TRANSLTR om Digitale Vesting te kraken afbreken, voordat iemand buiten Crypto doorhad dat er iets mis was en besloot noodtroepen te sturen.
Strathmore wierp een blik op de nog steeds bewusteloze Hale. Hij legde de Beretta op een tafel vlak bij Susan en riep boven de sirene uit: 'Ik ben zo terug!' Toen hij door het gat in de wand van Zaal 3 wegliep, riep hij over zijn schouder: 'En zorg dat je die sleutel voor me vindt!'

Susan keek naar de resultaten van haar vergeefse zoekactie en hoopte dat Strathmore zou opschieten en TRANSLTR snel stil zou leggen. Met al dat lawaai en dat licht leek het wel alsof er een raket gelanceerd zou worden.
Op de grond begon Hale te bewegen. Elke keer dat de sirene loeide, kromp hij ineen. Susan verraste zichzelf door de Beretta

te grijpen. Hale opende zijn ogen en zag Susan Fletcher met het pistool op zijn kruis gericht boven zich staan.
'Waar is de sleutel?' vroeg Susan op gebiedende toon.
Hale had er moeite mee zich te oriënteren. 'W-wat is er gebeurd?'
'Je hebt het verknald, dat is er gebeurd. Kom op, waar is de sleutel?'
Hale probeerde zijn armen te bewegen, maar besefte dat hij geboeid was. Zijn gezicht vertrok van paniek. 'Laat me gaan!'
'Ik heb de sleutel nodig,' herhaalde Susan.
'Die heb ik niet! Laat me gaan!' Hale probeerde overeind te komen. Hij kon zich met moeite op zijn andere zij rollen.
Susan schreeuwde tussen twee hoornsignalen door: 'Jij bent North Dakota, en Ensei Tankado heeft je een versie van zijn sleutel gegeven. Die heb ik nodig, en wel meteen!'
'Je bent gek!' bracht Hale hijgend uit. 'Ik ben North Dakota niet!' Hij probeerde vergeefs zich los te wringen.
Susan viel boos tegen hem uit: 'Lieg niet tegen me. Waarom zit al die e-mail voor North Dakota dan in jouw account?'
'Dat heb ik je al verteld!' voerde Hale aan, terwijl de sirene bleef loeien. 'Ik heb in Strathmores computer gesnuffeld! Die e-mail in mijn account heb ik gekopieerd uit Stráthmores account. Het is e-mail die COMINT van Tankado heeft gestolen!'
'Gelul! Jij zou nooit in de account van de commandant kunnen komen!'
'Je begrijpt het niet!' schreeuwde Hale. 'Strathmores account wérd al afgetapt!' Hale riep steeds een zinnetje tussen twee hoornsignalen door. 'Iemand anders had er een tap opgezet! Volgens mij directeur Fontaine! Ik heb er alleen maar gebruik van gemaakt! Je moet me geloven! Zo heb ik ontdekt dat hij Digitale Vesting wilde aanpassen! Ik heb Strathmores ingevingen gelezen!'
Zijn ingevingen? Susan dacht even na. Strathmore had zijn plannen voor Digitale Vesting ongetwijfeld geschetst met behulp van zijn BrainStorm-software. Als iemand in de account van de commandant had gesnuffeld, zou die over al die informatie kunnen beschikken...
'Het is krankzinnig om Digitale Vesting aan te passen!' riep Hale uit. 'Je weet verdomd goed wat dat betekent: dat de NSA álles kan lezen!' De sirene loeide en overstemde hem, maar Hale was

buiten zichzelf. 'Denk je dat we klaar zijn voor die verantwoordelijkheid? Denk je dat íémand dat is? Het is verdomde kortzichtig! Jij denkt dat onze regering het algemeen belang voor ogen heeft? Fantastisch! Maar wat gebeurt er als een of andere toekomstige regering dat níét heeft? Deze technologie verdwijnt niet meer!'

Susan kon hem nauwelijks verstaan; het lawaai van het alarm was oorverdovend.

Hale probeerde zich los te wringen. Hij keek Susan recht aan en bleef maar schreeuwen. 'Hoe kunnen burgers zich in jezusnaam tegen een politiestaat verdedigen als de kerel die de baas is toegang heeft tot ál hun communicatiekanalen? Hoe kunnen ze dan ooit nog een opstand organiseren?'

Dit argument had Susan al vele malen gehoord. Het argument van de toekomstige regeringen was een steeds terugkerende klacht van de EFF.

'Strathmore móést worden tegengehouden!' brulde Hale terwijl het alarm loeide. 'Ik heb gezworen dat ík dat zou doen. Dat is wat ik de hele dag heb gedaan: zijn account in de gaten houden, wachten totdat hij zijn zet deed, zodat ik de daadwerkelijke verwisseling kon vastleggen. Ik had bewijs nodig dat hij er een achterdeurtje in had gemaakt. Daarom heb ik al zijn e-mail gekopieerd. Het was bewijs dat hij de ontwikkeling van Digitale Vesting had gevolgd. Ik was van plan met de informatie naar de pers te stappen.'

Susans hart miste een slag. Had ze het goed gehoord? Dit klonk plotseling als Greg Hale. *Is het mogelijk?* Als Hale had geweten van Strathmores plan om een aangepaste versie van Digitale Vesting in omloop te brengen, kon hij wachten totdat de hele wereld het programma gebruikte en dan zijn sensationele ontdekking wereldkundig maken, compleet met het bewijs!

Susan stelde zich de krantenkoppen voor: CRYPTOLOOG GREG HALE ONTHULT GEHEIM AMERIKAANS PLAN OM WERELDWIJD INFORMATIE IN HANDEN TE KRIJGEN!

Was het hetzelfde verhaal als bij Skipjack? Als Greg Hale voor de tweede maal het bestaan van een door de NSA ingebouwd achterdeurtje aan het licht bracht, zou dat hem beroemder maken dan hij ooit had kunnen dromen. Het zou ook de ondergang van de NSA betekenen. Plotseling merkte ze dat ze zich afvroeg of

Hale misschien de waarheid sprak. *Nee!* besloot ze. *Natuurlijk niet!*

Hale bleef zijn zaak bepleiten. 'Ik heb je spoorzoeker afgebroken omdat ik dacht dat je op zoek was naar míj! Ik dacht dat je vermoedde dat Strathmores account werd afgetapt! Ik wilde niet dat je het lek zou vinden en het zou terugvoeren op mij!'

Het was mogelijk, maar onwaarschijnlijk. 'Waarom heb je Chartrukian dan vermoord?' snauwde Susan.

'Dat heb ik niet gedaan!' schreeuwde Hale boven de herrie uit. 'Strathmore heeft hem een duw gegeven! Ik heb het van beneden af allemaal zien gebeuren! Chartrukian stond op het punt de systeembeveiligers te bellen en Strathmores plannen voor het achterdeurtje te doorkruisen!'

Hale is goed, dacht Susan. *Hij heeft overal een antwoord op.*

'Laat me gaan!' smeekte Hale. 'Ik heb niets misdaan!'

'Niets misdaan?' gilde Susan, terwijl ze zich afvroeg waarom Strathmore zoveel tijd nodig had. 'Tankado en jij hielden de NSA in gijzeling. Totdat jij hem ging bedriegen, tenminste. Vertel eens,' drong ze aan, 'is Tankado echt aan een hartaanval gestorven, of heb jij een van je maatjes opdracht gegeven hem uit te schakelen?'

'Je bent stekeblind!' riep Hale uit. 'Zie je dan niet dat ik er niets mee te maken heb? Maak me los! Voordat de bewaking hier is!'

'De bewaking komt niet,' zei ze kortaf.

Hale verbleekte. 'Wat?'

'Strathmore heeft alleen gedaan alsof hij belde.'

Hales ogen werden groot. Hij leek een ogenblik te verstijven. Toen begon hij hevig te kronkelen. 'Strathmore zal me vermoorden! Ik weet het zeker! Ik weet te veel!'

'Rustig, Greg.'

Het alarm loeide terwijl Hale brulde: 'Maar ik ben onschuldig!'

'Je liegt! En ik heb er bewijs van!' Susan liep om de kring van terminals heen. 'Weet je nog, die spoorzoeker die je hebt afgebroken?' vroeg ze, terwijl ze bij haar eigen terminal aankwam. 'Ik heb hem opnieuw gestuurd! Zullen we eens kijken of hij al terug is?'

En ja hoor, op Susans scherm knipperde een pictogram om haar te waarschuwen dat haar spoorzoeker was teruggekomen. Ze legde haar hand over de muis en opende het bericht. *Deze ge-*

gevens zullen Hales lot bezegelen, dacht ze. *Hale is North Dakota*. Het informatievenster ging open. *Hale is...*
Susan verstijfde. De spoorzoeker verscheen en ze stond er in verbluft stilzwijgen naar te kijken. Het moest een vergissing zijn; de spoorzoeker wees iemand anders aan... Een zeer onwaarschijnlijke persoon.
Susan zocht steun bij de bovenkant van haar beeldscherm en herlas de tekst in het venster. Het was dezelfde informatie die Strathmore had gezegd te hebben gekregen toen hij de spoorzoeker had verstuurd! Susan had gedacht dat Strathmore iets fout had gedaan, maar ze wist dat ze zelf geen vergissingen had gemaakt bij het opstellen van de spoorzoeker.
En toch was de informatie op het scherm onvoorstelbaar:

NDAKOTA = ET@DOSHISHA.EDU

'E.T.?' vroeg Susan. Het duizelde haar. 'Is Ensei Tankado North Dakota?'
Het was ondenkbaar. Als de gegevens juist waren, waren Tankado en zijn partner een en dezelfde persoon. Plotseling lukte het Susan niet meer om helder te denken. Ze wilde dat dat alarm ophield met loeien. *Waarom schakelt Strathmore dat rotding niet uit?*
Hale draaide zich op zijn andere zij en deed zijn best Susan te zien. 'Wat staat er? Vertel op!'
Susan sloot zich af van Hale en de chaos om haar heen. *Ensei Tankado is North Dakota...*
Ze herschikte de puzzelstukjes in een poging ze in elkaar te passen. Als Tankado North Dakota was, dan stuurde hij e-mail aan zichzelf... wat betekende dat North Dakota niet bestond. Tankado's partner was verzonnen.
North Dakota is een geest, zei ze bij zichzelf. *Alleen een illusie*.
Het was een briljante truc. Strathmore had naar een tenniswedstrijd zitten kijken waarbij slechts één helft van de baan te zien was. Aangezien de bal steeds terugkwam, had hij aangenomen dat er iemand aan de andere kant van het net stond. Maar Tankado had tegen een muur gespeeld. Hij had de kwaliteiten van Digitale Vesting geroemd in e-mail die hij naar zichzelf had verstuurd. Hij had berichten geschreven, die naar een provider ge-

stuurd waarbij je anoniem kon blijven, en een paar uur later had die provider ze weer naar hem teruggestuurd.
Het was eigenlijk heel logisch, besefte Susan. Tankado had gewíld dat de commandant zijn e-mail onderschepte en las. Ensei Tankado had een denkbeeldige verzekeringspolis gecreëerd zonder ooit een levende ziel zijn sleutel toe te vertrouwen. Om de hele schijnvertoning echt te doen lijken, had Tankado natuurlijk een geheime account gebruikt... Net geheim genoeg om alle verdenkingen van doorgestoken kaart te sussen. Tankado was zijn eigen partner geweest. North Dakota bestond niet. Ensei Tankado had een onemanshow gespeeld.
Een onemanshow.
Er kwam een beangstigende gedachte bij Susan op. *Tankado zou zijn nepcorrespondentie gebruikt kunnen hebben om Strathmore van alles op de mouw te spelden.*
Ze herinnerde zich haar eerste reactie toen Strathmore haar vertelde over het algoritme dat niet te kraken was. Ze zou gezworen hebben dat het onmogelijk was. De verontrustende mogelijkheden van de situatie lagen als een steen op haar maag. Wat hadden ze eigenlijk voor bewijs dat Tankado Digitale Vesting écht had geschreven? Alleen een hoop gebakken lucht in zijn e-mail. En natuurlijk... TRANSLTR. De computer zat al bijna twintig uur vast in een eindeloze lus. Maar Susan wist dat er andere programma's waren die TRANSLTR zo lang bezig konden houden, programma's die veel gemakkelijker te maken waren dan een niet te kraken algoritme.
Virussen.
Er ging een huivering door haar heen.
Maar hoe kan er een virus in TRANSLTR gekomen zijn?
Vanuit het hiernamaals gaf Phil Chartrukian antwoord. *Strathmore heeft Gauntlet uitgeschakeld!*
Plotseling werd de vreselijke waarheid Susan duidelijk. Strathmore had Tankado's Digitale Vestingbestand binnengehaald en geprobeerd het door TRANSLTR te laten decoderen. Maar Gauntlet had het bestand geweigerd, omdat het gevaarlijke veranderende tekenreeksen bevatte. Normaal gesproken zou Strathmore daar ongerust over zijn geweest, maar hij had Tankado's e-mail gelezen: *veranderende tekenreeksen doen het hem!* In de overtuiging dat het veilig was om Digitale Vesting binnen te halen,

had Strathmore Gauntlets filters uitgeschakeld en het bestand TRANSLTR in gestuurd.
Susan kon nauwelijks een woord uitbrengen. 'Er ís geen Digitale Vesting,' zei ze met verstikte stem, terwijl het alarm bleef loeien. Versuft zocht ze steun bij haar terminal. Tankado had een visje uitgegooid om domkoppen te vangen... en de NSA had toegehapt.
Toen klonk er van boven een langgerekte, gepijnigde kreet. Het was Strathmore.

86

Trevor Strathmore zat voorovergebogen aan zijn bureau toen Susan buiten adem bij zijn deur aankwam. Hij liet zijn hoofd hangen, en zijn bezwete schedel glom in het licht van zijn beeldscherm. In de ondergrondse ruimte loeide het alarm.
Susan rende naar zijn bureau. 'Commandant?'
Strathmore verroerde zich niet.
'Commandant! We moeten TRANSLTR stilleggen! We hebben een...'
'Hij heeft ons te pakken,' zei Strathmore zonder op te kijken. 'Tankado heeft ons allemaal beetgenomen...'
Aan de toon van zijn stem hoorde ze dat de waarheid tot hem was doorgedrongen. Alle grote verhalen van Tankado over het algoritme dat niet te kraken was, over het bij opbod verkopen van de sleutel... Het was allemaal spel geweest, een schertsvertoning. Tankado had de NSA er met een list toe verleid zijn e-mail af te tappen, te geloven dat hij een partner had, en een heel gevaarlijk bestand binnen te halen.
'De veranderende tekenreeksen...' stamelde Strathmore.
'Ik weet het.'
De commandant keek langzaam op. 'Het bestand dat ik heb binnengehaald van internet... Het was een...'
Susan probeerde kalm te blijven. Alle stukken op het bord waren verzet. Er had nooit een algoritme bestaan dat niet te kraken was, nooit een Digitale Vesting. Het bestand dat Tankado

op internet had gezet, was een gecodeerd virus, waarschijnlijk versleuteld met een of ander algemeen verkrijgbaar coderingsprogramma, sterk genoeg om iedereen buiten de deur te houden... Iedereen behalve de NSA. TRANSLTR had de beschermende schil gekraakt en het virus vrijgelaten.

'De veranderende tekenreeksen,' zei de commandant met schorre stem. 'Tankado zei dat ze deel uitmaakten van het algoritme.' Hij liet zijn hoofd weer hangen.

Susan begreep wat een kwelling dit voor de commandant was. Hij had zich in de luren laten leggen. Tankado was nooit van plan geweest zijn algoritme te laten kopen door een computerbedrijf. Er was helemaal geen algoritme. Het was één grote poppenkast. Digitale Vesting was een illusie, een schijnvertoning, lokaas, speciaal bedoeld om de NSA te verleiden. Bij elke stap die Strathmore had gezet, had Tankado achter de schermen aan de touwtjes getrokken.

'Ik heb Gauntlet uitgeschakeld,' zei de commandant kreunend.

'U wist het niet.'

Strathmore sloeg met zijn vuist op zijn bureau. 'Ik had het móéten weten! Zijn schuilnaam, jezus! NDAKOTA! Kijk dan!'

'Wat bedoelt u?'

'Hij steekt de draak met ons! Het is verdomme een anagram!'

Susan dacht er even over na. *Is* NDAKOTA *een anagram*? Ze haalde zich de letters voor de geest en begon ze in gedachten anders te rangschikken. *Ndakota... Kado-tan... Oktadan... Tandoka...* Haar benen werden slap. Strathmore had gelijk. Het was doodeenvoudig. Hoe hadden ze dat over het hoofd kunnen zien? North Dakota was helemaal geen verwijzing naar de Amerikaanse staat; Tankado had het hun alleen maar willen inwrijven! Hij had de NSA zelfs een waarschuwing gestuurd, een overduidelijke aanwijzing dat hij zelf NDAKOTA was. Als je de letters verplaatste, kreeg je TANKADO. Maar de beste codekrakers ter wereld hadden dat over het hoofd gezien, precies zoals hij had gehoopt.

'Tankado heeft de spot met ons gedreven,' zei Strathmore.

'U moet TRANSLTR stilleggen,' voerde Susan aan.

Strathmore staarde wezenloos naar de muur.

'Commandant, leg hem stil! God mag weten wat er binnenin gebeurt!'

'Ik heb het geprobeerd,' fluisterde Strathmore, zachter dan ze hem ooit had horen praten.
'Hoe bedoelt u?'
Strathmore draaide zijn scherm naar haar toe. Dat was gedempt tot een vreemde tint kastanjebruin. Onderaan waren in het dialoogvenster verscheidene opdrachten te zien om TRANSLTR stil te leggen. Ze werden allemaal gevolgd door dezelfde reactie:

SORRY. AFBREKEN NIET MOGELIJK.
SORRY. AFBREKEN NIET MOGELIJK.
SORRY. AFBREKEN NIET MOGELIJK.

Susan voelde een rilling over haar rug lopen. *Afbreken niet mogelijk? Waarom niet?* Ze vreesde dat ze het antwoord al wist. *Dus dit is Tankado's wraak? Het verwoesten van TRANSLTR?* Jarenlang had Ensei Tankado de wereld willen vertellen over het bestaan van TRANSLTR, maar niemand had hem geloofd. Dus had hij besloten zelf het enorme beest te vernietigen. Hij had een gevecht op leven en dood geleverd voor datgene waarin hij geloofde: het recht van het individu op privacy.
Beneden loeiden de sirenes.
'We moeten alle stroom uitschakelen,' zei Susan met klem. 'Nu!'
Ze wist dat ze, als ze opschoten, de machtige machine konden redden. Elke computer ter wereld, van de eenvoudigste pc tot aan de satellietbesturingssystemen van de NASA, had een ingebouwde noodvoorziening voor dit soort situaties. Het was geen al te fraaie oplossing, maar het werkte altijd. Simpelweg de stekker eruit trekken, daar kwam het op neer.
Door de resterende stroom in Crypto af te sluiten, konden ze TRANSLTR in één klap stilleggen. Dan kon het virus later verwijderd worden. Dat was gewoon een kwestie van de harddisks opnieuw formatteren. Daarmee zouden de opgeslagen gegevens volledig worden gewist: data, programma's, virussen, alles. Meestal betekende opnieuw formatteren het verlies van duizenden bestanden, soms jaren werk. Maar bij TRANSLTR was dat anders; die kon opnieuw worden geformatteerd zonder dat er iets verloren ging. Computers met parallelle verwerking werden ontworpen om te denken, niet om te onthouden. Er was niets opgeslagen in TRANSLTR. Als hij een code had ontcijferd, stuurde

hij de resultaten naar de centrale databank van de NSA om...

Susan verstijfde. Toen de naakte waarheid tot haar doordrong, sloeg ze haar hand voor haar mond en onderdrukte een kreet. 'De centrale databank!'

Strathmore staarde in het donker voor zich uit, en zijn stem klonk doods. Blijkbaar had hij dit al eerder beseft. 'Ja, Susan. De centrale databank...'

Susan knikte wezenloos. *Tankado heeft TRANSLTR gebruikt om onze centrale databank te infecteren met een virus.*

Strathmore gebaarde zwakjes naar zijn monitor. Susan richtte haar aandacht weer op het scherm en keek onder het dialoogvenster. Helemaal onder aan het scherm stond:

VERTEL DE WERELD OVER TRANSLTR

ALLEEN DE WAARHEID KAN JULLIE NOG REDDEN...

Susan kreeg het koud. Bij de NSA was de meest vertrouwelijke informatie opgeslagen: protocollen over de communicatie van het leger, autorisatiecodes voor SIGINT, de identiteit van buitenlandse spionnen, blauwdrukken voor geavanceerde wapens, gedigitaliseerde documenten, handelsovereenkomsten... De lijst was oneindig lang.

'Dat zou Tankado niet durven!' zei ze stellig. 'De geheime gegevens van een natie besmetten?' Susan kon niet geloven dat iemand het zou aandurven de databank van de NSA aan te vallen, zelfs Ensei Tankado niet. Ze staarde naar zijn boodschap.

ALLEEN DE WAARHEID KAN JULLIE NOG REDDEN

'De waarheid?' vroeg ze. 'De waarheid waarover?'

Strathmore ademde zwaar. 'Over TRANSLTR,' bracht hij schor uit. 'De waarheid over TRANSLTR.'

Susan knikte. Het was volkomen logisch. Tankado dwong de NSA de wereld te vertellen over TRANSLTR. Het was dus toch chantage. Hij stelde de NSA voor de keuze: vertel de wereld over het bestaan van TRANSLTR of raak jullie databank kwijt. Ze staarde vol vrees naar de tekst op het scherm. Onderaan knipperde dreigend één regel.

Terwijl ze naar de pulserende woorden staarde, begreep Susan alles: het virus, de sleutel, Tankado's ring en het ingenieuze plan tot chantage. De sleutel had niets te maken met het decoderen van een algoritme; hij was een tégengif. Met de sleutel kon het virus worden tegengehouden. Susan had veel gelezen over dit soort virussen, levensgevaarlijke programma's die een ingebouwde genezing hadden, een geheime sleutel die gebruikt kon worden om ze te deactiveren. *Tankado was niet echt van plan de databank van de NSA te vernietigen, hij wilde alleen dat wij het bestaan van TRANSLTR openbaar maakten! Dan zou hij ons de sleutel geven, zodat we het virus konden tegenhouden!*

Het was Susan nu duidelijk dat Tankado's plan volkomen verkeerd was gelopen. Hij had er geen rekening mee gehouden dat hij dood zou gaan. Hij was van plan geweest in een bar in Spanje te gaan zitten kijken naar de persconferentie op CNN over Amerika's zeer geheime codekrakende computer. Dan zou hij Strathmore hebben gebeld, hem de sleutel hebben voorgelezen van de ring, en de databank op het laatste nippertje hebben gered. Na zich eens flink te hebben bescheurd van het lachen, zou hij de geschiedenis ingaan als held van de EFF.

Susan sloeg met haar vuist op het bureau. 'We moeten die ring hebben! Het is de énige sleutel!' Nu begreep ze het: er wás geen North Dakota, geen tweede sleutel. Zelfs als de NSA het bestaan van TRANSLTR bekendmaakte, was Tankado er niet meer om de databank te redden.

Strathmore zweeg.

De situatie was veel ernstiger dan Susan had gedacht. Het schokkendste was nog wel dat Tankado het zo ver had laten komen. Hij had geweten wat er zou gebeuren als de NSA de ring niet in handen kreeg, dat was zeker, en toch had hij in de laatste seconden van zijn leven de ring weggegeven. Hij had opzettelijk geprobeerd hun de ring te onthouden. Maar ja, dacht Susan, wat had ze anders kunnen verwachten? Dat hij de ring voor hen zou bewaren, terwijl hij dacht dat de NSA hem had vermoord?

Toch kon Susan nog steeds niet geloven dat Tankado dit had laten gebeuren. Hij was een pacifist. Hij wilde geen vernielingen aanrichten, hij wilde alleen dat er open kaart werd gespeeld. Dit draaide om TRANSLTR. Dit draaide om ieders recht op geheimen. De bedoeling was de wereld te laten weten dat de NSA meeluisterde. Het vernietigen van de databank was een agressieve daad, en Susan kon zich niet voorstellen dat Ensei Tankado die zou begaan.

De sirenes riepen haar terug naar de werkelijkheid. Ze keek naar de afgematte commandant en wist wat hij dacht. Niet alleen waren zijn plannen voor een achterdeurtje in Digitale Vesting ondermijnd, maar zijn roekeloosheid had de NSA aan de rand gebracht van misschien wel de grootste ramp in de geschiedenis van de Amerikaanse veiligheidsdiensten.

'Commandant, dit is níét uw schuld!' zei ze nadrukkelijk, boven het geloei van het alarm uit. 'Als Tankado niet was gestorven, hadden we kunnen onderhandelen; dan hadden we opties gehad!'

Maar commandant Strathmore hoorde niets. Zijn leven was voorbij. Hij had dertig jaar lang zijn land gediend. Dit had zijn ogenblik van glorie moeten zijn, zijn levenswerk, een achterdeurtje in de wereldwijde coderingsstandaard. Maar in plaats daarvan had hij een virus toegelaten in de centrale databank van de National Security Agency. Er was geen enkele manier om het tegen te houden, niet zonder de stroom uit te schakelen en de miljarden bytes onvervangbare data allemaal te wissen. Alleen de ring kon hen redden, en als David de ring nu nog niet had gevonden...

'Ik moet TRANSLTR stilleggen!' Susan nam het heft in handen. 'Ik ga naar beneden om de hoofdschakelaar om te zetten.'

Strathmore draaide zich langzaam om en keek haar aan. Hij was een gebroken man. 'Ik doe het wel,' zei hij schor. Hij stond op en wankelde toen hij achter zijn bureau vandaan probeerde te komen.

Susan maande hem weer te gaan zitten. 'Nee,' zei ze ferm. 'Ik ga.' Haar toon maakte duidelijk dat ze geen tegenspraak duldde.

Strathmore liet zijn hoofd in zijn handen zakken. 'Goed dan. De onderste verdieping. Naast de freonpompen.'

Susan draaide zich om en liep naar de deur. Halverwege keek ze om. 'Commandant,' riep ze. 'Het is nog niet voorbij. We zijn nog niet verslagen. Als David de ring op tijd vindt, kunnen we de databank redden!'

Strathmore zei niets.
'Bel de databank!' droeg Susan hem op. 'Waarschuw hen voor het virus! U bent de onderdirecteur van de NSA. U bent een overlever!'
Langzaam keek Strathmore op. Als een man die de beslissing van zijn leven nam, knikte hij haar droevig toe.
Vastbesloten rende Susan het donker in.

87

De Vespa slingerde de rechter rijstrook van de Carretera de Huelva op. Het was vlak voor zonsopgang, maar er was veel verkeer: jongeren die terugkwamen van hun nachtelijke strandfeesten. Een busje met tieners toeterde en stoof voorbij. Hier op de grote weg leek Beckers Vespa wel een speelgoedscootertje.
Een meter of vierhonderd achter hem zwenkte een gehavende taxi in een regen van vonken de snelweg op. Terwijl hij optrok, schampte hij een Peugeot 504, die het gras van de middenberm op denderde.
Becker passeerde een bord: SEVILLA CENTRO – 2 km. Als hij de beschutting van de binnenstad kon bereiken, had hij misschien een kans. Zijn snelheidsmeter wees zestig kilometer per uur aan. *Nog twee minuten tot de afrit.* Zoveel tijd had hij niet meer, wist hij. Ergens achter hem won de taxi terrein. Becker keek voor zich uit naar de naderende lichten van de binnenstad van Sevilla en hoopte vurig dat hij die levend en wel zou bereiken.
Hij was nog maar halverwege naar de afrit toen het geluid van over asfalt schrapend metaal hem van achteren erg dicht naderde. Hij boog zich voorover op zijn scooter en draaide het gas zo ver mogelijk open. Er klonk een gedempt schot en er floot een kogel voorbij. Becker week plotseling uit naar links en zigzagde over de rijstroken in de hoop tijd te winnen. Het had geen zin. De afrit was nog driehonderd meter ver toen de taxi hem bulderend tot op minder dan een paar autolengtes was genaderd. Becker wist dat het een kwestie van seconden was voordat hij neergeschoten of omvergereden werd. Hij tuurde voor zich uit

op zoek naar ontsnappingsmogelijkheden, maar de weg werd aan beide zijden omzoomd door steile taluds van grind. Er klonk opnieuw een schot. Becker nam een besluit.
In een gegier van rubber en een regen van vonken leunde hij ver over naar rechts en zwenkte hij de weg af. De banden van de scooter raakten de voet van de wal. Becker deed zijn best om zijn evenwicht te bewaren toen de Vespa een wolk grind opwierp en slingerend de helling op begon te rijden. De wielen tolden driftig rond en klauwden naar de losse aarde. Het motortje jammerde zielig terwijl de banden probeerden greep op de ondergrond te krijgen. Becker dreef de scooter voort en hoopte dat hij niet zou afslaan. Hij durfde niet achterom te kijken, maar hij was er zeker van dat de taxi elk moment slippend tot stilstand kon komen en dat de kogels hem dan om de oren zouden vliegen.
De kogels kwamen niet.
Beckers scooter bereikte de top van de helling, en hij zag het liggen: het stadscentrum. De lichtjes lagen voor hem als ontelbare sterren aan de hemel. Hij gaf gas en schoot door wat kreupelhout en over de stoeprand. Hij had plotseling het gevoel dat zijn Vespa sneller ging. De Avenida Luis Montoto leek onder zijn banden door te schieten. Het voetbalstadion flitste links voorbij. Hij had het gered.
Op dat ogenblik hoorde Becker het bekende schrapende geluid van metaal over asfalt. Hij keek op. Honderd meter voor hem uit denderde de taxi over de afrit. Hij slipte de Avenida Luis Montoto op en kwam met toenemende snelheid recht op hem af.
Becker zou nu natuurlijk in paniek moeten raken, maar dat gebeurde niet. Hij wist precies waar hij naartoe ging. Hij sloeg naar links af, Menendez Pelayo in, en draaide het gas open. De scooter slingerde door een parkje en daarna de keien van de Mateos Gago op, het smalle eenrichtingsstraatje dat naar de poort van de Barrio Santa Cruz liep.
Nog een klein stukje, dacht hij.
De taxi denderde achter hem aan, steeds dichterbij. Hij volgde Becker door de poort van Santa Cruz en reed zijn zijspiegel eraf in die smalle doorgang. Becker wist dat hij had gewonnen. Santa Cruz was het oudste deel van Sevilla. Er lagen geen we-

gen tussen de gebouwen, alleen een doolhof van nauwe steegjes die in de Romeinse tijd waren gebouwd. Ze waren breed genoeg voor voetgangers en af en toe een brommertje. Becker had eens urenlang lopen dwalen door die smalle spelonken.

Toen hij steeds sneller het laatste stuk van de Mateos Gago door reed, rees de vijftiende-eeuwse gotische kathedraal van Sevilla als een berg voor hem op. Vlak daarnaast priemde in het eerste ochtendlicht de klokkentoren La Giralda honderdtwintig meter de lucht in. Dit was Santa Cruz, de plek waar de op één na grootste kathedraal ter wereld stond en waar Sevilla's oudste, vroomste katholieke families woonden.

Becker schoot over de keien van het plein. Er klonk nog één schot, maar het was te laat. Becker en zijn scooter verdwenen een smal steegje in: de Callecita de la Virgen.

88

De koplamp van Beckers Vespa tekende duistere schaduwen op de muren van de smalle steegjes. Hij worstelde met de versnelling en reed met veel geronk tussen de wit geverfde huizen door, zodat de inwoners van Santa Cruz deze zondagochtend voor dag en dauw werden gewekt.

Het was nog geen halfuur geleden dat Becker op het vliegveld was ontsnapt. Sinds dat moment was hij op de vlucht geweest, terwijl er allerlei vragen door zijn hoofd gingen: *Wie wil me vermoorden? Wat is er zo bijzonder aan die ring? Waar is het vliegtuig van de NSA*? Hij dacht aan Megan, die dood in het toilethokje lag, en hij begon weer misselijk te worden.

Becker had gehoopt recht door de Barrio te rijden en er aan de andere kant weer uit te komen, maar Santa Cruz was een gekmakend labyrint van steegjes. Je kon overal een verkeerde afslag nemen en in een doodlopend straatje terechtkomen. Becker raakte al snel gedesoriënteerd. Hij keek of hij de toren La Giralda zag om zijn positie te bepalen, maar de muren om hem heen waren zo hoog dat hij alleen een smalle reep van de lichter wordende hemel boven zich zag.

Becker vroeg zich af waar de man met het metalen brilmontuur was, want hij wist wel beter dan te denken dat zijn aanvaller het had opgegeven. Waarschijnlijk zat hij te voet achter hem aan. Becker moest moeite doen om zijn Vespa door de nauwe bochten te krijgen. Het geratel van de motor echode door de steegjes. Hij wist dat hij een gemakkelijk doelwit was in de stilte van Santa Cruz. Op dit ogenblik kon alleen snelheid in zijn voordeel werken. *Ik moet naar de andere kant zien te komen!*

Na een lange reeks bochten en rechte stukken kwam Becker slippend tot stilstand op een driesprong met een bordje: Esquina de los Reyes. Hij wist dat hij een probleem had: hij was hier al eerder geweest. Terwijl hij schrijlings over de stationair draaiende scooter stond en probeerde te beslissen welke kant hij op moest, sloeg de motor sputterend af. De benzinemeter gaf VACÍO aan. Alsof hij erop had gewacht, verscheen er achter in een steegje links van hem een gestalte.

De menselijke geest is de snelste computer die er bestaat. In de volgende fractie van een seconde registreerde Beckers brein de vorm van de bril die de man droeg, zocht in zijn geheugen naar een overeenkomstig exemplaar, vond dat, stelde vast dat er gevaar dreigde en vroeg om een besluit. Dat kwam. Hij liet de nutteloze scooter op de grond vallen en sprintte op volle snelheid weg.

Helaas voor Becker had Hulohot nu vaste grond onder zijn voeten, in plaats van in een slingerende taxi te zitten. Hij hief kalm zijn wapen en vuurde.

Net voordat Becker de hoek om rende en buiten bereik was, raakte de kogel hem in zijn zij. Hij zette vijf of zes stappen voordat hij iets voelde. Eerst voelde het aan als een verrekte spier, vlak boven zijn heup. Daarna werd het een warme tinteling. Toen Becker het bloed zag, wist hij wat er was gebeurd. Er was geen pijn, helemaal niet, alleen een uitzinnige achtervolging door de kronkelende doolhof van Santa Cruz.

Hulohot rende achter zijn prooi aan. Hij was in de verleiding geweest Becker in het hoofd te schieten, maar hij was een vakman, hij deed aan kansberekening. Becker was een bewegend doel, en als hij op zijn middel richtte, gaf dat hem zowel verticaal als horizontaal de grootste kans hem te raken. Dat was uitgekomen. Becker had tot op het laatste moment bewogen, en in plaats van zijn hoofd te missen, had Hulohot hem in zijn zij geraakt. Weliswaar had de kogel Becker maar net geschampt en had die hem geen blijvende schade toegebracht, maar het schot had zijn nut gehad. Er was contact gemaakt. De prooi was aangeraakt door de dood. Het was een heel ander spel geworden.

Becker stormde blindelings vooruit. Hij sloeg bochten om en koos de kronkeligste weggetjes. Meed de rechte stukken. De voetstappen achter hem wisten niet van wijken. Becker dacht nergens aan. Helemaal nergens aan, niet aan waar hij was of wie hem achternazat... Het enige wat hem restte, was zijn instinct tot zelfbehoud; geen pijn, alleen angst en pure energie.

Er klapte een kogel tegen de azulejo achter hem. De scherven spatten tegen zijn nek. Hij wankelde naar links, een ander steegje in. Hij hoorde zichzelf om hulp roepen, maar afgezien van het geluid van voetstappen en gehijg, bleef de ochtendlucht doodstil in de stegen hangen.

Beckers zij brandde. Hij was bang dat hij een bloedrood spoor achterliet in de witte straatjes. Hij zocht overal naar een open deur, een open hek, wat voor uitweg dan ook uit de verstikkende gangen. Niets. Het straatje werd smaller.

'*¡Socorro!*' Beckers stem was nauwelijks hoorbaar. 'Help!'

De muren aan weerszijden kwamen steeds dichterbij. Het straatje maakte een bocht. Becker zocht naar een kruising, een zijstraatje, een ontsnappingsweg. Weer werd het steegje smaller. Afgesloten deuren. Nog smaller. Afgesloten hekken. De voetstappen kwamen dichterbij. Hij kwam op een recht stuk, en plotseling begon de steeg naar boven te hellen. Steiler. Becker voelde het aan zijn benen. Hij minderde vaart.

En toen was hij er.

Als een autoweg waar geen geld meer voor was, hield het steegje gewoon op. Er was een hoge muur, een houten bankje, en verder niets. Geen uitweg. Becker keek twee verdiepingen omhoog naar het dak van het huis, draaide zich om en begon terug te rennen door de lange steeg, maar hij had nog maar een paar stappen gezet toen hij als aan de grond genageld bleef staan.

Onder aan het hellende rechte stuk verscheen een gestalte. De man kwam met weloverwogen vastberadenheid op Becker af. In

zijn hand glinsterde een pistool in het vroege zonlicht.
Terwijl Becker achterwaarts naar de muur liep, was hij plotseling heel helder. Nu merkte hij dat zijn zij pijn deed. Hij raakte de plek aan en keek naar beneden. Er zat bloed aan zijn vingers en aan Ensei Tankado's gouden ring. Hij werd duizelig. Hij staarde peinzend naar de gegraveerde ring. Hij was vergeten dat hij die om had. Hij was vergeten waarom hij naar Sevilla was gekomen. Hij keek op naar de naderende gestalte. Hij keek naar beneden, naar de ring. Was Megan hiervoor gestorven? Zou híj hiervoor sterven?
De schaduw kwam verder de glooiende steeg in. Becker zag aan alle kanten muren; achter hem was een doodlopende straat. Er waren een paar doorgangen met een hek ervoor, maar het was te laat om om hulp te roepen.
Becker drukte zijn rug tegen de muur achter zich. Plotseling voelde hij elke zandkorrel onder de zolen van zijn schoenen, elk bobbeltje in de gepleisterde muur achter zich. Zijn gedachten gingen terug naar zijn kinderjaren, zijn ouders... Susan.
O, god... Susan.
Voor het eerst sinds hij volwassen was, bad Becker. Hij bad niet om redding van de dood, want hij geloofde niet in wonderen. Hij bad dat de vrouw die hij achterliet kracht zou vinden, dat ze zeker zou weten dat hij van haar had gehouden. Hij sloot zijn ogen. Er kwam een stortvloed van herinneringen. Geen herinneringen aan afdelingsvergaderingen, zijn werk aan de universiteit en de dingen die negentig procent van zijn leven vulden, maar herinneringen aan haar. Eenvoudige herinneringen: hoe hij haar had geleerd met stokjes te eten, hoe ze bij Cape Cod hadden gezeild. *Ik hou van je*, dacht hij. *Vergeet dat nooit.*
Het was alsof elk pantser, elke façade, elke onzekere overdrijving van zijn leven was afgerukt. Hij stond daar naakt; enkel vlees en botten ten overstaan van God. *Ik ben een man*, dacht hij. En in een vlaag van ironie dacht hij: *een man zonder was.* Hij bleef met gesloten ogen staan terwijl de man met het metalen brilmontuur naderbij kwam. Ergens in de buurt begon een klok te luiden. Becker wachtte in het donker op het geluid dat een einde aan zijn leven zou maken.

89

De ochtendzon piepte net over de daken van Sevilla en scheen in de diepe spleten daartussen. De klokken boven in La Giralda riepen iedereen op om naar de vroegmis te komen. Dit was het ogenblik waar alle inwoners op hadden gewacht. Overal in de oude Barrio gingen poortjes open en stroomden families de steegjes in. Als bloed dat door de aderen van Santa Cruz vloeide, zetten ze koers naar het hart van hun pueblo, naar de spil van hun geschiedenis, naar hun God, hun heiligdom, hun kathedraal.
Ergens in Beckers hoofd luidde een klok. *Ben ik dood?* Bijna met tegenzin deed hij zijn ogen open en tuurde tegen de eerste stralen van de zon in. Hij wist precies waar hij was. Hij keek recht voor zich uit en zocht met zijn blik in de steeg naar zijn aanvaller. Maar de man met het metalen brilmontuur was er niet. In plaats van hem waren er anderen. Spaanse families, in hun mooiste kleren, die druk pratend en lachend uit hun poorten de stegen in stapten.

Onder aan het steegje, buiten het zicht van Becker, vloekte Hulohot van frustratie. In eerste instantie was er slechts één echtpaar geweest dat hem van zijn doelwit had gescheiden. Hulohot was er zeker van geweest dat ze snel weer weg zouden gaan. Maar het geluid van de klokken bleef door de steeg klinken en lokte anderen uit hun huizen. Een tweede echtpaar, met kinderen. Ze begroetten elkaar. Bleven pratend en lachend staan, kusten elkaar driemaal op de wangen. Er kwam nog een groepje aan, en Hulohot kon zijn prooi niet meer zien. Nu rende hij kokend van woede de snel aangroeiende menigte in. Hij moest bij David Becker zien te komen!
De moordenaar baande zich een weg naar het einde van de steeg. Een ogenblik lang was hij verdwaald in een zee van lijven; jasjes en dassen, zwarte jurken, kanten omslagdoeken om gebogen vrouwtjes. Geen van allen leken ze Hulohot op te merken. Ze wandelden of schuifelden, allemaal in het zwart, als één man voort en versperden hem de weg. Hulohot wrong zich door de menigte en holde met geheven revolver door de steeg naar waar

die doodliep. Toen gaf hij een gedempte, nauwelijks menselijk klinkende kreet. David Becker was verdwenen.

Becker zocht zich wankelend en mensen ontwijkend een weg door de menigte. *Volg de groep*, dacht hij. *Die weet de uitweg.* Hij sloeg bij een kruising rechts af, en de steeg werd breder. Overal gingen poorten open en kwamen mensen naar buiten. Het geluid van de klokken zwol aan.

Beckers zij brandde nog steeds, maar hij had het gevoel dat hij niet meer bloedde. Hij rende verder. Ergens achter hem zat een man met een revolver hem op de hielen.

Becker dook van het ene groepje kerkgangers naar het andere en probeerde zich gedekt te houden. Het was niet ver meer. Dat voelde hij. De menigte was dichter geworden, en de steeg breder. Dit was geen zijriviertje meer, dit was de hoofdstroom. Toen hij een bocht om kwam, zag Becker ze plotseling voor zich oprijzen: de kathedraal en La Giralda.

De klokken beierden oorverdovend, doordat de klanken bleven weergalmen tussen de hoge muren van het plein. De verschillende stromen mensen kwamen samen, iedereen in het zwart, en drongen zich over het plein naar de grote open deuren van de kathedraal. Becker probeerde te ontsnappen naar Mateos Gago, maar hij kon niet weg. Hij was aan alle kanten ingesloten door de voortschuifelende mensenmassa. De Spanjaarden hadden altijd al andere maatstaven gehad over lichamelijke nabijheid dan de rest van de wereld. Becker werd ingeklemd tussen twee gezette vrouwen, die zich allebei met gesloten ogen door de menigte lieten meevoeren. Ze mompelden gebeden en hielden een rozenkrans tussen hun vingers.

Toen de menigte het enorme stenen bouwwerk naderde, probeerde Becker opnieuw links af te slaan, maar de stroming was nu nog sterker. De hoopvolle verwachting, het duwen en dringen, de gebeden die met gesloten ogen werden gemompeld. Hij draaide zich om in de menigte en probeerde zich een weg tegen de geestdriftige mensenmassa in te banen. Dat was onmogelijk, als stroomopwaarts zwemmen in een rivier van een kilometer diep. Hij draaide zich terug. De deuropening van de kathedraal doemde voor hem op als de gapende muil van een of andere kermisattractie waarvan hij wenste dat hij er geen kaartje voor had gekocht. David Becker besefte plotseling dat hij naar de kerk ging.

90

In Crypto loeide het alarm. Strathmore had geen idee hoe lang Susan al weg was. Hij zat alleen in het donker, en in het gebrom van TRANSLTR hoorde hij: *U bent een overlever... U bent een overlever...*

Ja, dacht hij. *Ik ben een overlever. Maar zonder eer is overleving niets. Ik sterf liever dan dat ik in de schaduw van de schande leef.*

En schande was wat hem wachtte. Hij had informatie verzwegen voor de directeur. Hij had een virus toegelaten in de strengst beveiligde computer van het land. Daar zou hij ongetwijfeld voor moeten boeten. Zijn bedoelingen waren vaderlandslievend geweest, maar niets was gegaan zoals hij had gepland. Er waren dood en verraad geweest. Er zouden rechtszaken, beschuldigingen en algemene verontwaardiging volgen. Hij had zijn land zoveel jaar eervol en integer gediend, dat hij het niet op deze manier kon laten eindigen.

Ik ben een overlever, dacht hij.

Je bent een leugenaar, antwoordden zijn eigen gedachten.

Dat was waar. Hij was inderdaad een leugenaar. Er waren mensen tegen wie hij niet eerlijk was geweest. Susan Fletcher was een van hen. Er waren veel dingen die hij haar niet had verteld, dingen waarvoor hij zich nu vreselijk schaamde. Jarenlang was ze zijn droombeeld geweest, zijn tot leven gekomen fantasie. 's Nachts droomde hij van haar en riep hij haar in zijn slaap. Hij kon er niets aan doen. Ze was de briljantste en mooiste vrouw die hij zich kon voorstellen. Zijn vrouw had lang geduld met hem gehad, maar toen ze Susan uiteindelijk had ontmoet, had ze onmiddellijk alle hoop verloren. Bev Strathmore had haar man zijn gevoelens nooit kwalijk genomen. Ze had geprobeerd het verdriet zo lang mogelijk te dragen, maar kortgeleden was het haar te veel geworden. Ze had hem verteld dat hun huwelijk

voorbij was; ze wilde de rest van haar leven niet doorbrengen in de schaduw van een andere vrouw.
Geleidelijk wekten de sirenes Strathmore uit zijn verdoving. Zijn analytisch vermogen zocht naar een uitweg. Zijn verstand bevestigde met tegenzin wat zijn hart al vermoedde. Er was maar één echte uitweg, maar één oplossing.
Strathmore keek naar het toetsenbord en begon te typen. Hij nam niet de moeite het beeldscherm zo te draaien dat hij het kon zien. Langzaam en resoluut toetsten zijn vingers de woorden in.
Lieve vrienden, vandaag beneem ik me het leven...
Op deze manier zou niemand zich iets afvragen. Er zouden geen vragen worden gesteld. Geen beschuldigingen worden geuit. Hij zou de wereld vertellen wat er was gebeurd. Er waren al veel slachtoffers geweest... maar er moest nog één dode vallen.

91

In een kathedraal is het altijd nacht. De warmte van de dag verandert in een vochtige koelte. Het verkeer wordt tot zwijgen gebracht achter dikke granieten muren. Hoeveel kandelabers er ook zijn, ze kunnen de hoge, donkere ruimte niet verlichten. Overal vallen schaduwen. Alleen het gebrandschilderde glas, hoog bovenin, filtert de invallende lelijkheid van de buitenwereld tot stralen zachtrood en zachtblauw licht.
Zoals alle grote Europese kathedralen heeft ook die van Sevilla een plattegrond in de vorm van een kruis. Het koor en het altaar bevinden zich vlak boven het middelpunt en grenzen naar beneden toe aan het middenschip. De verticale as is gevuld met houten banken, en de afstand van het altaar tot de voet van het kruis bedraagt ruim honderd meter. Links en rechts van het altaar biedt het dwarsschip ruimte aan biechtstoelen, grafmonumenten en extra zitplaatsen.
Becker was in het midden van een lange bank ongeveer halverwege de kathedraal terechtgekomen. Boven zijn hoofd, in de duizelingwekkende, lege ruimte, beschreef een zilveren vat ter grootte van een koelkast enorme bogen aan een gerafeld touw. Het

liet een spoor van wierook achter. De klokken van La Giralda luidden nog steeds, en veroorzaakten laag rommelende trillingen door het steen. Becker liet zijn blik zakken naar de vergulde muur achter het altaar. Hij had veel om dankbaar voor te zijn. Hij ademde. Hij leefde. Het was een wonder.

Terwijl de priester zich voorbereidde op het openingsgebed, inspecteerde Becker zijn zij. Er zat een rode vlek in zijn overhemd, maar hij bloedde niet meer. De wond was klein, meer een scheur dan een gat. Becker stopte zijn overhemd weer in zijn broek en rekte zijn hals. Achter hem draaiden de deuren dicht. Hij wist dat hij, als hij was gevolgd, nu gevangenzat. De kathedraal van Sevilla had maar één ingang, een ontwerp dat populair was geworden in de tijd dat kerken werden gebruikt als forten, veilige havens tijdens de moorse invasie. Met één ingang was er ook maar één deur om te barricaderen. Tegenwoordig had die ene ingang een andere functie: zo wist je zeker dat alle toeristen die de kathedraal binnenkwamen een kaartje hadden gekocht.

De bijna zeven meter hoge, vergulde deuren sloegen met een resolute klap dicht. Becker zat opgesloten in het godshuis. Hij sloot zijn ogen en liet zich laag in de bank glijden. Hij was de enige in het gebouw die niet in het zwart was. Ergens begonnen stemmen te zingen.

Achter in de kerk sloop een gestalte langzaam door het zijpad naar voren, zorgvuldig in de schaduw blijvend. Vlak voordat de deuren dichtgingen, was hij naar binnen geglipt. Hij glimlachte. De jacht begon interessant te worden. *Becker is hier... Ik voel het.* Hij ging systematisch te werk, rij voor rij. Boven de hoofden zwaaide het wierookvat in lange, luie bogen heen en weer. *Een mooie plek om dood te gaan*, dacht Hulohot. *Ik hoop dat ik ook zo ga.*

Becker knielde op de koude vloer van de kathedraal en boog zijn hoofd, zodat het uit het zicht was. De man die naast hem zat, keek boos naar beneden; dit was zeer ongebruikelijk gedrag in het godshuis.

'Enfermo,' zei Becker verontschuldigend. 'Ziek.'

Becker wist dat hij laag moest blijven. Hij had een bekende gestalte in het zijpad gezien. *Hij is het! Hij is hier!*

Hoewel hij zich te midden van een enorme groep mensen bevond, was Becker toch bang een gemakkelijk doelwit te zijn. Zijn kaki jasje was als een lichtbaken in een zee van zwart. Hij overwoog het uit te trekken, maar het witte katoenen overhemd eronder was niets beter. In plaats daarvan kroop hij nog dieper in elkaar.

De man naast hem bekeek hem afkeurend. '*Turista,*' bromde hij. Toen fluisterde hij, half sarcastisch: '*¿Llamo un médico?* Zal ik een dokter roepen?'

Becker keek op naar het gezicht van de oude man, dat vol moedervlekjes zat. '*No, gracias. Estoy bien.*'

De man keek hem kwaad aan. '*¡Pues siéntate!* Ga dan zitten!' Hier en daar werd gesist, en de oude man klemde zijn kaken op elkaar en keek recht voor zich uit.

Becker sloot zijn ogen en dook nog dieper ineen. Hij vroeg zich af hoe lang de dienst zou duren. Zelf was hij protestants opgevoed, en hij had altijd de indruk gehad dat katholieken lang van stof waren. Hij hoopte vurig dat dat waar was, want zodra de dienst voorbij was, zou hij gedwongen zijn op te staan om de anderen erlangs te laten. Met zijn kaki jasje was hij er dan geweest.

Becker wist dat hij op dat ogenblik geen keuze had. Hij bleef geknield op de koude stenen vloer van de grote kathedraal liggen. Ten slotte verloor de oude man zijn belangstelling. De gemeente stond nu een hymne te zingen. Becker bleef ineengedoken zitten. Hij begon kramp in zijn benen te krijgen. Er was geen ruimte om ze te strekken. *Geduldig*, dacht hij. *Geduldig.* Hij deed zijn ogen dicht en ademde diep in.

Naar zijn gevoel slechts een paar minuten later schopte er iemand tegen hem aan. Hij keek op. De man met de moedervlekken stond rechts van hem ongeduldig te wachten tot hij de bank uit kon.

Becker raakte in paniek. *Wil hij nu al weg? Dan moet ik opstaan!* Becker gebaarde de man over hem heen te stappen. De man kon zijn woede nauwelijks bedwingen. Hij greep de panden van zijn zwarte jasje, trok die snuivend van verontwaardiging glad en boog zich naar achteren om de hele rij mensen te laten zien die achter hem stond te wachten. Becker keek naar links en zag dat de vrouw die daar had gezeten, was verdwenen. De hele bank links van hem was leeg tot aan het middenpad.

De dienst kan nog niet voorbij zijn! Onmogelijk! We zijn er net!

Maar toen Becker de misdienaar aan het einde van de bank zag staan en de twee enkele rijen mensen door het middenpad naar het altaar zag bewegen, wist hij wat er aan de hand was.

De communie. Hij kreunde. *Die verdomde Spanjaarden doen dat eerst!*

92

Susan klom de ladder af naar de ondergrondse ruimte. De stoom kolkte nu rond de romp van TRANSLTR. De looppaden waren nat van condens. Ze gleed bijna uit, doordat ze weinig grip had met haar flatjes. Ze vroeg zich af hoe lang TRANSLTR dit nog zou overleven. De sirenes lieten nog steeds hun onderbroken waarschuwingssignaal horen. De alarmlichten draaiden elke twee seconden rond. Drie verdiepingen onder haar stonden de noodgeneratoren met een gierend geluid te schudden onder hun zware belasting. Susan wist dat ergens onderaan in de nevelige schemering de hoofdschakelaar moest zijn. Ze had het gevoel dat ze niet veel tijd meer had.

Boven stond Strathmore met de Beretta in zijn hand. Hij herlas zijn briefje en legde het op de grond van het vertrek waar hij zich bevond. Wat hij op het punt stond te doen, was laf, daar bestond geen twijfel over. *Ik ben een overlever*, dacht hij. Hij dacht aan het virus in de databank van de NSA, hij dacht aan David Becker in Spanje, hij dacht aan zijn plannen voor een achterdeurtje. Hij had veel leugens verteld. Hij had veel op zijn geweten. Hij wist dat dit de enige manier was om geen rekenschap te hoeven afleggen... De enige manier om de schande te ontlopen. Zorgvuldig richtte hij het pistool. Toen deed hij zijn ogen dicht en haalde de trekker over.

Susan was pas zes trappen afgedaald toen ze het gedempte schot

hoorde. Het was ver weg, nauwelijks hoorbaar boven de generatoren uit. Ze had nog nooit een schot gehoord, behalve op de tv, maar ze twijfelde er geen moment aan dat het dat was.
Ze bleef staan terwijl het geluid nog naklonk in haar oren. In een vlaag van ontzetting vreesde ze het ergste. Ze dacht aan de dromen van de commandant: het achterdeurtje in Digitale Vesting, de ongelooflijke meesterzet die dat geweest zou zijn. Ze dacht aan het virus in de databank, zijn mislukte huwelijk, dat eigenaardige knikje dat hij haar had gegeven. Ze wankelde, draaide zich op de overloop om en zocht naar de reling. *Commandant! Nee!*
Even stond ze verstijfd, haar geest leeg. De echo van het schot leek de chaos om haar heen te overstemmen. Haar verstand zei haar dat ze verder moest gaan, maar haar benen weigerden. *Commandant!* Een ogenblik later merkte ze dat ze de trappen weer op stommelde, zonder nog aan het gevaar om zich heen te denken.
Ze rende blindelings naar boven, wegglijdend op het gladde metaal. Het was zo vochtig dat er druppeltjes naar beneden regenden. Toen ze de ladder bereikte en die beklom, voelde ze dat ze uit de diepte werd opgetild door een enorme stoomwolk, die haar bijna door het luik naar buiten duwde. Ze rolde de vloer van de afdeling Crypto op en voelde de koele lucht over zich heen spoelen. Haar witte blouse zat doornat tegen haar lijf gekleefd.
Het was donker. Susan wachtte even en probeerde zich te oriënteren. Het geluid van het schot bleef maar door haar hoofd klinken. Door het luik kwam warme stoom omhoog kolken als gassen uit een vulkaan die op uitbarsten stond.
Susan vervloekte zichzelf omdat ze de Beretta bij Strathmore had achtergelaten. Die hád ze toch bij hem achtergelaten, of niet? *Of lag hij in Zaal 3?* Toen haar ogen aan het donker gewend waren, keek ze naar het gapende gat in de wand van Zaal 3. De gloed van de monitors was zwak, maar in de verte kon ze Hale bewegingloos op de grond zien liggen, waar ze hem had achtergelaten. Er was geen spoor van Strathmore. Doodsbang voor wat ze zou aantreffen, keerde ze zich in de richting van het kantoor van de commandant.
Maar toen ze erheen wilde lopen, zag ze iets vreemds. Ze deed

een paar stappen achteruit en tuurde weer Zaal 3 in. Bij het zachte licht kon ze Hales arm zien. Die lag niet langs zijn zij. Hij was niet meer vastgebonden. Zijn arm lag boven zijn hoofd. Hij lag op zijn rug op de grond. Had hij los weten te komen? Er was geen beweging. Hale lag doodstil.
Susan keek op naar het kantoor van Strathmore, hoog tegen de muur. 'Commandant?'
Stilte.
Voorzichtig sloop ze naar Zaal 3. Hale had iets in zijn hand. Het glinsterde in het licht van de monitors. Susan kwam dichterbij... en nog dichterbij. Plotseling zag ze wat Hale vasthield. Het was de Beretta.
Susans adem stokte. Ze volgde met haar blik de kromming van zijn arm en kwam uit bij zijn gezicht. Wat ze zag, was afschuwelijk. De helft van Greg Hales gezicht was besmeurd met bloed. De donkere vlek had zich verspreid over het tapijt.
O, god! Susan wankelde achteruit. Het was niet de commandant geweest, het was Hále!
Als in een trance liep Susan naar het lichaam toe. Blijkbaar was Hale erin geslaagd zichzelf te bevrijden. De printerkabels lagen op een hoopje op de grond naast hem. *Ik moet het pistool op de bank hebben laten liggen*, dacht ze. Het bloed dat uit het gat in zijn schedel stroomde, leek zwart in het blauwige licht.
Op de grond naast Hale lag een vel papier. Susan liep er onvast heen en pakte het op. Het was een brief.

Lieve vrienden, vandaag beneem ik me het leven bij wijze van boetedoening voor de volgende zonden...

Vol ongeloof staarde Susan naar het afscheidsbriefje in haar hand. Ze las het langzaam. Het was onwerkelijk, helemaal niets voor Hale. Een waslijst van vergrijpen. Hij gaf alles toe: dat hij had ontdekt dat NDAKOTA niet bestond, een huurmoordenaar had betaald om Ensei Tankado te vermoorden en hem de ring af te nemen, Phil Chartrukian had geduwd en van plan was geweest Digitale Vesting te verkopen.
Susan kwam bij de laatste regels. Ze was niet voorbereid op wat ze las. De laatste zinnen van de brief verlamden haar van schrik.

Bovenal spijt het me heel erg van David Becker. Vergeef me, ik was verblind door ambitie.

Terwijl Susan bevend naast Hales lichaam stond, hoorde ze achter zich rennende voetstappen naderen. Als in slowmotion draaide ze zich om.

Strathmore verscheen, bleek en buiten adem, in het gebroken raam. Hij staarde zichtbaar geschrokken naar Hales lichaam.

'O, god!' zei hij. 'Wat is er gebeurd?'

93

De communie.

Hulohot kreeg Becker onmiddellijk in het oog. Het kaki jasje was onmogelijk over het hoofd te zien, vooral niet met de kleine bloedvlek aan één zijkant. Het jasje bewoog omgeven door een zee van zwart naar het middenpad. *Hij mag niet weten dat ik hier ben.* Hulohot glimlachte. *Hij is er geweest.*

Hij spreidde zijn vingers en bewoog de kleine metalen contactjes op zijn vingertoppen heen en weer, popelend om zijn Amerikaanse contactpersoon het goede nieuws te vertellen. *Binnenkort*, dacht hij, *zeer binnenkort.*

Als een roofdier dat omloopt zodat de wind naar hem toe staat, sloop Hulohot naar het achterste deel van de kerk. Daarvandaan begon hij zijn prooi te naderen, recht door het middenpad. Hulohot had geen zin om Becker te volgen in de menigte die straks de kerk zou verlaten. Zijn prooi zat gevangen, een gelukkig toeval. Hulohot hoefde hem nu alleen geruisloos uit de weg te ruimen. Zijn geluiddemper, de beste die er te koop was, liet niet meer dan een klein kuchje horen. Dat was goed genoeg.

Hulohot liep op de kaki blazer af zonder zich bewust te zijn van het zachte gemompel van degenen die hij passeerde. De gemeente begreep het ongeduld van de man om de zegen van God te ontvangen, maar er waren strikte regels waaraan men zich hoorde te houden: twee rijen van elk één persoon breed.

Hulohot liep door. Hij kwam snel naderbij. Hij voelde met zijn

duim aan de revolver in de zak van zijn jasje. Het moment was aangebroken. David Becker had tot nu toe bijzonder veel geluk gehad; het was niet nodig het lot nog langer te tarten.
Er bevonden zich nog maar tien mensen tussen hem en de kaki blazer; de man stond met gebogen hoofd, met zijn rug naar hem toe. Hulohot nam de moord in gedachten door. Die stond hem helder voor ogen: vlak achter Becker gaan staan, de revolver laag en uit het zicht houden, twee schoten in Beckers rug afvuren, en de ineenzakkende Becker opvangen en als een bezorgde vriend naar een bank helpen. Dan zou Hulohot zich naar het achterste deel van de kerk haasten alsof hij hulp ging halen. In de verwarring zou hij verdwijnen voordat iemand in de gaten had wat er was gebeurd.
Vijf mensen. Vier. Drie.
Hulohot legde zijn hand om de revolver in zijn zak en hield hem laag. Hij zou uit de heup naar boven in Beckers ruggengraat schieten. Op die manier zou de kogel ofwel de ruggengraat ofwel een long raken voordat hij bij het hart aankwam. Zelfs als de kogel het hart miste, zou Becker sterven. Een ingeklapte long was fataal; in medisch hoger ontwikkelde delen van de wereld misschien niet, maar in Spanje wel.
Twee mensen... één. En toen was Hulohot er. Als een danser die een vaak gerepeteerde beweging uitvoert draaide hij zich naar rechts. Hij legde zijn hand op de schouder van de kaki blazer, richtte de revolver en... vuurde. Twee onderdrukte plofjes.
De man verstijfde ogenblikkelijk. Toen viel hij. Hulohot ving zijn slachtoffer onder de armen op. In één beweging zwaaide hij de man in een bank voordat er bloedvlekken op de rug zichtbaar waren. Om hem heen draaiden mensen zich om. Hulohot besteedde er geen aandacht aan; hij zou binnen de kortste keren verdwenen zijn.
Hij pakte de levenloze vingers van de man op zoek naar de ring. Niets. Hij betastte ze nog een keer. De vingers waren leeg. Boos trok Hulohot de man overeind. De ontsteltenis sloeg toe. Het gezicht was niet dat van David Becker.
Rafael de la Maza, een bankier uit een buitenwijk van Sevilla, was vrijwel ogenblikkelijk gestorven. Hij had de vijftigduizend peseta nog in zijn hand die de onbekende Amerikaan hem voor een simpel zwart jasje had gegeven.

94

Midge Milken stond ziedend bij de waterkoeler naast de ingang van de vergaderkamer. *Wat denkt Fontaine in godsnaam dat hij aan het doen is?* Ze verfrommelde haar kartonnen bekertje en mepte het in de afvalbak. *Er is iets mis in Crypto! Ik voel het!* Midge wist dat er maar één manier was om haar gelijk te bewijzen. Ze zou zelf bij Crypto gaan kijken, en als het nodig was, zou ze Jabba opsporen. Ze draaide zich snel om en liep naar de deur.

Brinkerhoff verscheen als uit het niets en versperde haar de doorgang. 'Waar ga je heen?'

'Naar huis!' loog Midge.

Brinkerhoff weigerde haar erdoor te laten.

Midge keek hem boos aan. 'Fontaine heeft je zeker gezegd dat je me niet weg mag laten gaan?'

Brinkerhoff ontweek haar blik.

'Chad, ik zeg je dat er iets aan de hand is in Crypto... Iets belangrijks. Ik weet niet waarom Fontaine zich van de domme houdt, maar TRANSLTR is in gevaar. Er klopt iets niet daar beneden!'

'Midge,' zei hij sussend, terwijl hij langs haar naar de gesloten gordijnen voor de ramen van de vergaderkamer liep, 'laat de directeur dit nu maar afhandelen.'

Midges blik werd scherp. 'Heb je enig idee wat er met TRANSLTR gebeurt als het koelsysteem niet werkt?'

Brinkerhoff haalde zijn schouders op en stapte naar het raam. 'Waarschijnlijk is de stroomvoorziening zo langzamerhand wel hersteld.' Hij trok de gordijnen open en keek.

'Nog steeds donker?' vroeg Midge.

Maar Brinkerhoff gaf geen antwoord. Hij stond met open mond te kijken. Onder hem, in de koepel van Crypto, speelde zich een onvoorstelbaar tafereel af. De hele glazen koepel was vol ronddraaiend, knipperend licht en kolkende stoom. Brinkerhoff stond als aan de grond genageld en wankelde onvast tegen het glas aan. Toen rende hij in een opwelling van paniek de kamer uit. 'Directeur! Directéúr!'

95

Het bloed van Christus... de beker der verlossing...
Mensen verzamelden zich rond de ineengezakte gestalte in de bank. Boven hun hoofd beschreef het wierookvat vredig zijn bogen. Hulohot draaide zich in het middenpad verbijsterd alle kanten op en zocht met zijn blik de kerk af. *Hij moet hier ergens zijn!* Hij keerde zich weer naar het altaar.
Dertig rijen voor hem werd de heilige communie ongestoord voortgezet. Padre Gustaphes Herrera, die de miskelk droeg, wierp een nieuwsgierige blik op het geluidloze oploopje in een van de middelste banken; hij maakte zich geen zorgen. Soms werd een van de oudere mensen overweldigd door de Heilige Geest en raakte buiten bewustzijn. Een beetje frisse lucht was meestal afdoende.
Intussen speurde Hulohot als een krankzinnige om zich heen. Becker was nergens te bekennen. Een honderdtal mensen knielde voor het lange altaar en ontving de communie. Hulohot vroeg zich af of Becker een van hen was. Hij liet zijn blik langs hun ruggen gaan. Hij was bereid van vijftig meter afstand te schieten en dan naar hem toe te sprinten.

El cuerpo de Jesus, el pan del cielo.
De jonge priester die Becker de communie gaf, keek hem afkeurend aan. Hij kon de gretigheid van de vreemdeling om de communie te ontvangen begrijpen, maar dat was geen excuus om voor te dringen.
Becker boog zijn hoofd en kauwde zo goed en zo kwaad als het ging op de hostie. Hij had het gevoel dat er achter hem iets gebeurde, dat er een of ander opstootje was. Hij dacht aan de man van wie hij het jasje had gekocht en hoopte dat hij naar zijn waarschuwing had geluisterd en niet zijn kaki jasje had aangetrokken. Hij wilde omkijken, maar hij vreesde dat de ogen achter het metalen brilmontuur terug zouden staren. Hij dook ineen in de hoop dat zijn zwarte jasje de achterkant van zijn kaki broek bedekte. Dat was niet het geval.
De miskelk kwam snel van rechts zijn kant op. Mensen slikten hun wijn door, sloegen een kruis en stonden op om weg te lo-

pen. *Rustig aan!* Becker had geen haast om bij het altaar weg te komen. Maar met tweeduizend mensen die op de communie wachtten en slechts acht priesters om die te geven, werd het als ongemanierd beschouwd om al te lang over je slokje wijn te doen.

De miskelk was bijna bij Becker toen Hulohot de kaki broek onder het zwarte jasje zag. *'Estás ya muerto,'* siste hij zachtjes. 'Je bent er geweest.' Hulohot liep door het middenpad naar voren. Er was geen tijd meer voor subtiliteiten. Twee schoten in de rug, en hij zou de ring pakken en wegrennen. De grootste taxistandplaats van Sevilla was vlakbij, aan de Mateos Gago. Hij stak zijn hand uit naar zijn revolver.

Adiós, señor Becker...

La sangre de Cristo, la copa de la salvación.

De zware geur van rode wijn vulde Beckers neus toen padre Herrera de glanzend gepoetste zilveren miskelk liet zakken. *Een beetje vroeg om al aan de drank te gaan*, dacht Becker terwijl hij zich naar voren boog. Maar toen de zilveren bokaal op ooghoogte kwam en nog lager zakte, zag hij een vage beweging. Een gestalte die snel op hem af kwam, en die hij vervormd in de kelk weerspiegeld zag.

Becker zag een flits van metaal, een wapen dat werd getrokken. Ogenblikkelijk, zonder erover na te denken, schoot Becker naar voren, zoals een hardloper uit het startblok schiet als hij het schot hoort. De priester week ontsteld achteruit toen de kelk door de lucht vloog, en er regende rode wijn op het witte marmer. Priesters en misdienaren sprongen alle kanten op terwijl Becker over de communiebank dook. Een vuurwapen met een geluiddemper gaf een kuchje te horen. Becker kwam hard neer, en de kogel sloeg naast hem in de marmeren vloer. Direct daarna stormde hij drie granieten treden af de *valle* in, een nauwe gang waar de geestelijken door binnenkwamen, zodat ze als bij de gratie Gods achter het altaar konden oprijzen.

Onder aan de treden struikelde hij en dook hij voorover. Hij voelde dat hij weggleed op het glad gepolijste steen. Er ging een pijnscheut door zijn buik toen hij op zijn zij neerkwam. Even la-

ter strompelde hij door een doorgang met een gordijn ervoor en een houten trap af.
Pijn. Becker rende door een kleedkamer. Het was donker. Vanaf het altaar klonken kreten. Luide voetstappen achter hem. Becker brak door een dubbele deur en wankelde een soort studeerkamer in. Het was er donker. De kamer was ingericht met dikke oosterse tapijten en glanzende mahoniehouten meubels. Aan de muur tegenover hem hing een levensgroot kruisbeeld. Becker kwam zwaaiend op zijn benen tot stilstand. De ruimte liep dood. Hij was in het hoogste punt van het kruis beland. Hij hoorde Hulohot snel naderbij komen. Becker keek naar het kruisbeeld en vervloekte zijn pech.
'Verdómme!' schreeuwde hij.
Links van hem klonk plotseling het geluid van brekend glas. Hij draaide zich snel om. Een man in een rood gewaad keek Becker vol ontzetting en met open mond aan. Als een kind dat betrapt wordt met zijn hand in de koektrommel, veegde de geestelijke zijn mond af en probeerde de gebroken fles miswijn aan zijn voeten te verbergen.
'*¡Salida!*' riep Becker. '*¡Salida!* Laat me eruit!'
Kardinaal Guerra reageerde instinctief. Er was een demon binnengedrongen in zijn heilige vertrekken, en die schreeuwde om bevrijding uit het godshuis. Guerra zou hem zijn zin geven, en wel ogenblikkelijk. De demon was op een zeer ongelegen moment gekomen.
Lijkbleek wees de kardinaal naar een gordijn aan de muur links van hem. Achter dat gordijn ging een deur schuil. Die had hij drie jaar geleden laten maken. Hij kwam uit op de binnenplaats. De kardinaal was het beu geworden om net als een gewone sterveling door de voordeur binnen te moeten komen.

96

Susan zat doorweekt en ineengedoken te huiveren op de bank in Zaal 3. Strathmore hing zijn jasje over haar schouders. De dode Hale lag een paar meter bij hen vandaan. De sirenes loei-

den. Als smeltend ijs op een dichtgevroren vijver, gaf de romp van TRANSLTR een scherpe knal.
'Ik ga naar beneden om de stroom uit te schakelen,' zei Strathmore, en hij legde geruststellend zijn hand op haar schouder. 'Ik ben zo terug.'
Susan staarde de commandant afwezig na toen hij wegholde. Hij was niet meer de lethargische man die ze tien minuten eerder had gezien. Commandant Trevor Strathmore was terug, logisch denkend, beheerst, bezig te doen wat er gedaan moest worden.
De laatste woorden van Hales afscheidsbriefje denderden als een onbestuurbaar geworden trein door haar gedachten: *Bovenal spijt het me heel erg van David Becker. Vergeef me, ik was verblind door ambitie.*
Susan Fletchers nachtmerrie bleek dus uit te komen. David was in gevaar... of erger. Misschien was het al te laat. *Bovenal spijt het me heel erg van David Becker.*
Ze staarde naar het briefje. Hale had het niet eens getekend; hij had zijn naam er alleen onder getypt: *Greg Hale*. Hij had zijn hart gelucht, op AFDRUKKEN gedrukt en zichzelf door het hoofd geschoten, punt uit. Hale had gezworen dat hij nooit meer naar de gevangenis zou gaan en daar had hij zich aan gehouden. Hij had voor de dood gekozen.
'David...' Ze snikte. *David!*

Op dat ogenblik stapte commandant Strathmore drie meter lager van de ladder op de eerste overloop. Het was een dag vol fiasco's geworden. Wat was begonnen als een daad van vaderlandsliefde, was volledig uit de hand gelopen. De commandant was gedwongen geweest onmogelijke beslissingen te nemen, afschuwelijke dingen te doen, dingen waartoe hij zichzelf niet in staat had geacht.
Het was een oplossing! Het was de énige oplossing, verdomme!
Hij moest om zijn plicht denken; om zijn land en zijn eer. Strathmore wist dat er nog tijd was. Hij kon TRANSLTR stilleggen. Hij kon de ring gebruiken om de belangrijkste databank van het land te redden. *Ja*, dacht hij, *er is nog tijd*.
Strathmore keek uit over het rampgebied om hem heen. De sprinklers werkten. TRANSLTR kreunde. De sirenes loeiden. De ronddraaiende lampen deden hem denken aan helikopters die

door dikke mist naderbij kwamen. Maar waar hij ook keek, hij zag alleen Greg Hale, hoe de jonge cryptoloog met smekende blik opkeek, en toen het schot. Hale was gestorven in het landsbelang... in het belang van de eer. De NSA kon zich niet nog een schandaal veroorloven. Strathmore had een zondebok nodig. Bovendien was Greg Hale een wandelende tijdbom geweest die elk moment kon afgaan.

Strathmores gedachten werden onderbroken door het geluid van zijn mobieltje. Dat was nauwelijks hoorbaar boven de sirenes en de sissende stoom uit. Hij griste het van zijn riem zonder de pas in te houden.

'Ja.'

'Waar is mijn sleutel?' vroeg een bekende stem op hoge toon.

'Met wie spreek ik?' riep Strathmore boven de herrie uit.

'Met Numataka!' brulde de kwade stem terug. 'U hebt me een sleutel beloofd!'

Strathmore bleef lopen.

'Ik wil Digitale Vesting hebben!' siste Numataka.

'Er ís geen Digitale Vesting!' reageerde Strathmore.

'Wat?'

'Er is geen algoritme dat niet te kraken is!'

'Natuurlijk wel! Ik heb het op internet gezien! Mijn mensen zijn al dagen bezig om het te decoderen!'

'Het is een gecodeerd virus, idioot. Wees maar blij dat jullie het niet open kunnen krijgen!'

'Maar...'

'De deal gaat niet door!' riep Strathmore. 'Ik ben North Dakota niet. Er ís geen North Dakota! Vergeet dat ik het er ooit over heb gehad!' Hij klapte het mobieltje dicht, zette de beltoon uit en duwde het terug in de houder aan zijn riem. Er zouden geen onderbrekingen meer zijn.

Negentienduizend kilometer verderop stond Tokugen Numataka verbluft voor zijn raam van spiegelglas. Zijn Umami-sigaar hing scheef in zijn mond. De deal van zijn leven was voor zijn ogen in rook opgegaan.

Strathmore daalde dieper af. *De deal gaat niet door*. Numatech

Corporation zou het algoritme dat niet te kraken was nooit krijgen... en de NSA zou haar achterdeurtje nooit krijgen.
Strathmore had zijn droom lang van tevoren gepland. Hij had Numatech zorgvuldig uitgekozen. Numatech was rijk, een bedrijf dat heel goed de hoogste bieder had kunnen zijn bij de veiling van de sleutel. Het kwam goed uit dat er nauwelijks een bedrijf te bedenken was dat minder snel verdacht zou worden van samenwerking met de Amerikaanse regering. Tokugen Numataka was nog een echte, ouderwetse Japanner: hij zou de dood verkiezen boven eerverlies. Hij had een hekel aan Amerikanen. Hij had een hekel aan hun eten, hun gewoonten, en vooral aan de greep die ze op de wereldwijde softwaremarkt hadden.

Strathmores idee was stoutmoedig geweest: een wereldwijde coderingsstandaard met een achterdeurtje voor de NSA. Hij had zijn droom dolgraag met Susan willen delen, hem tot uitvoer willen brengen met haar aan zijn zijde, maar hij wist dat dat niet kon. Hoewel Ensei Tankado's dood in de toekomst duizenden levens zou redden, zou Susan er nooit mee hebben ingestemd; ze was pacifistisch. *Ik ben ook pacifistisch*, dacht Strathmore, *alleen verkeer ik niet in de luxepositie om me zodanig te gedragen.*
De commandant had er geen moment over getwijfeld wie Tankado zou vermoorden. Tankado was in Spanje, en Spanje betekende Hulohot. De tweeënveertigjarige Portugese huurmoordenaar was een van de favoriete vaklui van de commandant. Hij werkte al jaren voor de NSA. Hulohot, geboren en getogen in Lissabon, had in heel Europa werk voor de NSA gedaan. Nog nooit was een door hem gepleegde moord teruggevoerd op Fort Meade. Het enige probleem was dat Hulohot doof was, zodat telefonische communicatie onmogelijk was. Kortgeleden had Strathmore ervoor gezorgd dat Hulohot het nieuwste speeltje van de NSA kreeg, de Monocle-computer. Strathmore had zelf een SkyPager gekocht en die op dezelfde frequentie ingesteld. Vanaf dat moment stond hij niet alleen rechtstreeks in contact met Hulohot, maar waren hun berichten ook onmogelijk te traceren.
Het eerste bericht dat Strathmore Hulohot had gestuurd, had geen ruimte gelaten voor misverstand. Ze hadden het van tevoren al besproken. Dood Ensei Tankado. Bemachtig de sleutel.
Strathmore vroeg nooit hoe Hulohot zijn wonderen verrichtte,

maar op de een of andere manier was het hem weer gelukt. Ensei Tankado was dood, en de autoriteiten waren ervan overtuigd dat het een hartaanval was geweest. Een moord volgens het boekje... op één ding na. Hulohot had een inschattingsfout gemaakt bij het kiezen van de plek. Blijkbaar was het voor het creëren van de illusie nodig geweest dat Tankado in het openbaar stierf. Maar de omstanders waren te snel verschenen. Hulohot had zich moeten verbergen voordat hij op het lichaam naar de sleutel had kunnen zoeken. Toen de rust was weergekeerd, lag het stoffelijk overschot van Tankado inmiddels bij de lijkschouwer van Sevilla.

Strathmore was woedend geweest. Voor de allereerste keer had Hulohot een opdracht verknald, en daar had hij een zeer ongelukkig tijdstip voor gekozen. Het was essentieel voor Strathmore om Tankado's sleutel in handen te krijgen, maar een dove huurmoordenaar naar het lijkenhuis van Sevilla sturen was een heilloze onderneming. Hij had de alternatieven overdacht. Er begon zich een tweede plan in zijn geest te vormen. Plotseling zag Strathmore een kans om op twee fronten te winnen, een kans om twee dromen te verwezenlijken, in plaats van één. Om halfzeven die ochtend had hij David Becker gebeld.

97

Fontaine rende de vergaderkamer binnen. Brinkerhoff en Midge volgden hem op de voet.

'Kijk!' bracht Midge hijgend uit, terwijl ze paniekerig naar het raam gebaarde.

Fontaine keek uit het raam naar de knipperlichten in de Cryptokoepel. Zijn ogen werden groot. Dit maakte beslist geen deel uit van het plan.

Brinkerhoff sputterde: 'Het lijkt daar verdomme wel een disco!'

Fontaine keek strak naar buiten en probeerde te begrijpen wat hij zag. In de paar jaar dat TRANSLTR in gebruik was, was zoiets nog nooit gebeurd. *Hij is oververhit*, dacht hij. Hij vroeg zich af waarom Strathmore hem in hemelsnaam niet had stilgelegd. Na

een ogenblik nam Fontaine een besluit.
Hij griste een interne telefoon van de vergadertafel en toetste het doorkiesnummer van Crypto in. Het toestel begon te piepen alsof het doorkiesnummer buiten gebruik was.
Fontaine sloeg de hoorn op de haak. 'Verdomme!' Hij pakte hem onmiddellijk weer op en koos het nummer van Strathmores mobieltje. Deze keer ging de telefoon over.
Hij rinkelde zesmaal.
Brinkerhoff en Midge keken toe hoe Fontaine als een tijger aan een ketting heen en weer ijsbeerde zo ver zijn telefoonsnoer het hem toestond. Na een volle minuut was Fontaine paars van woede.
Hij sloeg de hoorn weer op het toestel. 'Niet te geloven!' brulde hij. 'Crypto vliegt bijna de lucht in en Strathmore neemt verdomme zijn telefoon niet op!'

98

Hulohot stoof vanuit de kamer van kardinaal Guerra de verblindende ochtendzon in. Hij schermde zijn ogen af en vloekte. Hij stond buiten de kathedraal op een binnenplaatsje dat werd ingesloten door een hoge stenen muur, de westelijke gevel van La Giralda en twee smeedijzeren hekken. De toegangspoort stond open. Aan de andere kant van het hek was het plein. Het was leeg. In de verte waren de muren van Santa Cruz te zien. Zo ver kon Becker in die korte tijd onmogelijk zijn gekomen. Hulohot draaide om zijn as en zocht met zijn blik het binnenplaatsje af. *Hij is hier. Dat kan niet anders!*
De binnenplaats, de Patio de los Naranjos, was beroemd om haar twintig bloeiende sinaasappelbomen. In Sevilla stonden de bomen bekend als de ontstaansplek van de Engelse marmelade. In de achttiende eeuw had een Engelse koopman tien mud sinaasappels van de kerk in Sevilla gekocht en mee teruggenomen naar Londen, waar hij ontdekte dat de vruchten afschuwelijk bitter waren. Hij probeerde jam te maken van de schillen en moest er kilo's suiker bij doen om het geheel een beetje eetbaar

te maken. Zo ontstond de sinaasappelmarmelade.
Hulohot sloop met geheven revolver tussen de bomen door. Die waren oud, en het gebladerte begon pas hoog aan de stam. De onderste takken zaten te hoog om aan te raken, en de kale, dunne stammen boden geen dekking. Hulohot zag al snel dat de binnenplaats verlaten was. Hij keek recht omhoog. La Giralda.
De toegang tot de wenteltrap van La Giralda was afgezet met een touw en een houten bordje. Het touw hing roerloos. Hulohots blik ging omhoog langs de honderdtwintig meter hoge toren, en hij wist meteen dat het een idiote gedachte was. Zo dom kon Becker onmogelijk zijn geweest. De enige trap spiraalde recht omhoog naar een vierkant stenen hokje. Er waren smalle spleten in de muur om naar buiten te kunnen kijken, maar er was geen uitweg.

David Becker beklom de laatste treden van de steile trap en wankelde buiten adem een klein stenen hokje in. Overal om hem heen waren hoge muren met smalle spleten erin. Geen uitgang. Het lot was Becker die ochtend niet gunstig gezind. Toen hij uit de kathedraal de binnenplaats op was gerend, was zijn jasje achter de deur blijven haken. Het had hem midden in een stap tegengehouden en naar links gezwiept, voordat de stof was gescheurd. Becker was volledig uit balans plotseling de verblindende zon in gestruikeld. Toen hij opkeek, liep hij recht op een trap af. Hij was over het touw gesprongen en naar boven gerend. Tegen de tijd dat hij besefte waar hij heen ging, was het te laat.
Nu stond hij in de krappe cel op adem te komen. Zijn zij brandde. Smalle bundels ochtendlijk zonlicht vielen door de openingen in de muur naar binnen. Hij keek naar buiten. De man met het metalen brilmontuur stond ver onder Becker, met zijn rug naar hem toe, uit te kijken over het plein. Becker ging rechter voor de spleet staan om een beter uitzicht te hebben. *Steek het plein over*, beval hij hem in gedachten.

De schaduw van La Giralda lag als een gigantische gevelde sequoia over het plein. Hulohot liet zijn blik eroverheen glijden. Aan het uiteinde vielen drie strepen licht door de kijkopeningen van de toren in strakke rechthoeken op de straatkeien. Een van die rechthoeken was zojuist verduisterd door de schaduw van een man. Zonder ook maar op te kijken naar de spits van de toren, draaide Hulohot zich om en rende naar de trap van La Giralda.

99

Fontaine sloeg met zijn vuist in zijn hand. Hij ijsbeerde door de vergaderkamer en keek naar buiten, naar de ronddraaiende lampen in Crypto. 'Leg dat ding stil! Verdomme! Leg het stil!'
Midge verscheen in de deuropening en zwaaide met een nieuwe uitdraai. 'Directeur! Strathmore kán hem niet stilleggen!'
'Wat?' brachten Brinkerhoff en Fontaine in koor uit.
'Hij heeft het geprobeerd, meneer!' Midge hield het rapport op. 'Al viermaal! TRANSLTR zit vast in een of andere eindeloze lus.'
Fontaine keerde zich naar het raam en keek weer strak naar buiten. 'Jezus christus!'
De telefoon in de vergaderkamer rinkelde doordringend. De directeur hief zijn handen. 'Dat moet Strathmore zijn! Dat werd verdomme tijd ook!'
Brinkerhoff nam op. 'Met het kantoor van de directeur.'
Fontaine stak zijn hand uit naar de hoorn.
Brinkerhoff keek slecht op zijn gemak en wendde zich tot Midge. 'Het is Jabba. Hij wil jou spreken.'
De directeur keek van de telefoon naar Midge, die al aan kwam lopen. Ze schakelde het luidsprekertje van de telefoon in. 'Zeg het maar, Jabba.'
Jabba's metalige stem dreunde door de kamer. 'Midge, ik ben in de centrale databank. Er is hier iets raars aan de hand. Ik vroeg me af of...'
'Verdomme, Jabba!' Midge verloor haar geduld. 'Dat probeer ik je de hele tijd al te vertellen!'
'Het hoeft niets bijzonders te zijn,' zei Jabba aarzelend, 'maar...'
'Zeg dat toch niet steeds! Het is wél iets bijzonders! Wat er daar ook aan de hand is, neem het serieus, héél serieus. Mijn resultaten kloppen wél. Dat hebben ze altijd gedaan en zullen ze altijd doen.' Ze wilde ophangen, maar voegde er toen nog aan toe:

'O, en Jabba? Om je verrassingen te besparen: Strathmore heeft Gauntlet uitgeschakeld.'

100

Hulohot holde met drie treden tegelijk de trap van La Giralda op. Het enige licht op de wenteltrap was afkomstig van kleine openingen die in de tegenover elkaar liggende muren zaten. *Hij zit in de val! David Becker zal sterven!* Hulohot cirkelde met getrokken revolver naar boven. Hij bleef langs de buitenmuur, voor het geval dat Becker besloot hem van boven aan te vallen. De hoge ijzeren kandelaren op elke overloop zouden goed als wapen dienst kunnen doen als Becker besloot er een te gebruiken. Maar door aan de buitenkant te blijven, zou Hulohot hem op tijd kunnen zien. En het bereik van Hulohots revolver was aanzienlijk groter dan dat van een kandelaar van anderhalve meter lang.

Hulohot bewoog snel, maar voorzichtig. De trap was steil; er was hier wel eens een toerist doodgevallen. Dit was Amerika niet; er waren geen waarschuwingsbordjes, geen trapleuningen, geen mededelingen over aansprakelijkheid. Dit was Spanje. Als je zo dom was om te vallen, was dat je eigen schuld, ongeacht wie de trap had gebouwd.

Hulohot bleef bij een van de openingen op schouderhoogte staan en wierp een blik naar buiten. Hij bevond zich aan de noordkant, en zo te zien ongeveer halverwege de weg naar boven.

Om de hoek kon hij de doorgang naar het platte dak zien. De trap naar boven was verlaten. David Becker had hem niet aangevallen. Hulohot besefte dat Becker hem misschien de toren niet had zien binnengaan. Dat betekende dat Hulohot ook het verrassingselement aan zijn kant had. Niet dat hij dat nodig had; Hulohot had alle troeven in handen. Zelfs het ontwerp van de toren was gunstig voor hem: de trap kwam op de zuidwestelijke hoek van het platte dak uit, dus Hulohot zou een vrije schootslijn naar elk punt van de cel hebben, zonder dat Becker achter hem kon komen. En ten slotte zou Hulohot van het donker in

het licht stappen. *Een dodelijke val*, peinsde hij.
Hulohot schatte de afstand naar de deuropening. Zeven stappen. In gedachten liep hij de moord stap voor stap na. Als hij rechts bleef terwijl hij de doorgang naderde, zou hij de linkerhoek van het platte dak kunnen zien voordat hij bij de deur was. Als Becker zich daar bevond, zou Hulohot schieten. Zo niet, dan zou hij naar de linkerkant van de trap gaan en het dak in oostelijke richting op stappen, met zijn gezicht naar de rechterhoek, de enige plek waar Becker dan nog kon zijn. Hij glimlachte.

DOELWIT: DAVID BECKER – GEËLIMINEERD

Het was zover. Hij controleerde zijn wapen.
In een sprint stormde Hulohot naar boven. Het dak kwam in zicht. De linkerhoek was leeg. Zoals hij in gedachten had gerepeteerd, ging Hulohot naar links en rende in de richting van de rechterhoek door de doorgang. Hij vuurde de hoek in. De kogel ketste af op de kale muur en miste hem maar ternauwernood. Hulohot draaide snel om zijn as en stootte een schorre schreeuw uit. Er was niemand. David Becker was verdwenen.

Drie verdiepingen lager, op honderd meter boven de Patio de los Naranjos, hing David Becker aan de buitenkant van La Giralda als een man die optrekoefeningen doet aan een vensterbank. Terwijl Hulohot de trap op was gerend, was Becker drie trappen naar beneden gelopen en had zichzelf aan de buitenkant van een van de raamopeningen laten zakken. Hij was net op tijd uit het zicht verdwenen. De moordenaar was vlak langs hem gerend. Hij had te veel haast gehad om de witte knokkels te zien die zich aan de onderrand van het raam vastklemden.
Toen Becker aan de buitenkant van het raam hing, was hij dankbaar voor het feit dat zijn dagelijkse partij squash vergezeld ging van twintig minuten oefenen op het roeiapparaat om sterkere biceps te krijgen en zo een hardere bovenhandse service te ontwikkelen. Maar ondanks zijn sterke armspieren kostte het hem nu moeite om zichzelf weer naar binnen te hijsen. Zijn schouders brandden. Zijn zij voelde aan alsof die werd opengescheurd. Hij had weinig greep op de ruwe stenen rand, die als gebroken glas in zijn vingers sneed.

Hij wist dat het een kwestie van seconden was voordat zijn aanvaller weer naar beneden zou komen rennen. Van bovenaf zou de moordenaar Beckers vingers om de stenen rand ongetwijfeld zien.
Becker deed zijn ogen dicht en trok. Hij zou een wonder nodig hebben om aan de dood te ontsnappen. Zijn vingers verloren hun houvast. Hij keek naar beneden, langs zijn bungelende benen. Als hij viel, zou hij de lengte van een voetbalveld naar beneden tuimelen voordat hij bij de sinaasappelbomen was. Niet te overleven. De pijn in zijn zij werd erger. Hij hoorde nu voetstappen dreunen boven zijn hoofd, harde voetstappen van iemand die met een paar treden tegelijk de trap af stormt. Becker sloot zijn ogen. Het was nu of nooit. Hij zette zijn kiezen op elkaar en trok.
Het steen schuurde langs de huid van zijn polsen toen hij zichzelf naar boven hees. De voetstappen kwamen snel naderbij. Becker klampte zich vast aan de binnenkant van de raamopening en probeerde houvast te vinden. Hij trapte met zijn voeten. Zijn lijf voelde loodzwaar aan, alsof iemand een touw aan zijn benen had geknoopt en hem naar beneden trok. Hij verzette zich ertegen. Het lukte hem zich op zijn ellebogen te hijsen. Hij was nu volledig in het zicht, met zijn hoofd half door het raam als een man in een guillotine. Hij bewoog een voor een zijn benen en trapte zichzelf verder naar boven. Hij was half door de opening. Zijn bovenlijf hing nu in het trappenhuis. De voetstappen waren vlakbij. Becker greep de zijkanten van de raamopening en trok zichzelf in één enkele beweging helemaal naar binnen. Hij kwam met een smak op de trap neer.

Hulohot voelde dat Becker vlak onder hem op de vloer viel. Hij rende met geheven revolver verder naar beneden. Er draaide een raam in zicht. *Dit is het moment!* Hulohot drukte zich tegen de buitenmuur en richtte zijn revolver op de trap onder hem. Hij zag nog net Beckers benen de hoek om hollen. Gefrustreerd loste hij een schot. De kogel weerkaatste door het trappenhuis naar beneden.
Hulohot stormde de trap af achter zijn prooi aan en bleef langs de buitenmuur om een zo groot mogelijk deel van de trap te kunnen overzien. Terwijl de trap voor hem uit in het zicht draaide,

leek Becker zich voortdurend 180 graden voor hem te bevinden, net buiten zijn gezichtsveld. Becker nam de binnenkant van de trap, waardoor hij de hoek afsneed, en hij sprong vier of vijf treden tegelijk af. Hulohot bleef hem achtervolgen. Hij zou maar één schot nodig hebben. De afstand werd kleiner. Hulohot wist dat Becker, zelfs als hij de voet van de trap bereikte, nergens heen kon. Hulohot kon hem in de rug schieten als hij zonder dekking over de binnenplaats rende. De uitzichtloze race spiraalde steeds lager.

Ook Hulohot koos nu voor de binnenkant, de snelste route. Hij had het gevoel dat hij inliep. Hij zag Beckers schaduw elke keer dat ze langs een opening in de muur kwamen. Naar beneden. Naar beneden. In een spiraal. Becker leek voortdurend net om de hoek te zijn. Hulohot hield één oog op zijn schaduw en het andere op de trap.

Plotseling had Hulohot de indruk dat Beckers schaduw struikelde. Hij deed een onverwachte uitval naar links en leek zich toen in de lucht om te draaien en terug te zweven naar het midden van de trap. Hulohot sprong naar voren. *Hebbes!*

Op de trap, voor Hulohot uit, kwam in een flits iets van staal tevoorschijn. Het stak van om de hoek plotseling in de lucht. Het werd als de floret van een schermer op enkelhoogte naar voren gestoten. Hulohot probeerde naar links te komen, maar hij was te laat. Het voorwerp bevond zich al tussen zijn enkels. Zijn achterste voet kwam naar voren, sloeg er hard tegenaan, en de staaf klapte tegen zijn scheen. Hulohots armen maaiden rond op zoek naar steun, maar vonden slechts leegte. Hij vloog plotseling door de lucht, en draaide om zijn as. Op zijn weg naar beneden vloog Hulohot over David Becker heen, die met gestrekte armen op zijn buik lag. De kandelaar in zijn handen stak nog tussen Hulohots benen, terwijl die tollend naar beneden viel.

Hulohot sloeg tegen de buitenmuur voordat hij op de trap neerkwam. Toen hij eindelijk de vloer raakte, rolde hij verder. Zijn revolver kletterde op de grond. Hulohot bleef verder rollen. Hij viel vijf volledige wendingen van 360 graden naar beneden voordat hij stil bleef liggen. Nog twaalf treden verder en hij zou de binnenplaats op zijn getuimeld.

101

David Becker had nooit eerder een vuurwapen in zijn handen gehad. Dit was de eerste keer. Hulohots lichaam lag verwrongen en verminkt in het donkere trappenhuis van La Giralda. Becker drukte de loop van de revolver tegen de slaap van zijn aanvaller en hurkte voorzichtig neer. Eén beweging en Becker zou vuren. Maar er was geen beweging. Hulohot was dood.
Becker liet de revolver vallen en ging op de trap zitten. Voor het eerst in een eeuwigheid voelde hij tranen opwellen. Hij drong ze terug. Later zou hij tijd hebben voor emoties, maar eerst moest hij naar huis. Becker wilde opstaan, maar hij was te moe om zich te verroeren. Hij bleef lange tijd uitgeput op de stenen trap zitten. Afwezig keek hij naar het lichaam dat in een verwrongen houding voor hem lag. De ogen van de moordenaar begonnen te breken. Ze staarden naar niets in het bijzonder. Op de een of andere manier was zijn bril intact gebleven. Het was een eigenaardige bril, dacht Becker, met een snoertje dat van achter het oor tevoorschijn kwam en naar een apparaatje liep dat aan zijn riem hing. Becker was te afgemat om nieuwsgierig te zijn.
Terwijl hij daar alleen in het trappenhuis zat en zijn gedachten bijeenraapte, liet Becker zijn blik naar de ring om zijn vinger gaan. Hij zag weer wat duidelijker en kon eindelijk de inscriptie lezen. Zoals hij al dacht was het geen Engels. Hij bekeek de gravering lange tijd en fronste toen zijn voorhoofd. *Is dit het waard om mensen voor te vermoorden?*

De ochtendzon was verblindend toen Becker uiteindelijk vanuit La Giralda de binnenplaats op stapte. De pijn in zijn zij was afgenomen en zijn gezichtsvermogen begon weer normaal te worden. Hij stond een tijdje versuft te genieten van de geur van de bloesemende sinaasappelbomen. Toen begon hij langzaam over de binnenplaats te lopen.
Terwijl Becker bij de toren vandaan liep, kwam er vlakbij een busje slippend tot stilstand. Er sprongen twee mannen uit. Ze waren jong en gekleed in militair tenue. Ze kwamen met de stramme precisie van nauwkeurig afgestelde machines op Becker af.

'David Becker?' vroeg een van hen kortaf.
Becker bleef als aan de grond genageld staan, verbaasd dat ze zijn naam kenden. 'Wie... wie bent u?'
'Komt u alstublieft met ons mee. Nu meteen.'
Er was iets onwerkelijks aan de ontmoeting, iets wat Beckers zenuwen weer deed opspelen. Hij merkte dat hij onwillekeurig achteruitdeinsde.
De kleinste van de twee keek Becker strak en koel aan. 'Deze kant op, meneer Becker. Ogenblikkelijk.'
Becker draaide zich om en wilde wegrennen. Maar hij kon niet meer dan één stap zetten. Een van de mannen trok een wapen. Er werd geschoten.
Een lans van pijn gloeide in Beckers borst en schoot omhoog naar zijn schedel. Zijn vingers verstijfden, en hij viel. Even later was er alleen nog maar duisternis.

102

Strathmore bereikte de vloer onder TRANSLTR en stapte van de loopbrug in een paar centimeter water. De gigantische computer stond naast hem te trillen. Er vielen dikke druppels water als regen door de rondwervelende mist naar beneden. De alarmhoorns klonken als de donder.
De commandant keek naar de defecte hoofdgeneratoren. Daar lagen de verkoolde resten van Phil Chartrukian uitgespreid over een stel koelribben. Het tafereel zag eruit als een perverse uitstalling voor Halloween.
Hoewel Strathmore de dood van de man betreurde, was het zonder enige twijfel een 'gerechtvaardigd slachtoffer' geweest. Phil Chartrukian had Strathmore geen keus gelaten. Toen de systeembeveiliger schreeuwend over een virus uit de diepte aan was komen rennen, had Strathmore hem op de overloop ontmoet en geprobeerd hem tot rede te brengen. Maar Chartrukian was niet meer voor rede vatbaar geweest. *We hebben een virus! Ik ga Jabba bellen!* Toen hij zich langs hem wilde dringen, had de commandant hem de weg versperd. De overloop was smal. Ze had-

den gevochten. De reling was laag. Het was ironisch, dacht Strathmore, dat Chartrukian het al die tijd bij het rechte eind had gehad met zijn ideeën over een virus.
De val van de man was bloedstollend geweest, een korte kreet van doodsangst en daarna stilte. Maar niet half zo bloedstollend als wat commandant Strathmore daarna had gezien. Greg Hale had vanuit de schaduwen onder hem met een blik van pure ontzetting naar hem opgekeken. Op dat moment wist Strathmore dat Hale moest sterven.
TRANSLTR knetterde, en Strathmore richtte zijn aandacht weer op het hier en nu. De elektriciteit uitschakelen. De hoofdschakelaar zat aan de andere kant van de freonpompen, links van de romp. Strathmore kon hem duidelijk zien. Hij hoefde alleen maar aan een hendel te trekken en de resterende stroom in Crypto zou worden uitgeschakeld. Dan, een paar seconden later, kon hij de hoofdgeneratoren opnieuw opstarten. Alle deuren en andere elektrische voorzieningen zouden weer werken, en de freon zou weer gaan stromen. TRANSLTR zou gered zijn.
Maar toen Strathmore naar de hoofdschakelaar waadde, besefte hij dat er een laatste obstakel was: Chartrukians lichaam lag nog op de koelribben van de hoofdgenerator. Als hij die herstartte, zou dat alleen opnieuw een stroomonderbreking tot gevolg hebben. Het lijk moest verplaatst worden.
Strathmore keek naar de afzichtelijke resten en ploeterde erheen. Hij stak zijn hand naar boven en pakte een pols beet. Die voelde aan als piepschuim. De man was geëlektrocuteerd. Al het vocht was uit zijn lichaam verdwenen. De commandant deed zijn ogen dicht, pakte de pols steviger vast en trok. Het lichaam verschoof een paar centimeter. Strathmore trok harder. Opnieuw verschoof het lichaam. De commandant zette zich schrap en trok uit alle macht. Plotseling tuimelde hij achterover. Hij kwam met een klap met zijn achterste op een elektriciteitskast neer. Nadat hij moeizaam rechtop was gaan zitten in het stijgende water, staarde Strathmore vol afschuw naar het voorwerp in zijn hand. Het was Chartrukians onderarm. Die was bij de elleboog afgebroken.

Boven wachtte Susan af. Ze zat in Zaal 3 op de bank met het gevoel dat ze verlamd was. Hale lag aan haar voeten. Ze kon zich niet voorstellen waar de commandant zoveel tijd voor nodig had. Minuten verstreken. Ze probeerde David uit haar gedachten te zetten, maar dat lukte niet. Elke keer dat het alarm loeide, echoden Hales woorden door haar hoofd: *bovenal spijt het me heel erg van David Becker*. Ze dacht dat ze gek werd. Ze stond op het punt op te springen en de hal van Crypto in te rennen, toen het eindelijk gebeurde. Strathmore had de hendel overgehaald en alle stroom uitgeschakeld.

Ogenblikkelijk werd het doodstil in Crypto. De hoorns verstomden midden in een signaal, en de monitors in Zaal 3 werden zwart. Het lijk van Greg Hale verdween in het donker, en Susan trok instinctief haar benen op de bank. Ze hield Strathmores jasje dicht om zich heen.

Duisternis.

Stilte.

Ze had het nog nooit zo stil meegemaakt in Crypto. Er was altijd het zachte gebrom van de generatoren geweest. Maar nu was er niets, alleen het grote beest, dat diep inademde en zuchtte van opluchting. Het knetterde, siste en koelde langzaam af.

Susan sloot haar ogen en bad voor David. Het was een eenvoudig gebed: ze vroeg God de man te beschermen die ze liefhad. Aangezien ze niet zeer gelovig was, had Susan geen reactie op haar gebed verwacht. Maar toen er plotseling iets tegen haar borst trilde, schoot ze overeind. Ze greep naar haar borst. Even later begreep ze het. De trillingen die ze voelde, waren niet het werk van God; ze waren afkomstig uit de zak van het jasje van de commandant. Hij had de trilfunctie van zijn SkyPager ingeschakeld. Iemand stuurde commandant Strathmore een bericht.

Zes verdiepingen lager stond Strathmore bij de hoofdschakelaar. In de ondergrondse ruimte was het nu zo donker als in het holst van de nacht. Hij stond even te genieten van de duisternis. Het water stroomde als een stortbui naar beneden. Strathmore boog zijn hoofd naar achteren en liet de warme druppels zijn schuldgevoel wegspoelen. *Ik ben een overlever*. Hij hurkte neer en waste de resten van Chartrukian van zijn handen.

Zijn dromen voor Digitale Vesting waren niet uitgekomen. Dat kon hij aanvaarden. Susan was nu het enige wat belangrijk was. Voor het eerst in tientallen jaren drong werkelijk tot hem door dat het leven uit meer bestond dan uit eer en vaderland. *Ik heb de beste jaren van mijn leven opgeofferd voor eer en vaderland. Maar hoe zit het met de liefde?* Die had hij zich veel te lang ontzegd. *En waarvoor?* Om te zien hoe een jong hoogleraartje zijn dromen wegkaapte? Strathmore had Susan gevormd. Hij had haar beschermd. Hij had haar verdíénd. En nu zou hij haar eindelijk krijgen. Susan zou troost in zijn armen zoeken als ze niemand anders meer had. Ze zou hulpeloos bij hem komen, kwetsbaar door haar verlies, en te zijner tijd zou hij haar laten zien dat de liefde alles heelt.

Eer. Vaderland. Liefde. David Becker stond op het punt voor die drie zaken te sterven.

103

De commandant kwam door het luik naar boven als Lazarus die opstaat uit de dood. Ondanks zijn doorweekte kleren was zijn tred licht. Hij beende naar Zaal 3, naar Susan. Naar zijn toekomst.

De hal van Crypto baadde weer in het licht. Freon vloeide als zuurstofrijk bloed door de smeulende TRANSLTR naar beneden. Strathmore wist dat het een paar minuten zou duren voordat het koelmiddel de bodem van de machine had bereikt en de onderste processors voor ontbranding zou behoeden, maar hij was er zeker van dat hij op tijd had ingegrepen. Hij blies triomfantelijk zijn adem uit, zonder ook maar een moment de waarheid te vermoeden: dat het al te laat was.

Ik ben een overlever, dacht hij. Hij negeerde het gapende gat in de wand van Zaal 3 en liep naar de elektronische deuren. Ze schoven sissend open. Hij stapte naar binnen.

Susan stond enigszins nat en verfomfaaid voor hem in zijn blazer. Ze zag eruit als een eerstejaars studente die door de regen was overvallen. Hij voelde zich als de ouderejaars die haar zijn sweater van zijn roeivereniging had geleend. Voor het eerst in jaren voelde hij zich weer jong. Zijn droom werd werkelijkheid. Maar toen Strathmore dichterbij kwam, had hij het gevoel dat hij in de ogen keek van een vrouw die hij niet kende. Haar blik was ijzig. De zachtheid was verdwenen. Susan Fletcher stond als verstijfd, roerloos als een standbeeld. De enig waarneembare beweging kwam van de tranen die in haar ogen opwelden.

'Susan?'

Eén traan rolde langs haar trillende wang naar beneden.

'Wat is er?' vroeg de commandant smekend.

De plas bloed onder Hales lichaam had zich als een olievlek over het tapijt verspreid. Strathmore keek slecht op zijn gemak naar het lijk, en toen weer naar Susan. *Zou ze het weten?* Dat was onmogelijk. Strathmore wist dat hij overal aan had gedacht.

'Susan?' zei hij, en hij stapte naar haar toe. 'Wat is er?'

Susan verroerde zich niet.

'Maak je je zorgen over David?'

Haar bovenlip trilde nauwelijks zichtbaar.

Strathmore kwam nog wat dichterbij. Hij wilde zijn hand naar haar uitsteken, maar aarzelde. Davids naam had blijkbaar de dijk van zelfbeheersing doen doorbreken. Eerst langzaam – een huivering, een trilling – en daarna een donderende vloedgolf van verdriet, die door haar aderen leek te stromen. Nauwelijks in staat haar bevende lippen onder controle te houden, deed Susan haar mond open om iets te zeggen. Maar er kwam niets.

Zonder haar ijzige blik ook maar een moment van Strathmore af te wenden, haalde ze haar hand uit de jas van zijn blazer. Ze had iets in haar hand. Dat stak ze bevend naar hem uit.

Strathmore verwachtte min of meer de Beretta op zijn buik gericht te zien toen hij naar beneden keek. Maar het pistool lag nog op de grond, veilig in Hales hand. Het voorwerp dat Susan vasthield, was kleiner. Strathmore keek er strak naar, en een ogenblik later begreep hij het.

Terwijl Strathmore ernaar staarde, raakte de werkelijkheid vervormd, en de tijd leek te kruipen. Hij hoorde het geluid van zijn eigen hart. De man die zovele jaren over reuzen had gezegevierd, was nu in één klap uitgeschakeld. Verslagen door de liefde, door zijn eigen domheid. Hij had Susan gewoon uit hoffelijkheid zijn jasje gegeven. En daarmee zijn SkyPager.

Nu was het Strathmore die verstijfde. Susans hand beefde. De pager viel aan Hales voeten. Met een verbijsterde, verraden blik

die Strathmore nooit zou vergeten, rende Susan langs hem heen Zaal 3 uit.
De commandant liet haar gaan. In slowmotion bukte hij zich en pakte hij de pager op. Er waren geen nieuwe berichten; Susan had ze allemaal gelezen. Strathmore liep radeloos de lijst door.

DOELWIT: ENSEI TANKADO – GEËLIMINEERD
DOELWIT: PIERRE CLOUCHARDE – GEËLIMINEERD
DOELWIT: HANS HUBER – GEËLIMINEERD
DOELWIT: ROCÍO EVA GRANADA – GEËLIMINEERD...

De lijst ging verder. Strathmore werd door ontzetting gegrepen. *Ik kan het uitleggen! Zij zal het begrijpen! Eer! Vaderland!* Maar er was één bericht dat hij nog niet had gezien... één bericht dat hij nooit zou kunnen verklaren. Sidderend liet hij het laatste bericht het schermpje binnen rollen.

DOELWIT: DAVID BECKER – GEËLIMINEERD

Strathmore liet zijn hoofd hangen. Zijn droom was voorbij.

104

Susan wankelde Zaal 3 uit.

DOELWIT: DAVID BECKER – GEËLIMINEERD

Alsof ze droomde, liep ze in de richting van Crypto's hoofduitgang. Greg Hales stem weerklonk door haar hoofd: *Susan, Strathmore gaat me vermoorden! Susan, de commandant is verliefd op je!*
Susan kwam bij het grote ronde portaal aan en toetste vertwijfeld een code in. De deur bewoog niet. Ze probeerde het opnieuw, maar de enorme plaat weigerde te gaan draaien. Susan gaf een gedempte kreet; blijkbaar waren door de stroomonder-

breking de codes om de deur te openen gewist. Ze zat nog steeds opgesloten.
Plotseling werden er van achteren twee armen om haar heen geslagen en werd haar halfverdoofde lijf vastgepakt. De aanraking was bekend en tegelijk weerzinwekkend, en ontbeerde de brute kracht van Greg Hale, maar er zat een radeloze onbehouwenheid in, een innerlijke, staalharde vastberadenheid.
Susan draaide zich om. De man die haar vasthield, was ontredderd en bang. Het was een gezicht dat ze nooit eerder had gezien.
'Susan,' zei Strathmore smekend, terwijl hij haar vasthield. 'Ik kan het uitleggen.'
Ze probeerde zich los te rukken.
De commandant liet haar niet gaan.
Susan wilde gillen, maar ze had geen stem. Ze wilde wegrennen, maar sterke handen hielden haar tegen en trokken haar terug.
'Ik hou van je,' fluisterde de stem. 'Ik heb altijd van je gehouden.'
Susan walgde van zijn woorden.
'Blijf bij me.'
Er gingen allerlei akelige beelden door Susans hoofd: Davids heldergroene ogen, die langzaam voor de laatste maal dichtgingen; Greg Hales lijk, waaruit bloed op het tapijt liep; dat van Phil Chartrukian, verbrand en verminkt op de generatoren.
'De pijn zal overgaan,' zei de stem. 'Je zult weer liefhebben.'
Susan hoorde niets.
'Blijf bij me,' smeekte de stem. 'Ik zal je wonden helen.'
Machteloos verzette ze zich tegen hem.
'Ik heb het voor ons gedaan. We zijn voor elkaar geschapen. Susan, ik hou van je.' Zijn woordenstroom klonk alsof hij er tien jaar op had gewacht dit te zeggen. 'Ik hou van je! Ik hou van je!'
Op dertig meter bij hen vandaan liet TRANSLTR op dat ogenblik, als om Strathmores miserabele bekentenis te weerspreken, een diepe, meedogenloze zucht ontsnappen. Dit was een heel nieuw geluid, een ver, onheilspellend gesis als van een slang, dat in de diepte van de silo leek aan te groeien. Blijkbaar had de freon zijn bestemming niet op tijd bereikt.
De commandant liet Susan los en keerde zich naar de computer

van twee miljard dollar. Zijn ogen werden groot van ontzetting. 'Nee!' Hij greep naar zijn hoofd. 'Nee!'
De zes verdiepingen hoge raket begon te trillen. Strathmore zette aarzelend een onvaste stap in de richting van het schuddende omhulsel. Toen liet hij zich op zijn knieën vallen, een zondaar ten overstaan van een toornige godheid. Het had geen zin. Onder in de silo hadden TRANSLTR's van titanium en strontium vervaardigde processors zojuist vlam gevat.

105

Een vuurbal die door drie miljoen silicium chips omhoogschiet, maakt een uniek geluid. Het geknetter van een bosbrand, het gieren van een tornado, de stomende uitbarsting van een geiser... en dat allemaal gevangen in een weerkaatsend omhulsel. Het was de adem van de duivel die door een afgesloten spelonk stroomde en naar een uitweg zocht. Strathmore lag geknield, gefascineerd door het angstaanjagende lawaai dat naar hen oprees. De duurste computer ter wereld stond op het punt te veranderen in een acht verdiepingen hoge vlammenzee.

In slowmotion keerde Strathmore zich weer naar Susan. Ze stond verstijfd naast de deur van Crypto. Strathmore staarde naar haar betraande gezicht. Ze leek te flakkeren in het tl-licht. *Ze is een engel*, dacht hij. Hij zocht in haar ogen naar de hemel, maar het enige wat hij zag was de dood. Het was de dood van het vertrouwen. Liefde en eer waren verdwenen. De illusie die hem al die jaren op de been had gehouden, was dood. Hij zou Susan Fletcher nooit krijgen. Nooit. De plotselinge leegte waardoor hij werd gegrepen was overweldigend.
Susan wierp een vage blik in de richting van TRANSLTR. Ze wist dat er binnen het keramische omhulsel een vuurbal naar hen toe schoot. Ze voelde dat die steeds sneller omhoogkwam, aangejaagd door de gassen die vrijkwamen uit de brandende schakelingen. Het zou niet lang duren voordat de Cryptokoepel een vuurzee zou zijn.

Haar verstand zei haar dat ze moest vluchten, maar Davids dode gewicht hield haar op haar plaats. Ze dacht dat ze hem hoorde roepen dat ze moest zien te ontsnappen, maar ze kon nergens heen. Crypto was een afgesloten graf. Ze vond het niet erg; de gedachte aan de dood beangstigde haar niet. De dood zou een einde maken aan de pijn. Ze zou bij David zijn.

De grond van Crypto begon te trillen alsof er daaronder een kwaad zeemonster uit de diepte oprees. David leek naar haar te roepen: *Rennen, Susan! Rennen!*

Strathmore kwam naar haar toe. Zijn gezicht was een verre herinnering. Zijn koele, grijze ogen waren levenloos. De patriot die in haar gedachten een held was geweest, was gestorven... als moordenaar. Plotseling sloeg hij zijn armen weer om haar heen en klemde hij haar radeloos vast. Hij kuste haar op haar wangen. 'Vergeef me,' smeekte hij. Susan probeerde zich los te rukken, maar Strathmore liet haar niet gaan.

TRANSLTR begon te vibreren als een raket die bijna wordt gelanceerd. De vloer van Crypto schudde nu. Strathmore klampte zich steviger aan haar vast. 'Hou me vast, Susan. Ik heb je nodig.'

Er sloeg een enorme vlaag van woede door haar heen. David riep weer. *Ik hou van je! Vlucht!* In een plotselinge uitbarsting van energie rukte ze zich los. Het gebulder van TRANSLTR werd oorverdovend. Het vuur was boven in de silo aangekomen. TRANSLTR kreunde en kraakte in zijn voegen.

Davids stem leek Susan op te tillen en mee te voeren. Ze rende door de hal van Crypto naar de metalen trap van het kantoor van Strathmore. Achter haar brulde TRANSLTR.

Terwijl de laatste chip verging, barstte er een ontzagwekkende opwaartse stroom van hitte door de bovenkant van de silo en vlogen de scherven keramiek tien meter de lucht in. Onmiddellijk stroomde de zuurstofrijke lucht in de koepel van Crypto erheen om het enorme vacuüm te vullen.

Susan kwam net op de overloop aan en greep de balustrade vast toen de krachtige luchtstroom aan haar lijf trok. Die tolde haar net op tijd rond om de onderdirecteur ver onder haar, naast TRANSLTR, naar haar op te zien kijken. Er woedde een storm om hem heen, en toch was zijn blik vredig. Zijn lippen weken uiteen, en ze vormden zijn laatste woord: 'Susan.'

De verse lucht die TRANSLTR binnenstroomde, veroorzaakte bij het eerste contact met het gloeiende silicium een enorme explosie. In een felle lichtflits veranderde commandant Trevor Strathmore van een man in een silhouet, en daarna in een legende.
Toen de vlaag hete lucht Susan bereikte, werd ze vijf meter achteruit Strathmores kantoor in geblazen. Het enige wat ze zich herinnerde, was een gloeiende hitte.

106

Voor het raam van de vergaderkamer van de directeur, hoog boven de Cryptokoepel, verschenen drie gezichten. De ontploffing had het hele NSA-complex op zijn grondvesten doen schudden. Leland Fontaine, Chad Brinkerhoff en Midge Milken keken in stilzwijgende ontzetting strak en ademloos naar buiten.
Twintig meter onder hen stond de Cryptokoepel in lichterlaaie. Het dak van polycarbonaat was nog intact, maar onder die doorzichtige schaal woedde een brand. Zwarte rook wervelde als mist door de koepel.
De drie stonden er sprakeloos naar te staren. Het spektakel had een spookachtige pracht.
Fontaine bleef lange tijd staan. Ten slotte sprak hij met zachte, maar vaste stem: 'Midge, stuur er mensen heen... ogenblikkelijk.'
Aan de andere kant van de suite begon Fontaines telefoon te rinkelen.
Het was Jabba.

107

Susan had geen idee hoeveel tijd er was verstreken. Een brandend gevoel in haar keel bracht haar weer bij bewustzijn. Gedesoriënteerd keek ze om zich heen. Ze lag op een tapijt achter een bureau. Het enige licht in de kamer was een vreemd oranje geflikker. Het rook naar brandend plastic. De kamer waarin ze zich bevond, was eigenlijk helemaal geen kamer, maar een verwoest omhulsel. De gordijnen stonden in brand en de muren van plexiglas smeulden.

Toen wist ze het weer.

David.

In een opkomende paniek hees ze zichzelf overeind. De lucht prikte in haar luchtpijp. Ze wankelde naar de deur, op zoek naar een uitweg. Toen ze over de drempel wilde stappen, hing haar been boven een afgrond. Ze kon net op tijd de deurpost grijpen. De trap en de overloop waren verdwenen. Vijftien meter onder haar lag een verwrongen hoop smeulend metaal. Susan liet haar blik vol ontzetting door de hal van Crypto gaan. Die was een vuurzee. De gesmolten resten van drie miljoen chips waren als lava uit TRANSLTR gestroomd. Er kolkte dikke, bijtende rook naar boven. Susan kende die geur. Siliciumrook. Dodelijk giftig. Terwijl ze achterwaarts terugstapte in wat er over was van Strathmores kantoor, begon ze zich akelig te voelen. Haar keel brandde. De hele koepel werd verlicht door het vuur. Dit was het einde van Crypto. *En van mij*, dacht ze.

Even dacht ze na over de enig mogelijke uitweg: Strathmores lift. Maar ze besefte dat ze dat niet hoefde te proberen; de elektronica zou de explosie nooit hebben overleefd.

Maar terwijl Susan zich een weg baande door de dikker wordende rook, herinnerde ze zich wat Hale had gezegd. *De lift krijgt zijn stroom van het hoofdgebouw! Ik heb de schema's bekeken!* Ze wist dat dat waar was. Ze wist ook dat de hele schacht van gewapend beton was.

De giftige dampen kringelden om haar heen. Ze strompelde door de rook naar de liftdeuren. Maar toen ze daar aankwam, zag ze dat het liftknopje donker was. Ze drukte vruchteloos op de donkere knop, liet zich toen op haar knieën vallen en bonkte tegen de deur.

Daar hield ze meteen weer mee op. Er zoemde iets achter de deuren. Geschrokken keek ze op. Het klonk alsof de lift achter de deuren hing! Ze drukte weer op de knop. Opnieuw was er gezoem achter de deuren.

Plotseling zag ze het.

Het liftknopje gaf nog wel licht, het was alleen bedekt met zwart roet. Nu gloeide het zwak onder haar vlekkerige vingerafdrukken.
Er is elektriciteit!
In een opwelling van hoop drukte ze de knop in. Steeds opnieuw maakte er achter de deuren iets contact. Ze hoorde de ventilator in de lift draaien. *De lift is hier! Waarom gaan die rotdeuren niet open?*
Door de rook heen ontwaarde ze het kleine, tweede toetsenpaneeltje. Knopjes met letters, A tot en met Z. Plotseling wanhopig herinnerde Susan het zich weer. Een wachtwoord.

De rook begon door de gesmolten raamlijsten naar binnen te kringelen. Opnieuw bonsde ze op de liftdeuren. Ze weigerden open te gaan. *Het wachtwoord!* dacht ze. *Strathmore heeft me het wachtwoord niet verteld!* Het kantoor vulde zich nu met siliciumrook. Hoestend en verslagen liet Susan zich tegen de lift zakken. Op nauwelijks een meter afstand draaide de ventilator. Ze lag versuft naar lucht te happen.
Ze sloot haar ogen, maar opnieuw werd ze gewekt door Davids stem. *Vlucht, Susan! Maak de deur open! Vlucht!* Ze deed haar ogen open in de verwachting zijn gezicht te zien, die felgroene ogen, die speelse glimlach. Maar ze zag de letters A tot en met Z. *Het wachtwoord...* Susan staarde naar de letters op het paneeltje. Ze had moeite haar blik scherp te stellen. Op het schermpje onder de toetsen wachtten vijf lege plekken om te worden ingevuld. *Een wachtwoord van vijf letters*, dacht ze. Ze wist meteen hoe groot het aantal mogelijkheden was: zesentwintig tot de macht vijf. 11.881.376 verschillende combinaties. Als ze er elke seconde een zou proberen, zou het haar negentien weken kosten...

Terwijl Susan Fletcher op de grond onder het toetsenpaneeltje naar adem lag te snakken, hoorde ze plotseling de smekende stem van de commandant weer. Hij riep haar. *Ik hou van je, Susan! Ik heb altijd van je gehouden! Susan! Susan! Susan...*
Ze wist dat hij dood was, maar zijn stem liet haar niet los. Ze hoorde steeds opnieuw haar naam.
Susan... Susan...

Toen, in een moment van huiveringwekkende helderheid, drong het tot haar door.
Zwak en bevend stak ze haar hand omhoog naar het paneeltje en typte ze het wachtwoord in.
S... U... S... A... N
Even later schoven de deuren open.

108

Strathmores lift daalde snel. Susan zoog de frisse lucht diep in haar longen. Versuft zocht ze steun bij de wand toen de lift vaart minderde en stilhield. Even later klikte er iets in het drijfwerk en zette de lift zich weer in beweging, deze keer in horizontale richting. Susan voelde hem versnellen toen hij zoemend aan zijn reis naar het hoofdgebouw van de NSA begon. Uiteindelijk kwam hij tot stilstand, en de deuren schoven open.
Hoestend struikelde Susan een donkere betonnen gang in. Het was een lage, smalle tunnel. Een dubbele gele lijn strekte zich voor haar uit. De lijn verdween in een leeg, donker gat.
De Ondergrondse Snelweg...
Ze schuifelde langs de muur een paar passen de tunnel in. Achter haar schoven de deuren van de lift dicht. Opnieuw bevond ze zich in een diepe duisternis.
Stilte.
Alleen een zacht gebrom in de muren.
Een gebrom dat harder werd.
Plotseling was het alsof de zon opging. Het zwart veranderde in een nevelig grijs. De muren van de tunnel begonnen vorm te krijgen. Ineens kwam er een klein voertùig om de hoek dat haar verblindde met zijn koplampen. Susan wankelde achteruit tegen de muur en schermde haar ogen af. Er was een luchtstroom en het voertuigje schoot voorbij.
Even later klonk er een oorverdovend gepiep van rubber op beton. Het gebrom kwam weer naderbij, deze keer vanaf de andere kant. Een paar seconden later hield het wagentje naast haar stil.

'Mevrouw Fletcher!' riep iemand verbijsterd uit.
Susan tuurde naar een vaag bekende gestalte achter het stuur van een elektrisch golfkarretje.
'Jezus,' bracht de man uit. 'Is alles goed met u? We dachten dat jullie dood waren!'
Susan staarde hem wezenloos aan.
'Chad Brinkerhoff,' stamelde hij, terwijl hij de geschokte cryptologe aandachtig aankeek. 'Persoonlijk medewerker van de directeur.'
Susan kon alleen maar een verbouwereerd gejammer uitbrengen. 'TRANSLTR...'
Brinkerhoff knikte. 'Laat maar. Stap in!'

De lichtbundel van de koplampen van het golfkarretje gleed langs de betonnen muren.
'De centrale databank heeft een virus,' flapte Brinkerhoff eruit.
'Dat weet ik,' hoorde Susan zichzelf fluisteren.
'U moet ons helpen.'
Susan vocht tegen haar tranen. 'Strathmore... Hij...'
'Dat weten we,' zei Brinkerhoff. 'Hij heeft Gauntlet uitgeschakeld.'
'Ja... en...' De woorden bleven in haar keel steken. *Hij heeft David vermoord!*
Brinkerhoff legde een hand op haar schouder. 'We zijn er bijna, mevrouw Fletcher. Een klein stukje nog.'

Het snelle golfkarretje sloeg een hoek om en kwam abrupt tot stilstand. Naast hen, loodrecht op de tunnel, was een vertakking naar een gang die flauw werd verlicht door rode lampjes in de vloer.
'Kom mee,' zei Brinkerhoff, en hij hielp haar uitstappen.
Hij ging haar voor de gang in. Susan liep verward achter hem aan. De betegelde gang helde steil naar beneden. Susan pakte de leuning vast en volgde Brinkerhoff. De lucht werd koeler. Ze daalden verder af.
Naarmate ze dieper kwamen, werd de gang smaller. Van ergens achter hen kwam de echo van voetstappen, een kloeke, doelbewuste tred. De voetstappen werden harder. Brinkerhoff en Susan bleven staan en keken om.

Er stapte een grote, zwarte man op hen af. Susan had hem nooit eerder gezien. Terwijl hij naderbij kwam, fixeerde hij haar met een doordringende blik.
'Wie is dit?' vroeg hij.
'Susan Fletcher,' antwoordde Brinkerhoff.
De enorme man trok zijn wenkbrauwen op. Zelfs beroet en doornat was Susan Fletcher aantrekkelijker dan hij had verwacht. 'En de commandant?' vroeg hij.
Brinkerhoff schudde zijn hoofd.
De man zei niets. Hij wendde zijn blik even af. Toen keerde hij zich weer naar Susan. 'Leland Fontaine,' zei hij, en hij stak zijn hand uit. 'Ik ben blij dat u ongedeerd bent.'
Susan staarde hem aan. Ze had altijd geweten dat ze op een dag de directeur zou ontmoeten, maar zo had ze zich die ontmoeting niet voorgesteld.
'Kom mee, mevrouw Fletcher,' zei Fontaine, en hij ging voorop. 'We hebben alle hulp nodig die we kunnen krijgen.'

Onder aan de tunnel, in de rode gloed, doemde een stalen wand op die hun de weg versperde. Fontaine liep erheen en toetste op een ingebouwd paneeltje een code in. Daarna legde hij zijn rechterhand tegen een kleine glasplaat. Er flitste een lamp. Even later denderde de zware wand naar links open.
Er was bij de NSA maar één ruimte heiliger dan Crypto, en Susan Fletcher had het gevoel dat ze die nu vanbinnen zou gaan zien.

109

Het commandocentrum van de centrale databank leek op een vluchtleidingscentrum van de NASA, maar dan op wat kleinere schaal. Er stonden een stuk of tien computerterminals tegenover een videoscherm van negen bij twaalf meter dat aan de achtermuur hing. Op het scherm wisselden getallen en grafieken elkaar in hoog tempo af, alsof iemand met de afstandsbediening van de tv zat te zappen. Enkele technici renden druk van terminal naar

terminal met lange slierten kettingpapier achter zich aan, en riepen bevelen. Het was een chaos.
Susan staarde om zich heen in de imponerende ruimte. Ze herinnerde zich vaag dat er tweehonderdvijftig ton aarde was uitgegraven om die te creëren. De ruimte lag vijfenzestig meter onder de grond, waar elektromagnetische-stralingswapens en kernexplosies geen schade konden aanrichten.
Achter een hoger geplaatste terminal midden in de zaal stond Jabba. Vanaf zijn verhoging brulde hij bevelen als een koning tegen zijn onderdanen. Op het scherm recht achter hem lichtte een boodschap op. Die boodschap was Susan maar al te bekend. De tekst, zo groot als op een reclamebord, hing onheilspellend boven Jabba's hoofd.

ALLEEN DE WAARHEID KAN JULLIE NOG REDDEN
VOER SLEUTEL IN ———

Alsof ze in een surrealistische nachtmerrie rondliep, volgde Susan Fontaine naar de verhoging. Haar wereld was een nevelig geheel, waar alles in slowmotion bewoog.
Jabba zag hen aankomen en draaide zich als een woedende stier naar hen om. 'Ik heb Gauntlet niet voor niets gebouwd!'
'Gauntlet is weg,' antwoordde Fontaine op kalme toon.
'Dat is oud nieuws, directeur,' snauwde Jabba. 'Ik lig nog steeds op mijn kont van de schokgolf! Waar is Strathmore?'
'Commandant Strathmore is dood.'
'Dan is er dus toch nog gerechtigheid.'
'Hou je in, Jabba,' gebood de directeur. 'Breng ons op de hoogte. Hoe ernstig is dit virus?'
Jabba keek de directeur een tijdje strak aan en barstte toen onverwacht in lachen uit. 'Een vírus?' Zijn ruwe lach weerklonk door het ondergrondse vertrek. 'Denkt u dat het een virus is?'
Fontaine bewaarde zijn zelfbeheersing. Jabba ging met zijn lompheid ver over de schreef, maar Fontaine wist dat dit niet het moment was om er iets aan te doen. Hier beneden stond Jabba boven God zelf. Computerproblemen hadden de neiging zich niets aan te trekken van de gebruikelijke hiërarchie.
'Is het géén virus?' riep Brinkerhoff hoopvol uit.
Jabba snoof laatdunkend. 'Virussen bevatten een code om zich-

zelf te dupliceren, mooie jongen! Dít niet!'
Susan stond bij de anderen, maar was niet in staat zich te concentreren.
'Wat is er dan aan de hand?' wilde Fontaine weten. 'Ik dacht dat we een virus hadden.'
Jabba ademde diep in en dempte zijn stem. 'Virussen...' zei hij, en hij wiste het zweet van zijn gezicht, 'virussen vermenigvuldigen zich. Ze maken klonen. Ze zijn ijdel en dom; binaire egotrippers. Ze planten zich sneller voort dan konijnen. Dat is hun zwakte. Je kunt ze kruisen totdat ze volkomen ongevaarlijk zijn, als je weet wat je doet. Helaas heeft dit programma geen ego, geen behoefte zich te vermenigvuldigen. Het is slim en geconcentreerd. Als het hier zijn doel heeft bereikt, zal het waarschijnlijk digitale zelfmoord plegen.' Jabba maakte een zwierig armgebaar naar de wirwar van gegevens op het enorme scherm. 'Dames en heren.' Hij zuchtte. 'Ik stel u voor aan de kamikazepiloot onder de computerplagen... de worm.'
'Een worm?' bromde Brinkerhoff. Het leek een nogal alledaagse benaming voor de verraderlijke insluiper.
'Een worm,' zei Jabba op ingehouden toon. 'Geen ingewikkelde structuur, alleen maar instinct: eten, schijten, kruipen. Meer niet. Eenvoud. Dodelijke eenvoud. Hij doet waarvoor hij is geprogrammeerd en vertrekt dan weer.'
Fontaine keek Jabba streng aan. 'En waarvoor is deze worm geprogrammeerd?'
'Geen idee,' antwoordde Jabba. 'Op dit moment verspreidt hij zich en hecht hij zich aan al onze geheime gegevens. Daarna zou hij van alles kunnen doen. Hij kan besluiten alle bestanden te wissen, maar hij kan ook besluiten lachebekjes op bepaalde documenten van het Witte Huis af te drukken.'
Fontaines stem bleef kalm en beheerst. 'Kun je hem tegenhouden?'
Jabba slaakte een diepe zucht en keek naar het scherm. 'Ook dat weet ik niet. Het hangt er helemaal van af hoe boos de maker is.' Hij wees naar de boodschap op de wand. 'Zou iemand me willen vertellen wat dát in godsnaam betekent?'

ALLEEN DE WAARHEID KAN JULLIE NOG REDDEN
VOER SLEUTEL IN ———

Jabba wachtte op een antwoord, maar kreeg er geen. 'Het lijkt erop dat iemand ons moet hebben, directeur. Chantage. Dit lijkt me duidelijk een poging tot afpersing.'
Susans stem was fluisterend, leeg en hol. 'Het is... Ensei Tankado.'
Jabba keerde zich naar haar toe. Hij keek haar even strak en met grote ogen aan. 'Tankádo?'
Susan knikte flauw. 'Hij wilde onze bekentenis... over TRANSLTR... maar het heeft hem zijn...'
'Bekentenis?' Brinkerhoff viel haar met een verbluft gezicht in de rede. 'Wil Tankado dat we bekennen dat we TRANSLTR hebben? Daar lijkt het me een beetje laat voor!'
Susan deed haar mond open om iets te zeggen, maar Jabba was haar voor. 'Zo te zien heeft Tankado een stopcode,' zei hij, en hij keek op naar de boodschap op het scherm.
Iedereen draaide zich om.
'Een stopcode?' vroeg Brinkerhoff.
Jabba knikte. 'Ja. Een sleutel, een soort wachtwoord, waarmee de worm tot staan wordt gebracht. Eenvoudig gezegd: als we toegeven dat we TRANSLTR hebben, geeft Tankado ons een stopcode. Die toetsen we in en de databank is gered. Welkom in de wereld van de digitale afpersing.'
Fontaine stond onbewogen, als een rots in de branding. 'Hoeveel tijd hebben we nog?'
'Ongeveer een uur,' zei Jabba. 'Net lang genoeg om een persconferentie te beleggen en ons hart uit te storten.'
'Je aanbeveling,' verlangde Fontaine. 'Wat stel je voor dat we doen?'
'Een áánbeveling?' riep Jabba ongelovig uit. 'Wilt u een aanbeveling? Dan zal ik u een aanbeveling geven! Ophouden de kluit te belazeren, dát is mijn aanbeveling!'
'Kalm aan,' zei de directeur waarschuwend.
'Directeur,' sputterde Jabba. 'Op dit moment heeft Ensei Tankado deze databank in handen! Geef hem wat hij wil, wat het ook is. Als hij wil dat de wereld op de hoogte wordt gebracht over TRANSLTR, bel CNN dan en ga met de billen bloot. TRANSLTR is nu toch alleen nog maar een gat in de grond. Wat maakt het in jezusnaam nog uit?'
Er viel een stilte. Fontaine leek zijn opties te overwegen. Susan

wilde iets zeggen, maar weer was Jabba haar te snel af.
'Waar wacht u op, directeur? Zorg dat u Tankado aan de telefoon krijgt! Vertel hem dat u akkoord gaat! We hebben die stopcode nodig, anders is het hier afgelopen!'
Niemand verroerde zich.
'Zijn jullie allemaal gek geworden?' schreeuwde Jabba. 'Bel Tankado! Zeg hem dat we toegeven! Zorg dat we aan die stopcode komen! Nu!' Jabba rukte zijn mobieltje te voorschijn en schakelde het in. 'Laat maar! Geef me zijn nummer! Ik bel die lul zelf wel!'
'Doe maar geen moeite,' fluisterde Susan. 'Tankado is dood.'
Na een ogenblik van verbluft zwijgen, werd Jabba als door een mokerslag getroffen door de betekenis hiervan. De gigantische systeembeveiliger leek ineen te schrompelen. 'Dóód? Maar dan... Dat betekent... Dan kunnen we hem niet...'
'Dat betekent dat we een nieuw plan moeten verzinnen,' zei Fontaine zakelijk.
Jabba's blik was nog glazig van de schok toen iemand achter in het vertrek opgewonden begon te schreeuwen.
'Jabba! Jabba!'
Het was Soshi Kuta, zijn eerste technicus. Ze kwam naar de verhoging rennen en sleepte een lange uitdraai achter zich aan. Zo te zien was ze zeer geschrokken.
'Jabba!' bracht ze uit. 'De worm... Ik heb net ontdekt waarvoor die is geprogrammeerd!' Soshi duwde Jabba het papier in zijn handen. 'Dit heb ik uit een analyse van de systeemactiviteit! We hebben de opdrachten van de worm geïsoleerd. Kijk eens naar de programmacode! Kijk wat hij van plan is!'
Perplex las het hoofd Systeembeveiliging de uitdraai. Toen greep hij de leuning om zijn evenwicht te bewaren.
'O, jezus,' bracht Jabba hijgend uit. 'Tankado... smeerlap dat je d'r bent!'

110

Jabba staarde wezenloos naar de uitdraai die Soshi hem net had gegeven. Hij zag bleek en veegde met zijn mouw langs zijn voorhoofd. 'Directeur, we hebben geen keus. We moeten de stroomtoevoer naar de databank onderbreken.'

'Onaanvaardbaar,' antwoordde Fontaine. 'De resultaten zouden rampzalig zijn.'

Jabba wist dat de directeur gelijk had. Er waren over de hele wereld meer dan drieduizend ISDN-verbindingen met de databank van de NSA. Elke dag raadpleegden legerleiders de meest recente satellietfoto's van vijandelijke manoeuvres. Technici van Lockheed haalden deelschema's van nieuwe wapensystemen binnen. Agenten van inlichtingendiensten die een opdracht moesten uitvoeren, konden daar gegevens over vinden. De databank van de NSA was de ruggengraat van de werkzaamheden van ontelbare Amerikaanse overheidsdiensten. Hem zonder waarschuwing uitschakelen zou leiden tot levensgevaarlijke situaties, doordat wereldwijd de toegang tot de informatie zou worden geblokkeerd.

'Ik ben me bewust van de implicaties, meneer,' zei Jabba, 'maar we hebben geen keus.'

'Verklaar je nader,' gelastte Fontaine hem. Hij wierp een snelle blik op Susan, die naast hem op de verhoging stond. Ze leek mijlenver weg.

Jabba ademde diep in en veegde weer over zijn voorhoofd. Aan zijn gezicht kon het groepje op de verhoging zien dat hij niets aangenaams te melden had.

'Deze worm,' begon Jabba. 'Deze worm is geen ordinair sloopprogramma. Het is een selectief programma. Met andere woorden, het is een worm met smaak.'

Brinkerhoff deed zijn mond open om iets te zeggen, maar Fontaine legde hem met een handgebaar het zwijgen op.

'De meeste destructieve programma's wissen alle gegevens uit een databank,' vervolgde Jabba, 'maar dit werkt ingewikkelder. Dit wist alleen de bestanden die aan bepaalde voorwaarden voldoen.'

'Bedoel je dat het niet de héle databank aanvalt?' vroeg Brinkerhoff hoopvol. 'Dat is toch juist góéd?'

'Nee!' riep Jabba uit. 'Het is slecht! Het is verdómde slecht!'
'Kalmeer een beetje!' gebood Fontaine hem. 'Waar zoekt die worm naar? Militaire gegevens? Geheime operaties?'
Jabba schudde zijn hoofd. Hij liet zijn blik even naar Susan dwalen, die nog steeds afwezig was, en keek de directeur toen aan. 'Meneer, zoals u weet, moet iedereen die van buiten toegang wil krijgen tot de databank een aantal beveiligingsstappen doorlopen voordat hij wordt toegelaten.'
Fontaine knikte. De procedure om toegang te krijgen tot de databank was knap ontworpen. Bevoegde personen konden via internet inbellen. Afhankelijk van hun toegangscode konden ze een bepaald deel van de gegevens bekijken.
'Doordat we aan het internet hangen,' legde Jabba uit, 'zwermen er vierentwintig uur per dag hackers, vreemde mogendheden en aasgieren van de EFF rond deze databank, om te proberen in te breken.'
'Ja,' zei Fontaine, 'en onze beveiligingsfilters houden ze vierentwintig uur per dag buiten de deur. Waar wil je heen?'
Jabba keek naar de uitdraai. 'Naar het volgende. Tankado's worm is niet op onze data gericht.' Hij schraapte zijn keel. 'Maar op onze beveiligingsfilters.'
Fontaine verbleekte. Blijkbaar begreep hij wat dat betekende: deze worm was gericht tegen de filters die ervoor zorgden dat de gegevens in de databank van de NSA vertrouwelijk bleven. Zonder filters zou alle informatie in de databank voor iedereen van buiten toegankelijk zijn.
'We moeten de databank uitschakelen,' herhaalde Jabba. 'Over ongeveer een uur kan elke scholier met een modem over werkelijk álle informatie beschikken die we in huis hebben.'
Fontaine bleef enige tijd zwijgen.
Jabba wachtte ongeduldig af en wendde zich ten slotte tot Soshi. 'Soshi! VW! Nú!'
Soshi rende weg.
Jabba maakte vaak gebruik van VW. Meestal stonden die letters voor Volkswagen, maar bij de NSA betekenden ze visuele weergave. In een wereld van technici en politici die allemaal een verschillend niveau van technische kennis hadden, was een grafische weergave vaak de enige manier om iets duidelijk te maken. Een scherp dalende grafiek bracht meestal tienmaal zoveel reac-

tie teweeg als rijen en rijen getalletjes. Jabba wist dat een VW van de huidige crisis de zaken onmiddellijk zou verduidelijken.
'VW' riep Soshi, die bij een terminal achter in de zaal stond.
Er verscheen een diagram op de videowand vóór hen. Susan keek afwezig op, in gedachten ver van alle opwinding om haar heen.
Iedereen in het vertrek volgde Jabba's blik naar het scherm.
De schematische voorstelling leek op een schietschijf. In het midden bevond zich een rode cirkel waar DATA in stond. Eromheen waren vijf concentrische cirkels van verschillende dikte en kleur getekend. De buitenste cirkel was vervaagd, bijna transparant.
'Onze afweer bestaat uit vijf lagen,' legde Jabba uit. 'Om te beginnen een *bastion host*, twee sets packet filters, één voor FTP en één voor X-11, poortblokkeringen, en ten slotte een op PEM gebaseerd inlogscherm dat rechtstreeks afkomstig is van het Truffleproject. Het buitenste schild, dat dunner wordt, stelt de bedreigde host voor. Die is bijna verdwenen. Binnen een uur zullen de andere vier schilden volgen. Daarna kan de hele wereld naar binnen. Elke byte van onze data wordt dan openbaar.'
Fontaine keek met smeulende blik naar de VW.
Brinkerhoff vroeg met een klein stemmetje: 'Dus deze worm kan onze databank openbaar maken?'
'Dat is kinderspel voor Tankado,' zei Jabba kortaf. 'Gauntlet was onze bescherming. Strathmore heeft het verknald.'
'Dit is een oorlogsverklaring,' fluisterde Fontaine. Zijn stem klonk scherp.
Jabba schudde zijn hoofd. 'Ik betwijfel echt of Tankado ooit de bedoeling heeft gehad het zo ver te laten komen. Ik vermoed dat hij verwachtte er nog te zijn om dit te voorkomen.'
Fontaine keek op naar het scherm en zag de eerste van de vijf schilden volledig verdwijnen.
'De bastion host is er geweest!' riep een technicus van achter in het vertrek. 'Het tweede schild ligt onder vuur!'
'We moeten beginnen met afsluiten,' drong Jabba aan. 'Zo te zien aan de VW hebben we nog ongeveer drie kwartier. De databank uitschakelen is een complex proces.'
Dat was waar. De databank van de NSA was zodanig geconstrueerd dat hij nooit zonder stroom zou komen te zitten, noch per ongeluk, noch als gevolg van een aanval. In pantserstalen be-

huizingen diep onder de grond lagen noodcircuits voor telefoon en stroom, en afgezien van de voedingsleidingen van binnen het NSA-complex, was de databank ook aangesloten op diverse noodvoorzieningen vanuit openbare netten. Hij kon alleen van al die voorzieningen worden afgesloten door een ingewikkelde reeks bevestigingen en protocollen te doorlopen. Het was aanzienlijk gecompliceerder dan de doorsnee lancering van een raket vanaf een atoomonderzeeër.

'We hebben nog tijd genoeg,' zei Jabba, 'als we opschieten. Handmatige uitschakeling zou ongeveer een halfuur kosten.'

Fontaine stond nog steeds naar de VW te kijken, en kennelijk te overwegen wat hem te doen stond.

'Directeur!' barstte Jabba uit. 'Als die *firewalls* weg zijn, kan elke computergebruiker ter wereld de meest geheime informatie bekijken! En dan heb ik het echt over het hoogste niveau! Gegevens over geheime operaties! Agenten van inlichtingendiensten die in het buitenland zitten! Namen en verblijfplaatsen van iedereen die getuigenbescherming geniet! Lanceercodes! We moeten hem uitschakelen! Nu meteen!'

De directeur leek onbewogen. 'Er moet een andere manier zijn.'

'Ja,' blafte Jabba, 'die is er ook! De stopcode! Maar de enige die hem kent, is toevallig dood!'

'En als we brute kracht inzetten?' riep Brinkerhoff uit. 'Kunnen we de stopcode niet raden?'

Jabba hief zijn handen ten hemel. 'Jezus christus! Stopcodes zijn volkomen willekeurig, net als codeersleutels. Die kun je niet raden! Als jij denkt dat je in de komende drie kwartier zeshonderd biljoen tekens kunt intikken, ga dan vooral je gang!'

'De stopcode is in Spanje,' bracht Susan met zachte stem te berde.

Iedereen op de verhoging draaide zich om. Het was het eerste wat ze in lange tijd had gezegd.

Susan keek met vochtige ogen op. 'Tankado heeft hem weggegeven toen hij stierf.'

Iedereen keek verbaasd.

'De sleutel...' Susan huiverde. 'Commandant Strathmore heeft iemand gestuurd om die te bemachtigen.'

'En?' vroeg Jabba. 'Heeft Strathmores man hem gevónden?'

Susan probeerde haar tranen terug te dringen, maar ze begonnen toch te stromen. 'Ja,' zei ze met verstikte stem. 'Ik denk het wel.'

III

Er schalde een oorverdovende kreet door het commandocentrum. 'Hackers!' Het was Soshi.

Jabba draaide zich snel naar de vw. Buiten de concentrische cirkels waren twee dunne lijntjes verschenen. Ze zagen eruit als spermatozoïden die een weerbarstig ei probeerden binnen te dringen.

'Ze ruiken bloed, mensen!' Jabba wendde zich weer tot de directeur. 'Ik wil een beslissing hebben. We gaan nu beginnen met uitschakelen, anders halen we het niet meer. Zo gauw deze twee indringers zien dat de bastion host is verdwenen, laten ze een oorlogskreet horen en komen er meer.'

Fontaine gaf geen antwoord. Hij was diep in gedachten. Wat Susan Fletcher had verteld over de sleutel in Spanje, leek hem veelbelovend. Hij wierp een blik op Susan, die achter in de zaal zat. Ze had zich in een stoel laten vallen en leek in een andere wereld te zijn; haar hoofd rustte in haar handen. Fontaine wist niet precies wat deze reactie teweeg had gebracht, maar wat het ook was, hij had er nu geen tijd voor.

'Ik wil een beslissing hebben!' herhaalde Jabba. 'Nu!'

Fontaine keek op. Hij sprak kalm. 'Goed, je krijgt er een. We schakelen de databank níét uit. We wachten af.'

Jabba's mond viel open. 'Wát? Maar dat is...'

'Een gok,' zei Fontaine, die hem in de rede viel. 'Een gok die misschien gunstig uitpakt.' Hij pakte Jabba's mobieltje en toetste een nummer in. 'Midge,' zei hij. 'Leland Fontaine hier. Luister goed...'

112

'Ik hoop dat u weet wat u doet, directeur,' siste Jabba. 'We zijn bijna op het punt dat we niet meer kúnnen uitschakelen.'
Fontaine reageerde niet.
Precies op dat moment ging de deur achter in het commandocentrum open en kwam Midge binnenrennen. Ze holde hijgend naar de verhoging. 'Directeur! De centrale schakelt het op dit moment door!'
Fontaine keerde zich verwachtingsvol naar het scherm op de muur. Vijftien seconden later verscheen er iets.
Het beeld was sneeuwachtig en stilstaand, maar werd geleidelijk scherper. Het was QuickTime-video, een digitale uitzending met slechts vijf beeldjes per seconde. Er waren twee mannen zichtbaar. De een was bleek en had een kaalgeschoren hoofd, en de ander was blond en op en top Amerikaans. Ze zaten voor de camera als twee nieuwslezers die wachtten tot de uitzending begon.
'Wat moet dit voorstellen?' wilde Jabba weten.
'Wacht maar af,' antwoordde Fontaine.
De mannen leken in een of ander busje te zitten. Overal om hen heen hingen snoeren. Krakend kwam de geluidsverbinding tot stand. Plotseling was er achtergrondgeruis.
'We hebben inkomend geluid,' riep een technicus van achter hen. 'Over vijf seconden kunnen zij ons ook horen.'
'Wie zijn dat?' vroeg Brinkerhoff ongerust.
'Mijn alziende ogen,' antwoordde Fontaine, terwijl hij opkeek naar de twee mannen die hij naar Spanje had gestuurd. Het was een noodzakelijke voorzorgsmaatregel geweest. Fontaine had in bijna elk aspect van Strathmores plan vertrouwen gehad: de betreurenswaardige maar onvermijdelijke eliminatie van Ensei Tankado, het achterdeurtje in Digitale Vesting, het zat allemaal goed in elkaar. Maar er was één ding dat Fontaine nerveus maakte: het inzetten van Hulohot. Hulohot was vakkundig, maar hij was een huurling. Was hij te vertrouwen? Zou hij de sleutel niet voor zichzelf houden? Fontaine wilde dat Hulohot in de gaten werd gehouden, voor het geval dát, en daar had hij voor gezorgd.

113

'Geen denken aan!' riep de man met het geschoren hoofd in de camera. 'We hebben onze orders! We brengen rechtstreeks verslag uit aan directeur Leland Fontaine en aan niemand anders!'
Fontaine keek licht geamuseerd. 'Jullie hebben geen idee wie ik ben, hè?'
'Dat maakt eigenlijk weinig uit, hè?' merkte de blonde vinnig op.
'Laat me iets uitleggen,' zei Fontaine. 'Laat me nu meteen even iets uitleggen.'
Een paar seconden later vertelden de mannen, inmiddels rood aangelopen, gewillig aan de directeur van de NSA wie ze waren.
'D-directeur,' stamelde de blonde, 'ik ben Coliander. Dit is Smith.'
'Mooi,' zei Fontaine. 'Breng ons op de hoogte.'

Achter in de zaal zat Susan Fletcher, en ze vocht tegen de verstikkende eenzaamheid die haar aan alle kanten omsloot. Met gesloten ogen en tuitende oren zat ze te huilen. Haar lichaam was gevoelloos. De herrie in het commandocentrum was vervaagd tot een dof gemurmel.
Het groepje op de verhoging hoorde onrustig toe hoe agent Smith aan zijn verslag begon.
'In opdracht van u, directeur,' begon Smith, 'hebben we hier in Sevilla twee dagen lang meneer Ensei Tankado gevolgd.'
'Vertel me over de moord,' zei Fontaine ongeduldig.
Smith knikte. 'Die hebben we vanuit het busje op ongeveer vijftig meter afstand geobserveerd. De moord verliep zonder problemen. Hulohot was duidelijk een vakman. Maar daarna ging het mis. Er kwamen mensen aan. Hulohot heeft het voorwerp niet kunnen bemachtigen.'
Fontaine knikte. De agenten hadden contact met hem opgenomen in Zuid-Amerika en hem verteld dat er iets verkeerd was gegaan, dus had Fontaine zijn reis onderbroken.
Coliander nam het over. 'We hebben Hulohot gevolgd, zoals u ons had opgedragen. Maar hij is nooit naar het lijkenhuis gegaan. In plaats daarvan heeft hij het spoor opgepikt van een an-

dere man. Zag eruit als een privé-detective. Jasje en dasje.'
'Een privé-detective?' mijmerde Fontaine. Dat leek hem typisch iets voor Strathmore, om zo verstandig te zijn de NSA erbuiten te laten.
'De FTP-filters worden zwakker!' riep een technicus.
'We hebben het voorwerp nodig,' zei Fontaine met nadruk. 'Waar is Hulohot nu?'
Smith keek over zijn schouder. 'Nou, eh... bij ons, meneer.'
Fontaine blies zijn adem uit. 'Waar dan?' Dit was het beste nieuws dat hij vandaag had gehoord.
Smith stak zijn hand uit naar de camera om die te verstellen. Het beeld zwaaide door het busje naar twee roerloze gestalten die slap tegen de achtermuur lagen. De ene was een grote man met een verbogen metalen brilmontuur. De andere was jong, had een bos donker haar en een bloedvlek op zijn overhemd.
'Hulohot is die aan de linkerkant,' meldde Smith.
'Is hij dood?' vroeg de directeur.
'Ja, meneer.'
Fontaine wist dat er later tijd zou zijn om naar een nadere uitleg te vragen. Hij keek even naar de dunner wordende schilden. 'Smith,' zei hij langzaam en duidelijk. 'Het voorwerp. Ik heb het nodig.'
Smith keek schaapachtig. 'Meneer, we hebben nog steeds geen flauw idee wat het voorwerp kan zijn. Dat moeten we echt weten.'

114

'Zoek dan nog een keer!' verordende Fontaine.
De directeur keek verontrust naar het schokkerige beeld van de agenten die de twee slappe lichamen tevergeefs afzochten op een lijst van willekeurige getallen en letters.
Jabba was bleek. 'O, god, ze kunnen het niet vinden. We zijn er geweest!'
'De FTP-filters zijn weg!' riep een stem. 'Het derde schild ligt bloot!' Er was een nieuwe opleving van activiteit.

Op het beeldscherm stak de agent met het kaalgeschoren hoofd verslagen zijn handen op. 'Meneer, de sleutel is hier niet. We hebben op beide mannen gezocht. In hun zakken. Hun kleding. Portefeuilles. Geen spoor van te vinden. Hulohot had een Monocle-computer bij zich, en die hebben we ook doorzocht. Het ziet er niet naar uit dat hij ooit iets heeft verzonden wat ook maar in de verste verte op een reeks willekeurige tekens lijkt; alleen een lijst van mensen die hij heeft vermoord.'

'Verdómme!' zei Fontaine, die plotseling zijn kalmte verloor. 'Het moet er zijn! Blijf zoeken!'

Jabba had blijkbaar genoeg gezien: Fontaine had gegokt en verloren. Jabba nam het roer over. De enorme systeembeveiliger daalde af van zijn kansel als een storm die van een berg komt rollen. Hij struinde tussen zijn legertje programmeurs door en riep bevelen. 'Sluit de hulpsystemen af! Begin de uitschakelprocedure! Nu meteen!'

'We halen het nooit!' riep Soshi. 'We hebben een halfuur nodig! Tegen de tijd dat we klaar zijn, is het te laat!'

Jabba deed zijn mond open om antwoord te geven, maar hij werd onderbroken door een gekwelde kreet die van achter in de zaal kwam.

Iedereen draaide zich om. Als een geestverschijning verhief Susan Fletcher zich uit haar stoel achter in het vertrek. Met een bleek gezicht staarde ze naar het stilstaande beeld van David Becker, die bewegingloos en bebloed op de vloer van het busje lag.

'Jullie hebben hem vermoord!' gilde ze. 'Jullie hebben hem vermoord!' Ze wankelde naar het beeld en stak haar handen uit. 'David...'

Iedereen keek verbaasd op. Susan liep roepend naar voren, zonder haar blik ook maar een ogenblik af te wenden van Davids beeld. 'David,' bracht ze hijgend uit, terwijl ze verder strompelde. 'O, David... Hoe hebben ze dat kunnen...'

Fontaine begreep er niets meer van. 'Kent u deze man?'

Susan slingerde onvast langs de verhoging. Ze bleef op een meter van het enorme beeldscherm staan en staarde verbijsterd en versuft omhoog, steeds opnieuw roepend naar de man van wie ze hield.

115

David Beckers hoofd was volkomen leeg. *Ik ben dood.* Maar toch was er een geluid. Een stem in de verte...

'David.'

Hij had een brandend gevoel onder zijn arm, dat hem duizelig maakte. Zijn bloed voelde aan als vuur. *Mijn lichaam is niet van mij.* En toch was er die stem, die hem riep. Zwak, ver weg. Maar een deel van hem. Er waren ook andere stemmen, onbekend, onbelangrijk. Ze riepen. Hij spande zich in ze niet te horen. Er was maar één stem die belangrijk was. Die werd harder en zachter.

'David... Het spijt me...'

Er waren lichtvlekken. In het begin zwak, een enkel streepje grijs. Ze groeiden aan. Becker probeerde zich te bewegen. Pijn. Hij probeerde te praten. Stilte. De stem bleef roepen.

Er was iemand bij hem, iemand tilde hem op. Becker bewoog zich in de richting van de stem. Of werd hij bewogen? De stem riep. Hij tuurde afwezig naar het heldere beeld. Hij zag haar op een klein beeldscherm. Het was een vrouw, die uit een andere wereld naar hem omhoogstaarde. *Kijkt ze hoe ik sterf?*

'David...'

De stem was bekend. Ze was een engel. Ze was voor hem gekomen. De engel sprak. 'David, ik hou van je.'

Plotseling was het hem duidelijk.

Susan stak haar armen uit naar het scherm. Ze huilde en lachte tegelijk, en werd meegevoerd op een stroom van emoties. 'David, ik... ik dacht...'

Agent Smith liet David Becker voorzichtig in de stoel tegenover de monitor zakken. 'Hij is een beetje suffig, mevrouw. Geef hem een minuutje om bij te komen.'

'M-maar,' stamelde Susan, 'ik heb een bericht gezien. Er stond...'

Smith knikte. 'Wij hebben het ook gezien. Hulohot heeft de huid verkocht voordat hij de beer had geschoten.'

'Maar het bloed...'

'Een vleeswond,' antwoordde Smith. 'We hebben er een gaasje op gelegd.'

Susan kon geen woord uitbrengen.

Agent Coliander zei buiten beeld: 'We hebben hem met de nieuwe J23, een langdurig werkend verdovingspistool, uitgeschakeld. Het zal wel flink pijn hebben gedaan, maar we moesten hem van de straat zien te krijgen.'
'Maakt u zich geen zorgen, mevrouw,' zei Smith geruststellend. 'Het komt weer helemaal goed met hem.'
David Becker staarde naar het tv-scherm waar hij voor zat. Hij was gedesoriënteerd en voelde zich licht in zijn hoofd. Op het scherm zag hij een zaal, een zaal vol chaos. Susan was daar. Ze stond op een open stukje vloer en keek naar hem op.
Ze lachte en huilde tegelijk. 'David. Goddank! Ik dacht dat ik je kwijt was!'
Hij wreef over zijn slaap. Hij schoof wat rechter voor het scherm en trok de microfoon aan de zwanenhals naar zijn mond. 'Susan?'
Susan keek vol verwondering op. Davids sterke trekken vulden nu de hele muur vóór haar. Zijn stem dreunde.
'Susan, ik moet je iets vragen.' De resonantie en het volume van Beckers stem leken de activiteit in het commandocentrum even te bevriezen. Iedereen hield op met zijn of haar bezigheden en draaide zich om.
'Susan Fletcher,' galmde de stem, 'wil je met me trouwen?'
Er daalde een stilte neer over de zaal. Een klembord viel kletterend op de grond, gevolgd door een beker met potloden. Niemand bukte om ze op te rapen. Er klonk alleen het zachte gezoem van de ventilatoren in de terminals en het geluid van David Beckers regelmatige ademhaling in zijn microfoon.
'D-David...' stamelde Susan, zich er niet van bewust dat er zevenendertig mensen vol spanning achter haar stonden te wachten. 'Dat heb je me al gevraagd, weet je nog? Vijf maanden geleden. Ik heb ja gezegd.'
'Dat weet ik.' Hij glimlachte. 'Maar deze keer' – hij stak zijn linkerhand uit naar de camera en liet een gouden ring om zijn vinger zien – 'deze keer heb ik een ring.'

116

'Lees voor, meneer Becker!' gebood Fontaine.

Jabba zat zwetend met zijn handen boven zijn toetsenbord. 'Ja,' zei hij, 'lees die verdomde inscriptie voor!'

Susan stond trillend op haar benen en stralend van blijdschap bij hen. Iedereen in de zaal had zijn of haar activiteiten gestaakt en staarde omhoog naar het enorme beeld van David Becker. De hoogleraar draaide de ring in zijn vingers rond en bestudeerde de gravering.

'En lees zorgvúldig!' commandeerde Jabba. 'Eén tikfout en we zijn er geweest!'

Fontaine wierp Jabba een strenge blik toe. Als er één ding was waar de directeur van de NSA verstand van had, dan was het van situaties waarin iedereen onder spanning stond. Het was nooit verstandig dan nog extra druk op de ketel te zetten. 'Rustig aan maar, meneer Becker. Als we een vergissing maken, toetsen we de code gewoon nog een keer in, totdat we hem goed hebben.'

'Een slechte raad, meneer Becker,' gromde Jabba. 'Zorg dat hij de eerste keer goed is. Stopcodes hebben meestal een strafbepaling, om te voorkomen dat mensen gaan gissen. Als we hem verkeerd intikken, zal de cyclus waarschijnlijk worden versneld. Als we twéémaal een tikfout maken, worden we definitief buitengesloten. Over en uit.'

De directeur fronste zijn wenkbrauwen en wendde zich weer naar het scherm. 'Meneer Becker? Ik vergiste me. Lees zorgvuldig... uiterst zorgvuldig.'

Becker knikte en bekeek de ring aandachtig. Toen begon hij kalm letter voor letter de inscriptie op te lezen. 'Q... U... I... S... spatie... C...'

Jabba en Susan onderbraken hem in koor. 'Spátie?' Jabba hield op met typen. 'Staat er een spátie?'

Becker keek naar de ring en haalde zijn schouders op. 'Ja. Daar zijn er een heel stel van.'

'Ontgaat me iets?' vroeg Fontaine. 'Waar wachten we op?'

'Meneer,' zei Susan, duidelijk verbaasd. 'Het is... het is alleen...'

'Dat vind ik ook,' zei Jabba. 'Het is vreemd. Wachtwoorden hebben nooit spaties.'

Brinkerhoff slikte. 'Wat bedoel je daarmee?'
'Hij bedoelt,' zei Susan, 'dat dit misschien geen stopcode is.'
Brinkerhoff riep uit: 'Natuurlijk is het de stopcode! Wat kan het anders zijn? Waarom zou Tankado hem anders hebben weggegeven? Wie laat er nou een zootje willekeurige letters in een ring graveren?'
Fontaine legde Brinkerhoff met een scherpe blik het zwijgen op.
'Eh... mensen?' merkte Becker op. Hij leek zich er met tegenzin in te mengen. 'Jullie hebben het steeds over willekeurige letters. Ik denk dat jullie moeten weten... dat de letters op deze ring níét willekeurig zijn.'
Iedereen op de verhoging riep in koor uit: 'Wat?'
Becker keek slecht op zijn gemak. 'Het spijt me, maar er staan hier duidelijk woorden. Ik geef toe dat ze nogal dicht bij elkaar zijn gegraveerd, en in eerste instantie willekeurig lijken, maar als je er goed naar kijkt, zie je dat de inscriptie in werkelijkheid... eh... Latíjn is.'
Jabba's mond viel open. 'Je houdt me voor de gek!'
Becker schudde zijn hoofd. 'Nee. Er staat: *Quis custodiet ipsos custodes*. Dat betekent zo ongeveer...'
'Wie bewaakt de bewakers!' vulde Susan aan.
Becker reageerde verbaasd. 'Susan, ik wist niet dat jij...'
'Het komt uit de satiren van Juvenalis,' riep ze uit. 'Wie bewaakt de bewakers? Wie bewaakt de NSA terwijl wij de wereld bewaken? Het was Tankado's favoriete spreuk!'
'Maar is dit nou de sleutel of niet?' wilde Midge weten.
'Het móét de sleutel zijn,' verklaarde Brinkerhoff.
Fontaine zweeg en liet blijkbaar de nieuwe informatie tot zich doordringen.
'Ik weet niet of het de sleutel is,' zei Jabba. 'Het lijkt me onwaarschijnlijk dat Tankado een niet-willekeurige reeks zou gebruiken.'
'Laat gewoon de spaties weg,' riep Brinkerhoff, 'en tik die verdomde code in!'
Fontaine wendde zich tot Susan. 'Wat vindt ú ervan, mevrouw Fletcher?'
Ze dacht even na. Ze kon de vinger er niet precies op leggen, maar ze had het gevoel dat er iets niet klopte. Ze had Tankado goed genoeg gekend om te weten dat hij dol was op eenvoud.

Zijn argumentatie en zijn programma's waren altijd kristalhelder en eenduidig. Het feit dat de spaties weggelaten moesten worden, kwam haar vreemd voor. Het was een detail, maar het was wel een tekortkoming, het was niet helemaal perfect, niet wat Susan zou verwachten als Ensei Tankado's laatste meesterzet.
'Het voelt niet goed,' zei Susan uiteindelijk. 'Ik denk niet dat het de sleutel is.'
Fontaine zoog zijn adem naar binnen en keek haar met zijn donkere ogen doordringend aan. 'Mevrouw Fletcher, als dit niet de sleutel is, waarom denkt u dan dat Ensei Tankado hem heeft weggegeven? Als hij wist dat hij door ons werd vermoord, zou hij dan niet hebben gezorgd dat de ring verdween om ons af te straffen?'
Een nieuwe stem mengde zich in het gesprek. 'Eh... directeur?'
Alle blikken gingen naar het scherm. Het was agent Smith in Sevilla. Hij stond over Beckers schouder gebogen en sprak in de microfoon. 'Ik weet niet of het ertoe doet, maar ik ben er niet zo zeker van dat meneer Tankado wíst dat hij werd vermoord.'
'Pardon?' vroeg Fontaine.
'Hulohot was een vakman, meneer. Wij hebben de moord gezien, van maar vijftig meter afstand. Alles wijst erop dat Tankado het niet besefte.'
'Alles?' vroeg Brinkerhoff. 'Hoezo, alles? Tankado heeft de ring weggegeven. Dat zegt toch genoeg!'
Fontaine onderbrak hem. 'Smith, waarom denkt u dat Ensei Tankado niet besefte dat hij vermoord werd?'
Smith schraapte zijn keel. 'Hulohot heeft hem met een NTB gedood, een *noninvasive trauma bullet*. Dat is een rubberen kogel die plat slaat als hij de borst raakt. Geluidloos. Zonder dat er bloed vloeit. Meneer Tankado zal alleen een plotselinge dreun hebben gevoeld, voordat hij een hartstilstand kreeg.'
'Een rubberkogel,' mijmerde Becker. 'Dat verklaart de bloeduitstorting.'
'Het is onwaarschijnlijk dat Tankado bij dat gevoel aan iemand met een vuurwapen heeft gedacht,' vervolgde Smith.
'En toch heeft hij zijn ring weggegeven,' merkte Fontaine op.
'Dat is waar, meneer. Maar hij keek niet om zich heen of hij zijn moordenaar zag. Iemand die wordt neergeschoten, doet dat altijd. Instinctief.'

Fontaine keek verbaasd. 'En u beweert dat Tankado niet naar Hulohot zocht?'
'Nee, meneer. We hebben het gefilmd, dus als u het wilt...'
'Het X-11-filter begeeft het bijna!' riep een technicus. 'De worm is halverwege!'
'Laat die film maar zitten,' zei Brinkerhoff. 'Tik die verdomde stopcode nou maar in, dan hebben we het gehad!'
Jabba, die plotseling de kalmte zelf was, zuchtte. 'Directeur, als we de verkeerde code intoetsen...'
'Ja,' vulde Susan aan, 'als Tankado niet vermoedde dat wij achter zijn dood zaten, zijn er nog wat vragen die beantwoord moeten worden.'
'Hoeveel tijd hebben we nog, Jabba?' vroeg Fontaine.
Jabba keek op naar de VW. 'Een minuut of twintig. Ik stel voor dat we de tijd verstandig besteden.'
Fontaine bleef lang zwijgen. Toen slaakte hij een diepe zucht. 'Goed. Laat het filmpje maar zien.'

117

'Over tien seconden starten we de film,' kraakte Smiths stem. 'We slaan om en om een beeldje over en laten het geluid achterwege. We proberen het werkelijke tijdsverloop zo dicht mogelijk te benaderen.'
Iedereen op de verhoging stond zwijgend af te wachten. Jabba typte een commando in en deelde het videoscherm anders in. Tankado's boodschap verscheen helemaal links:

ALLEEN DE WAARHEID KAN JULLIE NOG REDDEN

Aan de rechterkant van het scherm was het stilstaande beeld te zien van het busje met Becker en de twee agenten, die rond de camera zaten. In het midden verscheen een onscherp beeld. Het ging over in sneeuw en daarna was in zwart-wit een park te zien. 'De band wordt gestart,' kondigde Smith aan.
Het zag eruit als een oude bioscoopfilm. De bewegingen waren

schokkerig, doordat de helft van de beelden werd weggelaten, maar dat zorgde er wel voor dat er maar half zoveel informatie verzonden hoefde te worden, zodat het overseinen sneller ging. Er kwam een enorme esplanade in beeld, die aan één kant werd begrensd door een halfronde façade, el Ayuntamiento. Op de voorgrond stonden bomen. Het park was leeg.
'De X-11-filters zijn weg!' riep een technicus. 'Die worm is een schrokop!'

Smith begon te vertellen. Zijn commentaar had de afstandelijkheid die een ervaren agent paste. 'Dit is vanuit het busje gefilmd,' zei hij, 'op ongeveer vijftig meter van de plaats van het delict. Tankado komt van rechts aanlopen. Hulohot zit links tussen de bomen.'
'We zitten een beetje krap in de tijd,' zei Fontaine met nadruk. 'Laten we ons tot de essentie beperken.'
Coliander verstelde een paar knoppen, en de film ging sneller lopen.
Iedereen op de verhoging keek vol verwachting toe toen hun vroegere collega, Ensei Tankado, in beeld kwam. Doordat de film sneller werd afgespeeld, zag het geheel er enigszins komisch uit. Tankado schuifelde schokkerig de esplanade op en leek de omgeving in zich op te nemen. Hij schermde zijn ogen af tegen de zon en keek op naar de torenspitsen van de gigantische façade.
'Nu komt het,' waarschuwde Smith. 'Hulohot was een vakman. Hij heeft geschoten bij de eerste gelegenheid die hij kreeg.'
Smith had gelijk. Van achter de bomen links in beeld kwam een lichtflits. Direct daarna greep Tankado naar zijn borst. Hij wankelde even. De camera zoomde op hem in, en het beeld werd afwisselend onscherp en scherp.
Terwijl de beelden op hoge snelheid voorbijkwamen, vervolgde Smith onaangedaan zijn relaas. 'Zoals u ziet, krijgt Tankado onmiddellijk een hartstilstand.'
Susan werd misselijk van wat ze zag. Met een blik van verwarring en doodsangst op zijn gezicht greep Tankado met zijn misvormde handen naar zijn borst.
'U ziet,' vervolgde Smith, 'dat hij naar beneden kijkt, naar zichzelf. Hij slaat zijn ogen geen enkele keer op.'

'En dat is belangrijk?' merkte Jabba vragend op.
'Heel belangrijk,' zei Smith. 'Als Tankado boze opzet vermoedde, zou hij instinctief om zich heen kijken. Maar zoals u ziet, doet hij dat niet.'
Op het scherm viel Tankado op zijn knieën, nog steeds met zijn handen tegen zijn borst gedrukt. Hij keek geen ogenblik op. Ensei Tankado was een man die in alle eenzaamheid een natuurlijke dood stierf.
'Het is vreemd,' zei Smith verwonderd. 'Dit soort kogels heeft meestal niet zo snel de dood tot gevolg. Soms, als het doelwit groot genoeg is, zijn ze zelfs helemaal niet dodelijk.'
'Een slecht hart,' zei Fontaine kortaf.
Smith trok geïmponeerd zijn wenkbrauwen op. 'Dan heeft Hulohot zijn wapen goed gekozen.'
Susan keek toe hoe Tankado van zijn knieën op zijn zij viel en uiteindelijk op zijn rug rolde. Hij keek recht omhoog en graaide naar zijn borst. Plotseling draaide de camera van hem weg, terug naar het groepje bomen. Er verscheen een man. Hij droeg een metalen brilmontuur en had een grote aktetas bij zich. Terwijl hij naar de esplanade en de kronkelende Tankado liep, begonnen zijn vingers een vreemde, geluidloze dans uit te voeren.
'Hij gebruikt zijn Monocle,' vertelde Smith. 'Verstuurt het bericht dat Tankado is geëlimineerd.' Smith keerde zich naar Becker en grinnikte. 'Zo te zien had Hulohot de slechte gewoonte moorden door te geven voordat het slachtoffer zijn laatste adem had uitgeblazen.'
Coliander liet de film nog wat sneller lopen, en de camera volgde Hulohot, die naar zijn slachtoffer liep. Plotseling verscheen er vanaf een binnenplaats een oude man, die naar Tankado rende en naast hem neerknielde. Hulohot ging langzamer lopen. Even later kwamen er nog twee mensen vanaf de binnenplaats aan wandelen, een dikke man en een roodharige vrouw. Ook zij liepen naar Tankado.
'Hulohot heeft de plaats van het delict ongelukkig gekozen,' zei Smith. 'Hij dacht dat het slachtoffer hier alleen zou zijn.'
Op het scherm keek Hulohot even toe en trok zich toen terug tussen de bomen, waarschijnlijk om af te wachten.
'Hier komt het moment van afgifte,' meldde Smith. 'De eerste keer hadden we het niet gezien.'

Susan keek omhoog naar het akelige beeld op het scherm. Tankado hapte naar lucht en probeerde de Samaritanen die naast hem geknield zaten blijkbaar iets duidelijk te maken. Toen stak hij vertwijfeld zijn linkerhand op, waarbij hij de oude man bijna in het gezicht sloeg. Hij hield het verminkte lichaamsdeel vlak voor de neus van de oude man. De camera zoomde in op Tankado's drie misvormde vingers, en aan één daarvan glinsterde de gouden ring in de Spaanse zon. Tankado stak zijn hand nog een keer bruusk omhoog. De oude man deinsde terug. Tankado keerde zich naar de vrouw. Hij hield zijn drie misvormde vingers vlak voor haar gezicht, alsof hij haar smeekte hem te begrijpen. De ring schitterde in de zon. De vrouw wendde haar hoofd af. Tankado, die nu naar adem snakte en geen geluid kon uitbrengen, keerde zich naar de dikke man voor een laatste poging.

De oude man stond plotseling op en holde weg, waarschijnlijk om hulp te halen. Tankado leek zwakker te worden, maar hij hield de ring nog steeds vlak voor het gezicht van de dikke man. Die stak zijn hand uit en pakte de pols van de stervende. Tankado leek op te kijken naar zijn eigen vingers, naar zijn eigen ring, en daarna keek hij de man aan. Als een laatste smeekbede voordat hij stierf, gaf Ensei Tankado de man bijna onmerkbaar een knikje, alsof hij *ja* wilde zeggen.

Toen verslapte Tankado.

'Jezus,' kreunde Jabba.

Plotseling zwenkte de camera naar de plek waar Hulohot zich had verscholen. De moordenaar was verdwenen. Over de Avenida Firelli kwam een politiemotor aan scheuren. De camera draaide weer naar Tankado. De vrouw die naast hem op haar knieën zat, hoorde kennelijk de politiesirenes. Ze keek nerveus om zich heen en begon toen aan haar zwaarlijvige metgezel te trekken om hem over te halen weg te gaan. De twee vertrokken haastig.

De camera zoomde in op Tankado, die met zijn handen op zijn levenloze borst gevouwen lag. De ring zat niet meer om zijn vinger.

118

'Dat bewijst het,' zei Fontaine beslist. 'Tankado heeft de ring geloosd. Hij wilde die zo ver mogelijk weg zien te krijgen, zodat wij hem nooit zouden vinden.'
'Maar, directeur, dat is niet logisch,' voerde Susan aan. 'Als Tankado niet doorhad dat hij vermoord werd, waarom zou hij dan de stopcode weggeven?'
'Dat vind ik ook,' zei Jabba. 'Dat joch was een rebel, maar wel een rebel met een geweten. Ons dwingen toe te geven dat we TRANSLTR hebben is één ding, maar onze geheime databank voor iedereen toegankelijk maken is heel iets anders.'
Fontaine staarde hem ongelovig aan. 'Denk je echt dat Tankado die worm wilde tegenhouden? Denk je dat zijn laatste gedachten naar die arme NSA uitgingen?'
'De poortblokkeringen raken aangetast!' riep een technicus. 'Over hooguit een kwartier zijn we volledig onbeschermd!'
'Ik zal jullie eens wat zeggen,' zei de directeur, die het heft in handen nam. 'Over een kwartier weet elk derdewereldland op aarde hoe je een intercontinentale ballistische raket moet bouwen. Als iemand in deze zaal denkt een betere suggestie te hebben voor een stopcode, ben ik een en al oor.' De directeur wachtte af. Niemand zei iets. Hij keek Jabba weer aan. 'Tankado had een reden om die ring te lozen, Jabba. Of hij nu probeerde hem zoek te maken of dacht dat die dikke naar een telefooncel zou rennen om ons te bellen en de informatie door te geven, kan me eigenlijk niets schelen. Ik heb een besluit genomen. We voeren dat citaat in. Nu.'
Jabba ademde diep in. Hij wist dat Fontaine gelijk had, dat er geen beter alternatief was. De tijd begon te dringen. Jabba ging zitten. 'Oké... dat doen we.' Hij trok zichzelf naar het toetsenbord. 'Meneer Becker? De inscriptie, alstublieft. Kalm en duidelijk.'
David Becker las de inscriptie voor, en Jabba typte. Toen ze klaar waren, controleerden ze de spelling nog een keer en haalden ze alle spaties weg. Op het middelste deel van het videoscherm, bovenaan, stonden de letters:

'Het bevalt me niet,' mompelde Susan zacht. 'Het is niet perfect.'
Jabba aarzelde met zijn hand boven de ENTER-toets.
'Vooruit,' beval Fontaine.
Jabba drukte de toets in. Een paar seconden later wist iedereen in de zaal dat het een vergissing was geweest.

119

'Het proces versnelt!' riep Soshi van achter in de zaal. 'Het is de verkeerde code!'
Iedereen was sprakeloos van ontzetting.
Op het scherm stond de foutmelding:

ALLEEN NUMERIEKE WAARDEN TOEGESTAAN.

'Verdomme!' schreeuwde Jabba. 'Alleen numeriek! We moeten een getal hebben! We zijn belazerd! Die ring is waardeloos!'
'De snelheid van de worm is verdubbeld!' riep Soshi. 'Voor straf!'
Op het midden van het scherm, recht onder de foutmelding, toonde de VW een angstaanjagend beeld. Toen het derde schild bezweek, schoten de vijf of zes zwarte lijntjes die plunderende hackers voorstelden naar voren en rukten meedogenloos op naar de kern. Elk ogenblik kwam er een nieuw lijntje bij. En nog een, en nog een...
'Het krioelt ervan!' gilde Soshi.
'Er is verbinding gelegd uit het buitenland!' riep een andere technicus. 'Het nieuws is bekend!'
Susan wendde haar blik af van de instortende firewalls en keek naar de zijkant van het scherm. De film van de moord op Ensei Tankado werd steeds opnieuw afgespeeld. Elke keer hetzelfde: Tankado die naar zijn borst greep, viel, en met een blik van radeloze paniek zijn ring opdrong aan een groepje nietsvermoedende toeristen. *Het is niet logisch*, dacht ze. *Als hij niet wist dat*

wij achter de moord zaten... Ze begreep er helemaal niets van. Het was te laat. *We hebben iets over het hoofd gezien.*
Op de VW was het aantal hackers dat op de poorten bonkte in de laatste paar minuten verdubbeld. Van nu af aan zou hun aantal exponentieel groeien. Net als hyena's vormen hackers één grote familie, en zijn ze er altijd op uit het nieuws van een verse prooi te verspreiden.
Leland Fontaine had blijkbaar genoeg gezien. 'Schakel de stroomtoevoer uit,' beval hij. 'Zet dat verdomde ding uit.'
Jabba keek strak voor zich uit, als de kapitein van een zinkend schip. 'Te laat, meneer. We zijn er geweest.'

120

De bijna tweehonderd kilo zware systeembeveiliger stond roerloos met zijn handen op zijn hoofd, een toonbeeld van ongeloof. Hij had het bevel gegeven de stroomvoorziening af te sluiten, maar dat zou ruim twintig minuten te laat gebeuren. Hackers met snelle internetverbindingen zouden in die tijd enorme hoeveelheden vertrouwelijke informatie kunnen binnenhalen.
Jabba werd uit zijn nachtmerrie gewekt door Soshi, die met een nieuwe uitdraai naar de verhoging kwam rennen. 'Ik heb iets gevonden!' zei ze opgewonden. 'Wezen in de broncode! Groepen letters, overal!'
Jabba reageerde niet enthousiast. 'We zijn op zoek naar cijfers, verdomme! Niet naar letters! De stopcode is een getal!'
'Maar we hebben wezen, en veel ook! Tankado is te goed om er zoveel achter te laten!'
De term 'wezen' sloeg op extra regels in de programmacode, die van geen enkel nut waren voor het functioneren van het programma. Ze brachten niets voort, verwezen nergens naar, leidden tot niets en werden meestal verwijderd in de fase waarin het programma werd getoetst en gecompileerd, en de laatste slordigheden eruit werden gehaald.
Jabba nam de uitdraai aan en bekeek die aandachtig.
Fontaine zweeg.

Susan tuurde over Jabba's schouder naar de uitdraai. 'Worden we aangevallen door een concéptversie van Tankado's worm?'
'Of hij nu wel of niet netjes is afgewerkt,' repliceerde Jabba, 'hij geeft ons er flink van langs.'
'Ik geloof er niets van,' betoogde Susan. 'Tankado was een perfectionist. Dat weet je. Het is uitgesloten dat hij slordigheden in zijn programma zou laten zitten.'
'Het zijn er heel veel!' riep Soshi. Ze griste de uitdraai uit Jabba's hand en hield hem voor Susans neus. 'Kijk maar!'
Susan knikte. Inderdaad, ongeveer na elke twintig regels stond er een groepje van vier onverklaarbare letters. Susan bekeek een paar van die groepjes.

hihn
eion
erie

'Groepen van vier letters,' peinsde ze. 'Ze maken beslist geen deel uit van de programmacode.'
'Laat maar,' gromde Jabba. 'Je klampt je vast aan een strohalm.'
'Misschien niet,' zei Susan. 'Veel versleutelingen maken gebruik van groepjes van vier. Dit zou een code kunnen zijn.'
'Ja,' bromde Jabba. 'Er staat: "Ha, ha. Jullie hebben het gehad." '
Hij keek op naar de vw. 'Over een minuut of negen.'
Susan negeerde Jabba en wendde zich tot Soshi. 'Hoeveel wezen zijn er?'
Soshi haalde haar schouders op. Ze ging achter Jabba's terminal zitten en typte alle lettergroepjes in. Toen ze klaar was, duwde ze zich van de terminal naar achteren. Iedereen keek op naar het scherm.

hihn eion erie ngsa tell sajg pvte caia
reum hnms irse uhaa mssn liek acet drni

Susan was de enige die glimlachte. 'Dat ziet er bekend uit,' zei ze. 'Blokken van vier, net als bij Enigma.'
De directeur knikte. Enigma was de beroemdste coderingsmachine uit de geschiedenis, het twaalf ton zware encryptiebeest van de nazi's. Die had ook met blokken van vier gewerkt.

'Fantastisch.' Jabba kreunde. 'Je hebt er zeker niet toevallig nog eentje ergens in een hoek staan, hè?'
'Daar gaat het niet om!' zei Susan, die plotseling energiek werd. Dit was haar specialiteit. 'Het gaat erom dat dit een code is. Tankado heeft een aanwijzing voor ons achtergelaten! Hij tergt ons, daagt ons uit de sleutel op tijd te vinden. Hij heeft hints aangebracht, net buiten ons bereik!'
'Absurd,' beet Jabba haar toe. 'Tankado heeft ons maar één uitweg gegeven: toegeven dat we TRANSLTR hebben. Dat was het. Dat was onze ontsnapping. We hebben het verpest.'
'Ik vrees dat ik het met hem eens moet zijn,' zei Fontaine. 'Ik betwijfel of Tankado het risico wilde lopen dat we eronderuit zouden komen door aanwijzingen voor ons achter te laten waaruit we de stopcode konden afleiden.'
Susan knikte vaag, maar ze herinnerde zich hoe Tankado NDAKOTA had weggegeven. Ze keek op naar de letters en vroeg zich af of hij weer een spelletje met hen speelde.
'Poortblokkeringen half verdwenen!' riep een technicus.
Op de VW rukte de massa zwarte lijntjes verder op naar de twee overblijvende schilden.
David had zwijgend zitten kijken hoe het drama zich op het scherm vóór hen ontrolde. 'Susan?' zei hij. 'Ik heb een idee. Heeft die tekst zestien groepjes van vier?'
'O, Jezus, nee,' mompelde Jabba zachtjes. 'Wil iedereen nu meespelen?'
Susan negeerde Jabba en telde de groepjes. 'Ja. Zestien.'
'Haal de spaties ertussenuit,' zei Becker vastberaden.
'David,' antwoordde Susan enigszins gegeneerd. 'Ik denk niet dat je het begrijpt. De groepjes van vier zijn...'
'Haal de spaties ertussenuit,' herhaalde hij.
Susan aarzelde even en knikte toen naar Soshi. Soshi haalde snel de spaties weg. Het resultaat was nog steeds niet erg verhelderend.

hihneioneriengsatellsajgpvtecaia
reumhnmsirseuhaamssnliekacetdrni

Jabba ontplofte. 'Genóég! Het speelkwartier is voorbij! Dit ding is op dubbele snelheid bezig! We hebben nog een minuut of acht!

We zoeken een getál, geen zootje letters!'
'Vier maal zestien,' zei David kalm. 'Reken maar uit, Susan.'
Susan keek naar Davids beeld op het scherm. *Reken maar uit? Als er iemand niet kan rekenen, is hij het wel!* Ze wist dat David een fotografisch geheugen had voor werkwoordsvervoegingen en vreemde woorden, maar rekenen..?
'De tafels van vermenigvuldiging,' zei Becker.
Tafels van vermenigvuldiging, dacht Susan. *Waar heeft hij het over?*
'Vier maal zestien,' herhaalde de hoogleraar. 'Ik moest in groep zes de tafels uit mijn hoofd leren.'
Susan haalde zich de tafels van de basisschool voor de geest. *Vier maal zestien.* 'Vierenzestig,' zei ze wezenloos. 'Maar wat wil je daarmee zeggen?'
David boog zich naar de camera. Zijn gezicht vulde het scherm. 'Vierenzestig letters...'
Susan knikte. 'Ja, maar het zijn...' Ze verstijfde.
'Vierenzestig letters,' herhaalde David.
Susans adem stokte. 'O, god! David, je bent een genie!'

121

'Nog zéven minuten!' schreeuwde een technicus.
'Acht rijen van acht!' riep Susan opgewonden uit.
Soshi typte. Fontaine keek zwijgend toe. Het een na laatste schild begon dun te worden.
'Vierenzestig letters!' Susan was nu zeker van zichzelf. 'Dat is een volmaakt vierkant!'
'Een volmaakt vierkant?' vroeg Jabba. 'Nou én?'
Tien seconden later had Soshi de schijnbaar willekeurige letters op het scherm herschikt. Ze stonden nu in acht rijen van acht. Jabba keek er aandachtig naar en stak vertwijfeld zijn handen op. In de nieuwe rangschikking zeiden ze hem niet meer dan voor die tijd.

H	I	H	N	E	I	O	N
E	R	I	E	N	G	S	A
T	E	L	L	S	A	J	G
P	V	T	E	C	A	I	A
R	E	U	M	H	N	M	S
I	R	S	E	U	H	A	A
M	S	S	N	L	I	E	K
A	C	E	T	D	R	N	I

'Nu is het me volkomen duidelijk,' bromde Jabba.

'Mevrouw Fletcher,' zei Fontaine, 'verklaar u nader.' Alle ogen waren op Susan gericht.

Susan keek op naar het blok letters. Ze begon langzaam te knikken en toen brak er een brede glimlach door op haar gezicht. 'David, verdomd als het niet waar is!'

De mensen op de verhoging wisselden verblufte blikken.

David knipoogde naar het kleine beeldje van Susan Fletcher op het scherm. 'Vierenzestig letters. Julius Caesar slaat weer toe.'

Midge keek verbaasd. 'Waar hebt u het over?'

'De Caesarcodering.' Susan straalde. 'Lees maar van boven naar beneden. Tankado stuurt ons een boodschap.'

122

'Nog zés minuten!' schreeuwde een technicus.

Susan riep bevelen. 'Typ de letters over, van boven naar beneden! Lees van boven naar beneden, niet van links naar rechts!'

Soshi werkte verwoed kolom na kolom af en typte de tekst over.

'Julius Caesar verstuurde zijn berichten op deze manier!' riep Susan uit. 'Het aantal letters vormde altijd een volmaakt vierkant!'

'Klaar!' gilde Soshi.

Iedereen keek op naar de opnieuw gerangschikte regel tekst op het grote beeldscherm aan de muur.

'Nog steeds rotzooi,' schimpte Jabba vol afkeer. 'Kijk nou. Het zijn volkomen willekeurige...' De woorden bleven in zijn keel steken. Zijn ogen werden zo groot als schoteltjes. 'O... O jee...'

Fontaine had het ook gezien. Hij trok duidelijk geïmponeerd zijn wenkbrauwen op.
Midge en Brinkerhoff fluisterden in koor: 'Krijg nou wat...'
De vierenzestig letters zagen er nu zo uit:

hetprimaireverschiltussenelementen
schuldigaanhirosjimaennagasaki

'Zet de spaties ertussen,' beval Susan. 'We hebben een puzzel om op te lossen.'

123

Een asgrauwe technicus kwam naar de verhoging rennen. 'De poortblokkeringen staan op het punt het te begeven!'
Jabba keerde zich naar de vw op het scherm. De aanvallers drongen op en begonnen met hun belegering van de vijfde en laatste muur. Een race tegen de klok voor de databank.
Susan sloot zich af voor de chaos om haar heen. Ze las en herlas Tankado's bizarre boodschap.

het primaire verschil tussen elementen
schuldig aan hirosjima en nagasaki

'Het is niet eens een vraag!' riep Brinkerhoff. 'Hoe kan er dan een antwoord op zijn?'
'We hebben een getal nodig,' bracht Jabba hun in herinnering. 'De stopcode is numeriek.'
'Stil, allemaal,' zei Fontaine kalm. Hij draaide zich om en zei tegen Susan: 'Mevrouw Fletcher, dankzij u zijn we tot hier gekomen. Wat is uw mening hierover?'
Susan ademde diep in. 'Voor de stopcode kunnen alleen cijfers worden ingevoerd. Volgens mij is dit een of andere aanwijzing over het juiste getal. Hirosjima en Nagasaki worden genoemd, de twee steden die door een atoombom zijn geraakt. Misschien heeft de stopcode iets te maken met het aantal slachtoffers, het

geschatte bedrag aan schade...' Ze zweeg even en las de aanwijzing nog een keer. 'Het woord "verschil" lijkt me belangrijk. Het primaire verschil tussen Nagasaki en Hirosjima. Blijkbaar vond Tankado dat de twee incidenten op de een of andere manier verschillend waren.'
Fontaines gelaatsuitdrukking veranderde niet. Toch vervloog de hoop snel. Het zag ernaar uit dat ze de achtergrond van de twee meest verwoestende explosies uit de geschiedenis moesten analyseren, vergelijken en vertalen in een of ander magisch getal... en dat allemaal binnen de komende vijf minuten.

124

'Het laatste schild ligt onder vuur!'
Op de VW werd het PEM-login-programma nu weggevreten. Zwarte lijntjes drongen door in het laatste verdedigingsschild en begonnen zich een weg naar de kern te banen.
Van over de hele wereld verschenen nu hackers op strooftocht. Het aantal verdubbelde bijna per minuut. Het zou niet lang meer duren voordat iedereen met een computer – buitenlandse spionnen, extremisten, terroristen – toegang zou hebben tot alle geheime informatie van de Amerikaanse overheid.
Terwijl technici tevergeefs probeerden de stroomtoevoer te onderbreken, bestudeerde het groepje op de verhoging de boodschap. Zelfs David en de twee agenten in Sevilla probeerden vanuit hun busje de code te kraken.

het primaire verschil tussen elementen
schuldig aan hirosjima en nagasaki

Soshi dacht hardop na. 'De elementen schuldig aan Hirosjima en Nagasaki... Pearl Harbor? Hirohito's weigering om...'
'We hebben een getál nodig,' herhaalde Jabba. 'Geen politieke theorieën. We hebben het hier over rékenkunde, niet over geschiedenis!'
Soshi zweeg.

'Misschien iets met explosieve kracht?' opperde Brinkerhoff. 'Slachtoffers? Schadebedrag?'
'We zoeken een precíés getal,' bracht Susan in herinnering. 'Schattingen van schadebedragen variëren.' Ze keek op naar de boodschap. 'De elementen schuldig aan...'
Vijfduizend kilometer bij hen vandaan werden David Beckers ogen plotseling groot. 'Elementen!' zei hij verrast. 'We hebben het over exacte wetenschap, niet over geschiedenis!'
Alle hoofden draaiden naar het beeldscherm.
'Tankado speelt woordspelletjes!' verkondigde Becker. 'Het woord "elementen" heeft meerdere betekenissen!'
'Voor de draad ermee, meneer Becker,' zei Fontaine kortaf.
'Hij heeft het over chemische elementen, niet over sociaal-politieke!'
Beckers mededeling werd met wezenloze blikken ontvangen.
'Elementen!' herhaalde hij. 'Het periodiek systeem! Chemische elementen! Heeft niemand van jullie die film *Fat Man and Little Boy* gezien, over het Manhattan Project? De twee atoombommen waren verschillend. Ze gebruikten een verschillende splijtstof, verschillende elementen!'
Soshi klapte in haar handen. 'Ja! Hij heeft gelijk! Dat heb ik gelezen! De twee bommen gebruikten een verschillende splijtstof. De ene gebruikte uranium en de andere plutonium. Twee verschíllende elementen!'
Er viel een verblufte stilte.
'Uranium en plutonium!' riep Jabba plotseling hoopvol uit. 'Er wordt gevraagd naar het verschil tussen de twee elementen!' Hij draaide zich naar zijn legertje ondergeschikten. 'Het verschil tussen uranium en plutonium. Wie weet wat dat is?'
Overal om hem heen beteuterde blikken.
'Kom op!' zei Jabba. 'Jullie hebben toch gestudeerd? Niemand? Ik moet het verschil weten tussen plutonium en uranium!'
Geen reactie.
Susan wendde zich tot Soshi. 'Ik wil op internet zoeken. Hebben jullie hier een *browser*?'
Soshi knikte. 'Het beste wat Netscape te bieden heeft.'
Susan greep haar bij de hand. 'Kom mee. We gaan surfen.'

125

'Hoe lang nog?' vroeg Jabba vanaf de verhoging.

Er kwam geen reactie van de technici achterin. Ze stonden sprakeloos naar de vw te staren. Het laatste schild werd gevaarlijk dun.

Even verderop bogen Susan en Soshi zich over de resultaten van hun zoekactie op internet. 'Outlaw Labs?' vroeg Susan. 'Wie zijn dat?'

Soshi haalde haar schouders op. 'Wil je dat ik het open?'

'Doe maar,' zei ze. 'Zeshonderdzevenenveertig verwijzingen in de tekst naar uranium, plutonium of atoombommen. Dit lijkt me de beste keus.'

Soshi opende de link. Er verscheen een waarschuwing in beeld.

> *De informatie in dit bestand is strikt bestemd voor wetenschappelijke doeleinden. Niet-deskundigen die proberen de hieronder beschreven stoffen te vervaardigen, lopen het risico te worden blootgesteld aan straling en/of zichzelf op te blazen.*

'Zichzelf op te blazen?' zei Soshi. 'Jezus.'

'Doorzoek het,' beet Fontaine hen over zijn schouder toe. 'Kijk wat er te vinden is.'

Soshi dook het document in. Ze kwam een recept voor ureumnitraat tegen, een explosief dat tienmaal zo krachtig is als dynamiet. De informatie rolde voorbij als een recept voor boterkoekjes.

'Plutonium en uranium,' herhaalde Jabba. 'We moeten ons concentreren.'

'Ga terug naar het begin,' zei Susan. 'Het document is te groot. Kijk of je de inhoudsopgave kunt vinden.'

Soshi doorliep het document in omgekeerde richting totdat ze de inhoud vond.

I. Mechanisme van een atoombom
A) Hoogtemeter
B) Luchtdrukontsteker

C) Slaghoedjes
D) Explosieve lading
E) Neutronenreflector
F) Uranium en plutonium
G) Loden afscherming
H) Ontstekers
II. Kernsplitsing/kernfusie
A) Splitsing (atoombom) en fusie (waterstofbom)
B) U-235, U-238 en plutonium
III. Geschiedenis van de atoomwapens
A) Ontwikkeling (het Manhattan Project)
B) Explosie
  1) Hirosjima
  2) Nagasaki
  3) Neveneffecten van kernexplosies
  4) Reikwijdte

'Deel twee!' riep Susan uit. 'Uranium en plutonium! Snel!'
Iedereen wachtte terwijl Soshi het juiste deel opzocht. 'Hier is het,' zei ze. 'Wacht even.' Ze keek de gegevens snel door. 'Er wordt hier heel veel informatie gegeven. Een hele tabel. Hoe weten we naar welk verschil we zoeken? Het ene komt in de natuur voor, het andere is kunstmatig. Plutonium is ontdekt door...'
'Een getal,' zei Jabba nog maar eens. 'We hebben een getál nodig.'
Susan herlas Tankado's boodschap. *Het primaire verschil tussen elementen... Het verschil tussen... We hebben een getal nodig...*
'Wacht eens!' zei ze. 'Het woord "verschil" heeft meerdere betekenissen. We hebben een getal nodig, dus gaat het hier om rekenkunde. Dit is weer een van Tankado's woordspelletjes. 'Verschil' betekent dat we iets van iets anders moeten aftrekken.'
'Ja!' beaamde Becker op het scherm boven haar hoofd. 'Misschien hebben de elementen verschillende aantallen protonen of zoiets? Als je die van elkaar aftrekt...'
'Hij heeft gelijk!' zei Jabba, en hij wendde zich tot Soshi. 'Staan er ook getallen in die tabel? Aantallen protonen? Halveringstijden? Iets wat we kunnen aftrekken?'
'Nog drie minuten!' riep een technicus.
'De kritische massa misschien?' opperde Soshi. 'Er staat hier dat

de kritische massa van plutonium 16 kilo is.'
'Ja!' zei Jabba. 'Kijk bij uranium! Wat is de kritische massa van uranium?'
Soshi zocht. 'Uh... 49,9 kilo.'
'49,9?' Jabba keek plotseling hoopvol. 'Wat is 49,9 min 16?'
'33,9,' antwoordde Susan prompt. 'Maar ik denk niet...'
'Uit de weg,' commandeerde Jabba, en hij baande zich een weg naar zijn toetsenbord. 'Dat moet de stopcode zijn! Het verschil tussen hun kritische massa! 33,9!'
'Wacht even,' zei Susan, die over Soshi's schouder keek. 'Er is hier nog meer. Atoommassa's. Aantallen neutronen. Winningstechnieken.' Ze bekeek de tabel. 'Uranium splijt in barium en krypton. Plutonium doet iets anders. Uranium heeft 92 protonen en 146 neutronen, maar...'
'We hebben het dúídelijkste verschil nodig,' merkte Midge op. 'Het essentiële verschil tussen de elementen.'
'Jezus christus!' vloekte Jabba. 'Hoe moeten wij nou weten wat Tankado als het essentiële verschil beschouwde?'
David kwam tussenbeide. 'Maar er staat niet *essentiële*, er staat *primaire*.'
Het woord kwam bij Susan als een mokerslag aan. 'Primair!' riep ze uit. 'Primair!' Ze keerde zich razendsnel naar Jabba. 'De stopcode is een priemgetal! Ga maar na! Het is volkomen logisch!'
Jabba wist onmiddellijk dat Susan gelijk had. Ensei Tankado's carrière was gebouwd op priemgetallen. Priemgetallen waren de fundamentele bouwstenen van alle coderingsalgoritmes, unieke getallen die alleen door één en door zichzelf deelbaar waren. Priemgetallen waren nuttig bij het schrijven van codes, omdat computers ze onmogelijk konden raden door te proberen ze in factoren te ontbinden.
Soshi viel Susan bij. 'Ja! Dat klopt precies! Priemgetallen zijn heel belangrijk in de Japanse cultuur! In haiku's worden priemgetallen gebruikt. Drie regels van respectievelijk vijf, zeven en vijf lettergrepen lang. Allemaal priemgetallen. Alle tempels van Kyoto hebben...'
'Genoeg!' zei Jabba. 'Zelfs als de stopcode een priemgetal is, wat dan nog? Er zijn oneindig veel mogelijkheden!'
Susan wist dat Jabba gelijk had. Aangezien er geen limiet was

aan het aantal cijfers dat kon worden ingetoetst, kon je altijd een stukje verder kijken en nog een priemgetal vinden. Tussen nul en een miljoen waren er meer dan zeventigduizend. Het hing er maar net van af hoe groot het priemgetal was dat Tankado had gebruikt. Hoe groter het was, des te moeilijker was het te raden.

'Het zal wel gigantisch zijn,' kreunde Jabba. 'Tankado heeft vast een monster van een priemgetal gekozen.'

Van achter in de zaal werd geroepen: 'Nog twee minuten!'

Jabba keek verslagen op naar de VW. Het laatste schild begon af te brokkelen. Overal renden technici heen en weer.

Iets zei Susan dat ze er bijna waren. 'Dit moet ons lukken!' verklaarde ze, en ze nam de leiding. 'Van alle verschillen tussen uranium en plutonium is er vast maar één dat als een priemgetal kan worden weergegeven. Dat is onze beslissende aanwijzing. Het getal dat we zoeken, is een priemgetal.'

Jabba keek naar de tabel over uranium en plutonium op de monitor en hief zijn handen ten hemel. 'Er staan daar wel honderd eigenschappen! Die kunnen we onmogelijk allemaal aftrekken en dan controleren of het verschil een priemgetal is.'

'Heel veel eigenschappen zijn niet numeriek,' zei Susan bemoedigend. 'Die kunnen we negeren. Uranium is natuurlijk en plutonium is kunstmatig. Bij een uraniumbom schuiven de delen van de bom in elkaar en bij plutonium wordt implosie gebruikt. Dat zijn geen getallen, dus die zijn irrelevant!'

'Vooruit,' verordende Fontaine. Op de VW was het laatste schild nog maar zo dun als een eierschaal.

Jabba wiste zich het zweet van het voorhoofd. 'Goed, daar gaan we dan. Begin met aftrekken. Ik neem het bovenste kwart. Susan, neem jij het midden. Alle anderen verdelen de rest. We zoeken een verschil dat een priemgetal is.'

Binnen een paar seconden was duidelijk dat ze het niet zouden halen. De getallen waren enorm groot, en in veel gevallen kwamen de eenheden niet overeen.

'Het zijn verdomme appels en peren,' zei Jabba. 'We hebben hier gammastralen tegenover elektromagnetische puls. Splijtbaar tegenover niet splijtbaar. Sommige getallen zijn absoluut. Andere zijn percentages. Het is een zootje!'

'Het moet hier ergens staan,' zei Susan vastberaden. 'We moe-

ten goed nadenken. Er is een verschil tussen plutonium en uranium dat we over het hoofd zien! Iets eenvoudigs!'
'Eh... jongens?' zei Soshi. Ze had een tweede venster geopend en was de rest van het document van Outlaw Labs aan het doornemen.
'Wat is er?' vroeg Fontaine. 'Heb je iets gevonden?'
'Eh, min of meer.' Ze klonk slecht op haar gemak. 'Ik heb jullie toch verteld dat de bom op Nagasaki een plutoniumbom was?'
'Ja,' antwoordde iedereen in koor.
'Nou...' Soshi ademde diep in. 'Zo te zien heb ik me vergist.'
'Wat?' bracht Jabba zich half verslikkend uit. 'Hebben we naar het verkeerde gezocht?'
Soshi wees naar het scherm. Ze kwamen dicht om haar heen staan en lazen de tekst:

> *... het algemene misverstand dat de bom op Nagasaki een plutoniumbom was. In werkelijkheid was die gemaakt van uranium, net als de bom op Hirosjima.*

'Maar...' bracht Susan haperend uit, 'als allebei de elementen uranium waren, hoe kunnen we dan het verschil tussen de twee vinden?'
'Misschien heeft Tankado zich vergist,' opperde Fontaine. 'Misschien wist hij niet dat de bommen hetzelfde waren.'
'Nee.' Susan zuchtte. 'Hij had zijn verminkingen aan een van die bommen te danken. Hij moet alle feiten precies gekend hebben.'

126

'Nog één minuut!'
Jabba keek naar de VW. 'Het PEM-login-programma begeeft het bijna. De laatste verdedigingslinie. En er staat een menigte voor de poort.'
'Concentreer je!' gebood Fontaine hem.
Soshi zat voor de browser en las voor.

... Het basismateriaal voor de bom op Nagasaki was een kunstmatig vervaardigde isotoop van uranium 238, met een extra neutron.'

'Verdomme!' vloekte Brinkerhoff. 'Alle twee de bommen waren gemaakt van uranium. De elementen schuldig aan Hirosjima en Nagasaki waren beide uranium. Er ís geen verschil!'

'We zijn er geweest,' jammerde Midge.

'Wacht even,' zei Susan. 'Lees dat laatste nog eens voor!'

Soshi herhaalde het laatste zinsdeel. '... kunstmatig vervaardigde isotoop van uranium 238, met een extra neutron.'

'238?' vroeg Susan. 'Hebben we daarnet niet ergens gezien dat de bom op Hirosjima een andere isotoop van uranium gebruikte?'

Ze keken elkaar allemaal vragend aan. Soshi liet de cursor razendsnel door het document naar boven schieten en vond de plek. 'Já! Hier staat dat de bom op Hirosjima een andere isotoop van uranium gebruikte!'

Midge hapte naar lucht van verbazing. 'Het is bij allebei uranium... maar verschillende soorten!'

'Allebei uranium?' Jabba drong naar voren en keek strak naar de terminal. 'Appels en appels! Perfect!'

'Waarin verschillen de twee isotopen?' vroeg Fontaine. 'Het moet iets fundamenteels zijn.'

Soshi zocht in het document. 'Wacht eventjes... even kijken... oké...'

'Nog vijfenveertig seconden!' riep een stem.

Susan keek op. Het laatste schild was nu bijna niet meer te zien.

'Hier is het!' riep Soshi uit.

'Lees het!' Jabba zweette. 'Wat is het verschil? Er moet een verschil tussen de twee zijn!'

'Ja!' Soshi wees naar haar monitor. 'Kijk maar!'

Ze lazen allemaal wat er stond.

... de twee bommen gebruikten een verschillende splijtstof... volkomen identieke chemische eigenschappen. Met normale scheikundige technieken zijn de twee isotopen niet te scheiden. Afgezien van een miniem verschil in massa zijn ze volkomen identiek.

‘De atoommassa!’ zei Jabba opgewonden. ‘Dat is het! Het enige verschil is hun massa. Dat is de oplossing! Geef me hun massa’s! Dan trekken we die van elkaar af.’
‘Wacht even,’ zei Soshi, terwijl ze het document verder doorkeek. ‘Ik ben er bijna. Já!’ Iedereen keek met haar mee.

... een zeer klein verschil in massa...
... scheiding door gasdiffusie...
*... respectievelijk 10,032498x10^134 en 19,39484x10^23.**

‘Daar zijn ze!’ schreeuwde Jabba. ‘Dat is het! Dat zijn de massa’s.’
‘Nog dertig seconden!’
‘Vooruit,’ fluisterde Fontaine. ‘Trek ze van elkaar af. Snel!’
Jabba nam zijn rekenmachine in zijn hand en begon cijfers in te toetsen.
‘Waar staan de asterisken voor?’ vroeg Susan. ‘Er staan twee asteriskjes achter de getallen.’
Jabba negeerde haar. Hij was haastig met zijn rekenmachine in de weer.
‘Kijk uit!’ waarschuwde Soshi. ‘We hebben een accuraat getal nodig.’
‘De asterisken,’ herhaalde Susan. ‘Er is een voetnoot.’
Soshi liet de cursor naar de onderkant van de paragraaf rollen. Susan las de voetnoot die bij de asterisken hoorde. Ze trok wit weg. ‘O... mijn god.’
Jabba keek op. ‘Wat?’
Ze bogen zich allemaal naar de monitor, en er ging een gezamenlijke zucht van verslagenheid op. De kleine lettertjes van de voetnoot luidden:

*12% foutmarge. Gepubliceerde waarden variëren van laboratorium tot laboratorium.

127

Plotseling viel er een eerbiedige stilte onder de mensen op de verhoging. Het was alsof ze naar een zonsverduistering of een vulkaanuitbarsting stonden te kijken, een ongelooflijke gebeurtenis waar ze geen controle over hadden. De tijd leek voorbij te kruipen.

'We zijn alles kwijt!' riep een technicus. 'Verbindingen! Via alle lijnen!'

Op het linkerdeel van het grote scherm zaten David en de agenten Smith en Coliander wezenloos in de camera te staren. Op de VW was de laatste firewall nog maar een dun streepje. Eromheen zag het zwart van de honderden lijntjes die wachtten tot ze verbinding konden maken. Rechts daarvan was Tankado te zien.

De schokkerige beelden van zijn laatste ogenblikken werden steeds opnieuw afgespeeld. De wanhopige gelaatsuitdrukking, de uitgestrekte vingers, de ring die glinsterde in de zon.

Susan keek naar het filmfragment, dat afwisselend scherp en onscherp was. Ze staarde naar Tankado's ogen. Die leken spijt uit te drukken. *Hij heeft nooit gewild dat het zo ver zou komen*, dacht ze. *Hij wilde ons redden.* Maar toch stak Tankado keer op keer zijn hand uit om de ring vlak voor de neus van de aanwezigen te houden. Hij probeerde iets te zeggen, maar dat lukte niet. Hij bleef zijn vingers maar in hun gezicht duwen.

In Sevilla zat Becker nog steeds te piekeren. Hij mompelde bij zichzelf: 'Wat zeiden ze dat die twee isotopen waren? U238 en U...?' Hij zuchtte diep. Het maakte niets uit. Hij was docent talen, geen fysicus.

'Binnenkomende lijnen klaar om in te loggen!'

'Jezus!' brulde Jabba gefrustreerd. 'Waarin verschíllen die verdomde isotopen? Weet dan helemaal niemand wat er verschillend aan is?' Er kwam geen reactie. De zaal vol technici stond machteloos naar de VW te kijken. Jabba keerde zich weer naar de monitor en hief zijn handen ten hemel. 'Verdomme nergens een kernfysicus te bekennen als je er eens een nodig hebt!'

Susan keek strak naar het filmfragment op het videoscherm en

wist dat het voorbij was. Ze zag Tankado steeds opnieuw in slowmotion sterven. Hij probeerde iets te zeggen, verslikte zich in zijn woorden, stak zijn misvormde hand uit... probeerde iets duidelijk te maken. *Hij wilde de databank redden*, dacht Susan. *Maar we zullen nooit weten hoe.*
'Ze staan voor de poort!'
Jabba staarde naar het scherm. 'Daar gaan we!' Het zweet stroomde langs zijn gezicht.
Op het midden van het scherm was het resterende flardje van de firewall zo goed als verdwenen. De zwarte massa van lijntjes die om de kern zwermden was ondoorzichtig en pulseerde. Midge wendde zich af. Fontaine stond onbeweeglijk voor zich uit te kijken. Brinkerhoff zag eruit alsof hij op het punt stond te gaan overgeven.
'Nog tien seconden!'
Susan bleef haar blik op Tankado gevestigd houden. De wanhoop. De spijt. Zijn hand werd keer op keer uitgestoken, met de glinsterende ring en de misvormde vingers, die gekromd voor het gezicht van vreemden werden gehouden. *Hij vertelt hun iets. Wat is het?*
Op het grote scherm leek David in gedachten verzonken. 'Het verschil,' mompelde hij steeds voor zich uit. 'Het verschil tussen U238 en U235. Het moet iets eenvoudigs zijn.'
Een technicus begon af te tellen. 'Vijf! Vier! Drie!'
In iets minder dan één tiende van een seconde bereikte het woord Spanje. *Drie... drie.*
Het was alsof David Becker opnieuw door het verdovingspistool werd geraakt. Zijn wereld kwam tot stilstand. *Drie... drie... drie. 238 min 235! Het verschil is drie!* In slowmotion stak hij zijn hand uit naar de microfoon...
Op datzelfde ogenblik staarde Susan naar Tankado's uitgestoken hand. Plotseling keek ze voorbij de ring... voorbij het gegraveerde goud naar het vlees en bloed eronder... naar zijn vingers. Drié vingers. Het ging helemaal niet om de ring. Het ging om de vingers. Tankado wilde hun niets vertellen, hij liet hun iets zien. Hij verraadde zijn geheim, onthulde de stopcode... smeekte de omstanders het te begrijpen, hoopte vurig dat zijn geheim op tijd zijn weg naar de NSA zou vinden.
'Drie,' fluisterde Susan verbluft.

'Dríé!' schreeuwde Becker vanuit Spanje.
Maar in de chaos leek niemand het te horen.
'We zijn er geweest!' riep een technicus.
De VW begon woest te flitsen toen de kern kopje-onder ging in een stortvloed aan lijntjes. Boven hun hoofd begonnen sirenes te loeien.
'Uitgaande data!'
'Snelle verbindingen in alle sectoren!'
Susan bewoog zich alsof ze droomde. Ze keerde zich naar Jabba's toetsenbord. Terwijl ze zich omdraaide, richtte ze haar blik op haar verloofde, David Becker. Opnieuw bulderde zijn stem over hun hoofden.
'Drie! Het verschil tussen 235 en 238 is drie!'
Iedereen in de zaal keek op.
'Drie!' schreeuwde Susan boven de oorverdovende kakofonie van sirenes en technici uit. Ze wees naar het scherm. Alle blikken volgden haar vinger naar Tankado's uitgestoken hand en de drie vingers die wanhopig zwaaiden onder de Spaanse zon.
Jabba verstijfde. 'O, god!' Plotseling besefte hij dat het mismaakte genie hun de hele tijd het antwoord had gegeven.
'Drie is een priemgetal!' riep Soshi.
Fontaine keek verbouwereerd. 'Kan het zo eenvoudig zijn?'
'Uitgaande data!' schreeuwde een technicus. 'Het gaat snel!'
Iedereen op de verhoging dook tegelijk naar de terminal, een wirwar van uitgestoken handen. Maar als een korte stop die een strakke bal vangt, maakte Susan als eerste contact met haar doel. Ze typte het cijfer 3 in. Iedereen keerde zich naar het grote beeldscherm. Boven de chaos stond daar heel simpel:

VOER SLEUTEL IN: 3

'Ja!' beval Fontaine. 'Doe het!'
Susan hield haar adem in en liet haar vinger op de ENTER-toets zakken. De computer gaf één piepje.
Niemand verroerde zich.
Drie martelende seconden later was er nog niets gebeurd.
De sirenes bleven loeien. Vijf seconden. Zes seconden.
'Uitgaande data!'
'Geen verandering!'

Plotseling wees Midge opgewonden naar het scherm boven hen. 'Kijk!'
Er was een boodschap op verschenen.

STOPCODE BEVESTIGD.

'Laad de firewalls!' verordende Jabba.
Maar Soshi was hem een stap voor. Ze had het commando al gegeven.
'Geen uitgaande data meer!' riep een technicus.
'Verbindingen verbroken!'
Op de VW begon het eerste van de vijf schilden weer te verschijnen. De zwarte lijntjes die de kern aanvielen, werden onmiddellijk doorgesneden.
'Hij herstelt zich!' riep Jabba uit. 'Dat rare ding herstelt zich!'
Er was een ogenblik van ongelovige aarzeling, alsof alles elk moment weer mis zou kunnen gaan. Maar toen begon het tweede schild terug te komen... en toen het derde. Even later was de hele reeks filters weer verschenen. De databank was veilig.
De zaal stond op z'n kop. Er barstte een pandemonium los. Technici omhelsden elkaar en gooiden computeruitdraaien in de lucht van vreugde. Het geloei van de sirenes zakte weg. Brinkerhoff greep Midge vast en liet haar niet meer los. Soshi barstte in tranen uit.
'Jabba,' vroeg Fontaine. 'Hoeveel hebben ze bemachtigd?'
'Heel weinig,' zei Jabba, terwijl hij aandachtig naar zijn monitor keek. 'Heel weinig. En niets volledig.'
Fontaine knikte langzaam, met een beginnend, scheef glimlachje bij zijn mondhoek. Hij keek om zich heen of hij Susan Fletcher zag, maar die was al onderweg naar voren. Op de muur tegenover haar vulde David Beckers gezicht het scherm.
'David?'
'Hallo, schoonheid.' Hij glimlachte.
'Kom naar huis,' zei ze. 'Nu meteen.'
'Zie ik je in Stone Manor?' vroeg hij.
Ze knikte, en de tranen sprongen in haar ogen. 'Afgesproken.'
'Smith?' riep Fontaine.
Smith verscheen achter Becker op het scherm. 'Ja, meneer?'
'Ik hoor net dat meneer Becker een afspraakje heeft. Kunt u er-

voor zorgen dat hij onmiddellijk naar huis komt?'
Smith knikte. 'Ons vliegtuig staat in Málaga.' Hij klopte David op de rug. 'Er staat u iets bijzonders te wachten, professor. Hebt u wel eens in een Learjet 60 gevlogen?'
Becker grinnikte. 'Sinds gisteren niet meer.'

128

Toen Susan wakker werd, scheen de zon. De zachte stralen filterden door de gordijnen en vielen op haar donzen dekbed. Ze stak haar hand uit naar David. *Droom ik?* Ze bleef roerloos liggen, uitgeput, nog duizelig van de voorgaande avond.
'David?' kreunde ze.
Er was geen antwoord. Ze deed haar ogen open. Haar huid tintelde nog. Het matras naast haar was koud. David was weg.
Ik droom, dacht Susan. Ze ging zitten. De kamer was in Victoriaanse stijl ingericht, met veel kant en antiek; het was de mooiste suite van Stone Manor. Haar weekendtas stond midden op de hardhouten vloer... Haar lingerie lag op een Queen Anne-stoel naast het bed.
Was David echt aangekomen? Ze herinnerde het zich wel... zijn lijf tegen het hare, de zachte kussen waarmee hij haar wakker had gemaakt. Had ze dat allemaal gedroomd? Ze draaide zich naar het nachtkastje. Er stonden een lege fles champagne en twee glazen op... en er lag een briefje.
Nadat ze de slaap uit haar ogen had gewreven, trok Susan het dekbed om haar naakte lichaam en las de boodschap.

Lieve Susan,
Ik hou van je.
Zonder was, David.

Ze lachte stralend en drukte het briefje tegen haar borst. Dat moest wel van David zijn. *Zonder was...* Het was de enige code die ze nog niet had gekraakt.
Er bewoog iets in de hoek, en Susan keek op. Op een pluchen

sofa zat David Becker in een dikke badjas van de ochtendzon te genieten en zwijgend naar haar te kijken. Ze stak haar armen uit om hem naar zich toe te roepen.

'Zonder was?' lispelde ze, terwijl ze haar armen om hem heen sloeg.

'Zonder was.' Hij glimlachte.

Ze kuste hem vol overgave. 'Vertel me wat het betekent.'

'Vergeet het maar.' Hij lachte. 'Een stel heeft geheimen nodig; dat houdt de zaken interessant.'

Susan glimlachte ondeugend. 'Nog interessanter dan vannacht en ik kom het nooit meer te boven.'

David nam haar in zijn armen. Hij voelde zich gewichtloos. Gisteren was hij bijna omgekomen, maar vandaag was hij er nog, levender dan hij zich ooit had gevoeld.

Susan lag met haar hoofd op zijn borst en luisterde naar zijn hartslag. Ze kon nauwelijks geloven dat ze had gedacht dat ze hem voor altijd kwijt was.

'David,' zei ze met een zucht, en ze keek naar het briefje, dat naast het nachtkastje op de grond lag. 'Vertel me hoe het zit met "zonder was". Je weet dat ik een hekel heb aan codes die ik niet kan kraken.'

David zweeg.

'Vertel het me nou,' zei Susan pruilend. 'Anders vrij ik nooit meer met je.'

'Leugenaar.'

Susan sloeg met een kussen naar hem. 'Vertel het me! Zeg op!'

Maar David wist dat hij het nooit zou vertellen. Het geheim achter 'zonder was' was te onschuldig. De oorsprong ervan lag in een ver verleden. Als Spaanse beeldhouwers in de Renaissance een vergissing maakten bij het houwen van duur marmer, lapten ze hun fouten vaak op met *cera*, was. Een beeld dat geen gebreken had die hersteld moesten worden, werd geprezen als een beeld *sin cera*, een beeld zonder was. Na verloop van tijd ging die frase alles betekenen wat eerlijk of waarachtig was. Uit het Spaanse *sin cera* was ook het Engelse woord *sincere* ontstaan. Davids geheime code was geen groot raadsel; hij ondertekende zijn brieven gewoon met *sincerely*, in het Engels een zeer gebruikelijke slotformule. Om de een of andere reden vermoedde hij dat Susan dit niet zou kunnen waarderen.

'Het zal je verheugen dat ik tijdens de vliegreis naar huis de rector magnificus heb gebeld,' zei David in een poging van onderwerp te veranderen.
Susan keek hoopvol op. 'Zeg me dat je bent afgetreden als afdelingsvoorzitter.'
David knikte. 'Het volgende semester sta ik weer voor de klas.'
Ze zuchtte opgelucht. 'Dat is precies waar je al die tijd al hoorde.'
David glimlachte kalm. 'Ja, de tijd in Spanje heeft me doen inzien wat belangrijk is.'
'Dus je gaat weer harten van studentes breken?' Susan gaf hem een kus op zijn wang. 'Nou, dan heb je tenminste tijd om me te helpen met het redigeren van mijn manuscript.'
'Je manuscript?'
'Ja. Ik heb besloten een boek te schrijven.'
'Een boek?' David keek bedenkelijk. 'Waarover?'
'Een paar ideeën die ik heb over wisselend-filterprotocollen en kwadraatresten.'
Hij kreunde. 'Dat klinkt als een echte bestseller.'
Ze lachte. 'Dat zou je nog verbazen.'
David stak zijn hand in de zak van zijn badjas en haalde iets kleins tevoorschijn. 'Doe je ogen dicht. Ik heb iets voor je.'
Susan sloot haar ogen. 'Eens raden... Een protserige gouden ring met een Latijnse tekst erin?'
'Nee.' David grinnikte. 'Die heb ik aan Fontaine gegeven, zodat hij weer bij de nalatenschap van Ensei Tankado gevoegd kan worden.' Hij pakte Susans hand en schoof iets aan haar vinger.
'Leugenaar.' Susan deed lachend haar ogen open. 'Ik wist wel...'
Maar de woorden bleven in haar keel steken. De ring aan haar vinger was niet die van Tankado. Het was een platina ring met één glinsterende diamant erin.
Susan hapte naar adem.
David keek in haar ogen. 'Wil je met me trouwen?'
Susans adem stokte. Ze keek naar hem en toen weer naar de ring. Plotseling stonden er tranen in haar ogen. 'O, David... Ik weet niet wat ik moet zeggen.'
'Zeg ja.'
Susan wendde zich af en zei geen woord.
David wachtte af. 'Susan Fletcher, ik hou van je. Trouw met me.'

Susan keek op. Haar ogen stonden vol tranen. 'Het spijt me, David,' fluisterde ze. 'Dat... dat kan ik niet.'
David staarde haar geschokt aan. Hij zocht in haar ogen naar de bekende speelse glinstering. Die was er niet. 'S-Susan,' stamelde hij. 'Ik... ik snap het niet.'
'Ik kan het niet,' herhaalde ze. 'Ik kan niet met je trouwen.' Ze wendde zich af. Haar schouders begonnen te schokken. Ze sloeg haar handen voor haar gezicht.
David was verbijsterd. 'Maar, Susan... Ik dacht...' Hij hield haar schokkende schouders vast en draaide haar naar zich toe. Toen begreep hij het. Susan huilde helemaal niet, ze hikte van het lachen.
'Ik trouw niet met je!' riep ze lachend, en ze viel hem weer aan met het kussen. 'Niet voordat je me uitlegt wat "zonder was" betekent! Ik word er gék van!'

EPILOOG

Men zegt dat de dood alles duidelijk maakt en Tokugen Numataka besefte dat het waar was. Toen hij naast de doodskist stond in het douanekantoor van Osaka, werd hij overmand door een bittere helderheid, zoals hij die nooit eerder had gekend. In zijn religie was sprake van cirkels, van de onderlinge verbondenheid van alle levende wezens, maar Numataka had nooit tijd gehad voor religie.

De douanebeambten hadden hem een envelop met adoptiepapieren en een geboortebewijs gegeven. 'U bent het enige nog levende familielid van deze jongen,' hadden ze gezegd. 'Het heeft ons moeite gekost u te vinden.'

Numataka's gedachten gingen tweeëndertig jaar terug, naar die regenachtige avond, naar de ziekenhuisafdeling waar hij zijn misvormde kind en stervende vrouw had achtergelaten. Hij had het in naam van *menboku* gedaan, in naam van de eer, nu enkel nog een lege schil.

Er zat een gouden ring bij de papieren. Er waren woorden in gegraveerd die Numataka niet begreep. Het maakte niets uit; woorden hadden toch geen betekenis meer voor Numataka. Hij had zijn enige zoon in de steek gelaten. En nu had het wrede lot hen herenigd.

16-39-44-16-39-101-84-20-5-60-16-16-117-117-85-60

Mijn dankbaarheid gaat uit naar mijn redacteuren bij St. Martin's Press, Thomas Dunne en de zeer getalenteerde Melissa Jacobs. Naar mijn agenten in New York, George Wieser, Olga Wieser en Jake Elwell. Naar allen die het manuscript in de loop der tijd hebben gelezen en eraan hebben bijgedragen. En vooral naar mijn vrouw, Blythe, vanwege haar enthousiasme en geduld.

En verder... een onopvallend woord van dank voor de twee onbekende cryptologen, ex-werknemers van de NSA, die via anonieme servers onmisbare bijdragen hebben geleverd. Zonder hen zou dit boek niet geschreven zijn.

Dan Brown – *Het Bernini Mysterie*

Professor Robert Langdon wordt naar CERN ontboden om een mysterieus symbool op de borst van een vermoorde wetenschapper te duiden. Langdon ziet een verband met de Illuminati... de machtigste terreurbeweging die de wereld ooit gekend heeft. Maar die bestaat allang niet meer. Of toch?

Dan onthullen de Illuminati dat er een tijdbom in het Vaticaan verstopt is. Hun timing is perfect: de kerkleiders zijn bijeen om een nieuwe Paus te kiezen en Rome wemelt van de pers. Om de bom te vinden doet men een beroep op Robert Langdon, wiens unieke kennis van de Illuminati tot het uiterste beproefd zal worden.
Langdon onderneemt een race tegen de klok door een eeuwenoud Rome, langs verzegelde crypten, gevaarlijke catacomben en verlaten kerken.

Het Bernini Mysterie raast van verlichte rede via duistere mystiek naar een onvoorziene, schokkende ontknoping. Door dat alles heen loopt de oude strijd tussen religie en wetenschap.

Dan Brown – *De Da Vinci Code*

In Parijs mist professor Robert Langdon een afspraak met de conservator van het Louvre omdat die kort daarvoor is vermoord. Langdon is de belangrijkste verdachte, ook al omdat de man vóór hij stierf zijn naam op de grond heeft geschreven.

Langdon vlucht, geholpen door een agente. Hij beseft dat de conservator aanwijzingen heeft achtergelaten die alleen hij kan ontcijferen: symbolen die verwijzen naar het werk van Da Vinci, voor wiens 'Mona Lisa' het lijk gevonden is.

Langdon gaat terug, het Louvre in. Met zijn redster begint hij een speurtocht naar het motief voor de moord en naar de betrokkenheid van Opus Dei. Maar de politie en de moordenaar zitten hen op de hielen...

De Da Vinci Code is onvergelijkbaar met elke andere thriller: bloedspannend, intelligent, meedogenloos snel en vol interessante details.

'Browns boeken verraden een benijdenswaardige hoeveelheid research, een dito bevattingsvermogen en een uitzonderlijke speelse geest.'
NRC HANDELSBLAD

'Een schoolvoorbeeld van een pageturner.'
HET PAROOL